三生三世步生蓮
叁・足下千劫
唐七
著

第一章

殷臨再次見到連宋，是在南荒和西南荒交界處的嶓塚山。

那是祖媞沉睡後的第兩萬七千四百三十六年，他同昭曦一道去嶓塚山獵殺紅色天犬。

紅色天犬是二十多萬年前被火神謝冥封印的洪荒異獸，誰也沒料到有朝一日牠會衝破封印重臨世間。天犬現世，所臨之處，必有兵禍。紅色天犬身負的這種邪能雖影響不了神、魔、妖、鬼四族，但凡人卻無法躲避牠帶來的厄運。

若八荒已無人族血脈，那即便天犬重現世間，其實也沒什麼所謂。問題就在於自少綰將人族送去十億凡世後，八荒中雖再無什麼純粹的凡人部落，然洪荒之時五族雜居，為後世留下的半人族混血後裔卻不少。

當初若木門開之時，這些半人的混血們並未跟隨少綰一起前往凡世，而是留在八荒，於神族的庇護下建立了幾十個小國。

八荒生靈仍喚這些混血為凡人，稱他們建立的國度為凡人之國，而因著他們凡人的血脈，紅色天犬臨世，也必將給這些國度帶來兵災。

祖媞神歸位之時曾為世間降下法咒，在法咒中自稱人神。人神，乃一切凡人之神，庇佑世間所有凡人。混血的凡人亦是凡人，姑媱自然不會坐視這些凡人罹厄。這便是殷臨和昭曦趕來嶓塚山獵殺紅色天犬的原因。

不過他們卻來遲了一步——在他們趕到之前，神族已派神君下來收拾天犬了。神族派下來的其中一位神君，便是九重天元極宮的三殿下，他們的老熟人——水神連宋。

嶓塚山草木蓊鬱，林麓幽深，桃枝竹與鉤端竹遍植於山巔。藉著翠竹的掩隱，殷臨目光複雜地望向籠罩於嶓塚之上的玄光結界。結界覆地千里，幾乎將整條南荒山脈都納入其間，令殷臨不由想起兩萬多年前水神在凡世裂地造海時，亦築出了如此廣博的結界。

只是彼時，水神在結界中，而此時，他卻在結界外。

鎮厄扇結金輪懸於中天之上，一身白衫的矜貴青年於雲端憑几而坐，從前在凡界就跟著他的那個叫粟及的道士如今已修成仙身，跪坐在矮几另一邊，時而傾身同他說話。青年撐腮看向結界內，神態很是閒適，偶爾一笑，風流蘊藉，如芝如蘭。

這樣的連宋同兩萬多年前殷臨最後一次在北海之濱所見到的那個心若死灰的水神，全然不似同一人。

或許那些事，他已忘了，連同尊上，他也忘了。殷臨想。這本該是他樂於看到的結果，但不知為何，他心中卻有些五味雜陳。

玄金色的結界中驀地迸出紅光，吸引了殷臨的視線。

原是紅色天犬自遠方疾馳而來。

被結界困住的異獸左衝右突，動作快若流星。天犬身後緊跟著一個身姿高䠷的玄衣少年。少年一邊追逐著天犬，一邊分神護著身旁一個持鞭的黛衣少女。天犬最大的優勢便是速度快，那少年看著年紀不大，凡人十六、七的模樣，但爆發之時，速度竟也及得上天犬，可因要留神照顧身旁的少女，好幾次眼看便能追上天犬與其近戰了，卻被生生拖累著錯過了時機。如此虛耗半晌後，少年似乎感到生氣，突然停下來將少女定在原地，又給她結了一層護身結界，而後獨自向天犬疾追而去。

一紅一黑兩道虛影在結界劃定的範圍內你追我趕，就在那黑影追上紅影的一瞬間，冷冽劍光似閃電掠過，天犬哀號一聲，獸首驀地墜地。鮮血似烈焰自獸頸噴薄而出，玄衣少年退後兩步以劍風築起屏障擋住鮮血，卻不料在他後退之時，那噴血的獸頸裡突然躥出了一線殘魂。少年一愣，揮劍便斬，那泛著妖異紅光的殘魂卻抵擋住了劍氣，如流矢一般直向被定在原地的黛衣少女而去。殘魂雖被護身結界擋了一擋，卻仍有少許紅光穿過了結界，眼看便要近少女的身。

便在這千鈞一髮之際，忽有人影閃過，一推一拉之間，少女已被拽至那人身後，原本高懸於空的鎮厄扇亦於同一時刻出現在來人手中。穿過結界的紅光與扇體相撞，哀叫一聲，那人輕鬆地一收扇，殘魂沒入扇中，頃刻無影。

那黛衣少女嚇懵了似的，一歪便要倒地，幸被隨之趕來的粟及扶住。

玄衣少年匆匆按下雲頭，落在收扇的白衣青年面前，神色端肅地請罪，「方才是侄兒大意了，請三叔降罪。」

隱了氣息藉著一叢鉤端竹掩住自己身形的殷臨，同他們尚有些距離，但因耳力極好之故，清晰地聽得了此語，方知這眉目如畫的少年竟是九重天上那位天資絕倫的兩萬歲便飛昇上仙的天族儲君——太子夜華——連宋大哥的兒子。

玄光結界已撤，連宋垂眸看向垂首請罪的少年太子，笑了笑，「降什麼罪，在天君跟前攬下這事兒原本就是為了給你練手，雖然出了點小差錯，但你終歸也將天犬斬於劍下了，何罪之有？」

少年的神色仍是端肅，「可若不是三叔及時出手，天犬亡魂便已入煙瀾仙子之體了。天犬雖是異獸，然並不兇猛，三叔雖不曾說，但侄兒也知三叔帶侄兒來此斬殺天犬，乃是希望以此異獸鍛煉我在護住同伴前提下的對敵之術，」少年停了一停，含著愧意，「是我太心急了。」

聽少年太子提起煙瀾，殷臨想了一陣，才想起來那是誰。然後他朝那黛衣女子認真看了一眼，發現眉眼果然很熟悉，的確同當初熙朝的十九公主煙瀾無甚差別。蓋因如今她雙腿完好，不再坐在輪椅上，他方才打眼一瞟，才沒將她認出來。

殷臨憶起，兩萬多年前他好像是聽到了一個傳聞，說東華帝君做主，將煙瀾給提上了九重天，還給她安了一個什麼仙位。但因這是天族的內事，他聽過便聽過了，也沒怎麼在意。其實當初在凡世時，殷臨同煙瀾並不相熟。然因太安公主煙瀾之名極盛，開初，他倒也聽說過煙瀾乃什麼九天仙子轉世的傳聞。彼時他並沒有放在心上，只以為無稽之談罷了。而後卻見連宋出現在了這位公主的身邊，他才終於想起一些舊事，猜出了煙瀾究竟是何許人。

煙瀾同他，應該算有一點淵源。

或許不止一點。

當年祖媞獻祭混沌後，留下的那口靈息化為了一顆紅蓮子。昭曦依照祖媞的囑託，將這顆紅蓮子送去了九重天，親手交給了墨淵上神。兩位女神謀劃紅蓮子之事時，倒是想得很好，以為只要告訴墨淵這是少綰以灰飛的代價為他換來的新神紀的花主，他便一定會珍惜善待它。可在墨淵看來，若不是為了留下這顆紅蓮子，少綰不至於連具仙身都留不下，故而對那紅蓮子十分厭憎，隨手將其拋落在南荒便不再過問。多虧被墨淵撿回去養在身邊的那個叫作令羽的小童子記住了昭曦的話，生出了惻隱之心，時不時地以崑崙墟中的靈泉水去澆灌那紅蓮子，才使得蓮子存活了下來。

殷臨是在幾千年後，方得知了蓮子的遭遇。彼時墨淵已失蹤了許久，天地也已是另一番造化，紅蓮子久無人看顧，流落在南荒，幾乎虛耗掉最後一絲靈氣。畢竟是祖媞靈息所化的靈物，殷臨不忍見它就此凋萎，主動承擔起了照顧它的責任。

如此，幾萬年過去，蓮子順利長成紅蓮。再是幾萬年過去，有一天，紅蓮化形了。

化形後的紅蓮第一眼看到的人便是殷臨。但她並不知她是他看顧著長成的，只以為他是生在她旁邊的一隻普通花妖。且不知為何，她固執地認為他比她小，非要認他做弟弟。他懶得跟她爭執，從了她。她問他叫什麼名字，他放眼一望這四海安定八荒長平的世間，胡謅說他叫長平，紅蓮便照著他的名字給自己起了個名字，叫長依。

紅蓮化形後不久，殷臨等待了許久的祖媞神終於自光中復生，開啟了她在凡世的十七世輪迴之旅。自此，殷臨便不常在南荒待著了，泰半時候都在凡世護佑轉世成為凡人的祖媞修行。長依對此一無所知，只以為他是在外遊歷。

殷臨至今記得，那是在祖媞結束第十六世轉世的兩千兩百年後，他終於助祖媞將受損之魂將養好，趁著將養好的魂魄得以重回光中靜息，他得空回了趟南荒。他的洞府緊鄰著長依的洞府。他剛在自己的洞府門口現身，一隻已在那兒等候了許久的白鶼鳥便匆匆迎了上來，急急向他求救，說長依為採靈藥誤闖了雙翼虎的七幽洞，被困在洞中生死不知。

人，是得去救的。可剛耗費了許多神力助祖媞之魂回到光中靜息，他著實很疲憊。結果就是，七幽洞中與那雙翼虎一場鏖戰後，他雖將長依給救了出來，自己卻也被那畜生傷得不輕。

長依在他養傷的榻前哭成了個淚人。後來不知道她從哪裡打探到若要治好他的傷，需以神族的白澤為質，輔以三十六天無妄海邊生長的西茸草，以老君的八卦爐煉丹。

似乎是為了收集白澤給他煉丹，長依才結識了連宋，而後有了成仙的機緣。

殷臨一直覺得這很好。她原本便是少綰留給這新神紀的花主，卻為墨淵所棄，眼看就要在南荒以妖的身分碌碌一生，沒想到最後仍得了機緣化去妖澤證得仙果，成了萬花之主，這豈不是上天注定？

自長依當上花主後，殷臨自覺任務已成，無需再細細照看她，而為了準備祖媞的第十七世轉世，他待在凡世的時間越來越長，很少再回到八荒中來。

那一次，殷臨足在凡世待了一百六十年才再次回到八荒。沒想到迎接他的卻是花主長依已於十年前殞命的消息。

長依命殞鎖妖塔之事很是有名，他稍加打探便探出了因由，同時他還探到了一個很有幾分可信度的消息：說長依雖在鎖妖塔下魂飛魄散了，但一向照拂她的天君三皇子連宋卻不忍她如此，因此散掉半身修為斂回了她的一些散魂，而後又將這些散魂凝成了一顆明珠，欲請靈寶天尊補全她的魂魄，令她再世重生。

若長依果真是個靈胎降生修成神仙的仙者，此種方法或許的確可以救回她。可她畢竟不是。她的原身，只是兩位尊神的一口氣息，死了便是死了，氣息自將回歸於天地，又還能有什麼以後呢。

相伴了許多年，對於長依之死，殷臨也感到悵然惋惜，但畢竟生來心性堅定，他很快有了考量：當日連宋斂的自然不會是長依的散魂，而應是祖媞的靈息。既然靈息未能回歸天地，反陰差陽錯被水神給凝聚了，那必不能由著天族用它去造個什麼別的怪物出來。靈息本就是祖媞一息，自當重歸祖媞的魂體。

打定主意後，殷臨很快去凡世鎖了隻凡人的魂魄，洗淨了那魂魄的前生事後，帶著它偷偷潛進了靈寶天尊的宮邸，尋到了已被天尊補綴得差不多、存放於紫金養魂罐中將養的那顆魂珠。他小心地將魂珠中祖媞的靈息萃取了出來，又將那隻洗淨的凡人魂魄填放了進去。那口靈息當年被祖媞精煉過，與魂魄無二，被打散後更看不出它只是一口氣息，或許正是因此，補綴這魂魄的靈寶天尊才不曾懷疑長依的來歷。原本殷臨有些擔心凡人之魂和仙魂瞧著畢竟還是有些區別，他偷梁換柱這事兒可能瞞不了多久，但沒想到長依在九重天的記憶竟也被收納進了那顆魂珠裡。凡人的魂魄融進那珠子，被帶著仙澤的記憶一裹，不仔細查探，根本發現不了魂珠裡的內容已被他動了手腳。

取回祖媞靈息後，殷臨在南荒待了十八年。十八年來，沒聽說靈寶天尊關於那魂珠有什麼懷疑。

十八年後，祖媞在凡世的最後一次輪迴契機終於到來了。殷臨便提前回到了凡世，在那叫作成玉的小孩子降生之時，將隨身攜帶的靈息放入了那孩子的身體裡，希望它能順利融進祖媞之魂。卻不想即便一口靈息，也不是一具凡軀所能承受，即便那是謝冥所造的凡軀。小成玉無法掌控與靈息伴生的全知之力，若不是他及時發現，請來百花族長鑄成「希聲」封印此力，險些釀成大禍。

殷臨全身心都投放在轉世的小成玉身上，靈寶天尊那紫金養魂罐中的魂魄最後怎麼樣了，他沒有再關心過。直到他在凡世看到了出現在連宋身旁的太安公主煙瀾，他才知曉那魂魄的最終歸處。

所有人都以為煙瀾是長依的轉世，唯有他清楚真相：煙瀾不過是個承載著長依部分記憶的凡人罷了。長依早已不存於世。想來東華帝君將煙瀾重提上天，也是深信煙瀾乃長依轉世吧。殷臨有些心不在焉地想道。畢竟聽說從前在九重天上，帝君也很是賞識長依。

殷臨無意去拆穿這一切，終歸當年他偷偷潛入靈寶天尊宮邸之事不太光彩，雖說也是不得已而為之，卻究竟不該是他這等身分的神使所為。

或許是察覺到了同伴的走神，昭曦抬手在殷臨眼前揮了揮，皺眉以口型詢問：「你怎麼了？」

殷臨方回過神來，搖了搖頭，無聲而答：「沒什麼。」

再看向那處時，卻見煙瀾已不需粟及攙扶，正斂裙向那叔侄二人拜去，「都怪煙瀾學藝不精，拖了太子殿下的後腿，早知不該求了三殿下帶我來此，煙瀾著實慚愧，還望太子殿下勿要怪罪，也請……」一雙水潤的眸子帶著一絲楚楚之意望向連宋，「也請三殿下不要怪罪我。」盈盈一拜，柔婉動人，微微愧悔的語聲中透著一股子嬌怯，我見猶憐極了。

玄衣的少年太子往旁邊避了半步，只受了煙瀾半禮，端嚴道：「是本君未曾護好仙子，不敢當仙子致歉。」煙瀾感激地向著他笑了一笑，復又看向連宋，連宋卻垂眸沒有答話。夜華也看過去，見連宋似在走神，有些疑惑地開口喚道：「三叔？」

連宋這才抬起眸來，看了煙瀾一眼，「他沒有護住妳，自然是他的錯，但妳在斗姆元君座下修習了兩萬年，對敵時還只是一味懼怕，的確有些不該。」

煙瀾所謂請罪，原本另有深意。因想著太子殿下從來端肅，不為難女仙，三殿下對美人又向來體恤，故而她以弱柳扶風之姿，做出請罪之態，以為如此，二人不僅不會怪罪她，反會憐惜她，卻不想三殿下不僅沒有憐惜她，反有斥責之意，震驚之下，煙瀾大感丟臉，臉上血色迅速褪去，雙眼泛起了一圈紅，訥訥道：「我、我……」

然連宋已抬步去查看那天犬屍首了，太子夜華緊隨其後。

粟及見煙瀾一副羞愧欲倒的模樣，又見她身在風大的高處，生怕這位在斗姆元君座下修習了兩萬年卻依然似個紙糊燈籠般的美人被風吹走了，趕緊上前兩步攙住了她，順便聽到了前面叔侄二人正邊走邊說著什麼。

是太子殿下起的頭。

太子殿下疑惑地問三殿下方才心不在焉是在想什麼。三殿下平平淡淡地回他你果真想要知道嗎。粟及與三殿下相交已久，很明白一旦三殿下如此說話，那話裡必然埋了坑，輕易不該接腔。但單純的太子殿下顯然不懂得三殿下的惡劣，不明所以地點了點頭。便聽三殿下雲淡風輕地回道：「我不過是在想，下次再有這種鍛煉你的機會，我或許應該去青丘一趟，請白淺上仙與你搭檔，大約你就可無師自通如何一邊護住同伴一邊克敵制勝了。」

粟及清楚地看到，太子殿下愣了一下，然後耳朵慢慢紅了，「三叔不要胡說。」

三殿下像是覺得太子殿下的反應很可愛似的，停下了腳步，「怎麼是胡說？倘今次你是領著白淺上仙對戰，難道還會採取將她給扔在原地的戰術，讓天犬殘魂有機可乘嗎？」看著太子通紅的一雙耳朵，挑眉道：「帶著白淺上仙對敵，你會採取什麼戰術，我倒真有些好奇了。」

太子殿下肅著一張俊臉，假裝平靜道：「上仙她法力高強，或許會在我之前斬殺天犬也說不定。」

三殿下看了他一眼，「哦，原來你的戰術就是讓你媳婦兒反過來護著你？」笑了笑，「倒也是一個思路。」

太子殿下裝不下去，別開臉，「三叔別再打趣侄兒了吧。」

三殿下不以為意，一邊施法使天犬的殘屍浮於半空，方便自己查驗，一邊道：「我們天族的太子殿下，臉皮也未免太薄了些。」三殿下愛潔，即使檢查天犬殘屍，也在殘屍周圍做出了個透明的結界，以防那些污血滴落到他衣袍上。他一面一寸寸查驗天犬的屍首，一面問太子：「你和白淺訂親了兩萬多年還沒見過面吧？怎麼不讓天君安排你們見一見，就不好奇我們神族的第一美人到底長什麼樣？」

太子殿下垂著眼睛，「侄兒並不好奇。」

三殿下跟沒聽見似的，「說起來，白淺她大哥白玄的封地便在西南荒，此去不過七百里。

白淺雖長年避居青丘，但偶爾也會去她幾個哥哥的封地和折顏上神的十里桃林坐坐，聽說這一陣她就在她大哥的封地做客。你若想去見她，我倒是可以順道陪你去一趟西南荒。」

太子殿下耳朵紅得滴血，白皙面龐上也微染了一絲紅，揉了揉額角，無奈道：「三叔最近是很閒嗎？」

三殿下終於查完了天犬殘屍，隨手一揮，使那殘屍化為了一線藍光，進入到一只白錦囊中。錦囊潔白無瑕，但愛潔的三殿下依然很嫌棄它，扇子輕輕一點，使那錦囊落進了太子懷中，挺欠揍地笑著對太子說：「是啊，很閒。」

粟及覺得他要是太子他就要挽起袖子毆打親叔了。但九重天上這位以克己復禮、端肅莊重聞名的年少殿下竟硬是忍住了，只隱忍道：「那侄兒回天宮便稟明天君，讓天君為三叔多添些差使罷了。」

三殿下像是覺得太子很天真似地嗤笑了一聲，「你以為這是在為難我嗎？」風輕雲淡道：「這不過是在為難粟及。」

粟及一口氣上不來，晃了晃。的確是為難他，因為天君吩咐給元極宮的差事，內差全由天步攬了，外差全由他攬了，三殿下又有什麼可為難的呢。

叔侄二人說著話遠去。粟及嘆著氣，正欲跟上去，身旁突然傳出來兩聲抽噎，卻是煙瀾。煙瀾見粟及看過來，淚眼濛濛地向他訴說委屈：「仙君，殿下是不是對我很不滿，我、我是不是讓殿下失望了？」

粟及一看煙瀾掉淚就頭大，也著實沒有心力安慰她。煙瀾有幾斤幾兩，他們都很清楚明白。他並不認為三殿下對煙瀾有什麼寄望，既然沒有寄望，也談不上失望。可理雖是這麼個理，話卻不能這麼說。粟及斟酌了一番，盡量柔和道：「殿下那些話，不過是為勉勵仙子罷了，雖然仙子是拖了太子殿下的後腿……」眼看煙瀾又要落淚，粟及趕緊道：「但須知太子殿下天資卓絕，出類拔萃，九重天上的其他仙子若也有機會同太子殿下結伴對敵，也只能拖拖後腿罷了。」

話到此處，粟及由衷地嘆了口氣，「仙子是聰慧之人，自然也該明白，三殿下帶誰來拖太子殿下的後腿不是帶呢，可卻偏偏帶了妳來，不過是因以太子殿下之能，必然會斬殺天犬立功，而甭管仙子是否在其中出了力，最後算到天君面前的，便是仙子和太子殿下一起立下了此功。有了此功，九重天上那些不看好仙子的仙者們自然不會再有那麼多閒話，仙子往後在天上的日子也會好過些。」粟及看向煙瀾，「三殿下對仙子，也算是很照拂了。」

粟及雖不擅安慰人，但歪打正著，一番話說到了煙瀾的心口上。煙瀾心中熨貼，淚便也止了，臉頰上飛起一縷輕紅，「仙君說得是，從前在凡世時，三殿下就一直守護著我，為阻我和親，還曾裂地生海，違反九天之律。當日化凡骨聚仙骨，那樣痛苦難當，也是多虧殿下守了我數日，我才闖過難關，殿下對我的好，我自然是……銘記於心……」

粟及一個直男，並沒聽出煙瀾是在自得自己同三殿下的深深羈絆，只以為她一心感念三殿下之恩，頗為讚賞地點了點頭，趁機又勸了一句：「仙子既然也念著殿下的恩，那修行上便需勤勉些了。仙子總要自立起來，才能真正堵住九重天上那些閒人的口舌啊。」

煙瀾抿唇頷首，兩人也沒什麼可再說了，便一道沿著那叔侄二人的去路御風離開了。

粟及和煙瀾的一席話，盡數落於殷臨耳中，他愣了好一陣。當日東華帝君前來姑嫿逼問他祖媞和連宋之事，悉知一切後所說的會為水神另造記憶，便是這個意思嗎？

昭曦也不可置信似的，待皤塚上空再沒有了那幾人的身影後，方艱難地回頭問他：「所以，水神這是被修改了記憶是嗎？他同阿玉的所有過往，都被煙瀾給李代桃僵了？」氣憤道：「當日東華帝君所謂的於尊上和水神都公平的法子，便是這個法子？」

殷臨遙望著姑媱的方向沉默了許久，最後輕輕一嘆，「當年那種情形，帝君如此做，也可以理解。」

當年，指的是兩萬七千四百三十六年前。

對於殷臨而言，不，對於姑媱所有神使而言，那都是相當混亂的一段時光。

當日祖媞沉睡後，殷臨謹遵她的吩咐潛入長生海，將觀南室中拾得的那粒金色魂珠放入了海底的第十八具凡軀中。須知為方便祖媞轉世，謝冥為她造的凡軀皆是嬰孩模樣，這最後一具備用之軀自然也不例外。不過，在祖媞剛進入觀南室剝除記憶、創造新魂之時，殷臨便潛入了長生海底，為那嬰孩之軀注入了催生的靈力。故而此時，當他再次來到這海底，操作那金色魂珠和祖媞凡軀融合時，那凡軀已完完全全長成了成玉的模樣。當然，成玉的模樣，便也是祖媞的模樣。

其實殷臨也是在祖媞第一次轉世時才發現了這個問題——謝冥所製的凡軀，成年後竟長著一張姝麗至極的臉——祖媞的臉。殷臨記得，謝冥當年的確很鍾愛祖媞的容顏，曾評說那容貌乃「天道造化之極」，常為如此一副麗容卻不得為世所見而感到遺憾。殷臨猜測她正是因這遺憾，又仗著世間除了他們幾人外再無他人見過祖媞真容，才大膽地依照著祖媞的模樣製造出了那些凡軀。醉心神工之技的謝冥，自己不曾造出一個「天道造化之極」來，便複製出一個「天道造化之極」來，這倒也很合她的性子。

殷臨一邊想著這些有的沒的，一邊等待著「成玉」的甦醒。

照理說，魂珠和軀體融合後，至多一盞茶工夫，那凡人便將甦醒過來。可殷臨足足在那凡軀旁等候了一個時辰，這新的「成玉」竟沒有一絲將醒的跡象。

又等了半盞茶，殷臨的心漸漸發沉。他雖不懂造魂的術法，但當年祖媞為給新神紀留下花主而精煉體中的那口靈息時，曾提說過一、兩句造魂術的事；那一、兩句話，他牢牢記在了心底。彼時，祖媞說，造一個新魂容易，要喚醒那魂卻難，但一個新魂，卻勢必要被創造它的神祇施以「喚靈」之術喚醒，方能真正有識有靈，否則也不過是個死物罷了。

以殷臨之能，自然辨別得出他從觀南室中取出的、融入眼前這凡軀的金珠的確是一顆魂珠無疑，可這顆魂珠是否被祖媞喚醒了，他卻不得而知。

會不會是尊上在喚醒魂珠前便力竭沉睡了？因融入這具凡軀的是一顆未被喚醒的魂珠，所以這新的「成玉」才無法醒來？

思緒到此，殷臨不由窒息。

這簡直太有可能了。

祖媞沉睡前定下的安排，是她剝除掉曾為凡人的記憶，斬斷同水神的緣分，重新創造一個新的成玉給水神，以代替無法同他相守的自己，去履行同他廝守的約定。如果一切順利，這個計畫之下，誰都不會痛苦。可誰能想到這新的成玉竟無法醒來呢？

那是否還要按照原定的計畫行事？殷臨略有動搖，但他只動搖了一瞬，又立刻堅定了心志：既然尊上已這樣安排了，且已做到了這一步，那麼不管這個「成玉」是否能甦醒，將和水神結緣的，只能是這個「成玉」。因這是尊上的選擇，是尊上的決定。

神主之所欲，便是神使之所向。須臾之間，殷臨已有了對策。

他記得姑媱的丹房中有一瓶少綰留下的丹丸，那丹丸能改寫世間一切有靈之物的記憶。據說是墨淵獨創，八荒唯此一瓶。改寫他人的記憶，這其實是有違天道的一樁事，不過這術法倒也不算禁術，因八荒壓根兒沒幾人能使出來，禁也不知道禁誰。

君子如蘭、矜貴端方的墨淵上神為何會研製這樣有違天道的丹藥，一直是個謎，不過看這丹丸的最後歸宿，殷臨猜測終歸與離經叛道的少綰君脫不了干係。

這丹藥在姑媱丹房中閒置了二十多萬年，是到了給它派一個大用場的時候了。

殷臨很快自丹房中翻找出了那瓶丹丸，掐指計算出水神結束刑罰的時辰，攜了「成玉」的凡軀，穿過若木之門，趕在連宋從北極天櫃山脫困之前回到了凡世。

接下來的一切，都很順利。

憑借丹丸之能，殷臨成功修改了包括粟及、天步、花非霧在內的所有人的記憶。在被他所修改的眾人的記憶裡，寂塵丟失後，成玉並沒有離開平安城，而是忍耐著相思之苦幽居於十花樓中，規規矩矩地等待著連宋結束刑罰前來尋她。這一等，便等了六年。

在第六年的某一日裡，突然有個小魚仙闖入了十花樓，自稱阿郁，說自己是北海的陵魚公主，聽聞了水神為一個凡人裂地生海違背天律之事，好奇是怎樣的凡人竟能將一向眼高於頂的天族三殿下迷得神魂顛倒，故特來看看。

小陵魚見成玉生得貌美，且面對自己這般尊貴的仙子竟毫無唯諾之態，十分不悅，兼之她私心裡戀慕連宋，成玉越是得體，她便越是嫉恨，趁著一旁伺候的梨響不留神，竟一掌將成玉的魂魄給打出軀體外一口吞食了。

眾人發現成玉遇險，趕來相救，好不容易制伏了小陵魚令她吐出了魂魄，但在將那魂魄重新放入成玉體內後，成玉卻再也不曾醒來……

除了修改掉眾人的這段記憶，殷臨牢記得昭曦說過水神有探入他人神識、查探他人識海之能，還謹慎地擦去了姚黃、梨響、紫優曇等十花樓諸眾關於他的記憶，且使他們忘記了身負的守護祖媞轉世的秘密。在花草們被丹丸篡改的記憶裡，成玉只是一個普通凡人，而他們則是因成玉得了怪病，被她父親靜安王收羅入十花樓，以百花之力為她消除病氣罷了。

凡世的每一個可能的遺漏，殷臨都考慮到了，所幸那瓶中丹丸像取之不盡似的，再則時間也夠，可供他細細去編織這個彌天大謊。當然，他也沒忘記這謊言裡至為重要的那一環——小陵魚阿郁。早在回到此凡世前，他便吩咐昭曦和雪意拿著丹丸去料理那尾被囚禁的小陵魚了——昭曦和雪意會用他給小陵魚編織的新戲本，去替換掉她腦子裡那段凌虐成玉並促使祖媞歸位的記憶，然後使她昏迷，將她送回北海。

不眠不休在凡世忙了半個月，殷臨終於編織好了這個彌天之謊。最後查驗了一遍，確定一切都安排妥當後，他化作一株尋常花草，不打眼地藏於眾多花草後，隱在了成玉閨房的角落，一邊冷眼瞧著梨響和花非霧跪在那具凡軀跟前以淚洗面，一邊靜待著結束刑罰的水神前來凡世，迎接他的新娘。

水神前來那日，是凡世的三月三，上巳節。

那日惠風和煦，碧空萬里，正宜祭祀宴飲，郊遊踏春。若是成玉還在，以她愛熱鬧的性子，決然不會錯過這樣的節日。

街道上傳來嬉鬧的人聲，是少年男女們出遊鬧出的動靜。少年們清朗的嬉笑聲令殷臨彷彿回到了成玉還在的過去，正自恍惚，忽感到一股威壓逼近了十花樓，定心凝神之間，便看到連宋出現在了房中。

水神玉帶白袍，翩翩而入，以扇撩開將內外室隔斷的水晶珠簾，臉上帶著微微笑意，柔聲向室內道：「阿玉，我來了。」

那笑卻在看到跪坐於沉香榻前垂淚的梨響和花非霧時，微微凝固住了。

他頓了一下，快步上前，伸手撩開垂於床榻前的白紗簾，目光落到似乎正自沉睡的「成玉」臉上，又移到她身上所戴的龍鱗飾品上，殷臨看得分明，連宋鬆了口氣。

他坐下來，握住「成玉」交疊於腹上的雙手，仔細打量了會兒她的睡顏，方看向自見到他便隱忍著不敢再哭的花梨二妖，輕輕皺了下眉，「她是什麼時候服下寂塵的，怎麼還沒有醒來？」

兩隻花妖不敢開口，門外忽然響起腳步聲，卻是天步提著裙子匆匆邁入，見到連宋，眼眶一紅，撲通一聲跪下，以頭搶地，「奴婢無能，沒有護好郡主，奴婢死罪！」

連宋愣住，看著伏跪於地的天步，靜了許久。許久後他的聲音響起，像是自地底而來，瘖啞冰冷，「怎麼回事？」

在天步含著淚一樁一樁交代連宋離開後發生在成玉身上的事情時，殷臨有些緊張。雖然他自覺他為水神編的這篇故事無可挑剔、無懈可擊，但昭曦說過，水神「性多疑，且周密警猾」，或許不會被他騙到也未可知。

然，當天步說到發現成玉再不能醒來後，粟及相請了冥主謝孤栦前來查探「成玉」之魂，謝冥主一番探查，卻道「成玉」的魂魄並無損傷，人為何無法醒來，他亦不知因由時，殷臨清楚地看到連宋像是不能承受那消息似地晃了一晃。

彼時他終於確定，他騙過了連宋。水神已入局中。

世人說關心則亂，連水神也不例外，事涉成玉，竟也失了向來的冷靜周全，令殷臨有些感嘆。

而天步所言的求助謝孤栦這一段，倒也並非是殷臨強加給她的記憶。粟及的確闖了冥司，這事就發生在上月的二十一——在殷臨改換掉他們的記憶不久後。

這世間唯有三大創世神、四大護世神及五大自然神中的光神和地母懂得造魂之術。隨著古神們湮沒於洪荒遠古，造魂術於世間已是聞所未聞。冥主雖是幽魂之主，統領人死後的世界，但畢竟不懂造魂之事，自然看不出那軀殼裡宿著的已不再是他所認識的那個成玉的魂魄，更不能明白「成玉」昏睡不醒的原因。可天步和國師哪裡懂這些，只以為冥主對凡人的魂魄最為熟悉，若是連冥主都對此事沒轍，那「成玉」的確難以有救了。雖然國師此刻仍在外打探使成玉醒來之法，但他們並不真的對此抱有希望。

聽完天步的哭訴，連宋的面色雪似的白，他沉默了片刻，伸手探向「成玉」額間。殷臨猜想他是在探「成玉」的魂。凡人的魂魄沒什麼區別，他並不擔心連宋會探出什麼，畢竟連冥主都沒探出什麼來。

一盞茶後，連宋收回了手，低聲似自語：「三魂皆全，七魄俱在，為什麼會醒不來？」

他靜了一陣，微微俯身，看向榻上的玉人。榻上的「成玉」面容微紅，似在熟睡，熟睡中亦是嬌顏無雙。他輕柔地撫了撫她的臉，又將她散落於頰旁的幾縷青絲拂於耳後。做完這一切，他眉頭一皺，忽然摀住了口。殷臨清晰地見得那白玉般的指間滲出殷紅的血來，一時愣然。

就在殷臨愣然之時，連宋已打橫將「成玉」抱了起來。房中風起，下一瞬，水神已不知所終。

花非霧和梨響被這突如其來的變故驚呆了，望著空空如也的床榻，不知該作何反應。天步亦有些愣，抹掉了眼尾的淚痕，看向窗外晴空喃喃：「殿下是要去何處？」

殷臨眉心一動，他幾乎是在瞬間就猜出了水神的去向。

待殷臨趁眾人不備離開十花樓，匆匆趕到北海之時，果見水神正攜怒立於北海之上。他的身後是攤開的鎮厄扇，「成玉」正安靜地躺在扇面上，置身於玄光的保護中；他身前幾步遠的破碎雲絮上，趴著瑟瑟發抖的小陵魚阿郁。

整個北海，上有烏雲遮天蔽日，下有海浪翻覆不止，小蝦小蟹們被海浪捲上岸來，哆哆嗦嗦地在沙地上發著抖。而在海岸的上空，距離連宋數丈遠之地，戰慄地跪著許多人，看模樣像是北海的臣子。

殷臨找了塊巨岩藏身。那巨岩一側有個洞，一條小鰷魚正在那小洞裡探頭探腦，看殷臨出現在巨岩旁，小鰷魚靠了過去，主動同他搭話：「你看，水君發怒了，好怕人哪！」

殷臨瞥了小鰷魚一眼，沒搭理牠。

見殷臨不搭理自己，小鰷魚也不尷尬，反正牠有四個腦袋四張口，牠可以假裝牠是在和牠自己說話。

小鰷魚的第二個腦袋咳了一聲，點著頭給自己解圍，「是啊，五十多年前，水君來北海巡海時我遠遠見過一眼，那句話怎麼說的來著？」

第三個腦袋捧場地接道：「郎豔獨絕，世無其二！」

第二個腦袋讚賞道：「是啊是啊，就是這句。可仙姿俊逸郎豔獨絕的水君大人，沒想到生起氣來是這麼怕人的呢！」

第四個腦袋憂心忡忡地嘆了口氣：「哎，海裡翻天覆地的，不知道我們北海會不會就此傾覆啊？都怪陵魚族不肯立刻交出那個闖禍的小魚姬！」

四個腦袋一起靜了一靜，第二個腦袋憤憤地晃了晃，「可不是！想從前水君大人蒞臨北海，一向都是攜祥雲瑞霧而來，此番卻是如此，一定是那小魚姬闖了不得了的禍事，不然怎麼水君大人一到，就讓海使前去提那小魚姬呢，可恨的是陵魚族竟敢大膽不交出那小魚姬，這才使得水君大人震怒，令北海搖搖欲傾，讓我們也跟著遭殃！」

第一個腦袋附和地點了點，「沒錯，反正最後陵魚族還不是交出了那小魚姬，之前他們又何必一番作態，最後還連累我們，真不地道！」

明明只是一條魚，牠居然能製造出一群魚聒噪的效果，殷臨也是很佩服。對於連宋來北海的目的，殷臨心中雖早已有數，然聽到這裡，他還是想要再確認一下，因此打斷了一個人也聊得很高興的小鯈魚，問牠：「水神此來北海，就是為了提那陵魚公主？他為何要提那陵魚公主，你可知道？」

小鯈魚是個記仇的小鯈魚，方才牠主動找殷臨說話，殷臨卻不理牠，這件事已經被小鯈魚暗暗記在了心底。小鯈魚四個腦袋整齊地一偏，八個鼻孔整齊地一哼：「哼！」

殷臨淡淡，「聽閣下方才自言自語，還以為閣下是個見多聞廣之人，原來閣下也有不知道的事啊。」

小鯈魚四個腦袋立刻偏了回來，「誰說我不知道？陵魚族綁住那小魚姬呈到水君大人面前後，水君大人便朝那小魚姬身體裡打去了一道光，小魚姬就趴在地上哼哼了。」牠搖頭晃腦，「哼，這個小魚姬，本來就調皮搗蛋，愛惹是生非，必然是什麼地方惹到了水君大人，所以水君大人特來捉她，譬如將一道銀光打入她體內，就是在對她施以懲戒！」話說完，小鯈魚高傲地昂著四個腦袋，「哼，就沒有我不知道的事！」

牠身子軟，腦袋昂得太厲害，幾乎昂到尾巴上去，眼見就要栽倒。看在牠無意中向自己透露了條有用信息的份上，殷臨嘆了口氣，俯身伸手將牠扶了一扶……

小鯈魚認為連宋打出的那光是懲戒，蓋因牠只是個小魚仙，見識有限。作為一個活了三十多萬年的神使，殷臨根據小鯈魚的描述，卻幾乎立刻肯定了那是連宋在對小陵魚施用禁術藏無。

藏無這禁術，有那等潤物無聲的文雅施法，也有那等風狂雨橫的粗蠻施法。直接以靈力打入對方身體讀取對方思緒，便是極粗蠻的施法，會給承受這術法的一方造成極大痛苦。看來連宋是一點也沒憐惜那小陵魚。

殷臨很明白連宋以藏無探知小陵魚識海的緣由。換作是他，他也會第一時刻趕來北海查看小陵魚的記憶，以解成玉沉睡之謎。水神從來細心。幸而他也不曾大意，早做了萬全準備，不管連宋如何查探，最後應該也只能猜測著得出一個「那凡魂因過於驚懼，故而封閉了自我」的結論罷了。

中天之上，濃雲密布。殷臨一瞬不瞬地盯著高空。見那小陵魚或是因太過害怕，或是因太過痛苦，只一味地趴在雲絮間一顫一顫地發著抖。連宋垂眸看著瑟縮的小陵魚，神色一片冰冷，右手一抬，戟越槍現於掌中。覷到連宋的動作，那跪伏著一大片北海臣子的白浪之上起了一點小騷動，看長相酷似阿郁親族的幾個男子爬起來跌跌撞撞地撲過去跪在了連宋面前，護住阿郁哀哀而哭，央求水君大人高抬貴手手下留情。

連宋淡漠地站在跪地求饒的眾臣子面前，冰寒的臉上看不出格外的怒色，但周遭呼嘯的狂風，腳下流捲的怒雲，海中掀天的白浪，卻無一不在訴說水神之怒。「高抬貴手，手下留情？」戟越槍寒光噬人，水神的聲音稱得上平靜，「你們族中這位公主當日謀害我妻之時，卻似乎沒有想過高抬貴手，手下留情。」既無疾言，也無厲色，但話中的森冷之意卻令在跪的所有臣子都感到了喘息不能的威壓，一個個冷汗濕透重衣。

阿郁躲在她父兄身後，目中含淚，像是怕極了。可害怕到了極致，反倒讓她有了勇氣，就在眾人戰慄著一片靜寂之時，阿郁突地爆發：「我的確是傷了那個凡人，可凡人本就命賤如螻蟻，按照九天律例，仙者若殺了一個凡人，至多受些皮肉懲戒罷了，但殿下若是殺了我，卻是違反了九天律例，殿下不能殺我！」

護在阿郁身前的中年陵魚似是沒想到她竟說出這樣一番話來，不禁反手一巴掌甩過去，大喝：「孽障，還不住口！」又一徑地向連宋磕頭請罪。

狂風怒號，勢同鬼哭，中天之雲被狂風撕得粉碎，連宋所立之處的濃雲黑得幾乎能滴出墨來。他站在那兒沒動，看向捂著被打傷的臉頰面露忿色的小陵魚，淡淡道：「說得是，殺了妳做什麼。」聽了這話，中年陵魚臉色發白，然小陵魚卻自以為威脅到了水神，面色一喜。密切關注著這一切的殷臨不禁在心中暗罵了一聲：「這蠢貨。」果聽連宋繼續道：「死，又是什麼可怕的事。永生活在萬年冰域裡，豈不比死可怕千百倍？」

冷淡的、白袍翩然的水神，他的臉上一直沒有什麼激烈情緒，說出「萬年冰域」四字時，也很雲淡風輕，就像所說的並非什麼大不了之事。卻正是這四字，令在場眾人遽然色變。北海海底的萬年冰域，終年極寒，寸草不生，風霜刀劍，四時不停，但有仙者置於其間，將終日承受冰刀斫體、冰箭穿身之苦，卻又不至死，乃是令人聞風喪膽的刑罰之地，便是小陵魚不學無術，也聽過這對於所有仙者而言都不啻噩夢的地方。

連宋平握著戟越槍往前一推，槍體爆出刺目銀光，眾人尚來不及反應，銀光已穿過雲層，直達怒浪滔滔的海面，於海中劈出了一個巨大漩渦。小陵魚率先回過神來，惶懼不已，尖叫著連連後退。那漩渦之水卻直沖上天，化作一股細繩緊緊纏縛住她，驀地將她拽下雲頭。

小陵魚驚懼掙扎，痛叫不迭，但水流湍急，頃刻之間，她的尖叫便湮滅在了漩渦之中。

眼見小陵魚被漩渦捲走，小陵魚的父兄頹然跪坐在地。他們是北海之臣，不能違逆自己的主君，因此並不敢上前相救小陵魚，只能流著淚眼睜睜看著她消失在那漩渦的底部。

小陵魚消失了，漩渦亦很快便消失了。大海像是一頭得到投餵的餓獸，因飽腹而止了怒氣，不再鯨濤鼉浪，雖仍自翻湧，但比之方才，實在安寧了許多。

北海不再搖搖欲傾，中天亦不再烏雲壓頂，天海雖依舊昏黑，卻不再是那等末日之狀，此等天象，就像是水神之怒終於得到了平息。然殷臨卻知，天有此象，並不代表陵魚所得到的懲戒紓解了水神的痛楚，平息了他的怒意。這不過是因水神終於意識到了盛怒之下的他不經意間曾對整個北海降下了災厄，理智回籠之後及時住了手罷了。

殷臨雖同連宋不熟，但他亦曾有過刻骨銘心，自然明白連宋心底之痛根本無計可消。即便將小陵魚關入萬年冰域，又如何呢，「成玉」並不會因此而醒來。

殷臨仰望著半空中默立的年輕水神。那白衣青年只是隨意瞥了眼重煥生機的海面，便像對眼前的一切都厭倦極了似地移開了視線，面無表情地從鎮厄扇上抱起「成玉」，抬手收扇，便要離開。卻在此時，一個藍袍仙者踩著雲團匆匆趕來，口中急呼「三弟留步」。

能喚連宋三弟的，八荒之中只得兩人，一位是他大哥天君大皇子，一位是他二哥天君二皇子。

來者容顏俊秀，正是天君二皇子，北海水君桑籍。

連宋停下了腳步。

桑籍到得近前，目光掠過連宋懷中，輕輕一嘆，「那陵魚族公主之事我聽說了，她確然有罪，可北海之民何辜，你為了一個凡人，使得北海翻覆不安，」像是感覺難辦似地揉了揉額角，「此事父君遲早會知曉，屆時必定降罪，父君雖寵你，但涉及女子之事……」他嘆出一口長氣，「你還是同我一道去凌霄殿主動請罪吧，若讓別的什麼人搶先稟了此事，便不知他們會在父君面前如何編派了。」又看了一眼被連宋抱在懷裡護得嚴實的「成玉」，規勸道：「這八荒不是凡人該來的地方，她自何處來，你便該放她回何處去，仙凡相戀有違天律，你萬勿一錯再錯。」

連宋原本只是垂眸靜聽，聽到此處，卻抬眸一笑，笑中不見暖色，「二哥今日能如此勸我，二十八年前卻為何不讓那小巴蛇自哪兒來，便回哪兒去？」

桑籍一愣，「少辛同我在一起，並未違反天律，可這凡人……」

連宋淡淡，「都是不被天君所認同的姻緣，又分什麼高低？」

桑籍的臉騰地漲紅了，「雖說……」想要辯駁，卻又無從辯起，一時啞然。

連宋依然是那樣淡淡的，就像並沒有發現方才那些不留情面之言讓桑籍有多麼難堪，盯著桑籍看了少頃後，突然道：「我其實，有些羨慕二哥。」

桑籍愣住，「羨慕我？」

連宋移開了目光，看向遠天，靜了一會兒，才道：「二十八年前，二哥敢自作主張同青丘退婚，並將那小巴蛇帶上天宮無限榮寵，乃是仗著父君偏愛你。你以為不過區區兒女婚事，只要你表現得心意堅定，父君即便一時不允，但最終依然會如你所願。我猜得可對？」

桑籍閉了閉眼，「你，又提這個做什麼？當日是我欠思慮，若知父君會那樣厭憎少辛，我或許……」長長一嘆，含著一絲悔恨之意，「如今再說這些又有什麼用，終歸是我一念之差，害少辛吃了許多苦，更是害得長依……」話到此處無力為繼，一時默然。

連宋亦默然了片刻，片刻後他道：「我此前，其實看不太上二哥在這樁事上的處置，只覺你先是太過天真，後又太過莽撞。」

桑籍苦笑，「天真，莽撞，你說得沒錯，我不止一次後悔，若那時我能謹慎周全一些……」

連宋卻打斷了他，「沒用的。」

桑籍愣了一愣，像是沒聽清他的所言，「你說什麼？」

連宋重複了一遍那三個字：「沒用的。」他笑了一聲，含著譏嘲與諷刺，像是在嘲笑他自己，「我自以為以二哥為鑑，將諸事都思慮得極周全了，可考慮得再周全又有什麼用，總是防不勝防。」他垂眸看著懷中女子，「或許天真莽撞些，反倒還好，若是一開始我走的是另一條路，也如當年二哥護著那巴蛇那樣，寸步不離、天真莽撞地護著她，或許此時她就不至於這樣無聲無息地躺在我的懷中。」

桑籍愕然道：「你……」

連宋抬起頭來，臉上沒什麼表情，「凌霄殿我就不去了。」他看著桑籍，「此番無端降災北海，是我失職，我已不配為四海的水君，二哥便替我稟明天君，另擇良才來承這水君之位吧。而至於我該領受的懲罰，待我尋到喚醒阿玉之法後，自會回天宮尋天君領受。」話罷，果決地轉了身。

桑籍一震，很快反應了過來，在連宋轉身之際，猛上前一步握住了他的手臂，「你、你要走？」他既驚且駭，沒忍住，手中用了大力，語聲急促地提醒，「可還記得你同父君的賭約？那裂地生海之事，還可以辯解說你只是為這凡人容貌所惑，故而行了荒唐事，並非對長依變心，可若你卸職離去，豈不是明明白白告訴父君你輸了同他的賭約？這豈不是讓長依無法再回九重天……」說到這裡，許是反應過來這話目的性太明顯，咳了一聲，遮掩道：「就算、就算你不在意長依是否能重歸仙位重列仙班，但總要願賭服輸，依照賭約前去西天梵境佛祖跟前清修七百年，而後接任護族神將之位，豈可出爾反爾，一走了之？」

連宋看了一眼被桑籍拽住的手臂，微微一抬，桑籍鬆了手。「願賭服輸？」他全無所謂似的，「我素來荒唐，就算出爾反爾，天君也當習慣了。至於護族神將，」他的目光落在懷中女子身上，語聲放低，彷佛含著嘲弄，又彷佛很空洞，「我連一人也護不住，又怎能護住整個神族？」

桑籍訥訥，一時無言。

連宋沒有再看桑籍，抱緊了「成玉」，轉身便去。

桑籍未再試圖攔阻，神情愣然地立在雲端，望著連宋御風遠去的背影，突然向前急走了幾步，彷佛想要追上去，但不知為何，最終他並沒有追上去。

隨著連宋的離去，北海之上烏雲散去，狂風漸止，翻湧不歇的巨浪也隨之平息了下來，彷佛今日水神並沒有出現過，而這泱泱大海一直都是如此寧靜祥和。

那便是殷臨最後一次見到連宋。

四海水君竟為一個凡人女子掛印而去，這事若鬧開了，必定震動八荒。但殷臨盯了三日，卻發現八荒並無水神為一個凡人女子出走的傳聞，他猜想應是天君寵愛幼子，將此事給壓下了。

雪意私下潛入九重天打探了一番，說連宋出走的當日下午，桑籍便上天見了天君，然御書房裡並未傳出天君震怒的動靜，倒是桑籍出來後，神色有些恍惚。而待桑籍離開，天君便立刻去了一趟太晨宮，接著無事絕不出天宮的東華帝君便出了南天門，直向折顏上神的十里桃林而去。

根據雪意帶回的消息，殷臨推測連宋應是去了十里桃林找折顏上神救治成玉了，東華帝君則是受天君之託，前去帶回連宋。

在為連宋設局之初，殷臨就想過，即便這局精妙，能瞞盡天下人，但西方梵境的佛陀和一十三天太晨宮的東華帝君，恐是瞞不過的。然念及這二位皆是不愛管閒事的神，彼時殷臨遲疑了一瞬，最後還是選擇了設下此局，因他覺著無論是佛陀還是帝君，即便看透了此局，也不會插手此事。

可如今觀東華帝君的做派，卻讓殷臨生出一絲不祥之感來。

殷臨沒有白擔憂，果然，當天夜裡，東華帝君便闖了中澤。

帝君毫髮無損地穿過了守護中澤的七道大陣，出現在了姑媱，免了他的跪拜之禮，開門見山地問他：「那凡人成玉，便是祖媞吧？」

他強自鎮定，「帝君說的話，恕小神不能聽懂……」

帝君皺眉，「那凡人軀殼裡的魂魄乃是一個新魂，世間能造凡人新魂的神祇有限，八荒現存者不過梵境的悉洛、本君，再加上一個剛復歸便沉睡了的祖媞。這魂既不是悉洛與本君所造，自然便是祖媞所造。」停了停，「那凡體也造得精巧，本君試著將一隻仙者之靈放入了那凡軀，它竟能使棲身於其的仙者之靈隱於無形。若祖媞乃是復歸於這樣一具凡軀，怕是本君遇上她，也只會以為她是一個凡人。」淡淡看他一眼，「還要說聽不懂本君在說什麼嗎？」

他額上生汗，自知不能再隱瞞，只能拱手，「帝君不愧為天地共主，窺一斑而知全豹，什麼都瞞不過您。」

帝君抬袖，化出一張茶席，坐了下來，又示意他坐，「少綰曾同本君提及，說祖媞同尚未降生的水神有淵源，彼時本君尚且不知其為何意，」一邊煮茶一邊繼續，「當然，本君也沒有興趣。但如今想來，必是祖媞曾預見過同水神有緣了，是吧？」

他只能苦笑，「帝君既已猜到了這一步，那小神還有什麼可說的。」

帝君風輕雲淡，「你當然還有可說的，譬如本君就不大明白，祖媞便是那凡人成玉，可她為何瞞著連宋此事，反而要為他另造一個新魂，另做一個成玉去欺騙他？」帝君垂眸，以茶則量取茶葉，「本君知祖媞無七情亦無六欲，有一副完全無垢的神魂，」笑了笑，「總不至於是她復歸後不再認可凡人那一世，認為那一世姻緣褻瀆了她無情無欲完美無缺的神魂了吧？」

他再次苦笑，「當然不是如此，」定了定神，看向淡然煮茶的銀髮神尊，「帝君既親來姑媱詢問真相，那恕小神斗膽猜測，帝君應該尚未將成玉便是尊上之事告訴水神。」他低聲懇請，「小神可以告訴帝君所有，但請帝君代姑媱保守這個秘密，永不要將此事告知水神，這是尊上的意思，也是……為了水神好。」

帝君看了他一眼，將煮好的茶分了他一杯，「你姑且說來聽聽。」

他斂眉思量了片刻，低聲一嘆，「尊上，她很苦……」以此起頭，娓娓而言，將祖媞與水神之緣、祖媞的十七次轉世、成玉同連宋的過往，以及復歸後祖媞所預見到的三萬年後的天地大劫，和她不得已造那新魂的苦衷一一告知了帝君。

帝君聽完來龍去脈，神色難得嚴肅，問了他關於那天地大劫之事，沉默半晌後，答應了他的懇請，「本君答應你，不會將此事洩露給連宋。但祖媞的做法其實並不太妥。為連宋造一個凡人同他再續前緣，雖也可說是為他好，但實則卻是一種欺騙。」他微微皺眉，「既然祖媞已剝離了那段記憶，放棄了這段情緣，那你們倒也不必大費周折再為連宋造一個幻夢，況且如今這幻夢也不過是一個令人絕望痛苦的幻夢罷了。」話到此處，帝君沉默了片刻，最後道：「既然光神已重新做回了那個不曾動情的光神，就讓水神也重新成為那個遊戲人間的水神吧，這樣對彼此都好。」

他愣住，恍惚有些明白帝君的意思，但又不太確定，試探著詢問：「帝君的意思是……」

帝君已收了茶席站起身來，淡淡道：「本君會為水神再造記憶，使他忘記那凡人成玉。」又看向他，「你們在此盡心守護祖媞，待她醒來，本君再來姑嫿看她。」

而後帝君便離開了。

之後雪意又去九重天打探了一次，回來告訴他，說折顏這些日並不在十里桃林，等在桃林的連宋已被帝君帶回了天宮，回天宮後不久，便隨著帝君前往碧海蒼靈閉關了。

此後幾千年，兩人杳無音訊。

再之後，他領著三位神使徹底隱居中澤，只一心守著祖媞，不再接觸外事，也不再聽聞過外界的消息。

直到兩萬多年後的今日，為了紅色天犬之事，他同昭曦重新走出中澤，來到這嶓塚山，才再次見到彷彿已將一切忘記的水神。

這是最好的結局了。

他在心底輕聲一嘆，而後轉身向昭曦道：「我們也走吧。」

兩人沿著與水神一行完全相反的道路，默然離開了嶓塚山。

第二章

那之後，又過了兩千五百五十七年，便到了祖媞沉睡的第兩萬九千九百九十三個年頭。祖媞沉睡前曾言，三萬年後，隨著那場傾覆四海毀滅八荒的大劫來臨，她自會甦醒。如今，距離她口中的三萬年之期只剩七年，時間已經很近了。

因當初做出預言之時，祖媞並沒有看到那場大劫緣何而生，故而姑嫿的神使們也是一頭霧水，多年來只是守在姑嫿，被動地等待著預言中的那一日到來罷了，別的也做不了更多。然兩萬多近三萬年來，八荒中卻並沒有發生什麼可能與那劫數關聯的大事。

身為神使，自然不可能去懷疑神主的預言。作為四神使之首，殷臨的判斷是既然三萬年之期已臨近，那大劫也是時候該現端倪了，八荒明面上看著雖無事，但焉知沒有異變生於暗處？

殷臨的行動力極強，做出這個判斷後不久，便陸續安排三位神使出山，令他們深入各族，打探八荒異事。也不知是他的預感準還是運氣好，就在三神使陸續出山的次月，八荒中便發生了一件令四海俱驚、天地皆震的大事——失蹤了二十四萬年的暗之魔君慶姜復歸了。

此消息傳至姑嫿神使們耳中，他們立刻明白了此事便是他們一直在等待著的異事，也醒悟了祖媞預言中那場大劫的始作俑者將會是誰。然祖媞未醒，神使們不便妄動，故四神使一番商議後，只簡單同太晨宮中的東華帝君通遞了消息，便重新回山，再次關閉了姑媱。

姑媱一閉，四年一晃而逝。

霜和後來多次回想這個清晨，始終覺得它和姑媱過往的無數個清晨並沒有什麼不同。

這天一大早，殷臨和昭曦便去了長生海旁打坐修行。雪意則去了丹房。霜和是個靜不下來的脾氣，既不想跟著殷臨打坐，也不想去丹房被雪意當雜工使，就去了蘭因洞旁，想在那兒練會兒刀。

結果正要開練，卻發現刀柄上的纏繩鬆了，他就在洞旁的一塊草地上席地坐了，低頭弄起刀上的纏繩來。

他手笨，弄了半天也沒弄好，正要發火，旁邊忽然伸過來一隻手，「我幫你看看。」

他嚇了一跳，抬起頭來，才發現身邊不知什麼時候坐了個人。

那人對他笑了笑，他一震，揉了揉眼。

那人看他傻傻的，聳了聳肩沒再說什麼，從他手中取過他心愛的紫石斜紋刀，垂頭靈巧地幫他編起那散掉的刀繩來。

他瞪著那人，張了好幾次口才能順利將哽塞於喉中的話說出來：「尊、尊、尊、尊上，您、您、您、您醒了？」

那人抬頭對他笑了笑，將弄好的紫石斜紋刀重新放回了他手中。「啊，醒了。」她說。

就是這麼個在霜和事後多次回想中，始終找不出什麼亮點的平平無奇的早晨，祖媞自原定的三萬年沉眠中提前甦醒了。

她走出蘭因洞，看到了笨笨的同刀繩做鬥爭的霜和，走過去坐在了他身邊，好心伸手幫了他一把，就像二十多萬年前，若木之門還未打開，她還未為人族獻祭，他們平靜地生活在姑媱，她看到霜和的刀繩鬆了時會做的那樣。

這令霜和有些恍惚。

就在霜和恍惚的當口，祖媞開口問了他一句話：「你看到了我的面具沒有？」

霜和根本沒聽清她在說什麼。他的目光定在她臉上，有些震驚這張臉竟同他三十萬年前在大言山初見她時沒什麼不同。那時候她剛滿三萬五千歲，尚未成年，凡人十五、六的模樣，其實還沒有徹底長開，可一張臉已經好看得不像話。他被她點化，跟著她回姑媱山，每天看著她的臉，飯都可以多吃兩碗。只可惜好景不長，沒過多久她就遇到了萺蓉，那之後她便戴上了面具，他也再沒有見過她的面容。想不到數十萬年過去，他們姑媱四神使皆已褪去青澀，從少年長成了青年，而作為他們的神主，她卻仍維持著純真美麗的年少之姿。

霜和說不出話來。

祖媞看了他一會兒，輕輕握住了他的右臂，不太用力地按了按，「霜和，我在問你話。」

霜和終於回過了神來，「啊，面具。」他當然記得那張自遇到萺蓉後她便戴在臉上不曾取下的花紋繁複的青玉面具。但三萬年前祖媞復歸後，當他趕回姑媱時，她已入了蘭因洞，他根本就沒見到她的面，更不知道她的面具去了哪裡。但他私心裡覺得她不戴面具更好。

霜和盤腿坐在地上，巴巴地望著祖媞，神色中帶著大驚大喜後的迷茫，「我不知道啊尊上，面具的事可能要問殷臨，因為您沉睡那日只有他隨在您身邊，我們都在洞外。」提到殷臨，他才想起來得去通知殷臨祖媞醒來之事，一邊叨叨著「尊上您醒了殷臨他們不知會多開心，我得趕緊去通知他們」，一邊匆匆站起身來。卻被祖媞攔了一下。

她像是並不覺得自己沉睡了兩萬九千九百九十七年有什麼要緊，醒來又是個多大的事兒一樣，拔了一株狗尾巴草把玩，「不急，我們先說說話，我有些事情想要問你。」她遲疑了片刻，神色有點古怪，像是既想要知道答案，又害怕知道答案，「蒨蓉怎麼樣了？還在嶓塚沉睡嗎？」

祖媞醒來後，問的第一個問題是她的面具去哪兒了，關心的第一個人是蒨蓉，這讓懸著心屏氣凝神的霜和有點兒無所適從，頓了會兒才反應過來，「蒨蓉，尊上是問蒨蓉嗎？哦，蒨蓉，她沒事，一直好好睡在嶓塚，我去年還去她睡的那個山洞看了她一眼，睡得可熟。」

「是嗎？」祖媞微蹙的眉舒展開來，笑了笑，「那就好。」有些感嘆似的，「已經二十四萬年了，她在嶓塚睡了這麼久，也該醒了。」說話間化出一只白玉瓶來，咬破指尖，滴了一滴血到那瓶中，手指微動將玉瓶封好，遞過去道：「回頭你找個時間帶著這滴血去嶓塚將她喚醒吧，知道我回來了，她應該會高興。」

吩咐完這話之後，她站了起來，霜和也站了起來，按照過往經驗，這就算把正經事談完了。霜和正在考慮接下來是不是該提議陪她去長生海找殷臨，走在前面的祖媞突然轉過了身來。

她面對著他，表情有幾分漫不經心，像是突然想起來順便一問，「對了，你剛才以為我要和你說的是誰？」

心裡有鬼之故，霜和反應奇快，他立刻明白了祖媞的意思，頭皮一下子麻了。

祖媞沒有看錯，在方才她說想要問霜和點事時，霜和的確沒有想到她會問萕蓉，他以為她會問連宋。而當她露出那種想知道答案又怕知道答案的類似近鄉情怯的表情時，霜和是真的以為殷臨的擔憂成真了——在陷入沉睡之前，他們的尊上並未成功剝離掉關於水神的記憶，她還記得他。

那一瞬間霜和簡直感到絕望，腦海裡飄過一行大字——「水神已經把我們尊上給忘了，可我們尊上居然還記得他，完了完了，這是什麼人間○劇！」「○劇」是「慘劇」的意思，因為霜和不是很識字，慘字不會寫，所以腦海裡那個加粗的「慘」字是用一個加粗的圓圈代替的。人間○劇。人間慘劇。

這一行字在霜和腦海裡飄了差不多二十遍，祖媞開了口。他沒想到她問的卻是萕蓉。說真的霜和跟萕蓉的關係也就那樣，二十多萬年前同在姑媱時，兩人三天一小吵七天一大吵半個月就要互毆一次。所以聽到祖媞關心萕蓉，霜和絕對稱不上高興，但他卻鬆了口氣。是真的鬆了一口氣。祖媞甦醒，最關心的居然是萕蓉，那肯定是把水神給忘了。

他當時的心路歷程就是這樣的。

他自覺自己內心雖然驚心動魄，但面上很不露聲色，他想不通祖媞為什麼會看出來。但祖媞畢竟是看出來了。他少不得要遮掩一番。

於是，他欲蓋彌彰地笑了笑，「沒有誰啊，我就是以為您要和我說萕蓉。呵呵。」

祖媞很輕地嘆了口氣，「二十多萬年不見，想不到霜和你也學會說謊了，還說得挺像那麼回事，」她並沒有責備他，她甚至笑了一下，然後說：「這可不太好。」

但這句話對霜和已經很夠用了，他立刻僵了，「我不夠好了嗎？」他呆呆問。

自被祖媞點化，霜和就把當一個令神主滿意的好神使定為了自己神生的終極目標，一直在朝著這個目標奮鬥。過去數萬年，祖媞一直覺得他很好，他也一直為此自得，可方才祖媞卻說他不太好了，霜和的天塌了。天都塌了他也就保守不了什麼秘密了，「我、我以為您會問水神。」

聽到這個名字，祖媞緩緩睜大了眼睛。「水神？」她問，「你是說水神嗎？」她反問了兩次。

霜和硬著頭皮點頭，道「是」。

祖媞微微皺眉，像是在思考，接著她抬頭看向霜和，「你為什麼覺得我會和你說水神？」她停了一下，眼含疑惑，「或許因為轉世又沉睡之故，過去的很多事情我都記不太清了。難道在我記不太清的過去裡，水神已經降生了，且和我有過什麼重要的交集嗎？」

霜和心裡咯噔了一聲。他單純，心大，可能還不太聰明，但他不蠢。從祖媞的反應來看，她是真的忘了水神，然拜他所賜，在完全忘記水神的情況下，她似乎又對他生出了興趣……霜和簡直想死。她向來穎慧，他應該怎麼說，才能讓她相信她其實和水神並沒什麼特別關係？她雖天真，但極不好騙，整個姑嫿能騙到她的人只有雪意，他這時候去搬雪意來當救兵還來不來得及？

正當霜和汗如雨下之時，被他唸叨著的雪意的聲音居然適時地插了進來，「洪荒時代，五大自然神中唯有水神遲遲未降生，若木之門打開前，尊上不是老念著這件事嗎？」

霜和抬頭望去，見雪意正隨著殷臨和昭曦一道過來。三丈開外，三人站定，對祖媞躬身以拜。霜和這才想起他還未拜神主，趕緊隨著大家拜了一次，雖躬身拜著，眼睛卻捨不得離開祖媞的臉，便見他們神主微微一笑，白玉素手自流雲廣袖中探出一點，略略往下按了按，是她慣常的動作，讓他們免禮的意思，然後她看向雪意，像是很好奇，「那時候我很期待水神降生嗎？」又像是悵然，「我一點也不記得了。」

見祖媞這個反應，霜和立刻緊張起來，但雪意，真不愧是一本正經胡說八道的王者，他一絲緊張模樣都無，臉上的表情彷彿四海八荒他最真誠，「畢竟是很久以前的事了，」雪意含笑道：「加之尊上的魂魄自光中復生後，便進入了凡世輪迴，輪迴磨人，些許不重要的往事尊上記不得了也很正常。不過當初尊上對於水神降生的期盼我們都看在眼裡，霜和更是將之記在了心中。水神在七萬年前終於降生了，他應該是想著您可能會關心這事，所以以為您會問起水神。」說到這裡，狀似無奈地笑了笑，「霜和他就是這樣，心裡藏不住事，尊上您也是很知道的。」

霜和佩服死雪意了，胡說八道得如此誠懇又有邏輯，聽得他一愣一愣的，自己都信了自己是因牢記得祖媞期盼水神降生，才想著祖媞會主動同他提起水神。

幸運的是，祖媞也信了，臉上露出了恍悟的表情，「原來是這樣。」她沉吟道。垂眸回憶了片刻，接著，她向一直靜在一旁的殷臨和昭曦道：「我好像是有些想起來，我應該是期盼過水神降生的，」又笑了笑，「對了，我是不是還給他做了一只撥浪鼓，想要等他降生時送給他來著？」

殷臨靜了一下，沒有立刻回答，昭曦看了殷臨一眼，先道：「我跟著尊上的時間不及殷臨久，並不知撥浪鼓的事，若是尊上很早前就將此物做給了水神的話，那或許殷臨知道。」

話罷先望了殷臨一眼，再以眼風瞟了雪意一眼。四大神使裡除了腦子不大好的霜和外，其他三人向來有默契，大家心知肚明，昭曦這篇話再加上後面兩個眼神，是希望殷臨好好發揮，如果發揮得不好，雪意能及時幫他圓謊的意思。

殷臨回望了昭曦一眼，撥浪鼓的事，他的確知道一些。

他是最早被祖媞點化的神使，她剛滿兩萬歲時，他便陪著她。彼時沒有七情六欲的祖媞，看上去雖幽靜疏冷，實則極為天真，時常有稚氣之舉。姑媱山中有一棵老檀樹，在祖媞降生前已扎根在長生海畔，有時會和他講祖媞小時候的事。

說祖媞七千多歲時，有天晚上作了預知夢，預見了火神即將降世，於是次日她便去了後山，尋來了一種美玉，告訴老檀樹她要做一只撥浪鼓送給火神做生辰禮。那時的祖媞，其實根本不懂所謂友愛是什麼，只是因當年她降生時，母神來到姑媱，帶給了她一只九連環，那是世間第一位自然神——女媧神在因補天而沉睡之前親手做出來留給她的生辰賀禮。在得到那九連環後，小祖媞便也自發地生出了需做一件趣致小物送給後世自然神以慶祝他們降生的意識。

在做好撥浪鼓不久後，老檀樹陪著祖媞第一次走出了中澤，去探望謝冥。

他們在南荒的少和淵旁，見到了被風之主瑟珈抱在懷中的小火神謝冥。安靜的小女娃睜著烏黑的大眼睛好奇地看著祖媞。祖媞搖著紅色的撥浪鼓去逗小女娃，逗了一會兒，仰著頭好奇地問瑟珈：「五大自然神已降生了四人，只還有水神未降生了，瑟珈哥哥可知道水神會在何時降生嗎？」

瑟珈懷中有著一雙大眼睛的小謝冥立刻伸出手來打了一下面前的撥浪鼓，哼哼了兩聲，瑟珈好笑地撫了撫小女娃的額頭，看向祖媞，「妳不能叫我哥哥，她會生氣。」又道：「妳是預知之神，連妳都無法知悉水神將於何時降生，我就更不會知道。」

聽聞瑟珈的回答，祖媞失望地輕輕一嘆，「我沒有作過關於水神的預知夢。」想了想，「但我覺得他應該很快就會降生了吧，」又天真地問瑟珈：「我在想我是不是應該給水神也做一只撥浪鼓，瑟珈哥……」眼看小謝冥皺起那安靜的眉眼，又要伸手打撥浪鼓，她立刻改口：「瑟珈，」還退後了兩步，隔著好一段距離問瑟珈：「你說我做一只藍色的撥浪鼓給水神，他會喜歡嗎？」

那時候的瑟珈也不過兩萬餘歲，尚存玩心，聞言還真的認真想了想她的提議，然後鄭重地回答了她的問題：「撥浪鼓誰不喜歡呢，小孩子們都喜歡的。」一邊說著一邊從她的手裡接過那只紅色的撥浪鼓，低頭溫柔地逗起懷中的小謝冥來。小謝冥打了個哈欠，給面子地朝著瑟珈笑了笑。

去少和淵送完禮後，老檀樹陪著祖媞回到了姑媱。

回到姑媱後不久，祖媞便做出了一只藍色的撥浪鼓。那應該就是祖媞同連宋最初的緣。

殷臨成為姑媱的神使後，祖媞放東西的洞府零露洞便歸他統管了。他見過那只撥浪鼓，藍玉鼓圈，牙白鼓面，鼓柄綴了兩粒渾圓的黑蚌珠，很是童趣精緻。但殷臨沒有問過祖媞有關那只撥浪鼓的事。

祖媞首次在殷臨面前提起水神，是臨近她四萬歲成年之期時，她作了一個有關水神的預知夢。在那夢裡，她預見到了那位在二十多萬年後才會降生的神祇同她的仙緣。接著，在數萬年有關水神的長夢裡，她幾乎模糊夢境與現實。水神在她心中再不是一個單純的自然神夥伴，他成了於她而言最特別的那個人。她當然不能再用撥浪鼓這種簡單的、稚氣的禮物去慶賀水神的降生。

殷臨記得，那是在二十四萬年前，若木之門打開的前夕。世間的最後一位創世神少綰神終於得知了自己的命運，前來姑媱尋求祖媞的幫助，希望她能助她打開若木之門，將人族徙往凡世。

祖媞答應了少綰的請求，並治好了她為探尋若木之門開門之法而被毒木刺傷的傷口。少綰欲報答祖媞，問她想要什麼。祖媞考慮了會兒，然後問少綰：「我聽山外的花木說，音律一途，世間唯有被譽為幽蘭君子的墨淵上神能與妳爭鋒，這是真的嗎？」

少綰君眉眼彎彎，「如果是別人來問我，我必定告訴他們是我全方位吊打墨淵。」她靠近祖媞些許，「但是對妳嘛，我自然要說真話。八音之中，論金石土革，墨淵不及我，但論絲木匏竹，我不及他。」說著微微一笑，「不過妳問我這個，是想要做什麼呢？」

青玉面具遮擋住了祖媞的表情，只能聽到她的聲音，溫和地、柔軟地、不緊不慢地響起：「我想妳教我製笛，我想製一支絕世無雙，天下無物能出其右的靈笛。」

這顯然是一個出乎少綰君意料的答案，她挑起了眉，「哦？須知靈笛需配大家，然據我所知，光神並不通音律，且整個姑媱好像都沒有特別通音律之人，所以，」她撐著腮，饒有興致地看向祖媞，「妳為何想要製這樣一支靈笛呢？」

數萬年的長夢讓光神懂了一點七情，然雖懂了一點情，卻是很微弱淺薄的感知，因此她依然保持著那種稚拙，並不知羞澀和難堪是何物，十分坦誠地告訴少綰：「因為新神紀才會降生的水神極擅吹笛，但他挑剔，眼光很高，在他所處的世代，無一人能做出一支合他心意的笛子供他驅用。他一直想要一支稱手的靈笛，我看到了他的失望，所以想做一支合他心意的笛子送給他。」

少綰大為感嘆，「你們自然神之間的情誼真是……」

祖媞卻打斷了她，「他並非尋常自然神，他是與我有仙緣的神。」

少綰：「……」

那時候殷臨隨侍於一側，親歷了這場對話。少綰納罕於無情無欲的光神竟會有天命注定的仙緣，追著祖媞又問了幾個問題，而後答應了教她製笛。

兩人於蘭因洞中閉關四十九日，製成了一支通體流光的白玉笛，便是後世所稱的無聲笛。但因祖媞在樂理上著實有些……以致靈笛能成，泰半還是靠少綰盡力，故而祖媞並不覺此笛是她所製，也不願領製笛的虛名，反將那笛贈給了少綰，打算再為水神做個什麼別的東西。可還沒等她想出來該做個什麼，若木之門打開的時機已至。

殷臨一直沒能忘記，那時候祖媞滿懷遺憾地輕嘆，說欠水神的生辰賀禮，只有待她復歸後另做了。她沒有提起那只撥浪鼓，殷臨覺得她是把它給忘了。之後，在若木之門打開的前夜，一直暗自惦記著那只撥浪鼓的菁蓉悄悄潛入零露洞中，偷出了那只撥浪鼓，並於若木之門打開之後，帶著它進入了祖媞為她安排的長達二十多萬年的沉眠中。

那便是那只鼓最後的去處。

回憶至此，饒是殷臨，也難免悵然。

昭曦叫了他一聲：「殷臨？」

他才回過神來。

回過神來的殷臨輕輕咳了咳，三十多萬年的世事流轉令他既感滄桑又感唏噓，但他並非什麼傷春悲秋之人，立刻整理好了情緒，肅然答起祖媞關於那只撥浪鼓的問題來：「尊上那時候是做了一只撥浪鼓給水神，」他頓了頓，面不改色地胡說八道，「可水神遲遲不降生，萴蓉又喜歡那只鼓，您便將它送給了萴蓉。」雪意眉間微動，淡淡看了殷臨一眼，殷臨回看了雪意一眼，繼續面不改色地向祖媞道：「後來，天地間有許多大事可忙，尊上也沒空考慮為水神準備什麼別的生辰禮，此事便擱置不再提了。」

祖媞愣了愣，「原來是這樣嗎？」她微微偏頭，輕聲，「那如今，既然我回來了，是不是應該補上這禮啊？」聲音裡含著一點縹緲和不確定，像是自語，又像是在和他們商議。

殷臨靜了一下，他本心裡很想對她說不用補，待要開口，卻突然想起了若木之門打開前，祖媞最後一次同他提起那尚未降生，卻已令她無法放下的水神。她說：「欠他的生辰賀禮，只有待我復歸後再做給他了，到時候我要做一個我拿手的、他也會喜歡的東西。」那輕輕慨嘆的語聲裡，含著遺憾和悵然的情緒，也含著微弱的、不太能令人察覺的，卻婉轉動人的期盼之意，就像這是世間最令她嚮往的祈願，她渴盼著它能實現。

可誰能料到呢，當光神終於在水神降生的新神紀復歸、甦醒，兩人之間卻是這般情形。

殷臨沉默了少時，將理智按壓了下去，低聲回覆祖媞：「如果尊上想要補上這禮，那就補上吧。」他頓了一下，柔聲補充了一句，「尊上可以做一個您拿手的、水神也喜歡的東西。」

雪意有些詫異地看了殷臨一眼。這一次，殷臨沒有回視他。

祖媞合起了雙手，將下巴放在冰雪似的指尖上。這是一個活潑的、嬌氣的、二十多萬年前的祖媞不會做的動作。

光神雖生於洪荒，是位洪荒神，但因預知之力對精神力的消耗過甚，她是一個動輒便需沉睡千年萬年以養回精神力的神。光神清醒存世的時間，林林總總加起來，不過五萬餘年，其實可以算作一個輩分奇高的五萬多歲的小女神。

這樣的一位女神，又長著這樣一張純真的、清甜的、少女的臉，做這樣的動作時，只讓人覺得可愛，並不會感到違和，甚至對於殷臨而言，還讓他生出了一點她仍在凡世大熙朝修行歷練的恍惚感。

這天真的少女微微偏了頭，輕快地對他說：「水神已經是一個青年了，我想如今的他應該不會再喜歡撥浪鼓了，那我給他做一把弩吧，你說好不好？」

殷臨看著她，壓下心中思緒，努力地攢出了一個笑，「世間最擅弓弩者便是尊上了，尊上所製的弓弩，水神一定會很珍愛。」

她抿唇笑了笑，是肉眼可辨的高興。「那很好。」她輕聲，「那令人愉悅的事就說到這裡吧。」她停下來，看向站在面前的三人，「接下來我要說正事了。」

三人彼此相看，而後齊望向祖媞。

她依然非常溫和，語聲甚至和方才一樣輕，但所說的內容卻將三人牢牢定在了原地。

她說：「慶姜是否復歸了？我夢到他殺死了我，就在我準備再次為八荒獻祭之時。」

第三章

南天門後清都絳闕，瑞氣氤氳。

兩萬九千九百九十七年前，光神祖媞自原初之光中復歸，復歸之時以光神、人神之名，為這天地八荒立下了兩條不可破除的法咒，而後便回到中澤闔閉了山門，陷入了漫長的沉睡。

這是連剛飛昇上九重天的小神仙都知曉的一樁大事。

光神復歸，意義的確非凡，但逾三萬年之久，其復歸之事還能如此有生命力地在九重天上被眾仙者帶著敬畏之心常議常新，這得歸功於元極宮三殿下、天君三皇子連宋君。

須知四海八荒乃至十億凡世，但有仙者飛昇，前往大羅天青雲殿拜東君求階品前，皆需參加一場旨在考核新飛昇仙者對仙界常識掌握的文試。兩萬五千年前，主持此文試的主考座師乃是九重天上司天曹桂籍、掌天下文運的文昌帝君晉文上神。但後來晉文上神因修史忙不過來，便奏請了天君，請年輕一輩中學識不俗人又比較閒的連三殿下代勞此職。

三殿下沒說什麼，接了此事。

然後事情的走向就變得奇怪了起來……

元月二十一，又是一年文考時。兩個新上天的小神仙面如菜色地從考場出來。

高個子小仙嘆著氣對矮個子小仙道：「我聽說去年關於祖媞神的考題是她那兩道法咒於現世的意義，去年補考的人就不太多，我們今年真倒霉。唉，你知道三殿下為什麼這麼愛出關於祖媞神的考題嗎？」

矮個子小仙也嘆了口氣，「聽說是因為祖媞神的事幾乎是四海八荒所有仙者的知識盲區，乃拉分的利器。而且三殿下覺得用祖媞神來出題很方便。比如單用她復歸又沉睡的事出題，就可以綜合考察許多知識點。就三殿下已出過的題來看，就有涉及光學知識的『何為原初之光』，涉及地理學知識的『一比一百萬中澤聖境地圖繪製』，涉及政治學知識的『祖媞神的兩大法咒於現世的十大意義之淺析』，以及涉及占卜學知識的『祖媞神將會於何時甦醒之預測』……」

高個子小仙默了一默，「據說只要考占卜祖媞神何時醒來的題和給中澤聖境畫地圖的題，那一年大家就百分百都要補考，今年既然咱們不幸遇上占卜題，那似乎也只有等著補考了。」

矮個子小仙頹廢道是。

兩人正萎靡不振地說著話，一個穿鎧甲的護法神行色匆匆，與他們擦肩而過。前頭一方仙池旁坐著個釣魚的老神仙，似是識得那護法神，遙遙相問道：「這不是巨靈神君嗎，如此匆匆，可是南天門上發生了什麼大事？」

巨靈神君聞聲抬頭，「熒惑星君。」趨前向著那老神仙躬身一禮，「不敢有瞞星君，祖媞神甦醒了，姑嫿山的神使此時正候在南天門旁，說是奉祖媞神之命前來拜會元極宮的三殿下，卑職正要前去通報天君。」

老神仙驚得掉了魚竿，「祖媞神醒了？」斂色起身道：「這可是樁大事，你且去通報天君吧，本君去南天門上看看。」

兩位神仙很快消失在了仙池旁。

方才巨靈神君同那老神仙說話時雖壓低了聲音，仙池這邊一高一矮兩個小仙還是聽到了。兩人面面相覷，良久，矮個子小仙呆呆問：「祖媞神甦醒了？我沒有聽錯吧？」不等高個子小仙回答，眼睛猛地一亮，「那我豈不是不用補考了！我就是矇的她今年就會醒過來！哇！我居然矇對了！」

光神祖媞甦醒的消息，隨著姑嫿神使造訪天宮，很快傳遍了九重天。同時傳遍九重天的還有一個小道傳聞，說祖媞神派神使前來天庭，並非為訪天君，而是來訪元極宮的三殿下。至於神使們為何來訪三殿下，卻是不可知。

小道消息傳得沒錯，霜意和霜和的確是來訪連宋的，但將此事弄得盡人皆知，卻並非兩人本意。說起來他倆也不是沒來過九重天，只是從前都是偷偷潛進來打探消息，並沒有走過南天門這個正門。但想著今次他們是來送禮的又不是來做賊的，何必如此鬼祟呢，他們就在南天門前自報了家門。然後他們就驚動了天君，驚動了幾位九天真皇，驚動了道德天尊、靈寶天尊、元始天尊……東華帝君在閉關，暫時沒有被驚動到，但太晨宮第一仙官重霖仙者也作為代表前來凌霄殿見證了他們將禮物交給連宋的過程……

凌霄殿中，諸位仙者皆十分鄭重肅穆，唯有那曾和他們尊上有過一段刻骨銘心的情緣，但如今已將之全然忘記的年輕水神，彷彿感受不到大殿之上的莊肅氣氛，閒閒立於御前，從容地接過霜和遞過去的玉匣，微微一笑，「多謝。」

這是雪意第一次近距離接觸水神。白衣執扇的神君，舉止矜貴，氣質介於溫煦與疏冷之間，有一張無可挑剔的臉。祖媞在凡世歷練時為何會愛上他，對他情根深種，似乎也不那麼難以理解了。

雪意很短暫地靜了一瞬，一笑回之，「尊上對在她之後降生的自然神都十分關愛，二十多萬年前就一直期待著水神您的降生，日前甦醒後得知水神已臨世多年，很是欣悅，因此親手做了此生辰禮，差我二人補送過來。」

祖媞天真，送水神此禮，心懷無邪，但九天之神，個個神中之瑞，小心思一套又一套，很難保證他們不借題發揮，故意曲解祖媞之意，單看當年祖媞復歸時天君大張旗鼓派出七曜星君前來迎賀，便可窺見一斑。姑嫆中立了這麼多年，若傳出什麼光神主動向天族遞出橄欖枝的傳言……他們姑嫆不要面子的嗎？故而雪意才有這番言語，當著眾位九天尊神的面，將祖媞此舉明明白白定為了前輩自然神對後輩自然神的關懷。

天君聽懂了雪意話裡的深意，面上有尷尬之色一閃而逝，雪意見此，越發覺得自己那番話說得必要。不過，讓雪意沒想到的是，一向傻乎乎的霜和竟也察覺了他此言後隱有深意。但霜和聽得半懂不懂的，搞錯了他隱意的方向，突然皺起眉頭，兇巴巴地看向連宋，「對，這只是生辰禮罷了，我們尊上也給謝冥神送過這樣的生辰禮，所以您最好不要多想！」

煌煌大殿之上，在座的神仙們都愣了愣。連宋亦是一愣，「我不要多想？多想什麼？」他唇角微勾，含笑的唇透出一絲玩味，「神使何出此言？」

雪意一巴掌拍死霜和的心都有了，霜和也意識到自己說錯了話，忐忑地看了雪意一眼，選擇了閉嘴。

雪意也不好解釋是霜和的理解能力不行理解錯了他的意思，但他的真實意圖又不能放到檯面上來講……此情此境，該用何種話術描補，才能使水神不至生疑？雪意很快想出了一個最佳方案。但這個最佳方案，讓他有點想死。

連宋帶笑看了他們一眼，「兩位神使？」

雪意默了一瞬，「我們尊上，」他硬著頭皮開口，但他裝得好像很從容，很淡定，見過大世面，人淡如菊，一點也不尷尬，「雖生於洪荒，輩分奇高無比，且又是水神您的前輩自然神，但以正常存世的時間來算，其實我們尊上也不過是一個少女神，和水神您的年紀差不了多少。」他頓了頓，給自己做了下心理建設，才有勇氣繼續人淡如菊地編下去，「霜和他擔心水神和天上諸神多想，誤會我們尊上，這也在情理之中，他並無惡意。」雪意是這樣的，說話永遠是委婉的，含蓄的，得體的。這篇話說得並不算很明白，但該懂的，大家都懂了。

天君和幾位天尊真皇齊齊愣住了。原來還可以從這個角度來誤會祖媞神的嗎？面對這個大膽的新思路，大家都驚呆了，久久難以回神。反倒是連宋君，像是早已料到了雪意會說什麼似的，淡然地挑了挑眉，「神使玩笑了，我自然知道這是祖媞神對後輩的至純心意，豈會多想，在座的真皇天尊們更是不會多想，至於……」話到此處他頓了一下，「至於天上的其他諸仙，他們自然也……」他再次頓了一下，表情變得有些複雜，他換了個用詞，「他們應當也不敢多想，誤會祖媞神。」

那時候雪意還不太瞭解九重天，因此無法理解「他們自然也不敢……」這個句型和「他們應當也不敢……」這個句型有什麼區別，只以為都是水神給予的保證——保證祖媞的名聲絕不會受損。他也就放心了，很滿意地帶著霜和離開了九重天。

也幸虧他走得早，因為哪怕再多待一天，他就會發現三殿下那句謹慎的「應當也不敢……」的意思其實是：按理說他們不敢，但他們可能還是敢……

九重天的小神仙，是為了八卦能捨生忘死的小神仙。三殿下沒有錯判他們。

天君明令禁止諸仙議論姑媱神使造訪天宮之事。大家不敢在明面上談論，但私下裡議得那叫一個歡實。

光神甦醒，不曾打開姑媱供八方眾神拜賀，看上去是個非常難以親近的洪荒神了，卻唯獨對元極宮格外垂青。這事還在擁護「三殿下遊戲八荒越是無情越動人」的小仙娥們和擁護「三殿下與長依花主八荒絕配鎖死不分」的小仙娥們中間，引發了一場論戰。

前者表示連祖媞神都格外垂青我三殿下，我三殿下不愧是我三殿下，絕不是煙瀾之流可以覬覦，望某些站「連長情深」的小仙娥們不要再臉大倒貼；同時暗戳戳地、與有榮焉地猜測，祖媞神格外青睞元極宮，該不會是對三殿下有意思吧？

後者表示雖然煙瀾仙子是長依花主的轉世，但她們站的是三殿下和長依，並不是三殿下和煙瀾，並且她們根本就沒有倒貼，三殿下本來就對長依花主很是不同；同時暗戳戳地、惶惑不安地猜測，祖媞神格外青睞元極宮，是不是對三殿下有意思啊？

不得不說雖然分屬不同流派，但大家在拉郎配這條道路上也算是同心協力，並且至少在想像力這上面遠遠超過了天君。

煙瀾仙子的婢女莧兒渾水摸魚地混在兩派的論戰之中，淘到了一些很不得了的小道消息，趕緊去找煙瀾報信，「聽說祖媞神親自做了一把小弩送給了三殿下，三殿下十分喜愛，奴婢聽那些小仙分析，說此舉有可能是姑媱釋出信號，意欲與天族聯姻……」

瑤池旁，跪坐於池畔正試著將原本生於玉盆中的一株小蓮移入池中的煙瀾一頓，打斷莧兒，「不是說她出生於舊神紀，已經三十多萬歲了？」皺著眉不悅道：「天族同青丘聯姻，白淺上仙同太子殿下之間相差九萬歲，說閒話的神仙便不少了。她同三殿下之間相差何止九萬歲呢，怕是有三個九萬歲了，怎可能會聯姻？妳不要聽風就是雨。」

莧兒賠笑，小心翼翼道：「可聽那些小仙說，因光神是獻祭後復歸之神，若論年紀，其實該照她獻祭之時的年紀算，那就是十萬歲，如此，她同七萬歲的三殿下年歲上卻是相合的。」

煙瀾愣住，一雙美目緩緩瞪大了，「所以她……」喃喃自語，「照妳說，她雖是洪荒神，年紀卻不大，那獨守姑媱，確是很難，想要嫁給三殿下，讓天族做她的後盾，這也不是不可能……」念及此，一張臉驀地白了，唇顫了幾顫，「不會的，」她強自鎮定下來，「殿下曾為我散半身修為，曾為我裂地造海，殿下喜歡的是我，他不會答應這門親事的！」

莧兒面露擔憂之色，繼續小心翼翼道：「可……就算殿下不答應，倘若姑媱果真對殿下有意，奴婢擔心天君不會拒絕。」她分辨著煙瀾的神色，靠近煙瀾些許，「依奴婢看，花主不如趁機同殿下挑破那層紗，先讓殿下娶了您做側妃……」

煙瀾猛地站了起來，「不行！」

莧兒被嚇了一大跳，而與此同時，瑤池中忽然「噗哧」傳出一聲嗤笑。

主僕兩人俱是一驚，煙瀾厲喝：「是誰鬼鬼祟祟？」

一陣窸窣聲後，一麗容女子撥開蓮花，從蓬蓬蓮葉中站了起來，懶散地撫著鬢髮，「本公主在此午歇，是妳們自己跑來說些令人發笑的話，卻說本公主鬼祟？」目光落在煙瀾身上，笑道：「喂，小花主，妳的洪荒史是不是從來沒有及過格啊？」

煙瀾目光一定，認出了眼前這位乃太晨宮中東華帝君的義妹知鶴公主，也曾在斗姆元君處學藝，是一尊惹不起的大佛。她雖氣惱知鶴偷聽她們主僕私語，卻心知不能在這尊大佛面前發作，忍了又忍，冷道：「我不知道公主在說什麼。」說著就要領萁兒離開。

知鶴卻輕輕一躍，上得岸來，攔在了前路上，「妳方才不是說，祖媞神需與天族聯姻，背靠天族才能在八荒立足嗎？」她好整以暇地看著煙瀾，「在洪荒亂戰的年代裡，祖媞神獨隱姑媱，也沒見哪一族能將她怎麼樣，如今四海承平，她倒是要背靠天族才能活得下去了。本公主覺著但凡洪荒史及過一次格，應該也說不出這樣的鬼話，所以問妳是不是從沒有及過格啊？」話到此處，她像是才想起來似的，「哦，差點忘了，」她惡劣一笑，「妳是個走後門升上來的仙，壓根兒沒學過洪荒史嘛。」

煙瀾的臉色一瞬間變得鐵青。她並非正經修上來的仙，能繼任花主之位、得享花主尊榮，皆因她是前任花主長依的轉世。可她繼承了長依的記憶，卻沒有繼承她的能力，近三萬年來，在花主這個位置上毫無建樹，以致九天仙神微詞不斷。然礙於東華帝君和連三殿下，大家縱然心中不服，至少不敢當著她的面非議她。

可此時，知鶴竟敢當著她的面如此羞辱她，煙瀾怒火中燒，不禁口不擇言地反擊：「若非想要爭取天族為後盾，姑媱為何獨向三殿下示好，對他另眼相看？是光神她自己……」話到此處陡然回過神來，再說下去便有詆毀尊神之嫌了，她趕緊住了口，但也不願就此服輸，咬牙補了一句，「姑媱行事既然不避嫌，那便不要怪別人多想！」

知鶴驚訝地看了她一眼，「如今天平地安，五行調和，八荒諸仙也不太提及自然神了，所以妳便忘了三殿下他還有一個身分是自然神了嗎？」故作恍然地挑眉，「啊，或者妳這種連新上天的文考都沒有去考過的仙，是不是根本就不知道何為自然神啊？」

看煙瀾緊緊抿唇，臉上閃過難堪之色，知鶴瞭然地輕嗤：「喲，還真不知道呢。史書有載，四海之內，八荒之間，三大創世神創世，三大護世神護世，五大自然神維繫天道。光神乃世間第三位自然神，水神乃世間最後一位自然神。」說到這裡，她停下來微微一笑，「妳剛才是不是說祖媞神需得避嫌，不該對三殿下他另眼相看啊？」臉上的笑意加深，「如今五大自然神中，火神謝冥神羽化了，地母女媧娘娘和風之主瑟珈尊者均在沉睡，清醒存世的唯有身為光神的祖媞神和身為水神的三殿下。祖媞神不對三殿下另眼相看，難道該對妳另眼相看嗎？」掃了一眼主僕二人，「偏妳們齷齪，還說什麼要先祖媞神一步去給連三殿下當側妃，」含笑看向煙瀾，「憑妳也配？」

煙瀾的臉漲得通紅，嘴唇一陣哆嗦，卻是什麼話都說不出來。

知鶴眼底流露出輕蔑，「他們都說妳是三殿下花了大力氣搞出來的長依的轉世，長依吧，雖然我也不大喜歡她，但起碼人聰明，處事玲瓏，還有點真本事。怎麼身為轉世的妳就這麼蠢呢？蠢就罷了，還不讀書，真是要命了。」話罷冷冷一笑，悠然而去。

煙瀾緊緊咬牙，整個人都在發抖，待知鶴走出老遠，忽然「砰」的一聲摔倒在地。竟是被氣暈了。蒐兒在一旁大呼小叫。

幾步開外有一片玉竹林，元極宮的掌事仙娥天步在那片玉竹後採摘竹露，被迫聽完了知鶴與煙瀾的整場交鋒。

此時見煙瀾暈倒，天步細思了一瞬，從那片竹林後轉出來，佯作偶然路過，走過去幫莧兒扶起了煙瀾，又招來仙侍，命他們將人事不省的煙瀾送去藥君處。

有條不紊地解決完這一切，目視著眾人匆忙遠去的背影，天步輕輕嘆了口氣。

天步同煙瀾算是很相熟了。這三萬年來，在這偌大天宮裡，她時常碰到煙瀾，有時候看著煙瀾，天步會想，當初長依命喪鎖妖塔時，或許三殿下不該保下她的殘魂。

雖然事情已過去了三萬年，但那時候的事，天步全記得。她記得是在長依命殞的第三日，天君來元極宮同三殿下立下了那個賭約。也記得是在那賭約立下的第二十八年，長依的魂魄被補綴完畢，去往一處凡世重生為了煙瀾。而後三殿下便遵照賭約下界守護煙瀾去了。作為三殿下身邊最得用的仙娥，她也一道跟著。

他們在凡世一共待了十八年，十八年陪護時光乏善可陳。第十八年時，他們所處的王朝有了戰事，而煙瀾作為王朝的公主，需為國和親。煙瀾不欲嫁往異族，苦苦哀求三殿下。那時候三殿下彷彿也在凡世待煩了，不欲繼續在彼處蹉跎，就趁勢幹了票大的——他在王朝邊境生造出了一片大海。一來阻止煙瀾和親，二來借此提前結束同天君的賭約。

果然，此舉震動了九天，天君不得不提前將他拘回去懲罰，以服九天之眾。不過在天君看來，三殿下這一任性之舉恰又證明了他對長依的長情和深情，故而天君願賭服輸，赦免了長依擅闖鎖妖塔之罪，並提前將煙瀾提回了九重天，恢復了她的仙位。自此，世間的花神和花仙們，終於再次有了宗主。

而化去凡骨聚得仙骨重登神位的煙瀾，在獲得了一副可以承受更多記憶的仙軀之後，如三殿下之願，追回了長依的所有記憶。她終於可以繼續向三殿下證明，這世間並非如他所想那樣空空如也，其實亦有不會因時因事而流轉生滅的恆久之物。但讓人沒有料到的是，追回了過往記憶的煙瀾，卻輕易改變了心意，捨棄了對桑籍的愛，轉而對三殿下生了情。

天步印象裡，那是從凡世回來後的第三千七百七十四年。

當年三殿下於凡世裂地生海，後被罰於北極天櫃山受刑，受刑結束又助煙瀾化凡骨聚仙骨，幾番耗費下，修為大損，故不及煙瀾自仙體中甦醒，東華帝君便將三殿下帶走，前往碧海蒼靈閉關去了。這關，一閉閉了三千多年。

事也趕得巧，在三殿下閉關的最後一年，鎮厄淵有大妖欲破淵而出，攪得暉耀海動盪不安。暉耀海是三殿下的老家，他自要前去鎮壓。然那大妖非尋常妖物，十分厲害，一妖一神一場打鬥持續了七天七夜，最後那大妖是被降伏了，但三殿下也沒落著好，受了重傷不說，還失了逆鱗。帝君打過的仗比一般的神吃過的鹽都多，並不將三殿下這一身傷看在眼裡。帝君甚至覺得這種小傷不配在碧海蒼靈休養耗費碧海蒼靈的靈氣，隨便在九重天養養得了，就將三殿下帶回了九重天，交到了她這個元極宮掌事仙娥的手裡。

剛得知三殿下重回元極宮，煙瀾便顛顛跑來了。

彼時的煙瀾在天上做了三千多年神仙，已有了一些神仙樣子，但和長依比，還是很不同。按理說她就是長依，卻不似長依。

便是在三殿下養傷的榻前，煙瀾含羞向殿下吐露了心意。殿下像是有所預料，靜靜看了她一會兒，「聽說妳已經恢復了記憶，那妳應該想起了我二哥。曾經那麼喜歡他，為什麼現在變了？」

煙瀾垂著頭，兩頰越紅，「因我也想起了三殿下你對我的好，若沒有殿下，便沒有今日的我，我曾經犯過糊塗，可鎖妖塔之殤，讓我明白了這世間誰對我最好，如今我心裡真正喜歡的……」她偷偷覷了一眼三殿下，咬了咬唇，像是強忍羞意，「我真正喜歡的，是殿下。」

三殿下沉默了許久，「我曾相信妳會對桑籍至死不渝，」他看著煙瀾，「妳讓我很失望。」

煙瀾愣住了，不可置信地抬頭看他，臉上的羞紅褪去，「我、我喜歡殿下，殿下難道不高興嗎，殿下不是也……一直在等待著我記起過往，成為真正的長依，然後和殿下……」

三殿下皺眉，「我救長依不是為這個。」

煙瀾兀自不信，慌張道：「那……是不是我還不夠像長依，我已經很努力地在學……」

三殿下打斷了她，神色說不上冷淡，若要細論，可能還是如他所說，失望更多。「妳不用學她，我對長依無意，」他平靜道：「對妳也沒有。」

那天，煙瀾渾渾噩噩地離開了元極宮。

三殿下花了那樣大的力氣在長依身上，想要證明這世間或許存在非空的恆久之物，卻終究是失敗了。前功盡棄，令人沮喪，天步以為三殿下會消沉一陣，但好像也沒有。只是有一天晚上，三殿下坐在元極宮的屋頂上吹笛。夜裡風大，她上去給三殿下送披風，看他凝望著茫茫天宮，良久不語。天步試探著上前問了一句：「殿下，您在看什麼？」

三殿下靜了片刻，回她：「看這世間盡皆無常，空空如也。」

天步琢磨了一瞬，想要問他，是不是九重天待煩了，要不要她準備一下他們回暉耀海去，卻聽他又道：「原本我應當只有這樣的感觸，可不知為何，方才有一瞬間，我卻覺得這世間好像也曾出現過什麼東西讓我孤注一擲地追逐過，也義無反顧地珍重過。」他輕聲喃喃，「是什麼呢？」

天步啞然，且茫然，因在她的記憶中，這兩萬多年來，視這世間萬物皆為空的三殿下，並沒有過什麼想要珍惜珍重之物。她斟酌了一下，提出了一個可能，「殿下該不會是作了什麼夢……」

三殿下搖了搖頭，「不是夢。」然後他不太在意地淡淡笑了笑，「可能是錯覺吧。」復將那白玉笛移到了唇邊。夜風之中，笛聲又起。

之後有很長一段時間，煙瀾沒有再來過元極宮。

煙瀾在天上的處境不算好，天步一直看在眼中。天君的確給了她尊榮，可她能力不足，勉強坐在花主的位置上，並不能服眾。這三千多年來，全靠眾仙誤會三殿下對她有意，忌憚三殿下，不敢給她使絆子找麻煩，她才能磕磕絆絆地在花主這個位置上幹下去。

煙瀾不敢教眾仙知道她同三殿下之間不過是她自作多情，即便三殿下已將話說得很明白了，當有不懂事的小仙跑去她那裡旁敲側擊三殿下同她的關係時，煙瀾仍會含糊不清、表意不明地說些曖昧之言。天步看不上煙瀾這種做法，但也理解她，歸根結底是這九重天上存身不易。

三殿下不會不知道煙瀾所為。司命星君最是八卦，聽到那些流言後，可能覺著好奇，來找過三殿下。殿下很淡然，一邊動著手裡的畫筆一邊回司命星君：「煙瀾重生，是我一手促成，那時候也沒問過長依願不願意，或許她是不願意的。我是此事的因，促成了眼下這局面，這是果，算起來是我虧欠了她。」

司命星君一點就透，訝然道：「三殿下這麼說，是不願虧欠因果了，所以殿下打算……」

三殿下畫完最後一筆，將畫筆扔進筆洗，「一個凡人，因緣際會之下成仙，根基不穩之時，借力以立足，原是很聰明的做法。我給她三萬年的時間，若是借我蔭庇了三萬年，她卻仍無法自立，那就奏請天君讓她仍入輪迴，當一個凡人吧。」

三殿下本質裡是很漠然無情的神，又肆意慣了，其實不應當很在乎因果才是。天步猜測他能給煙瀾如此優待，或許因果只是一小部分，更多的，是因殿下他可惜長依。但她也不敢向三殿下求證。

日子便一天天這麼過下去了。

轉眼，便是兩萬多年後。

九天之上，關於三殿下和煙瀾的流言一直沒斷過，真真假假的，眾仙也搞不太清。要說三殿下喜歡煙瀾吧……那這兩萬年來元極宮中來來去去的數百美人是怎麼回事？可要說不喜歡吧……那一直以來元極宮對煙瀾這個花主的照顧又是怎麼回事？一些有想法的小仙在私下裡猜測，說或許過去三殿下的確對煙瀾有過情，但風流如三殿下，談何真心，自然更談不上長情，新鮮了一陣後情衰愛弛，故而兩人才是現下光景……

天步對這些流言很無所謂，但讓她沒想到的是，本該清醒的煙瀾，在說了太多謊言後，不自覺地用謊言為自己造了一座牢塔，日日沉浸其中，竟也被瘴住了。人的記憶會美化過往，也會製造虛妄。在長達兩萬多年的腦補和妄想中，煙瀾自己也信了那些她編給別人聽的鬼話，堅定地認為，三殿下拒絕她乃是隱有苦衷：前世她乃妖身成仙，此世她乃凡軀成仙，天規有令，無論是妖身成仙還是凡軀成仙者，皆不能談情；故而三殿下不同她在一起，並不是真的不喜歡她，實則是在護著她。

天步無意間得知煙瀾懷有此種妄想時，一度覺得她是瘋了。彼時三殿下正跟著帝君有正事，拿這種事去煩他彷彿不像樣，因此她只同司命星君聊了一二。星君聽了一陣，卻意味深長地道了一句：「她未必就是瘋了，未必不知自己在想什麼，在做什麼。」

彼時天步尚不知此話是何意，然今日，聽到煙瀾同莨兒的私語，她驀地恍悟了，原來在心底最深處，煙瀾並非真的那麼相信她為自己編織的那個幻夢。所以當莨兒慫恿她先下手為強，去求三殿下納她做側妃時，她會說不行。她又不是個凡人，面對九天嚴律，毫無空子可鑽，只要她放棄為仙，化去仙骨重凝妖骨，她和三殿下未必不行。可她卻堅決說不行，連去三殿下處試探一二都不敢。

思量到此，天步輕輕嘆了口氣，只覺當日那樣通透趣致的長依，轉世之後，卻變成如今這副模樣，實在可惜。對面忽走來了一人，同她照面，溫和一笑道：「原是天步仙子，仙子可看見我們宮裡的粟及仙者了？帝君的藏書閣尚未收拾好，不知他又去哪裡躲懶了，累人好找。」

天步定了定神，看清來者原來是太晨宮中的重霖仙者，趕緊斂了思緒，微微一笑，就把粟及給賣了，「粟及仙者在我們宮裡，正陪三殿下調教樂師呢。」

第四章

距離雪意和霜和代光神向水神送去生辰禮已經半月了，九重天因此事掀起了什麼樣的風浪，姑媱山的神使們是不知道的，也不關心。

目下，除了前往皤塚山迎接菁蓉的霜和外，姑媱的其他三位神使聚在一處，皆為同一樁事懸著心：復歸的魔尊慶姜欲娶緗之魔君之女醉幽公主為后，七日後將於南荒蒼梧山下的千絕境中大婚；在預知夢中窺探到慶姜將於三年後殺害自己的祖媞神，打算趁千絕境大婚魚龍混雜之際，喬裝混進去探一探慶姜的虛實。

雪意看了一眼沉默不語的殷臨，又看了一眼雙眉緊鎖的昭曦，輕聲一嘆，「尊上訂的計畫是很周全的，並無什麼疏漏，她並非是個瓷人，離開姑媱便會碎掉，我倒覺得你們不必如此憂慮。二十四萬年前慶姜失蹤得蹊蹺，如今復歸得也離奇……再則，他既對尊上有那樣大的威脅，的確該去好好探個究竟。」

昭曦閉了閉眼，抬手揉上眉心，「是該探個究竟，可她要對上的是慶姜，你我皆知，慶姜並非凡輩，即便她說照天命預示，在那毀天滅地的大劫降臨之前，她都不會有生命危險，可我無法不擔心，」話到此處，眉目越沉，嗓音裡含了濃濃忌憚，「那畢竟是……慶姜。」

殷臨放下茶盞，也難得地贊同了昭曦的看法，「不錯，那畢竟是慶姜。」

雖然曾與慶姜生活於同一時代，但暗之魔君慶姜畢竟比他高上一輩，故而關於慶姜的許多事，殷臨也是在後世所編的一本洪荒史中才得以窺知。

那本洪荒史是折顏上神編的。

根據折顏上神的描述，慶姜降生於四十四萬年前。那時候五族尚且和平相處著，神族有三百七十六小族，魔族也差不多，鬼族、妖族和人族的族支少一些。慶姜是暗之魔族族長最小的兒子，出生得巧，剛滿一萬歲，和平時代便結束了，五族正式拉開亂戰大幕。接下來的近二十萬年裡，魔族的三百多個小族互相攻伐，最後形成了二十七君共治魔族的局面，而這二十七君中勢力最盛的一君，便是慶姜，被稱為暗之魔君。

同時，暗之魔君慶姜，也是少綰的義父。這世間唯一一隻白鳳凰少綰，在天地初開之際，便以一顆蛋的形態出現在了魔族聚居的南荒章尾山，被三百多支魔族當作精神圖騰供養。魔眾們供奉了三十多萬年，那顆蛋才在天地靈氣的潤養下被孵化，蛋裡爬出來一隻冰雪似的小鳳凰，便是小少綰。小少綰剛剛從蛋裡爬出來，便被慶姜認作了義女，抱入了魔宮撫養。

折顏上神在他寫的這本書中是這麼解讀這件事的：慶姜這是狼子野心昭然若揭哇——畢竟當了精神圖騰的爹，來日就比另外二十六魔君更有一統魔族的資格！

可以看出來，在折顏上神筆下，慶姜是個又狡猾又有野心的魔，並且每天都在想著如何一統魔族，再統天下，除此之外，也沒有什麼別的追求。

不過慶姜也是很有資格這麼想的，因為在他心心念念著逐鹿天下，並已經在這條道路上一步一個腳印走了老長一段路時，後世被稱為傳說的那些神祇——墨淵也好，東華也好，少綰也好，都還在水沼澤學宮裡當學生，對他構不成什麼威脅。

當時的慶姜，可說是獨美於歷史的大舞台，暗之魔族的所有魔們都覺得，只要再給他們魔君一點時間，他便能夠一統魔族，再再給他點時間，他便能夠橫掃六合，君臨四海，威服八荒。然，就在整個暗之魔族都對慶姜寄予厚望之時，他卻突然失蹤了。且失蹤得毫無預兆，誰都不知道他去了哪裡。

長老們等了慶姜三年，一直沒將他等回來，不得不另立新君。多年來慶姜醉心打仗，宮中不曾留下一子半女，膝下唯有一個他養著也防著的義女少綰有資格繼承君位。長老們前去水沼澤相請了七次，這位年輕的魔族公主方鬆口答應提早退學，回去繼承家業。而後少綰君如何在慶姜打下的基石上一統魔族成為第一代魔尊，皆是後話……

如今，二十四萬年過去了，這二十四萬年裡，魔族由分裂走向了統一，又由統一走向了分裂，可謂滄海桑田，物非人也非。恐怕沒有人會想到，隔著滄海與桑田，離奇失蹤了二十四萬年的魔君慶姜居然還能復歸吧。

而復歸後的慶姜，僅僅用了三個月時間，便降伏了魔族七君，一改少綰羽化後留下的七族並立的南荒格局，再次統一了魔族，上拜為尊。

這樣的慶姜，沒法讓人不忌憚。

昭曦右手輕叩桌沿，弄出了一點聲響，打斷了殷臨的思緒。殷臨抬眸，昭曦迎上殷臨的目光，「你再去勸勸她吧。」他的雙眉仍未舒展，「既然三年後那劫關係整個八荒，也沒道理讓我們姑嫿獨自面對，太晨宮的仙官說東華帝君近日便會出關，依我看，等東華帝君出關後，和他商議了再行籌謀也不遲。」

殷臨苦笑，「尊上不常做決定，但一旦做了決定便絕不會更改，你應該很瞭解才是。」

昭曦沉默了。

雪意忖了片刻，忽道：「聽說慶姜亦給天族下了帖子，邀天君赴他的婚宴；不過天族的規矩是八荒無戰事，天君不出九重天，故而天君令太子夜華和三皇子連宋代他前往千絕境送上賀儀……」

殷臨立刻領悟，挑眉看向雪意，「你的意思是……」

雪意一笑，「尊上從不做任性的決定，她執意趁此時機潛入千絕境，必有她的道理。但尊上只打算帶殷臨你一個人前去，昭曦不放心也合情理。我想著前些日尊上不是送了三皇子生辰禮嗎，同天族也算是建起了交情，或許我們可以提前同三皇子和天族太子打聲招呼……」

殷臨原本聽得好好的，忽地面色一變。雪意同殷臨長年搭檔，默契甚深，迅速反應了過來，立刻將亟待出口的話嚥了下去。他忍住了轉頭往後看的衝動，換了一套說辭，「畢竟……這些年魔族和神族的關係越發劍拔弩張了，咱們提前同三皇子和天族太子打聲招呼，萬一……萬一他倆在魔族環伺的婚宴上吃了什麼虧，咱們尊上也能幫著照應照應……」

「噗。」身後傳來一聲輕笑，「怕我不答應你們給我找幫手，所以背著我議論，被撞破了還要遮掩，不過雪意，這次你遮掩得可不夠高明啊。」

雪意轉身一拜，難得訕訕，「尊上……」

殷臨和昭曦也隨之起身。

祖媞拎著一只人皮面具，款款站在兩丈開外，一雙妙目微彎，似含著淼淼水色，「慶姜是不大好對付，但我又不是要誅殺他，只是去他身邊取一樣東西罷了，也不必將水神和天族太子牽扯進來，靠我和殷臨足夠了。」

她走近幾步，來到他們跟前，目光掃過三人，並不將他們憂心的大事當個事，不疾不徐道：「屆時照著我的計畫走，不會有問題，你們不必擔心。」說著話時，目光忽然定在雪意臉上，喃喃：「你的臉型……」攤開手裡的人皮面具，隔空朝著雪意的臉比了比，似覺得滿意，走近兩步，直接將那人皮面具蓋在了雪意臉上，又隨意一抹，原本清俊的青年立刻換了一副女子容顏，豔麗中帶著一絲疏離，疏離中又帶著一絲媚。

雪意苦笑，「尊上……」

被她按住了手，「哎你別動。」

因祖媞的計畫是喬裝成慶姜那位新娘子潛入千絕境，昭曦眉目一動，恍然，「這難不成便是那醉幽公主的模樣……」頓了頓，「我怎麼覺得她長得像一個人。」

祖媞從戴著人皮面具的雪意臉上收回目光，「嗯，你也看出來了啊，她長得是有三分像少綰。」

三位神使皆瞪大了眼睛。

祖媞重將目光移回雪意臉上，見到瞪眼的雪意，不禁退後一步，「你不要將眼睛瞪那麼大，看起來像美人中毒死不瞑目……唔，對，這樣就很好，別動，這樣很有風情。」她欣賞了雪意片刻，發自肺腑地佩服自己，「本尊很厲害啊，這張面具做得很成功。」又欣賞了片刻，上前小心翼翼地將面具從雪意臉上摘下來。

昭曦沒忍住，凝眉相問：「從前慶姜為君十多萬年，他的魔宮中一位后妃也無，此番復歸，不過四年便要娶后，我原本便覺奇怪。」他遲疑了一瞬，「慶姜將娶的是這醉幽公主，這位公主長得又有幾分像少綰神，該不會是……」

祖媞將那金貴的人皮面具收入袖中，聞言淡淡，「那不然呢。」又看了三人一眼，「我欲去丹房煉幾丸丹，接下來幾日都不出來了，你們要有事就來丹房找我。」說著便俐落地抬了步，向著丹房而去。

待祖媞走遠，昭曦有些蒙地看向殷臨，「所以，真的是那樣？」

殷臨的神色也有些精采，唔了一聲，回道：「那時候……的確有個傳聞，說慶姜遲遲不娶親，乃因他覬覦養女，他的養女你也知道了，就是少綰神。只是彼時他同少綰神鬥得也很厲害，所以沒太多人相信這傳聞罷了。」話畢慨嘆，「沒想到竟是真的。」

吃到驚天巨瓜的三人齊齊沉默。

沉默了片刻，還是雪意打破靜謐，另提了話題，「說起來，你們不覺得如今的尊上，一言一行，比之從前生動活潑了許多嗎？我記得上一次見她如此活潑，還是在她未成年之時。」

前方，祖媞的背影已拐入一處幽洞，那便是丹房，昭曦的視線追逐著而去，「那是因你沒見過在凡世修行的尊上，她在凡界的最後一世，便是如此爛漫靈動。」

殷臨亦遙望向丹房，客觀地補充了一句：「成年後縹緲疏冷的尊上，雖神性絕倫，卻如同一幅工筆白描，精美有餘，真實不足。凡間十七世的轉世，令她修得了種種情感，便如同為那工筆著了色，到最後一世，那白描畫終於變成了一幅色彩豐滿的畫作，便是如今的她，」他收回目光，看向雪意，「你不覺得這樣很好嗎？」

雪意點頭，「自然是好的，通曉了七情六欲的尊上，確然比往昔真實許多。」說到這裡，忽想起一事，「另外，我還有一事不太明白，尊上她……是不是將水神給忘得太過徹底了？」他望向殷臨，「我記得那時候你告訴我，她只是將在凡界的最後一世記憶給剝離了……可如今看來，遠遠不止如此啊……」

殷臨的眉頭輕輕皺了起來，一時未語，卻是昭曦回道：「的確不止那一世，她……應該是將關於水神的所有記憶都剝除了。」停了一瞬，道：「可能是擔心還記得水神的自己會無法安於使命，全心獻祭吧。而且我懷疑……」他頓住了，看向殷臨。

殷臨揉著額角接過了他的話，「是，不用懷疑，她的確是給自己下了心理咒術，禁絕自己去懷疑和追究那些或遺失或模糊了的記憶，她認真起來，一向是很周全的。」

昭曦苦笑，「果然如此。」

雪意則輕聲一嘆，「原來如此。」也不知該再說點什麼。三人一時別無他言。

姑媱的夜，是很靜的。夜風像一隻不識路的鳥，誤打誤撞闖入這洞中，羽翼所經之處，留下春夜的幽涼，和山花馥郁的香。

這洞府長而深，洞頂嵌了許多貝殼，泰半呈閉合狀，只寥寥幾只開著口，露出納在其間的明珠，給這敞闊的空間一點微弱的光。

微光之下，洞中最引人矚目的是正中那座紫金丹爐，丹爐的陰影裡擺了張雕工精美的白水晶榻，祖媞側臥於榻上，一彎雪臂枕在臉側。正自熟睡的她作了一個夢。

夢裡同樣是夜。天上無月，卻有光，但那光很是稀微，僅能容她在方寸間視物。

她坐在一張矮榻上。那榻長而闊，鄰著一面月洞形的窗。窗外種了棵梨樹，葉繁花茂，似一樹雪倚在窗櫺旁。有一枝梨花旁逸斜出，探入窗內，送進來一段香。是很幽婉的夜色，很美的景。但她卻無心賞景。她盤腿坐在那矮榻上，渾身疼得厲害。

很難說清那是怎樣的一種痛，非要形容的話，有些像是在身體裡關了肆虐的颶風，風裡又藏了許多長針。風欲破體，是痛；長針穿肉透骨，亦是痛。且在那令人欲生不得欲死不能的疼痛之外，她還感到灼燙，彷彿身體裡有許多火星，被肆虐的颶風點燃，火勢熊熊，要將她燒成灰。

她不堪折磨，希望自己能昏過去，克制不住痛吟和喘息，並且再也維持不住盤腿的姿勢，癱在了那矮榻上。就在這時，有一雙手將她扶了起來。她無力轉身，只知道是一個人坐在了她身後。那雙剛剛扶過她的手放在了她的背心，源源不斷地向她的身體輸進了某種力量。是冰涼卻柔軟的，像水一樣的力量。

那水一般的力量入體，阻住了颶風的奔突和長針的遊走，也澆滅了燃燒的火，使她能稍作喘息。她不再那麼痛了，也不再那麼熱了，可還不夠。身體裡的火雖被澆滅了，可皮膚還在發著燙。

她知道身後那雙手是冷的，似涼玉，又似堅冰。她想，那人也一定如同堅冰和涼玉一般。堅冰和涼玉，此時便是她的藥。

錯亂的神思引導著她的行動，她用盡力氣側過身，往後一倒。果然倒進了一個冰涼的懷抱。那冰涼給了她一些力氣，她掙扎著去抱那人，去抱那涼玉冷冰一樣的身體。卻被那人避開了。那人避開了她，試圖讓她坐正，但她軟得沒有骨頭，便聽到了他的嘆息，「妳坐好。」

是青年男子的聲音。語聲微涼偏低，如清風拂耳，令人感受到涼意和舒適。但她坐不好，她帶著哭音訴苦：「我坐不好，我好熱，又好疼！」

她要抱他，他卻要推開她，一來一往之間，碰到了矮榻上空的梨枝，梨花落了一床，花瓣被揉碎，馨香滿室。他終於掙扎不過，屈服在她的執著下，虛虛將她攬入了懷中，但一隻手仍空了出來，緊貼住她的背心，源源不斷地向她傳送著馴服鎮壓她體內颶風和烈火的力量。她喃喃地同他抱怨：「我好難受，」又帶著哭腔問他：「我是不是要死了。」他溫聲安撫她，說：「不會。」又說：「妳很快就會好，不要怕。」他的聲音有撫慰人心的力量，她努力地想要睜開眼睛看看他。但當她咬著牙，使盡力氣終於睜開眼時，卻一陣天旋地轉。那夢戛然而止了。

微光朦朧的丹房中，祖媞喘息著從水晶榻上坐了起來，她保持著那個姿勢，許久後方平復下來，然後她給自己披了件外衫，緩緩走出了這長而深的幽洞。

中天有月，婆娑山樹婆娑影。祖媞回想起適才那夢，猶自心悸。身體裡那難熬的灼燙和疼痛也好，矮榻上那纏綿不去的梨香也好，身後那人帶給她的片刻涼意也好，一切都太過真實了。如此真實，唯有預知夢可以做到。而夢中她所感受到的那痛，竟和當年獻祭時原初凡世的烈火和焚風帶給她的痛頗為類似。只是夢中那痛比起當年的痛，要更烈上百倍。

光神的身體是極好的容器，能容納世間一切力量，譬如別的神仙互渡修為，還需一棵淨化仙澤的神芝草做引，以免修為入體後擾亂各自氣澤。但光神沒這個煩惱。迄今為止，除了創世缽頭摩花遺留於凡世的業火和焚風，還沒有什麼力量入了光神之體，能給她帶去痛苦。所以，這預知夢中，不受控制地在她體內遊走，使她如此痛苦的力量，會和創世缽頭摩花相關嗎？她不由得思忖。

她其實大概能夠猜測出那力量從哪裡來，又是為何會入她之體。

白日裡她曾告訴神使們，此去千絕境，她想從慶姜手裡取一樣東西。實際上，東西並不是有形的東西，而是一種力量。醒來的這段時間，她預知夢作得頻繁，在今晚這夢之前，還作過一個夢，在那夢中，她發現慶姜隨身佩帶的神兵西皇刃中蓄了一種極為可怖的力量，可能同滅世相關。因了那夢，她才決定冒險一探，以己身為容器，從那西皇刃上盜取一部分力量回來，研究一下它到底是什麼東西。

今日的這個夢，似乎正與她的計畫相合。可以預見，她的計畫成功了——她順利盜取了那力量，只是那邪力霸道，帶給了她極大的折磨。但這也無所謂，那夢境雖給了她痛，卻也加深了她的好奇心，讓她更想要快點搞清楚西皇刃之力和創世缽頭摩花之間到底有什麼關係。

對了，還有那不知面目的青年。

想到那青年，她不由恍惚了一下。艱難地撇除掉被疼痛逼得失智時，她對青年的那些不太像話的癡纏，能記得的是，青年的聲線偏低，是涼淡的，身上有一種香，也是涼淡的。或許是個疏冷的青年。但他幫她療傷時的動作，卻分明又很溫和，甚至稱得上溫柔。而最令她感到驚奇的是，他的仙力竟能壓制住她體內的邪力，雖然只是暫行壓制，但也已經很了不得，起碼說明了青年並非等閒之輩。

可惜這二十多萬年後的新神紀，她根本不認得幾個青年才俊，關於青年可能會是誰，她想了半天，也沒有頭緒。

月色花香都極為催眠，她躺在月色下的草地上，還想繼續想一會兒，卻抵不住睡意擾人，很快便靠在手臂上，再次沉入了睡鄉。而這一次，她沒有再作夢。

六合之內，地分八荒，八荒之中數南荒占地最廣，世代為魔族所居。然南荒雖廣，卻因靈氣不足而少有靈秀之地，不過蒼梧山下的千絕境是個例外。千絕境內千巖競秀四季如春，同神族那出了名靈氣匯盛的青丘之國相比也不遑多讓。且這千絕境還有一宗好處，一旦進入此境，任你什麼法力、法術、法寶都發揮不了作用。四族皆猜測，這便是慶姜選定在此境行大婚的原因——失了法力加持，大家在他大婚上作妖的可能性就降低了不少……

時近戌中，慶姜攜那魔族公主行了大儀後，在丹末殿同眾賓客喝了幾輪酒，便往新任魔后所在的後殿去了。眾魔自然沒膽子去鬧魔尊的洞房，皆在丹末殿飲酒作樂。

天族太子和三皇子的宴桌擺在丹末殿上首，隔壁便是青丘西南荒之君白玄上神和東南荒之君白真上神的席桌，往右是鬼族離鏡鬼君的席桌，再往右是妖族太子瑩若徽和黑冥主謝孤栦的席桌。可見除了西方梵境的佛陀們沒來湊熱鬧，各族都來得挺齊全，大家都很給慶姜面子。

丹末殿下首分散著眾小魔們的席面，小魔們不敢來鬧貴客，故而殿中雖觥籌交錯宴飲歡然，上首這幾桌還是比較清靜的。

緗之魔君的小兒子清羅君側坐在天族這一方席面上，恨不得將自己縮成一團，一徑地惴惴，「我看到我父君在瞪我了，啊他又在瞪我了，」悄悄向身旁的司命星君道：「別看尊上邀了你們來參加他這大婚，但其實現在我們兩族關係挺緊張的，我覺得我們尊上挺不服你們神族當老大的，我父君應該是不想讓我在你們這一桌耽擱太久吧。」說著喝完了自己面前的酒，側過身子試圖躲避緗之魔君的視線，又伸手去拿酒罈，「不過你們桌上的酒真好喝啊，待貴客的酒就是不一般，我再喝兩碗我就走哈。」

司命星君很服氣清羅君的口無遮攔，含笑衝他豎起了大拇指，「不愧是慶姜魔尊新晉的小舅子，小皇子真是什麼都敢說，就憑小皇子這份膽氣，幾碗酒又值什麼。」

清羅君側著身子一邊躲避他父君的殺人視線一邊謙虛，「哪裡哪裡。」說話間又喝光了一碗酒。

桌席另一頭，三殿下和太子殿下皆在聽粟及仙者說話，沒太注意他們這邊。粟及仙者手持著姑嫿贈給三殿下的那把小金弩，侃侃而談：「相傳祖媞神有一神弓，名曰上善無極，乃是祖媞神以孕育她的原初神光所造。殿下這小弩，光華璀璨，又輕盈若斯，不會也是祖媞神用原初神光造的吧？」

三殿下懶懶捏著一只酒盞看向粟及，「原初之光何等珍貴，應當不至於。不過你居然也知道上善無極弓，倒是令人刮目相看。」

當年粟及仙者證道飛昇後，被東華帝君相中。帝君收他入太晨宮，指給了他一個看守藏書閣的差事。粟及原以為此是美差，上任後才搞清楚帝君那書屋自太晨宮建宮以來就沒正經收拾過，藏書亂得可以。粟及仙者苦心孤詣整理了近三萬年，學識被迫大漲，今時早已不同往日，矜持一笑，回道：「不瞞三殿下，此乃前些時日貧道整理二十多萬年前帝君的筆記簿子時，從那些簿子裡看來的。」他面色神秘地靠近兩位龍子龍孫，「不知二位殿下有沒有發現，洪荒神的兵器，譬如墨淵上神的軒轅劍，我們帝君的蒼何劍，白止帝君的九宵劍什麼的，名字好像都沒什麼含意，是隨便取的，衝著好聽罷了；但祖媞神的上善無極弓……二位殿下品品，名字是不是很不一樣？」

夜華君坐在粟及對面，他方才去隔壁青丘二君那一桌向未來的大舅子、小舅子敬了酒，推杯換盞間多喝了點，此時不勝酒力，白皙俊面飛上了一絲輕紅，微垂著眼皮道：「上善，乃至善至美之意；無極，乃不可窮極、原始之態、最終之理之意。這名字的確太過美好了。不過傳說上善無極弓曾被父神讚為萬弓之王，想來它也配得上這個名頭。」

粟及輕輕一拍桌。他拍桌的那隻手正拿著三殿下那把小弩，三殿下看了一眼他的手，又看了一眼他的臉，粟及哆嗦了一下，趕緊放下小弩，雙手合攏向三殿下致歉，又滿含敬畏地捧著那小弩歸還給三殿下，向著三殿下和那弩各拜了一拜，才轉而向夜華君道：「太子殿下果然博學，說得一點也沒錯！」

他娓娓道來：「帝君的筆記簿子上說，好兵器的風之主瑟珈尊者曾前去姑媱拜訪過祖媞神，想要見識一下那張從不曾現過世的名弓到底有何過人之處。瑟珈尊者在姑媱待了一個時辰，誰也不知那一個時辰究竟發生了什麼，只知瑟珈尊者離開姑媱之時，大為慨嘆那弓不愧萬弓之王，但唯願它永不現世，又嘆如此名器至今無名殊為可惜，依他看，唯有『上善無極』四字可為它的名字。」

夜華君被粟及說得好奇起來，「既然是上善之弓，並非什麼惡器，為何瑟珈尊者會說希望此弓永不現世？」他微微思忖，「關於此節，帝君可有什麼揣測？」

粟及搖頭，「帝君只是將此事載錄了下來，並未在筆記簿子裡寫他老人家是怎麼想的。」說著湊身向前，壓低聲音，「不過那一頁上，關於那弓還有一句記載，帝君說祖媞神一生從未在世人面前用過那弓，連協助少綰神打開若木之門，而後為人族獻祭時都沒有使用過，你們說，奇不奇怪？」

夜華君點了點頭，「祖媞神的確很是神秘，這上善無極弓也的確令人想要一探究竟。」粟及像是就等著太子殿下這句話，「可不是嗎！」一拊掌，佯作自然地向靜坐一旁一直未發一言的三殿下道：「殿下您看啊，祖媞神甦醒後，誰也沒搭理，但對殿下您就還挺好的，」指了指他手中的小弩，涎著臉，「她還贈了這小弩給您，貧道覺著，照禮數殿下也該回拜中澤一次哈。而屆時殿下入了中澤，同祖媞神提一提，說想要看看那張傳說中的上善之弓，想必也……」

「想必也並不難。」三殿下單手支頤，把玩著那金色小弩，「最好我回拜中澤之時還把你也帶上，是不是？」

小心思被戳穿，粟及訕訕地，「那總要有個人在一旁伺候殿下嘛……」眼珠一轉，將夜華君也拉了進來，一邊繼續熱烈地攛掇，一邊給夜華君使眼色，「貧道記得太子殿下方才也說過想要探探那弓來著，到時候大家一塊兒去，路上也不寂寞啊，太子殿下說是不是？」

太子殿下是九重天少年輩中最懂禮之人，若平時，以禮為上的太子殿下即便好奇心爆棚也不會摻和進這種攛掇長輩之事，但今晚太子殿下喝了酒，酒精影響下，少年的好奇心占了上風，他微微露出一點笑意，看著很乖，「侄兒覺得粟及仙者所言甚是，三叔回拜中澤，是禮之所在，而若能跟隨三叔去中澤見識一番，也是侄兒之幸。」

聽得太子此語，粟及老懷大慰。

三殿下看了粟及一眼，目光平移，落在夜華君身上，「這四海八荒，你不曾見識過的地方還多，倒也不必著急先去見識中澤，」眼中浮上來戲謔，「譬如白淺上仙執掌的東荒，我記得你就還沒去見識過，不如三叔先帶你去見識見識東荒？」

少年夜華君愣了一愣，而後立刻臉紅過耳。若是平日，這位淳直易害羞的少年太子可能又要大腦一片空白，只會反駁「三叔不要胡說」，但畢竟今日太子殿下多喝了幾杯，就還挺穩得住的，臉紅之後，竟憤憤起來，「三叔明明也和白淺上仙不熟，就算由三叔帶著我去東荒，上仙她也未必會見我們吧，三叔總是騙人！」

三殿下原本還坐得有些慵散，聞言不由坐正了，將身旁的少年太子好一陣端詳，然後極玩味地一挑眉，「我還總以為你面皮薄，沒想到……愛臉紅歸愛臉紅，心裡想得倒不少嘛。」太子殿下沒有反駁，只是倔強地看著他。三殿下似覺得好玩，向著少年夜華君招了招手。坐姿端正的太子殿下在不影響儀態的前提下向著他傾了傾身。

三殿下笑道：「三叔雖同白淺上仙不熟，貿然領你去東荒也的確不一定能得上仙款待，不過三叔可以教你一個水到渠成接近上仙的辦法，你想不想聽？」

喝醉酒的太子殿下很誠實，雖然繃著臉，卻很輕地點了點頭，很輕地發出了一聲：「嗯。」還主動又往三殿下的方向傾了傾身。

三殿下很樂於指點這因醉酒而變得意外可愛的少年太子，「他們安排給我的寢殿，隔壁就是白玄、白真，三叔將寢殿換給你，你近水樓台先得月，趁機同你的大舅子、小舅子搞好關係，過些時候你去拜訪他們的封地，就很自然了。白淺上仙尤其愛去她四哥的封地，你去東南荒去得勤一些，早晚能偶遇她。」

太子殿下想了一瞬，唇角彎了彎，又立刻抿住，矜持地點了點頭，「嗯，這可以。」

三殿下拍了拍他的肩，而後將把玩著的金色小弩隱入袖中，隨意向座中其他三人道了句：「本君乏了，先回了。」不等三人反應，已站起來轉身而去。

粟及眼巴巴望著三殿下離開的背影，喊了幾聲：「哎殿下，殿下，那我們剛才說的……」殿下像是沒聽見，轉眼就不見人了。

已經喝得半蒙的清羅君愣愣問一旁的司命星君：「這宴才宴到一半，三殿下怎麼就走了呢？」

司命星君正隨著殿中魔姬們的舞姿拿著玉筷打拍子，「哦，」心細且縝密的司命星君想了一陣，「你們那琴師剛才彈錯了兩個音，可能讓三殿下無法忍耐，所以他走了吧。」

清羅君傻傻地，「凡界不是有一個典故，叫什麼『曲有誤周郎顧』嗎，那我們琴師錯了，三殿下應該向我們琴師微微一笑，如果琴師長得好看，他倆還應該成就一樁良緣才是啊！他怎麼就走了？」

本職工作乃是給凡人編命簿的司命星君很是驚訝，看向清羅君，大有惜才之意，「小皇子，你要不是個魔族，倒是很適合入我們命格司啊！」

席上醉語，淹沒在一片歡歌之中。

千絕行宮是一座石宮，二十多萬年前便矗立在千絕境中。行宮西南面是一片連綿殿室，來此赴宴的貴客今夜都將在這片殿室中安歇。

不過祖媞知道，最首那一殿安禪那殿，是不會被安排出來招待客人的。無他，安禪那殿是從前少綰來千絕行宮時常住的一殿。

此刻，沐浴而出的慶姜勢必已發現那躺在玉床之上的人是侍女而非她了，魔將們必然已開始遍宮尋她，而出入千絕行宮的八個門，也應當已被封死了。

祖媞一邊向著安禪那殿奔去，一邊想。

雖然上一次來這千絕行宮，還是二十多萬年前少綰在時，但她天生好記性，加之前些日殷臨又提前探過此地做了功課，故而此時奔走在這夜色茫茫的石宮之中，她並不覺人地兩生，反倒輕車熟路。

只要到了安禪那殿，她便可脫困了。

安禪那殿中埋藏著一個秘密，僅她和少綰兩人知曉：二十五萬年前，少綰以自然山石列陣，於安禪那殿中創出了一個不受千絕境法則束縛的、可自由運用法力術力的空間，且開啟那空間的方法也不難，只需置身於安禪那殿內，配合移動殿中的四隻鎮殿獸即可。

祖媞記得那時候她還有些好奇，問過少綰為何要大費周折在此境中造出這樣一個法陣，少綰半開玩笑地回她：「若在此境中碰到刺殺之事，那待在安禪那殿，便是待在了最安全的地方。」二十多萬年過去了，沒人壞了腦子敢在千絕境中刺殺少綰，所以那法陣其實從沒有開啟過。想不到頭回開啟，卻是為她所用，便是少綰也難以料到吧。站在安禪那殿前時，祖媞微微平復了下呼吸，這樣想著。

整個殿宇黑漆漆的，殿外無人值守，殿內無有聲息，是個荒殿該有的樣子。

祖媞伸手推開殿門。為了不引來旁人，她沒有取出照明之物。靠著清明月色和還算不錯的夜視能力，她辨認出了這殿中果如提前來打探過的殷臨所言，甚是潔淨。

祖媞不關心是魔族從來尊敬少綰，一直精心養護著她所偏愛的這行宮一殿，還是慶姜上位後修復了此殿。祖媞只關心那四隻鎮殿獸是否真如殷臨所說，完好如初。

她往前走了幾步，欲尋那鎮殿獸。寢殿深處忽有光源亮起，隨之響起清冽一聲：「誰？」祖媞瞳孔立縮，她沒想到殿中竟有人，是誰？警惕心壓過了探究心，她本能欲退，內中那人卻已掀簾而出。隨著明珠之光照亮整個大殿，祖媞看清了站在屏風旁的人。

年輕的男人，身姿極高大，長髮披散在腦後，濕著，是剛沐浴而出。男人眉目如畫，冷冷淡淡地看著她，穿著尋常人在齋戒沐浴後才會穿的純白明衣，很莊重似的，明衣的衣襟偏又散亂，就顯得慵懶，手裡拿著一張棉帕，像是要擦拭頭髮，又顯得隨意。「軒然霞舉，風流倜儻」八個字出現在祖媞腦海中，但只是一晃而過。因不能使用法力，她無從判斷此人是哪一族，也無法判斷他是否危險。

頓住的一瞬間裡，她有了決定。「叨擾貴人，」她垂了首，蹲身一禮，「奴婢路經安禪那殿，聽聞殿中有動靜，故來看看，」她微微抬頭，遲疑相問，「貴人……可是走錯了地方？這安禪那殿是少綰魔尊的舊居，原是不待客的。」

青年隨手一攏衣襟，拿著那棉帕一邊擦著頭髮，一邊踱步到一旁的玉床旁坐下，「本君不喜與他人同宮室，此殿空曠，甚合本君之意。」看了她一眼，「姑娘既只是偶然路過，便行本君一個方便，當作不知此事罷了。」

話雖說得客氣，但客氣裡隱含的卻是不容反駁和不容置疑。祖媞便明白了，青年的來頭不小，不是她抬出少綰就能勸得走的人。然鎮殿獸就在眼前，她也不可能離開，如此只能想辦法也留在這殿裡，再伺機而動罷了。

「貴人既決定了在此歇息，奴婢自不敢有微詞，」她輕啟檀口，佯裝自己是個老練的，又善解人意的宮婢，「只是……此殿久無人居，玉床也尚未鋪陳，很是失禮，若貴人不嫌棄，請容奴婢為貴人鋪設臥具。」說話時她微微蹲身，雙手疊放於側腹，低垂著頭，瞧著的確是個既知事又懂禮的宮婢。

青年的目光在她頭頂停留了片刻，「那就有勞姑娘了。」

她輕輕一抿唇，「伺候貴人乃是奴婢的本分，怎敢當貴人一聲有勞。」話罷再次一禮，起身行到玉櫃前，熟練地從櫃子裡抱出了一床被子。青年主動從床沿旁站起來，走下腳踏，讓出了空間容她鋪被。殿中一時只有青年擦著頭髮的窸窣聲和她鋪被時絲綢摩擦的沙沙聲。在她鋪好被子後，青年重新坐回了床沿，她開始將床角掛起來的帷幔放下去。

這殿中還是二十多萬年前的審美風格：玉床四圍的帷帳皆由鮫紗製成，薄薄一層白紗被玉鉤挽起，飄逸如霧。但據說近來神魔兩族的閨秀們都不愛以半透的鮫紗為帷了，殷臨說她們開始愛起雲綢來，雲綢雖也輕薄，但它很有墜感……祖媞一邊想著這些有的沒的，一邊將鮫紗自玉鉤上取下來，忽然聽到殿外傳來一陣急促的腳步聲，她放帳子的動作停了一下。

砰！殿門被推開，一隊魔將闖了進來。

魔將二十來人，為首的乃是名身著黑甲的紅衣女子。女子領著魔將們繞過撐殿的兩根柱子走到大殿正中，驀地停下了腳步，神色震驚地看向殿內，「三殿下……」

祖媞站在帷帳內，聽得這聲稱呼，人一頓。

青年坐在床邊，仍擦著頭髮，很隨意似地問那女子：「這麼晚了，纖鰈魔使領這許多人來闖本君宿處，不知有何貴幹？」

女魔使回過神來，忙拱手賠禮，「纖鰈並無意驚擾三殿下，還望三殿下恕罪。不敢相瞞殿下，靜居殿有刺客落逃，我等正四處搜捕。」她看向青年，有些踟躕，像是問出這個問題頗感為難，卻又不得不問，「若沒記錯的話，安禪那殿並不招待客人，照理說三殿下不當歇在此處，纖鰈不明，殿下為何……」

青年擦完了頭髮，很自然地將帕子遞了過來。並不需要青年格外吩咐，祖媞已垂首趨前，接過了棉帕，動作之流暢嫻熟，像生來就那麼會伺候人。女魔使的目光在她身上微駐了駐，沒有久停。

青年遞了帕子，方抬眼看向那女魔使，仍是很隨意地，「本君醉酒，就近一歇罷了，魔使既在追擊刺客，應當很忙才是，」微微一笑，口吻輕描淡寫，「沒想到還有空管這等閒事。」

女魔使愣了愣，面色幾變，少頃，複雜神色歸為一笑，「三殿下說得很是，事有輕重緩急……我等追到這裡，其實是擔憂那刺客就躲在這殿內。若那人藏在此中，怕對殿下也不利，」說著再次拱手，「還請殿下能容我等入內殿一查。」

祖媞心中讚嘆，覺這名喚纖鰈的女魔使知進退又懂變通，殊為難得，這一招以退為進使得很不錯。說到底她追到這裡其實也只為了搜刺客，她給青年面子，青年自然不會不給她面子。

果然，青年亦覺她上道似地笑了笑，做了個請便的手勢，「這是你們魔族的宮室，魔尊那兒既出了事，搜宮自是你們的職責所在，請便。」

纖鰈抱拳相謝，立刻吩咐魔將們入內細查，搜檢持續了一盞茶，自然什麼都沒有搜出來。纖鰈一再致歉，領著魔將們退出內殿時，目光不經意掠過一直靜站在床帷旁不曾挪動的祖媞，停了停，她止住了腳步，佯作不經意問青年：「這侍女……不知是哪位女官安排給殿下聽用的，瞧著……倒還得體。」

青年只略抬了抬眼皮，「本君隨手從前殿帶過來伺候的罷了，倒還能用。」

配合著青年的說辭，祖媞抬起頭來，朝著織鰈微微一笑，矮身一福，「稟魔使大人，奴婢名喚小棠，在桂葉姑姑手下當差。」

負責前殿宴飲的女官的確名叫桂葉。

織鰈勉強一笑，看著她，「好好伺候三殿下。」卻是打消了疑慮，領著眾人退出了安禪那殿。

隨著魔將們的腳步聲遠去，殿內安靜了下來。帷帳旁立了一隻丈高的青玉立鶴，鶴嘴中銜了一粒燃燒的香丸，煙霧輕漫，暗香浮動。

祖媞感覺到青年的目光沉沉落在自己身上。在那香丸燃盡之時，青年開了口，是肯定的語氣，「他們要找的人是妳。」他微微挑眉，言簡意賅地問她，「妳是誰，為何要去刺殺慶姜？」

方才青年主動在織鰈面前為她遮掩時，祖媞就明白了他八成已知道了她便是那靜居殿落逃的刺客。

原本不想將天族捲進來，如今卻是不捲進來不行了。

「殿下如何知道他們要找的人是我？」她不再假作奴婢，笑了笑，矮身亦坐在了玉床的床沿，伸手敲了敲久站後有些難受的腿，「從踏入這寢殿起，我便步步謹慎，自覺並無疏漏。」她偏頭看他，「所以我有些好奇，我究竟是在哪一處露出了破綻，使得殿下確定了我便是那刺客，還請殿下賜教。」

連宋靜靜看著面前的女子。女子頭綰螺髻，一身艾青宮裝，面容僅稱得上清秀。如她所言，她入殿後，言語行止的確很是妥貼，是故直到她為他鋪完床疊完被，他也沒發現她有什麼問題。只是，當殿外響起魔將們的腳步聲時，她放帳子的手頓了頓，唇也隨之緊抿了一下。她反應得很快，掩飾得很好，那些微動作皆轉瞬即逝，但他注意到了。

再完美的喬裝，也逃不過有心審視。上了心，再看她，就能發現那清秀平淡的一張臉雖也白皙，卻不似她的手部肌膚，白得那麼生動剔透。再則她的面容，打眼瞧不覺如何，然仔細觀察個一盞茶，似他這種對人皮面具頗有研究的老手，卻很容易能看出破綻來──她的表情有些僵硬。

但也沒有必要同她解釋這些細節，他只道：「本君也曾對人皮面具感興趣過，做過，也研究過。」

不用他說更多，她已明瞭，詫然一笑，「原來如此。」

玉床有四柱，青年背靠一柱，屈膝而坐，右手置於膝上，手指輕輕敲了敲，「本君已回答了妳的問題，滿足了妳的好奇，現在該妳滿足本君的好奇了。」

「我是誰，為何要去刺殺慶姜嗎？」女子抿唇笑了一下，低了頭，手撫上自己的臉，摸索著面具與肌膚的銜接處輕輕一撕，一張薄如蟬翼的人皮面具便被撕了下來。女子沒有立刻抬頭，他只能看到她頭頂鴉羽般的髮。她換了聲音說話，應當便是她原本的聲音，很是清潤，「我沒有刺殺慶姜呀。」一邊說著，一邊將那面具疊好，放入了袖中，然後，她抬起了頭來。

佳人展顏，清淺一笑，黛眉紅唇，殊色無二。青年微微一愣。

女子繼續道：「我沒有刺殺慶姜，我只是扮作醉幽公主，等在靜居殿，趁他微醺歸來，在他沐浴之時，拔出他的西皇刃看了看。看過之後，我便想法逃了出來，然後便在此地遇到了你，如此罷了。」她一邊說著話，一邊認真地觀察青年的表情，見提到西皇刃時，青年面色微變，她心裡有了數，不禁再次一笑，「原來你也知道西皇刃有異。」她學著他，亦屈膝而坐，手肘支在膝蓋上，單手撐腮，頗含興味地讚道：「天君家的小三郎，看來你和東華也查到了不少東西嘛。」

青年沒有說話，他靜靜看了她一會兒。

與他相對而坐，相隔不過三尺的少女，有一張清冷的，極美的臉，彷彿山巔之雪，孤高瑩潔，但一笑，卻又顯得甜。

「祖媞神。」他肯定地，緩緩地開口。

她沒有告訴他她是誰，但他猜出了她的身分。敢探靜居殿，能拔西皇刃，還百無禁忌地稱呼自己為天君家的小三郎，這樣的女子，世間並不多。只是他沒有想到傳說中的光神竟是長得這般模樣。

少女丹櫻般的唇微微一抿，抿出一個笑來，「是啊，我是祖媞。」她說，仍撐著腮，微微偏頭看向他，「我送給你的那把小金弩，你喜歡不喜歡？」語氣裡充滿了期待，可不及他回答，她的臉色驀地一變，伸手捂住了腹部，突然吐出了一口血。

自丹田而生的痛意瞬間傳遍四肢百骸，她立刻明白了是怎麼一回事。時間不多了。喉頭腥甜，又是一口血，但這次嘔出的血並未染髒她的衣裙，被一張絲帕接住了。青年就站在她的面前。她往上看去，見他臉色沉肅，「怎麼會突然吐血？」

她說不出話，稍許緩和之後，疼痛再次襲來，催生出嘔血之感，待要捂嘴，青年已先她一步。他坐在了她的身邊。他們挨得很近。她聞到了一種香，像是雪中的花，或是雨後的林，她認得這種香，是白奇楠香。

姑嫋那夜預知夢中的那人，身上便是這樣的香。她愣住了，夢中那人朦朧的低音同面前這位天君三皇子的低聲問詢重合在了一起。原來他就是那個將會在她痛苦之時對她伸出援手、救治她的人。但此時他並無法力，顯然對她愛莫能助……

額際滲出大滴冷汗，她顧不得揩拭，勉力靠近青年，「剛才我騙了你，那西皇刃，我並非只是拔開來看了看……」她忍住痛苦，「我納了一部分寄居在刀身上的邪力入體，那力量……方才醒來了，正在污染我體內的仙澤，欲同化它；在那邪力得逞之前，我……」她痛得悶哼一聲，不得不暫停下來。

扶著她的青年靜了一瞬，反應很快，「我聽說光神的身體是極佳的容器，可容納世間一切力量。但有時入侵之力也會想要污染占領光神的仙身，這種時候光神仙體內的自我防護便會自發被觸動。」他立刻明白了過來，「妳想要告訴我，在那些欲污染妳的邪力得逞之前，即使妳無法使用法術，妳體內的靈力亦會解禁，主動去壓制那入侵的邪力，對嗎？」

體內那一陣接一陣的疼痛稍有緩解，她握住他的衣襟，支撐住自己的身體，勉強一笑，「小三郎，你懂得很多啊，反應也很快……當我體內靈力解禁之時，我或許會睡過去，或許會……」疼痛又起，但這一次勢頭沒那麼兇，她輕嘶了一聲，明白沒有時間多言了，緊了緊握住他衣襟的手指，額頭無力地靠在他的左肩處，「你幫我個忙，在我失去意識後，你移動那四根撐殿大柱中四隻紫晶鎮殿獸的位置，青龍移到橫二豎三格處；白虎，橫七豎九格處，」意識已開始昏沉，她用力咬了咬舌，爭取到了半分清醒，繼續道：「朱雀，橫五豎六格；玄武，橫九豎四格，而後，你將我送往……」那半分清醒終究不能支撐太久，眼前一黑，她再無法堅持，暈了過去。

連宋一把攬住昏倒的少女。

在少女閉眼之時，她的周身暈出了一層金光，光芒逐漸轉盛，掩蓋住了她的面容和身姿，形成了一個光繭，不過幾個彈指，那光繭消失，青年懷中，那一身艾青宮裝、綰著螺髻的美麗少女已不復存在，取而代之的是一個長髮垂地稚氣未消的半大孩子。就像是一個凡人得了仙緣，彈指間便從十六、七的碧玉之期回到了十一、二的金釵之年。

「當我體內靈力解禁之時，我或許會睡過去，或許會……」方才她是這麼說的。雖然這句話沒有說完，但結合目前的狀況，連宋覺得她沒說完的內容並不難猜。當靈力解禁，主動去對抗入侵之力後，因缺乏足夠靈力支撐這具成年後的仙體，她要嘛會睡過去，要嘛，會返回無需太多靈力維繫仙體的幼年時期。很顯然，此番她的身體選擇了後者。

連宋垂眸看著懷中的小女孩，見她唇角還有一絲血跡。他抬手欲為她擦掉，但手中絲帕已滿是血污，他皺了皺眉，將絲帕收起，用衣袖為她揩掉了唇邊的血痕。做完這個動作，他的手一僵，愣住了。用衣袖為他人拭血，這不是一向愛潔的他會做之事。可，或許是自然神之間自有羈絆，方才做這個動作時，他只覺自然，並不覺厭惡，並且直到此時，他亦不覺厭惡。

她滿身血腥味，胸前亦有斑駁污血，照理說他不會想要靠近她，但此時她就躺在他懷中，他卻並不覺違和。他難以理解這是為何，最後只能解釋為，可能因他和祖媞乃清醒存世的最後兩個自然神，故而一見便有親近之感吧。

他沒有再多想，憶起祖媞昏倒前的話，將女孩打橫抱了起來，向那撐殿的四根圓柱走去。

第五章

東海之東，乃折顏上神的十里桃林。仲春時節正是花繁時候，桃林中花事灼灼，一派雲蒸霞蔚。

三殿下負手行於花樹間，一邊走，一邊垂首想事情。

此前在千絕境中，祖媞還未來得及告訴他助她脫困後需將她送往何處便昏了過去。是以順利帶她出南荒後，三殿下自作主張將她送來十里桃林，請了折顏上神為她診脈。

折顏上神別的雖不靠譜，但醫術很出挑，乃世所公認的八荒無雙。

事實也證明，他帶她來此是來對了。

折顏上神表示就光神這種情況，靠診脈也診不出什麼，需以追魂術潛入她的神識，探查她的元神。追魂術乃上神階品的神仙方能施展之術，三殿下年僅七萬歲，離上神之劫尚早，然他獵書眾多，在理論上是很懂此術的，故知施展追魂術探究一個仙者的魂，至多一刻鐘便能成事。

孰料折顏上神探祖媞之魂，竟整整用了七個時辰。

汗淋淋自祖媞的神識中退出，折顏上神調息了多半晌，方請他過去說話，「如你所斷，她以自身靈力去抵抗那邪力，因靈力有限，不能支撐成年仙體，故而回到了幼年時。」看他神色微愣，折顏上神挑眉一笑，「哦，單以外貌論，她看起來的確像個半大少女，但光神四萬歲方成年，探她神識和靈力，此時的她最多不超過一萬歲，無論身體還是心智，都屬實還是個孩子，的確可稱是回到了幼年時。」

他在一瞬的驚訝後，心底微沉，「我此前想過，千絕境中，她體內靈力會主動去對抗那邪力，是因彼時她無法施用法力，待她醒來，或許她便能調用體內法力去抗衡那邪力，將靈力置換出了。如此，一旦有充沛的靈力支撐她的仙體，她應該就能恢復如初了。照上神所言，這條路是走不通了是嗎？」

折顏上神拊掌，「東華常讚天君三個兒子裡最靈慧者當屬幼子，倒不是篇虛話。」或許覺他聰明，出於欣賞之意，上神的話中有了親切，「你想的原沒有錯，然如今，祖媞尚是個孩子，控制不了體內屬於成年光神的法力，故而你說的這條路走不通，最好是……」話到此處，上神停了一下，問他道：「我聽說東華最近在閉關，你可知他要閉到何時啊？」

聽他回答帝君一、兩月後便會出關，上神的手指在桌沿一敲，下了方子，「祖媞醒來後，就讓她維持現狀好了，待東華出關時，讓東華以他磅礴的仙力去對抗祖媞體內的邪力，助她置換出靈力恢復正身，恢復正身後，祖媞自然知道該如何從她身體裡導出那邪力，此事便這麼處理吧，如此最穩妥了。」說著看向他，「但在東華出關之前，你得保證祖媞情況穩定，不能讓她情緒波動過大，也不能讓她調用法力施用重法，因兩者皆會動搖她體內平衡，使她陷入險地。」

諸事交代完畢，上神無事一身輕地站了起來，「聽聞祖媞她小時候……」他頓住，聳了聳肩，「哎算了，本座幼時其實和她沒交情，也不知真假，」拍了拍他的肩，頗含深意地一笑，「若是真的……總之，祝你好運吧。」

折顏上神將接下來照料祖媞神之事全推在了他頭上，三殿下能理解，畢竟人是他帶來的。自慶姜復歸，他和東華帝君便一直在探查這位魔尊。祖媞神甦醒後竟也在探慶姜之事，倒是與他們不謀而合。三殿下並不是喜歡攬事的人，然如今祖媞神身納西皇刃邪力，稍有不慎，便將陷入險境，將她送回中澤交給她那幾個神使，他不放心。最穩妥的法子，的確是他親自照看她，直到帝君出關。

他對此事並不抗拒，只是，如何在不刺激小祖媞情緒的前提下，令她同意待在他身邊讓他照看……三殿下揉了揉額角，一邊思索，一邊舉步跨入了安置小祖媞的竹舍。

方踏入外間，便聞一聲脆響，三殿下腳步頓了頓。內室傳來窸窣聲，三殿下挑了挑眉，緩步徐行繞過一面素屏，轉過一扇落地罩，看到一身月白衫裙的小少女安安靜靜地躺在竹榻之上，宛若熟睡。

三殿下走過去，坐在竹榻前，目光掠過地上碎裂的白玉茶碗，摺扇在榻沿不輕不重地點了一點，「別裝了，知道妳醒過來了。」

聽得此語，小祖媞濃密的睫毛顫了顫，但除此之外，沒有給出任何反應。

眼見女孩準備裝睡到底了，三殿下沒有再多話，忽然傾身。感受到他靠近的氣息，小祖媞的睫毛密密地顫動起來。便在兩人相距不過半臂之時，她驀地睜開眼睛，猛地坐了起來，將三殿下一推，人迅速往後退了數尺，一套動作行雲流水，「你要做什麼？」她戒備地望著重新在竹椅裡坐好的三殿下。

女孩的聲音很軟，嬌嬌的，即便刻意壓低了，做出兇人的模樣，也沒有什麼震懾力，奶兇奶兇的，不僅不可怕，反而可以說非常可愛。三殿下看她這副模樣，不禁失笑，「當然是叫醒妳，莫非是要幫妳蓋被子嗎？」

小祖媞抿了抿嘴，拽著雲被又往後退了數寸，先是審視地看了面前的青年一眼，又看向四周。方才她醒過來，懵懵懂懂地想喝水，剛倒好茶，外間便響起了腳步聲，她嚇了一跳，手一抖就把茶碗給摔了。茶碗一碎，她徹底醒了，才發現自己身在一個陌生的地方。她懵懵地不知道發生了什麼，聽到腳步聲越來越近，也來不及多打量，當機立斷地選擇了裝睡……此時她才算看清楚這竹舍到底長什麼樣，她果然從沒來過這個地方。

小祖媞皺著眉頭問：「是你把我擄來此地的嗎？」

三殿下保守地回答：「不是。」

小祖媞看了他一眼，想了一瞬，她選擇不相信，「胡說，」她憤憤地，「明明昨晚我還睡在自己的洞府裡，結果一醒來卻到了這裡，肯定是你把我擄來的！」

三殿下眉心一動，不過三句話，已明白過來面前的小少女不僅是身體和心智，便連記憶也回到了幼年時期，就像是真正的一萬歲的祖媞，跨越了三十多萬年的時空，出現在了他的面前。是一個貨真價實的孩子。

三殿下微微一笑，那要哄騙一個孩子，他是很拿手的了。他搜索著從東華帝君處得來的關於祖媞神的隻言片語，一邊開口一邊觀察小祖媞的神色，「你們姑媱山的檀樹老爹是我的一位忘年友。老爹有急事需離開中澤一趟，卻又怕妳不捨他，故而趁妳入睡，將妳帶來了此處託付給我，讓我看顧妳一陣子。」

聽完他的解釋，小祖媞非常驚訝，身子前傾了兩寸，「你居然認識檀樹老爹嗎？」不待三殿下回答，又立刻一凜，退了回去，戒備地望著他，「你是不是騙我的？」

三殿下說沒有。

她感到為難，嘟嘟噥噥地，「你說沒有就沒有嗎，那你怎麼證明你沒有？」

三殿下想了想，「這裡是十里桃林，小光神應該也聽說過十里桃林吧，我是這桃林主人的朋友，豈會騙妳？」

十里桃林的主人折顏君是八荒唯一的五彩鳳凰。她雖然沒和折顏君打過交道，但也知他自幼養在父神膝下，很得父神看重，品性無可挑剔。既然是折顏君的朋友，那這人應該不是壞人，也應該沒有騙自己。小祖媞鬆了一口氣，放下了警惕心，防備一撤下來，好奇心便冒出了頭，她好奇地打量青年，「我知道折顏君有一個和他一起長大的朋友，你不會就是他那個朋友墨淵君吧？」

三殿下否認了她的猜測，說不是，又問她：「妳可知天君？」

天君她當然知道，神族有三百七十六族支，中有四十七望族，天族乃四十七望族之一。

她點頭，「天族的族長嘛。」

三殿下也點頭，「我是天族族長天君的第三子，名連宋。妳可以叫我……」他頓了一下，為她想出了一個稱呼，「妳可以叫我連三哥哥。」

她大感好奇，「我為什麼要叫你哥哥？」

三殿下笑笑，「因為我比妳年長。」

這個理由是令人信服的，她考慮了一下，表示贊同，「嗯，那是的。」但她還有點心高氣傲，「可我是光神，檀樹老爹說過，非要攀親緣的話，只有同為自然神的風之主可以被我叫作哥哥。」想起這個她又有點生氣，「可惜謝冥那小丫頭不許我叫瑟珈作哥哥，哼，其實我也沒有那麼喜歡叫別人作哥哥。」說著看向喝著茶的青年，「我可以直接叫你的名字，」她卡了一下，「你叫什麼名字來著？」

三殿下並不介意她沒記住自己的名字，放下茶杯，扇子在竹椅的扶臂上點了點，「可我覺得妳叫我哥哥最合適。」

小祖媞盤著腿抱著被子，很堅持，「才沒有很合適。」瞪眼看著他，實在不解，「你為什麼那麼想做我哥哥？」

為什麼？因為想起了她在千絕境中喚自己小三郎，看她回到幼年，如此單純好騙，所以起了捉弄心，想要趁她什麼都不懂，誆騙著她亦占她一回便宜罷了。但這自然是不能說出口的。

小祖媞見青年默了一默，然後表情高深地看著她，「這是為妳好。」

她不能明白，「為什麼是為我好？」

三殿下垂目看了眼地上。順著他的目光瞧過去，她眼角一抽，地上躺著的正是此前被她打碎的白玉茶碗。

三殿下問她：「這是妳打碎的吧？」又道：「這茶碗極珍貴，乃折顏君心愛之物，若妳叫我哥哥，那我可以替妳說情，代妳賠他這寶物。但若妳同我沒關係……」他淡淡一笑，「那便需妳自己拿著這茶碗去找折顏君賠罪了。折顏君生起氣來，可是很嚇人的。」

小祖媞呆住了，半晌，囁嚅道：「姑婠也有珍寶，我、我可以賠給他。」
三殿下絲毫沒有嚇到了孩子的慚愧，「姑婠有同這一模一樣的白玉茶碗嗎？」
小祖媞臉色蒼白地搖頭，「沒有。」拽緊了被子，「那、那怎麼辦？」
三殿下紆尊降貴地指點她，「所以我覺得妳可能需要一個能護著妳的哥哥，妳覺得呢？」
小祖媞哭喪著臉看著他，「如果我叫你哥哥，你能保證折顏君不生氣，不來找我麻煩嗎？」
三殿下點頭，「當然。」
她仍自掙扎，「可哥哥是很重要的親人了，怎麼能隨便叫別人哥哥啊？」
三殿下不以為然，「這只是很隨便的一個稱呼。」
小祖媞望住他，大眼睛裡汪著一點水霧，看上去極惹人憐。她眨了眨眼，水潤的眸子裡透出一點好奇來，「那難道有很多人叫你哥哥嗎？」
三殿下愣了愣，這倒是沒有的，他母族勢大，親戚多，旁支的表妹其實也有幾個，但他同她們疏遠得很，偶爾見面，待她們也冷冰冰的，搞得她們很懼怕他，沒人敢叫他哥哥，都恭敬地喚他三殿下。這倒是有趣，他才注意到，他活了七萬年，還真沒人叫過他哥哥。
「沒有人這麼叫過我。」他如實回答她。
「哦，那這樣的話可以。」她點了點頭，目光在地面的碎瓷上晃了一圈，又在他臉上晃了一圈，像是做出了什麼重大決定似的，右手握拳掩住嘴唇輕咳一聲，宣布道：「我可以叫你哥哥，但我認了你做哥哥，你就要對我很好了，像瑟珈對謝冥那麼好，也不可以再讓別人叫你哥哥，你可以做到嗎？」

這次是三殿下問她為什麼，「為什麼不可以再讓別人叫我哥哥？」

小祖媞立刻坐直了，微微仰著頭，很驕矜似的，「因為我是光神，光神就是這麼霸道！」當然並非如此，事實是她今天突然發現她可能一直都有點羡慕瑟珈是謝冥獨一無二的兄長，正好機緣巧合天上掉下來一個好看的青年想做她哥哥，她就希望他可以做自己獨一無二的哥哥。

三殿下挑了挑眉，一時沒有說話。她有點緊張地看著他。少頃，三殿下回了她，「可以。」

小祖媞大喜過望，立刻合掌，「那我們來立噬骨真言吧，檀樹老爹說過噬骨真言是比血脈關係更可信的存在。」又用一種心嚮往之的口吻暗暗嘀咕：「瑟珈和謝冥就是立過噬骨真言的，瑟珈就一直對小謝冥很好。」說著這話她閉上了眼睛，頓了一下後口中唸唸有詞，是在召喚立真言的聖火。

三殿下沒有和人進行過這樣的對話，如此樸拙，天真，還帶著孩子的稚氣和無厘頭。可不知為何卻又覺得熟悉。他應當是謹慎的，周全的，步步為營的，總是以最小代價獲取最好結果的，這樣的連三殿下。他其實很清楚，同小祖媞的這場談話到一半時，他便已取得了她的信任，達到了目的。後來非要讓她叫哥哥，不過逗她玩。他沒有必要為幾句玩笑便立下這源自洪荒的兇狠咒誓，須知此咒一旦立下，便是永生的束縛。可當他回過神來時，他驚訝地發現自己已召出了那作為誓言見證的三昧聖火，說出了「天道煌煌，巍然在上，四海水君連宋在此立誓，終此一生，都將以誠心善意待光神祖媞，若違此誓，願為天火焚身，直至身死」

的誓言。

小祖媞跪坐到床邊上，也抬起了手，用小小的手掌貼住他的手心，說出了一些稚樸之語：「我也會對連三哥哥好的，若是違背誓言，願受天火焚身之刑。」

話畢時，那聖火化為紅色的花，印上了兩人的手背，而後緩緩消失，沒入了骨血之中。誓言成了。

女孩的掌心仍貼著他的，她抬起眼簾，蝶翼般的睫毛微微顫動，看了他一眼，又看了他一眼，像是有點不好意思，掩飾般地咳了一聲，「好了，現在你是我哥哥了。」然後她很輕地叫了他一聲，「連三哥哥。」

三殿下在這聲稱呼裡微微一震。其實立誓的前一刻他還存著玩笑之心，可當此時，她叫他連三哥哥，模樣乖巧，讓他無法再覺得這只是個玩笑。

他突然想起帝君曾同他提起過，說祖媞獻祭時不過十萬歲，而因光神仙體殊異，即便存世那十萬年，她大半時間也是在沉睡。

那照這樣算來，其實她不過是個才五萬歲的小少女神罷了。

在安禪那殿裡，他與成年的她相處了半個時辰。她機敏沉著，應變迅捷，給他留下了很深的印象，可讓他印象最深刻的，卻是她撕掉人皮面具朝他一笑時的甜軟之態。

一時之間，三殿下只覺無論成年的祖媞還是幼時的祖媞，叫他一聲連三哥哥，都十分合襯。

正當他想得入神，一隻手突然拍在了他的手臂上，「你聽到我說什麼了嗎？」

三殿下回神，看著面前女孩嚴肅的表情，也隨之正色，「妳方才說，立下噬骨真言，我們就是很親的人了。不過妳最親的人是檀樹老爹，我可以做妳第二親的人，是不是？」

小祖媞狐疑地嘀咕：「你明明在走神啊。」但他準確地重複出了方才她的所言，她也就不計較了，咳了一聲，「我繼續說了啊，」鄭重地叮囑他，「這次你不可以走神。」

三殿下嗯了一聲，學著她做出鄭重之態來。

她滿意點頭，繼續道：「你可以做我第二親的人。很親的人可以叫我阿玉，是檀樹老爹給我起的小名，」她驕傲地仰起小下巴，有點得意，「因為我是姑媱之寶，玉骨冰姿，所以叫阿玉，連三哥哥你也可以這樣叫我。」

看她鄭重其事地自誇自己乃姑媱之寶，玉骨冰姿，三殿下一時覺得好笑。「好，我叫妳阿玉。」他笑道。可就在說出「阿玉」這兩個字時，他的腦中一片轟鳴，像是海上忽然湧起千層浪，轟隆隆拍下來。他一時有些恍惚，心中發緊，只覺這名字很熟，可回顧過往，卻並不認識什麼叫阿玉的人。他揉了揉額角，見面前的女孩抿唇而笑，他抬手揉了揉她的頭，又叫了她一聲：「阿玉。」壓下了心悸。

白真上神處理完東南荒的政事，自青丘回到十里桃林後，折顏上神同他提起了連宋君帶著祖媞神前來桃林之事。白真上神盤腿而坐，聽得都忘了扒飯，盤盞一推，大驚，「這麼說那夜千絕行宮突然戒嚴，是因祖媞神之故？」

折顏上神將他推出來的盤盞復推回去，「吃驚歸吃驚，不要趁機把這盤菠菜推給我。」從菜盤裡夾了兩筷子堆到白真上神碗裡，苦口婆心相勸，「多吃菠菜，對氣血和眼睛都有好處。」催促他，「快吃。」

白真上神艱難地吃了一口菠菜，和著茶水嚥下去，露出了一個身殘志堅的表情，「不過慶姜應該沒發現是祖媞神闖入了千絕境。」緩過來後他繼續方才的話題，「次日我們同他告辭時，他倒是問了一句夜華君為何他三叔不在。夜華那小子同我和大哥喝了一夜酒，如何知曉，但他倒也有急智，只道他三叔宿醉頭疼，待在這行宮中頗覺不便，故一大早就回九重天了。天族的三皇子連宋君，本就是個不受禮數約束的，風流肆意之名傳遍八荒，慶姜倒也沒有起疑。」

白真上神這個人，雖已為上神，仙齡也有十來萬歲了，但玩心依然重，且好聽稀奇事，交代完千絕境的情況後，好奇地看向折顏上神，「你方才說連宋他不過一、兩日便取得了小祖媞神的信任，這半個月來，無論是入山探幽還是泛舟遊湖，祖媞神都讓他陪著？」得折顏點頭後，白真上神且讚且嘆，「不過一、兩日便能和祖媞神處得這般好，天君這位三皇子也忒有本事了！」

折顏上神不愛聽白真上神誇旁人，一哂，「小祖媞嘛，天真又輕信，毫無戒備心，誰願意陪她玩她就親近誰，糊弄她最容易不過。也是本座不願陪她一個小孩子胡鬧，若本座願意屈尊，你信不信她待本座也會很親近？」

白真上神放下筷子，穩重地思考了片刻，謹慎地回答：「我可能不太信。」眼見折顏上神臉色轉冷，白真上神立刻毫無志氣地改口，「我……可能有點相信？」

但折顏上神的臉色依然沒有好轉，白真上神把被他扒拉到碗沿用米飯埋起來的菠菜挑出來吃了兩口，妄圖以此博得折顏上神的歡心，「好了，剛才我是跟你開玩笑的。」他試著真誠地笑了笑。

折顏上神簡直不想和他說話，轉頭看向跪坐著伺候在一旁沒什麼存在感的畢方鳥，「連三那小子已領著祖媞在本座這桃林賴了半月了，他們到底什麼時候走？」

畢方鳥畢恭畢敬道：「回上神，三皇子謹慎，說是要再觀察兩日，待確認祖媞神萬無一失了再告辭。」

折顏上神沒好氣道：「那小光神成天摸魚打鳥的，比本座還龍馬精神，她還能有什麼事，讓他們趕緊走，看著心煩！」

畢方鳥畢恭畢敬應下，道是。

白真上神低頭使著筷子重新用米飯將菠菜埋起來，小聲嘀咕：「也不至於我就誇了三皇子一句，你便遷怒他至此……」

折顏上神惱聲：「本座怎會因一個小輩醋海生波！」

白真上神噗地笑了出來，雖在折顏上神的眼刀飛過來時及時止住了，但雙眼卻仍帶笑意，「哦，醋海生波。」他悠悠道。

折顏上神一愣，半晌，也搖頭笑了，無奈地看了白真上神一眼，「好好吃飯，趕路誤了午膳，補的這一頓也不好好吃。吃飯還得讓人看著，還是個孩子嗎？」

眼見兩位主人復又親熱地說起話來，老實的畢方鳥感到很困惑：那還需不需要把賴在桃林吃了半月閒飯的三皇子和小光神趕走了呢？他本想再問折顏上神一句，但看此時飯桌旁二位上神已湊到了一起，低聲說話時頗有歲月安寧之意，不是自己可以插嘴的氛圍，雖然老實但也很有眼色的畢方鳥默默地退了下去。走出廳房外五步遠時，他想起如今桃林有客人在，又慎重地走了回去，體貼地幫二位上神關上了房門。

畢方鳥兀自糾結了一下午，磨蹭到日落西山，準備再去探探折顏上神的口風，不料三殿下竟帶著小光神主動來辭行了。原來元極宮傳信來，說天上突發了一樁要事，等著三殿下回去做主。

白真上神在房中休息，折顏上神一人出來送客，按捺著高興將二人打發了。

三殿下領著小祖媞回九重天時，沒驚動什麼人。

此前在十里桃林中，待小祖媞醒後，三殿下便給天步傳了信過去，故當三殿下將小祖媞帶回元極宮時，天步並不覺驚訝。且因祖媞神如今是這副模樣，身分不宜聲張，為免節外生枝，天步還提前做了安排，使得闔宮只以為這生得極美的小女孩乃三殿下友人之妹，友人將其愛妹交託給三殿下看顧，被三殿下領回了元極宮罷了。可見天步的穩妥。

三殿下風塵僕僕歸來，剛沐浴畢，便召了天步稟事。

令素來沉穩妥當的天步也感到焦慮、不得不將三殿下從十里桃林請回的事，著實是一樁大事。

說半個多月前，掌領北荒的玄冥上神向天君呈了道摺子，言北荒與東北荒交界之地有惡蛟出沒，為禍彼處的幾個凡人小國，希望他老人家能派一員得力神將下去收服此蛟。

天君圖便利，這些年收服凶獸之事一向是交給他英武能戰的小兒子在處理。此番他也打算因循舊例，等小兒子回天宮就將此事吩咐給他。結果慶姜大婚畢，太子同司命星君、粟及仙者都如期歸來了，他的小兒子卻不知跑去了哪裡。

天君無奈，只得將玄冥上神的摺子挑出來，於凌霄殿朝會上，重新與列位臣子商議降伏凶獸的人選。不想太子夜華竟主動請纓，懇請天君賜他這個歷練的機會。近萬年來，但有調服凶獸的差事，三皇子的確都會帶少年太子去長見識，天君考慮了半晌，也覺這是個錘煉儲君的好機會，便准了。

太子下界的第九日，那惡蛟的屍首便出現在了東荒的空桑山下。蛟屍甚巨，且長，其狀可怖。太白星君奉天君之命下界，親自驗看了蛟首的致命傷，判斷出那傷的確是由太子殿下的青冥劍劈斫出來的，可見此蛟確為太子所誅。太子驍勇，不過三萬歲便能制伏惡蛟，這本該是椿令天君老懷大慰之事，但問題在於，惡蛟雖被誅了，太子卻也失蹤了。

天君對此既憂且怒，命太白星君暗中查探太子的蹤跡。但太白星君查了七日，一無所獲。故天君才會下敕令給元極宮，命宮中仙侍趕緊聯繫三皇子，將他召回來。因要論查探消息，整個九重天上，還是屬元極宮最能指望得上、靠得住。

三殿下擦著頭髮聽天步稟完前情，皺眉問：「二十四文武侍怎麼說？」

二十四文武侍乃元極宮中二十四位極擅打探消息的仙侍，由三殿下親自調教出，分十二文侍，十二武侍。八荒公認元極宮消息靈通，這二十四位仙侍功不可沒。

天步捍衛了二十四文武侍在探查消息一途上制霸九重天的無雙美名，「太白星君處雖沒什麼進展，但衛甲仙者卻在兩個時辰前傳回了消息，說探到了太子殿下在朝陽谷。」

三殿下擦頭髮的手停了下來，「朝陽谷？」

天步道是，條分縷析，娓娓而訴：「衛甲仙者說太子殿下在朝陽谷的麓台宮中養傷，麓台宮宮禁森嚴，他無法潛入，因此用了些手段，從一個出宮的宮人那裡探得了一些消息。照那些消息推斷，應是太子殿下誅殺惡蛟後受了傷，被路過的青鳥族長王姬所救，帶回了麓台宮。聽那宮人的意思，麓台宮裡不許他們將長王姬救了天族太子一事外傳。衛甲仙者一度懷疑是不是太子殿下傷重，青鳥族怕殿下有個萬一，他們不願擔責；但那宮人斬釘截鐵說太子殿下傷得並不算太重，只是一直醒不來，令日夜服侍於前的長王姬很是心焦罷了。」

三殿下聽到此，正好擦完頭髮，他將棉巾扔到一旁，抽出案頭香瓶中的香箸，示意天步繼續，「說說妳的看法。」

天步的確有一些看法，「奴婢覺得此事有些棘手。」天步雙眉緊蹙，「青鳥一族救了太子殿下，卻又將殿下藏起來，若他們是我天族臣民，當然可以即刻治罪。但青鳥一族世居青丘朝陽谷，卻是九尾白狐族的臣民，倒不好越過青丘白家，直接去找青鳥族的麻煩。可要透過白家，請狐帝白止帝君下令青鳥族將太子殿下送回來……卻又怕……」說到這裡，有些躊躇，又有些訕訕，「奴婢不敢妄議白止帝君和白淺上仙。」

天步不敢妄議上神上仙，但三殿下沒什麼不敢的，一邊垂首添香，一邊幫天步補充完了她的未竟之言，「卻又怕白家以此作筏子，與夜華退婚，是嗎？」

天步愁容滿面，輕聲一嘆，忍不住叨叨，「太子殿下那廂雖不知，但三殿下您又怎會不知白淺上仙其實一直不大滿意同太子殿下的婚事？若讓上仙知曉太子殿下為青鳥族的王姬所救，且王姬還心儀殿下，日日服侍在殿下病榻前，便是青鳥族不對太子殿下挾恩以求報……一直心心念念著想要退婚的白淺上仙，也勢必會抓住這個機會，以成全一對璧人之名，要求同天族退婚的。」天步蹙眉，「是以奴婢才覺此事棘手。只是奴婢想不明白，青鳥一族為何要將殿下藏起來，這對他們並無好處啊。」

三殿下放下香箸，淡淡一笑，「妳既已將白家得知此事後會有的態度猜了個八九不離十，這個彎怎麼轉不過來？」他接過天步遞過去的絲帕擦了擦手，「若沒猜錯，青鳥族嚴禁麓台宮宮人洩露夜華的消息，只是不欲白淺知道此事罷了。因他們也知白淺不滿這樁婚事，一旦得知夜華在麓台宮，必會藉機同天族退婚。白淺退婚，對他們又有什麼好處呢，這當然不是他們羈留夜華於麓台宮的目的。」

得三殿下點撥至此，天步恍然清明，斟酌著推測，「青鳥族也明白，我們天族也不欲讓白淺上仙知曉此事。所以關乎此事，我們能選擇的最好辦法只有一個，便是暗中遣人前去朝陽谷，同他們達成和議，迎回太子……」

三殿下點頭，嘉許道：「還不算笨。」

但天步卻並沒有被嘉許了的欣喜，越想眉頭蹙得越深，「這麼說，青鳥族其實是想以太子殿下為質，越過白家，向我天族換取利益了？」不由驚怒，「他們好大的膽子！」

三殿下倒是很雲淡風輕，「他們的確有想換取的東西，不過也不一定是利益。」垂眸靜思了片刻，他問天步，「青鳥一族的禁地星令洞中是不是存著星浮金石？」

天步愣了一下，她雖是九重天數一數二的掌事仙者，但也不是什麼都懂，比如這個星浮金石她就沒有聽說過，她也不知三殿下突然提起這金石有什麼用意。好在三殿下也只是隨口一問，沒再繼續這個話題，只吩咐她道：「妳準備準備，明日見過天君後，妳隨我去朝陽谷走一趟。」

正事就算是說完了。

天步領命而去，退至寢殿門口，預備等三殿下睡下後再離開。不想站了沒一會兒，竟遇到個抱著枕頭來闖宮的人。來人看到她，很自然地對她點了下頭，很自然地提著裙子跨過門檻，大搖大擺地向室內而去。

天步在元極宮中當差當了五萬年，驕傲恣意、膽大妄為的美人她不是沒見過，但膽敢抱著枕頭夤夜來闖三殿下寢殿的美人，她還當真從沒有遇到過。天步驚呆了，直到小美人已進入殿中她才反應過來，趕緊跟進去，想要亡羊補牢地攔一攔來人。但同時，她心裡也打著鼓，覺著自己的身分可能夠不上攔這位祖宗。

祖宗是一位貨真價實的祖宗。來者正是小祖媞神。

小祖媞跑進三殿下寢殿的時候，三殿下正在寬衣，渾身上下只穿了條綢褲，正探手從身前的紫檀木衣架上取明衣，死也沒想到這時候會有人闖進來，所以當小祖媞驚嘆地發出一聲「哇哦」時，三殿下居然沒能反應過來。

她「哇哦」完才想起自己貿然闖入可能不太禮貌。

「對不起，連三哥哥，我不知道你在換衣。」小祖媞不拘小節地道了個歉，也不等三殿下回應，頗具大將之風地擺了擺手，「不過你不用在意我，繼續換吧，我不打擾你。」說著便不再看他，逕直向床走去。

三殿下僵了片刻，一時覺得這場景魔幻，一時覺得小祖媞荒唐，最後他想起了十里桃林中折顏上神的那句「聽聞祖媞她小時候……總之，祝你好運吧。」他起先不知這話是何意，但同小祖媞相處了半月，大概明白了折顏上神或許是想說，祖媞她小時候其實還挺調皮搗蛋的。

試想想，一個調皮搗蛋的孩子，半夜來闖他的寢殿，這稀奇嗎？不稀奇。因此三殿下在僵了片刻後，很快恢復了從容。他穿上明衣，繫好衣帶，轉身想問小祖媞這麼晚過來找他幹什麼，卻見她已坐到了他的玉床上，正趴那兒放枕頭。

小祖媞將自己帶來的枕頭和他的枕頭排在了一起，看他走過來，眉眼彎彎，理所當然地同他宣布：「今天晚上我也要睡在這裡，和連三哥哥一起睡！」

剛走到床前的三殿下趺了一下，小祖媞趕緊伸出一隻手扶住他，頗為緊張地抱住他的手臂，仰頭望他，「連三哥哥你怎麼了？」

三殿下看了她一眼，淡定地道：「沒什麼。」一個孩子，到了陌生之地，不慣一個人住，夜裡害怕，就想黏著自己最親近之人，這稀奇嗎？不稀奇。

三殿下倒是很快想通了，但剛跟進來的天步並不覺得這不稀奇，聽到小祖媞這話，簡直驚掉了下巴，「尊上要、要睡這裡？」看到小祖媞已撲在床上，又想起三殿下的潔癖，天步眼角直抽，趕緊走上去欲扶起祖媞，「尊上先起來吧……這、這不太好啊……男女七千歲便不該同榻……」

見天步要來扶自己，小祖媞乾脆踢掉了鞋子縮進了床內，只探出一個頭，狐疑地問：「男女七千歲便不該同榻？我怎麼不知道，」聳了聳肩，「那就算如此吧，但我沒有性別，可以是男孩子也可以是女孩子，我現在可以算作是男孩子，連三哥哥也是男孩子，我們並沒有什麼男女之分。」

天步沒穩住差點摔一跤，「什麼？可、可光神不是一位女神嗎？」

這倒也不怪天步，世間知光神生而無性別、幼時可男可女的神祇本就不多。她只以為小祖媞在開玩笑，為了同三殿下住在一起胡言亂語罷了，不禁苦笑，「尊上不要唬奴婢了，若是尊上一人住一殿害怕，那奴婢……」

小祖媞被戳中心事，臉瞬間紅了，但她是驕傲的光神，怎麼能承認自己一人住一殿害怕，因此儘管心虛，還是很努力地否認，「我才不是一個人會害怕，我只是覺得……」她的眼睛轉了轉，「我有時候半夜想要喝水，就需要有人給我倒水，所以我不能一個人住！」

天步上前，柔柔相勸，「那奴婢可以住到尊上寢殿去，不僅可以給尊上倒水，若尊上踢被子了，奴婢還可以幫尊上蓋被子。」

「可我……我很挑剔的。」小祖媞鼓起腮幫，皺著眉，「我不喝別人倒的水。」她不是很有底氣地說。

天步待要再勸，被靜立在一旁的三殿下抬手止住了，「就讓她住在這裡吧。」

天步先入為主地覺得小祖媞應是個小少女，故而執著地認為她宿在他這裡不妥。但回到幼時的祖媞並無性別，的確如她所說，她可以是男孩也可以是女孩，而同她立過噬骨真言的自己，是她在這世上第二親的人，在他面前她這樣百無禁忌也可以理解。天真稚純，這就是幼年的光神，三殿下覺得這樣的小光神是很純粹的，而為了賴在自己這裡，同天步鬥智鬥勇的她又有些好笑，是故抬手結束了兩人關於此事的爭論，一錘定音地允她留在了他這裡。

天步自是不解，但天步的妥貼就在於即便不解，既是他的吩咐，便絕不會再多言。但三殿下當然不會和小光神同榻，因此他又多吩咐了天步一句：「讓她睡我的床，妳讓人再抬一張榻和一張隔斷屏風進來，」他指了指身旁，「就擺在此處。」並道：「妳去她床邊打個地鋪。」看小祖媞像是有什麼意見，哄她道：「我可以幫妳倒水，妳踢被子天步可以照顧妳。」

小祖媞想了想，也就沒有再說什麼。

天步立刻福了一福，「奴婢這就去辦。」

天步離開後，三殿下方垂眸看向小祖媞，「我和天步都陪著妳，這樣妳就不害怕了吧？」

一身素白長裙的小光神，抱著被子坐在玉床上，青絲如瀑，顏色殊勝，盈盈燭光下，透出一種神性的美。

聽他那樣說，小祖媞將被子提起來一點，抱緊了，很輕地瞪了他一眼，小小聲道：「我說了我沒有在害怕。」

三殿下戲謔道：「好，妳沒有，妳只是想找個人半夜給妳倒水。」

小祖媞又瞪了他一眼，「就是這樣的。」

第六章

翌日大早，三殿下去見了天君，帶去了夜華君的消息。天君喜小兒子不負他之望，剛回天宮就替自己覓得了太子的下落；天君亦怒青鳥族不識好歹。不過怒歸怒，天君為君，練達世事，權衡之下，亦覺派能人私下前往青鳥族迎回太子最為妥當，而這個能人，當然非他目達耳通的小兒子莫屬。

天君便將此事順手派給了小兒子，又留小兒子用了早膳，關懷了下他近日消失是去了何處，三殿下當然沒有說實話，但天君也不太在意，他只是想為自己無處安放的父愛尋找一個出口。

天君對青鳥族這事的安排同三殿下的預想大差不差。回元極宮後，他欲領祖媞前去太晨宮，將她託付給一萬個靠譜的重霖仙者。但不知是噬骨真言的威力太大還是如何，小祖媞十分黏他，並不願獨個兒留在太晨宮，定要隨他一同去朝陽谷。三殿下靜思衡量後，覺得倒也不是不可以，吩咐宮婢去給小祖媞換一身少年裝。

宮婢剛領了小祖媞去寢殿，南天門上的巨靈神君便差了坐騎小獸來元極宮通傳，說姑媱山有神使來訪，候在南天門上，想見殿下。小坐騎獸年紀小，性子不拘束，活潑潑地傳了這話後，又湊近接聞消息的天步，攏著口悄悄道：「兩位神使來勢洶洶，怕是來找碴兒的，姐姐，要不然我去跟他們說殿下還沒回天宮，將他們哄走算啦！」

剛巧三殿下走出來，婉拒了小坐騎獸不大靠譜的好意，表示他正好有空，可以去南天門會會兩位神使。

天步目送三殿下離開，心中惴惴。她揣測所謂姑嫋神使來訪，必是祖媞神那幾個神使查探到了他們尊上被三殿下誆……不，同三殿下在一起，因此來元極宮要人來了。

天步雖未見過姑嫋山的神使們，但月前祖媞神剛醒時，曾派過兩位使者來天宮給三殿下送生辰禮。彼時司命星君有幸在場，聽司命星君轉述，說兩位神使說話做事謹慎周密，笑裡藏刀，怪難纏的。天步覺得他們三殿下也怪難纏的，既然雙方都怪難纏，那是不是只有打一架來決定祖媞神到底跟著誰了？真是令人膽戰心驚。

所幸，令天步擔憂的打架鬥毆之事並沒有發生。

半個時辰後，姑嫋的一位神使跟在他們殿下身後，穩步踏進了元極宮。神使一表人才，一身藍衣，神色冷靜平和，並不像是假意同他們殿下言和，要趁殿下不注意暴起偷襲他的樣子。

二人剛入宮門，小祖媞神便提著袍角跑了出來。見到小祖媞神時，那藍衣神使平靜的表情終於有了裂痕，但他很快掩飾了，沒有失態。天步理解他，試想要是有一天三殿下的身心突然也回到了孩提時代，可能她也不是那麼容易接受。

記憶已回到幼時的小祖媞當然不認識這按道理萬年後才會被她點化的神使，只好奇地瞄了那藍衣仙者一眼，便將目光重新移到三殿下身上了。她小鹿似地跑過去，仰著頭，一徑地詢問三殿下他們何時出發去朝陽谷。

三殿下回她說不急，又向她介紹藍衣仙者，說是給她安排的仙侍，因到朝陽谷後他有許多事要辦，不一定能常伴她身旁，有這位法力高強的仙侍時刻守護她的安危，他也可以放心。又告訴她，她可以喚這位仙侍小殷。

天步便明白了，這位藍衣使者九成九便是姑嫆四大神使之首的殷臨尊者了。

小祖媞對多了一個仙侍來照看自己這事無可無不可，「哦，你想得很周到，我是光神，是該有一個仙侍，我值得這個排面。」她一臉深沉地考慮了片刻，說道。說完還去拉了拉三殿下的手，由衷地讚他，「連三哥哥這麼為我著想，我很喜歡。」

天步看到殷臨的目光停留在三殿下和小祖媞相握的手上，然後他露出了一個微妙的、驚訝摻雜著傷感、傷感摻雜著無奈，又彷彿認命的表情。殷臨緣何會露出這樣的表情？天步感到驚訝，待要再細看，殷臨卻已收束了外露的情感，面容重歸於淡然，仿似一口無波的古井。

前去朝陽谷有一段路程，為了使小祖媞路途舒適，天步特將代步的雲船翻了出來。小祖媞頭回坐雲船，新鮮了一陣。但行船於雲天之上，所見除了雲還是雲，終歸是件枯燥事，沒多會兒她就打著哈欠睡過去了。

天步伺候小祖媞躺臥於船頭的雲毯中，待她睡熟了，才起身往船尾而去，打算給對坐弈棋的三殿下和殷臨尊者煮一壺茶。

走近了，天步聽得殷臨一邊落棋一邊道：「她小時候精靈古怪，很活潑，甚而稱得上頑皮。待她成年後，隨著預知能力進一步覺醒，她的魂體也逐步向更深層的天道靠近，那之後，她才漸漸變得莊重淑靜起來，也有了你們後世傳聞的那種肅穆清冷。不過，不管是活潑伶俐的孩提時代還是清冷肅穆的少女時代，她從沒有對任何人、任何事表達過討厭或者喜歡。誰的某種行為讓她覺得喜歡這種話，她從未說過。」

天步心想，殷臨尊者這是在對適才小祖媞神握著三殿下的手說「連三哥哥這麼為我著想，我很喜歡」感到耿耿於懷。

她假裝自己只是個沒有感情的泡茶機器，淡然地化出茶具來煮水淋杯，雙耳卻豎了起來，聽到三殿下回道：「傳說光神無七情亦無六欲，但我所見到的光神，無論是成年還是幼年，喜怒哀樂皆很分明，尤其是孩提的光神，七情格外生動，我也覺奇怪。」

殷臨執棋的手頓住了，片刻後，他道：「傳說並非虛言，光神的確生而無情，但二十多萬年前為了人族獻祭的她得天眷顧，天道令她復歸後有了情感，所以如今當她再回到幼年時，您能見到喜怒哀樂、愛惡欲癡皆分明的她。」他頓了頓，「這樣的她，我也是第一次見到。」

三殿下隨意落下一子，「我不知無情無欲的祖媞神是什麼樣，但情感豐富的祖媞神，我覺得很好。」

殷臨低聲，「我也覺得很好。」半晌，又沒頭沒尾地補充了句，「您和她很有緣分，如果這是天意……」但他沒有將這句話說完。

三殿下擺弄著手中的棋子，微微一笑，「光神和水神，同為自然神，羈絆的確要比其他人深一些。我和祖媞神確是有緣分。」他看向殷臨，似漫不經意，「你所說的我們有緣，是指這個嗎？」

殷臨一愣，而後一笑，「是啊，當然是指這個，不然還能是什麼呢？」口中雖這麼說，落子卻走錯了一步。

三殿下挑了挑眉。

茶已煮好，天步開始為二位神君分茶。她直覺殷臨口中的三殿下和祖媞神有緣並不僅指光神和水神生來便有的自然羈絆，可，正如殷臨所說，若不是這個，又能是什麼呢？

旅途的後半程，兩位神君沒再交談，只是繼續下著棋，天步則在一旁觀棋。船頭處小祖媞仍自沉睡著，她偶爾看兩眼，確認小祖媞神沒有踢被子。

天步雖知小祖媞乃曾為這世間獻祭的了不起的尊神，但因初次接觸她，她便是純真的孩童模樣，言談也盡是稚氣，因此天步並未覺著她如何神聖莊嚴，對她其實愛憐多過尊敬。

隨著眼前這位似乎揣著許多秘密的殷臨尊者的到來，天步才突然有了一點小祖媞並非一般仙童，而是神秘光神的實感。

她不知三殿下內心是否也如此作想，只是一局棋結束，當殷臨尊者前去船頭熟練地為小祖媞神掖被角時，天步發現三殿下的目光在小祖媞神身上停落了很久。

一行人是在夜幕降臨之時到達朝陽谷的。

青鳥族女君之弟苔野君聽聞天族三殿下駕臨，親率朝臣出宮來迎。

苔野君甚為謙卑，解釋說女君日前閉關了，將朝事暫付於他；又說女君閉關前仍掛心太子殿下的病體，特派了使者前去獨山相請了名醫空山老前來醫治太子殿下，空山老半個時辰前剛到宮裡，此時正在伏波殿中為殿下診脈。

苔野君言辭切切，話裡話外皆是他們青鳥一族在救治太子上頭的盡力，卻絕口不提為何不派人通傳九重天太子在他們這裡。不過照理說，他們確實不必通傳九重天，但他們需將此事通傳給他們的主君白淺上仙。只是他們也沒有這樣做。至於為何不如此做，大家心照不宣罷了。

聽完苔野君一席話，三殿下只頷首而笑，誇讚了青鳥族對太子的盡心，又讓苔野君領路，容他前去探望太子。別的一句話也沒說。

青鳥族對夜華君確然是盡心的。夜華君所住的寢殿伏波殿就在王宮花園旁邊，傍幽山依綠水，據說是整個麓台宮裡最為宜人之殿。

殿中金玉為梁，晶石為床，床四圍以雲綢為帷，玉鉤挽起白色的綢緞，床帷前垂著一面碧璽珠簾。少年太子便躺在那面瑩光柔潤的珠簾後。

三殿下抬扇撩開珠簾，小祖媞好奇地看過去，一眼望見立於床前蹲身向他們施禮的少女。小祖媞的眼睛眨了眨，她看到了少女的本相。苔野君從旁介紹，說這便是他和女君的妹妹——他們青鳥族的長王姬竹語。

少女既是這個身分，那論理也該是隻青鳥，但小祖媞眼中所見，少女的本相卻是一株青色的亹冬花。這令她感到驚奇。姑嫿也有許多亹冬花，白色的，粉色的，桃紅的，甚至黃色的，夏秋時節，枝頭花綻，美麗又芬芳。但她沒有見過青色的亹冬。

小祖媞盯著少女，看了一眼又一眼，直看到少女覺察到她的視線，困惑地抬頭。女子杏眼蛾眉，眉間一粒紅痣，是柔婉如水又帶著一絲豔的長相。小祖媞掩飾地咳了一聲，移開了目光，假裝她其實一直在看晶石床中的太子。

少年太子枕在一只錦緞軟枕上，自然地閉著眼，仿似沉睡。一眼看上去氣色不大好，可即便氣色不佳，那英俊惹眼的眉目依舊惹眼英俊。小祖媞的眼睛亮了亮，不自覺地往前走了一步。竹語王姬注意到小祖媞的神色，微微皺眉，移動了兩步，擋住了少年太子的臉。

小祖媞愣了一下，但她無所謂，欣賞不著太子，那繼續欣賞這株擋著太子的漂亮疊冬花也不是不可以。頭頂卻被扇子敲了一下，「愣在這裡做什麼？」小祖媞捂著頭輕聲嘟噥：「有點疼啊。」三殿下隨手胡嚕了一下她的髮頂，口中淡然地吩咐床前的竹語和侍女們：「妳們先下去吧。」

竹語聽得此吩咐，不敢違逆，柔柔弱弱地道遵命；但顯見得不捨離開，側身為太子理了理被面，又將太子露在被外的一隻手放進了被中，才領著侍女一步三回頭地退下了。不過也只退到了床帷外的屏風處，比苔野君和空山老站得還要近一些。

三殿下未同她計較，待床前清出場來，他上前探了探夜華君的脈。小祖媞也裝模作樣地湊上去，先是猛看了太子兩眼過癮，然後伸出兩指搭落在太子眉心。很快，她收回了手，趁三殿下俯身探看太子胸前傷勢之際，掩著口踮著腳湊到了他耳邊，很小聲地說：「小太子的精神力很強大也很穩定，我覺得他不會有事，因為將死之人不可能有這樣的精神力。」又安撫地握了握三殿下的手臂，一副「你信我」的表情，「連三哥哥你不要擔心。」

三殿下的視線從她握著他手臂的手移到了她的臉上，「妳方才調用了法力？」

她偷覷他，「呃，你不是說不用重法就可以嗎？我可沒有用重法。」

三殿下點了點頭，「那便好。」

小祖媞看了他一眼，又看了他一眼，「那、那你不誇誇我嗎？」

三殿下好奇，「為什麼要誇妳？」又問她，「誇妳什麼？」

她抿了抿嘴，「因為我厲害呀，隨便一探就探明白了小太子沒大事；我又很懂事了，安慰你不要為他擔心。」

「嗯，」看她這樣一本正經，三殿下忍不住笑，「妳很厲害，又很懂事。」一邊不走心地誇著她，一邊在床旁坐下了。她一點沒看出來三殿下不走心，聽到了衷心期待的誇獎，便立刻滿意了，也給自己找了個杌凳，偎坐在了三殿下的腿旁。

苔野君隔著珠簾，暗中望了小祖媞好幾眼。三殿下並未同他們介紹這漂亮得雌雄莫辨的小公子是誰，故而他心裡也沒個譜。晶石床四周布了靜音術，苔野君看到了兩人在說話，卻不知他們說的是什麼，但透過珠簾，依稀能看到三殿下待那孩子親和又包容，或許……這小公子，是三殿下的堂、表弟之類的？

小祖媞並不知苔野君在觀察著自己。此時她偎坐在三殿下腿旁，感覺就這麼坐著好像也有點無聊，就把下巴放在了三殿下的腿上，因為這個視角可以讓她偷看到簾外那朵青色的疊冬花。

可她卻不知她趴在連宋腿上這個動作有多惹人注目。簾外諸人見此，皆流露出驚詫之意，只殷臨還算淡定，但目光也有些複雜。不過小祖媞一概沒有察覺，只一心一意地欣賞著立在屏風旁的疊冬花。

三殿下注意到了眾人的詫異，但他也不太關心，彷彿腿上趴了隻狸奴似的，他的表情怡然且淡然，慢條斯理地吩咐空山老，「夜華目前的狀況，你說說看吧。」

一身行者打扮的空山老趕緊趨前參拜。

空山老面向三殿下，足稟了一刻鐘，將太子殿下的情況稟得很細緻。

大意說，太子最初應傷得頗重，但多虧長王姬及時救下了他，又對症給他用了好些天材地寶，讓他平穩度過了最危險的時期。而後青鳥族亦將太子看護得好，所以太子目前的狀況還不錯。至於人為何總不醒，乃因龍體正以溫睡自我修復之故。

不過龍體自我修復，是極緩慢的一個過程，少則三、五月，多則三、五年。當然不能讓太子殿下溫睡三、五年。因此目下，他打算重為太子用藥，中斷他的自我修復，以外力養其魂體。如此，殿下想必很快便能甦醒。而後再就地調養一陣，應當就無礙了。至於要調養多久，還需待殿下甦醒後再行判斷。

三殿下因心中有數，聽空山老稟完，面上挺波瀾不驚的，倒是青鳥族一派歡天喜地，其中最為激動者當屬長王姬竹語。

竹語王姬當場便紅了眼眶，若不是三殿下坐在太子床邊，就要撲到太子身前了。「謝天謝地殿下無事，殿下無事便好，無事便好……」說著這話，人一軟，竟昏倒在了侍女的懷中。

場面一度混亂。苔野君一邊吩咐侍女將長王姬扶去休息，一邊汗顏地同三殿下解釋，「妹妹她在太子殿下榻前服侍許久，數日沒得一個安穩覺，想來是聽聞太子殿下無大恙，繃著的精神終於鬆懈下去，以致暈倒，請殿下萬勿見怪。」

三殿下自然不能見怪。

待太子榻前恢復了清靜，三殿下又看了會兒青鳥族這幾日記錄的太子的醫案，到戌時了，方由苔野君領路，向青鳥族為他們一行安排的寢殿而去。

苔野君慇懃，差遣了數位美婢前來服侍。但三殿下挑剔，有天步隨行時，一向只容天步在他跟前伺候。

天步鋪床時，三殿下吩咐了她兩句，讓她待會兒點個鎮靜安神的安息香，說小祖媞換了床，可能睡不安穩，昨夜她就睡得不算很安穩。天步領命。

小祖媞神此時在淨室中沐浴，殷臨在門外照看著她。天步燃了香，來到外間，欲言又止。

天步的確想同三殿下談一談青鳥族，「想談青鳥族的事？」坐在書桌前寫信的三殿下抬頭看了她一眼，聞言露出憂慮表情，「奴婢是覺得，這青鳥族也忒不老實了。」

三殿下笑了笑，「哦？」

天步看出他是讓自己說下去的意思，近前為他倒了杯茶，斟酌道：「若照那苔野君所說，他們果真對我天族尊崇敬仰，別無二心，那便該在見到殿下您之時，便為私藏太子殿下而請罪。可他們卻只做出一副我天族恩人的模樣，還將空山老請了來，暗示需得讓太子殿下在此調養才好。那長王姬又一副癡戀太子殿下之態，做主的苔野君竟也不阻攔，言語間還大有想要促成這樁美事之意。」天步頓了頓，「此前殿下也曾說，青鳥族不一定是想挾恩換取利益，看他們這一番做派，奴婢很是擔心，」她鎖眉道：「若不是為了換取利益，難道他們是想……換取太子殿下的婚事嗎？」

三殿下沒有停筆，回她的話模稜兩可，「有這個可能，但也未必就是如此。」

天步卻已覺得多半就是如此了，不禁冷笑，「有此等野心，那倒是開口求殿下啊，他們倒沉得住氣，難道還想等著我們先開口不成？」

三殿下寫完了一張紙，另取了一張鋪開來，「朝陽谷風景秀麗，他們既誠意請我們小住，那住一陣，在此散散心也不錯。」不在意道：「也順便看看，他們是不是真的沉得住氣。」

天步略一思忖，「這倒也是，反正殿下也沒什麼事，我們自是不著急，此種事，誰先開口誰便被動了。」說到此處，她突然想起來一節，「可祖媞神……不是還在等著帝君他老人家出關嗎？萬一……」

她這話雖只說了一半，三殿下卻已聽出了她的意思，「放心，他們拖不了那麼久，鄄邇不是那麼沉得住氣的性子。」

天步愣住，「鄄邇？」這個名字已許多年無人提起，乍然聽聞，天步不禁恍惚了一下，「殿下是說那個鄄邇？可這……這同鄄邇又有什麼關係？」

狼毫蘸墨，三殿下垂首在信箋上筆走若飛，「我沒同妳提過嗎，鄄邇當年離開是回了青鳥族。青鳥族上任王君給她起了個新名字，叫彌暇。」

天步瞳孔猛地一縮，低喃：「彌暇，青鳥族的女君。」她不可置信，「殿下是說，當年的鄄邇，竟是如今青鳥族的彌暇女君？」

三殿下嗯了一聲，目光專注於信箋之上，沒再說什麼話，天步也沒再繼續問，內心卻止不住山呼海嘯。

鄄邇，是位故人。

天君三皇子的元極宮，曾有許多過客來去，鄄邇是唯一一位非因對三殿下存有男女之思而入元極宮的過客。

那是一萬兩千年前還是一萬三千年前？天步也記不清了，終歸就是那麼個時候吧，有一年春，三殿下突然消失了兩個月。三殿下為仙，無羈慣了，時不時就要鬧個失蹤，天步也習慣了，但三殿下離開九重天一、兩個月，卻不帶她隨身伺候，這卻不太常見。天步候在元極宮中，漸漸也有些焦慮，正待與二十四文武侍商量著派人離宮尋他，那日黃昏，三殿下卻回來了，還帶回了一個清秀瘦弱的少女。那少女便是鄄邇。

三殿下失蹤前，他身邊是有美人為伴的。美人乃瀾河神君的次女，是個驕脾氣，卻癡情，三殿下消失了兩個月，她便在元極宮中苦等了兩個月。好不容易等回了殿下，卻見他帶回了一個小美人，驕驕脾氣的瀾河神女如何能忍，當即大怒，揚言要立刻回瀾河去。

宮門口，面對大發脾氣揚言要回老家的瀾河神女，三殿下分外平靜，一句話也沒說，只領著鄄邇往側門讓了幾步，給瀾河神女讓出了一條路來，其意不言自明。美人難以置信地望著他，頃刻間淚如雨下，「殿下這是、這是有了新人，便不要我，要趕我走了嗎？」

三殿下風流，神女們因愛慕他而主動求入元極宮，他一般不會拒絕，這是八荒皆知之事；但三殿下風流歸風流，元極宮從不同時納兩位美人，這亦是八荒共知之事。故而當三殿下做出讓路給瀾河神女的舉動，在她「殿下這是有了新人便不要我了嗎」的質問下抬手揉上額角時，驕矜的神女一下子就清醒了，明白了自己應是誤會了他同那少女的關係，待要補救，卻聽到三殿下淡淡地、疲憊地，卻溫和地對她說：「鄄邇不是什麼新人。不過，既然妳不喜歡她，那待在天宮與她早晚碰面也不開心，還是回瀾河好一些。」

瀾河神女就這樣被送離了元極宮。

瀾河神女離宮的那天清晨，天步伺候著三殿下和鄄邇在前庭用早膳。鄄邇目送著瀾河神女離去的背影，靜了許久，雙眼慢慢蒙上了一層霧色。長得一副瘦弱可欺的模樣，配上那樣一副神情，瞧著更是可憐。她像是一塊不夠純淨的琉璃，說不上十分美麗，卻無疑十分脆弱；但看上去那樣脆弱，竟也有勇氣說出大膽的話。在三殿下用膳完畢，要起身離開時，鄄邇抬手攔住了三殿下，睜著一雙濕潤的眼，問了三殿下一個問題，「殿下如今雖是收留了我，有一天，也會如此趕走我嗎？」

三殿下皺眉問她：「妳怎麼會這麼想？」見她微顫著睫毛垂首不語，三殿下回了她，說不會。

關於鄄邇的來歷，三殿下沒有提起過。但一個少女住進元極宮，又不是三殿下的女伴，那便要有個名目。元極宮對外宣稱鄄邇是三殿下故交之女，故交臨終前將這未成年的獨女託給三殿下照看，望他能庇護她到成年時。事實是不是如此，天步也說不清，但她覺得這應當是可信的。

天步回憶中，三殿下對鄄邇是真的不錯。一個借居元極宮的孤女，飲食起居竟一應比照著天庭公主的規格，公主們有什麼，她便有什麼。不僅如此，三殿下還親自作保，將她送去了北斗真君門下，令她拜得了真君為師，成了真君的入室弟子。而待七百多年後她成年時，三殿下還為她辦了一場頗盛大的成年禮。

天步覺得鄄邇是幸運的，雖年少失怙，卻幸運地遇到了三殿下，得到了如此一份周全妥貼的庇護。七百多年來，鄄邇在天宮也是乖巧妥貼的，沒怎麼給三殿下惹過事，天步也算是喜歡她。她原本以為成年後的鄄邇會更加知趣聽話，會懂事地循著三殿下為她鋪好的路，自北斗真君處出師後，得封一方仙山，真正在八荒自立。沒想到，鄄邇在成年後不久，忽然失蹤了。整個元極宮上下都很擔憂，殿下親自出門，找了她很久。

天步記得，那亦是一個黃昏，同七百多年前三殿下帶回鄄邇的那個黃昏差不離。三殿下回了宮，面對她的焦急詢問，說是尋到了鄄邇，她是主動離開的，且不願再回來。天步有許多疑問，譬如他是在何處尋到鄄邇的，她如今好嗎，緣何不肯再回來，但最後問出口的只有一句：「宮中上下待她都極好，她為什麼要離開？」三殿下沒有回答她這個問題，只道：「這是她的選擇。她既已成年，有權自己做選擇。不過她既做了這樣的選擇，那從此後便不再是元極宮的人了。」

這是三殿下最後一次和她談論起鄄邇。此後萬餘年，九重天上再無人提起這個名字。如何能想到，昔日的鄄邇，如今竟成了青鳥族的彌暇女君？

所以當初她離開天宮，是回到了青鳥族？她原來是青鳥族的王姬？可如果她是青鳥族正經的王姬，三殿下又為何會將她領回元極宮當作一個孤女照看？且……青鳥族女君既是鄄邇，那如今青鳥族的態度，是不是就是鄄邇的態度？鄄邇她，究竟想要幹什麼？

天步腦子裡有十萬個為什麼，正在費力思索，被三殿下打斷了。三殿下已寫好了信，將兩張信紙遞給她，吩咐道：「封好交給衛甲。」

天步趕緊定神，接過那信，淡淡一掃，一凜，也顧不得再想鄄邇之事，驚訝道：「殿下懷疑空山老口中及時救下太子，施用了許多天材地寶助他度過了危險期的人，並非竹語王姬？」

三殿下另取了一張紙寫著什麼，一邊寫一邊道：「空山老孤傲，因診脈一絕，靠診脈便能辨出病人病史，所以從不看病人醫案。照空山老所稟，夜華初時傷得極重，用了許多珍稀的天材地寶方轉危為安。空山老行醫數萬載，別的不說，診脈是沒出過錯的，這番話，我倒是信的。」他提筆蘸墨，於紙箋上另起了一行，「但有趣的是，青鳥族的醫案雖也記錄了早期夜華的狀態不大好，但照那份醫案來看，彼時夜華的狀態卻絕不至於如空山老所說的那般凶險。」

天步立刻明白過來，「青鳥族既要對我天族示恩，若果真是他們將太子自瀕危之際救回來，那自然不可能不將此節記錄在醫案上。所以極有可能，竹語王姬其實是在太子殿下傷情已穩定之際方遇到他，救下他的。」

三殿下嗯了一聲，「所以先讓衛甲去查一查。」筆在紙上遊走，口吻淡淡的很閒適，「能拿出許多珍寶救治夜華的仙者，青丘也不太多，總不過就是白家治下幾個望族。」他停了筆，目光掃落在信箋上，檢查著剛寫完的東西，「救了夜華，卻深藏功與名，倒是有趣，我也想知道這是哪一族的仙者，又為何如此。」

殿下雖悠悠的，彷彿這事不急，什麼時候查都可以，但天步好奇心爆棚，按捺不住自己，「奴婢這就將信傳給衛甲去。」卻被三殿下叫住了。

三殿下將剛檢查完的紙箋遞給她，吩咐道：「這個妳收好，空了背一背。」

天步接過紙箋，垂頭一看，不同於方才那篇行草書信，此乃是篇楷書，雅而有力，骨體絕佳，每一字都宛若遺世美人，但內容……天步默唸出來：「口味偏清淡，喜食煨煮之物，尤愛鮮魚、蚶蛤之類，但不食鰻、鱉、蟹、牛、羊等味濃之物。蔬果亦不挑，不食煎炸物，愛甜糕……」

天步不確定地看著三殿下，「這彷彿是篇忌口？殿下……何時開始挑食了？」

三殿下站起來，欲將筆投進筆洗中，「不是我，是祖媞神的好惡忌口。」筆尖正要碰到水，又道：「哦，忘了一樁。」天步知意，將紙箋鋪到桌上，他按著紙沿又添了一筆——「最愛蒸鰣魚，可常做，鰣魚無須去鱗」。

天步看著三殿下用那骨體皆傲的小楷字寫下如許幾筆，默然了片刻。

這話其實不當問，但看殿下心情還滿好的樣子，她沒忍住問：「殿下不是最討厭人挑食了嗎？」

三殿下放好了筆，聞言抬頭看她，「我有嗎？」

天步不住點頭，「有啊，不就是二十年前的事嗎。」她娓娓道來，「三危山山神的女兒櫻晨神女愛慕您，做客元極宮，神女挑食，奴婢沒有照顧好她，神女便去您跟前告了一狀，結果次日您就差人把神女送回了三危山，從此後挑食就被列為了咱們元極宮的禁忌之一。」天步說著說著懷疑起來，「殿下您不會把這事給忘了吧？」又茫然，「那以後咱們元極宮還禁不禁挑食呢？」

三殿下沉默了片刻，接著用一種雲淡風輕又理所當然的口吻回答了她：「成年神仙是不該挑食，但小孩子挑食不是很正常？」想想還補充了一句，「這也不吃那也不吃的，吃到喜歡的食物就開心，吃到討厭的食物就生氣，小孩子這樣，不是很天然可愛嗎？」

天步：「……」

天步一邊覺得很難回答這個問題，一邊覺得櫻晨神女真是巨寃。

小祖媞抄著手躺在玉床上，聽到殿外響起一聲悠遠鳥鳴，翻了個身。她白日在雲船上睡得太過，而安息香對她是沒用的，因此她今夜又睡不著了。她調整了下睡姿，側躺著將手枕在臉旁，面向床前不遠處那道素紗摺屏。

一道摺屏將內室隔為兩段，連宋睡在摺屏那邊的矮榻上。小祖媞躺著的大床旁，錦衾打的地舖裡，則躺著天步。

勞累了一整日，天步似已睡沉了。

隔著素紗屏，影綽間可見連宋和衣而臥，雲被搭在腰間，也像是睡著了。

「這麼早大家就都睡了。」小祖媞嘆了口氣。因睡不著，她開始天馬行空胡思亂想起來。先想的是連宋。

她自降生便待在姑嫿，沒怎麼出過門。檀樹老爹說他們這種待在姑嫿不出去的行為叫作隱世，而姑嫿之外的八荒四海就叫作「世外」，「世外」那些神魔妖鬼人什麼的，可以統稱為「世外之人」。「世外」是極危險詭譎的，而「世外之人」是很狡詐奸猾的，尤其是各族的顯貴們，更是奸猾之輩中的翹楚。

小祖媞沒怎麼見識過「世外」，也不認識幾個「世外之人」，檀樹老爹這些話，她之前都是很信的。可如今她認識了連宋，這個天君的小兒子，無疑是神族中極顯極貴之人了，卻待她這樣好，又體貼，將她照顧得妥善極了。她敢說在照顧她這上頭，連檀樹老爹都不及連宋穩妥。再加上他還這麼好看，是她見過的男神裡長得最好看的了，她簡直不能更滿意他，對檀樹老爹那些話便有些懷疑起來。

她一邊望著摺屏後的連宋，一邊想著這些有的沒的，想得入神，越發沒了睡意。矮榻上那閉著雙眼似已入眠的青年卻突然開了口：「怎麼還不睡？」他睜開眼睛，側過身來，「或者我們說會兒話？說累了也許妳就想睡了。」

小祖媞霍地坐了起來，「你、你、你不是睡著了嗎？」

連宋其實一直沒睡著，只是閉目養神罷了，起先聽到小祖媞在床上小聲翻身，翻了會兒，可能是怕影響到他和天步，沒再翻了，卻一味盯著摺屏看，視線穿過摺屏落在他身上，著實強烈，令人難以忽視。昨晚她也有些折騰，但自己瞎折騰了會兒也就睡了，今晚卻像是比昨夜更精神百倍。連宋暗暗記下安息香對小祖媞不僅沒作用可能還有反效果，思考了一瞬，想好了怎麼助她入睡，方睜眼打破寂靜，對她開了口。

小祖媞明顯對他「一起說話」的提議很心動，但她也挺懂事的，因此有些猶豫，「可連三哥哥你不睏嗎？」又悄悄問：「天步姐姐好像很累很想睡，我們會不會吵到她？」

「不睏，可以陪妳聊。」連宋回答她，又順手使了個靜音術籠住兩人，道：「這樣就不會吵到天步了。」

小祖媞立刻高興起來，有點興奮地躺下，回復了之前側臥的姿勢，「嗯，那我們聊聊。」她期待地問連宋，「那我們聊點什麼呀？」

連宋由著她，「什麼都可以。」

小祖媞平躺著望向帳頂，喃喃：「什麼都可以嗎，」她靜了一會兒，又側轉過來，「那我想問你一個問題，」臉上的表情很是認真，帶著點困惑，「連三哥哥你是不是希望我以後選擇成為一個女孩子而不是男孩子啊？」

連宋愣住了，半晌，他反問她：「為什麼會這麼問？」

小祖媞嘟噥：「因為你為我準備的衣飾，全都是給女孩子的，裙子啊步搖啊什麼的。」

連宋第一次於傳說中聽聞祖媞神，她便是以一位慈悲女神的形象出現。理論上小祖媞的確是無性之身，未來可男可女，可已知祖媞神在成年時選擇了成為女神，連宋自然便當此時的她是個小女孩，給她準備的衣服也全都是好看的小裙子。聽她嘟噥著抱怨，他並不覺得是自己錯，只問她：「妳在姑媱不這麼穿嗎？」

小祖媞點頭，「也穿的，」又搖頭，「但不是一直穿裙子。」想想道：「我有時候穿裙子，有時候穿袍子，但穿袍子的時候更多一些。」說完她突然翻身坐起來，抱著被子，認真道：「等我四萬歲成年了，我就可以選擇性別了，到時候我想成為一個男神。」

連宋再次愣住。小祖媞的宣言令人震驚。吃驚之餘，連宋立刻想到了三十多萬年前，那時候的小祖媞在她的孩提時代，是否也一直憧憬著成為一個男神？若是如此，為何她最後卻選擇了當一位女神？是有什麼迫不得已的理由或者苦衷嗎？

穿過那道素紗，連宋看向盤腿而坐、彷彿不明白他為什麼吃驚的沒心沒肺的小祖媞，聲音不由得便輕了，「為什麼想要成為一個男神？」他問她。

小祖媞將被子往懷裡攏了攏，動作很輕，像是有些羞赧，聲音也隨之變輕了，「因為我也想像連三哥哥一樣，有結實強壯的身體，還有高超厲害的身手。這樣我就可以更好地去履行我降生時許給花木們的諾言啦。」

連宋對她口中的諾言很感興趣，「妳剛降生時又會什麼？怎麼就欠了人諾言？」

聽得連宋此言，小祖媞將整個臉都埋進了被子裡，埋了好一會兒才重新抬起來，「很丟臉，我說出來你不要笑話我。」她這麼要求連宋。

連宋佯裝嚴肅地點頭，「嗯，不笑話妳。」

她深深吸了口氣，「我剛降生的時候，雖然什麼都不太會，但是很有靈智，感應到了天道的啟示，知道我對這世間有庇護之責，但我不知道剛降生的我並不足以擔當那個職責。又、又看姑嫿的花木們生得好看，心裡喜歡，就對他們說了大話。」說到這裡她停了下來。

連宋催促她，「什麼大話？」

她憋著一口氣，「我對他們說我是他們的庇護者，若他們有所祈求，只要向我道出，我就會滿足他們。」

連宋笑道：「那時候妳有沒有一歲？」

她木著臉，「沒有一歲，剛滿一天，才學會怎麼自光中化形，除了這個本事外其他什麼本事都沒有。」

連宋不同意，「不對，還有說大話的本事。」

小祖媞緩緩地提起了手邊的錦枕，感到不可置信，「你不是答應了不笑話我的嗎？」一邊抗議一邊大力將錦枕扔了過去。

錦枕砸在素屏上，滾落下來。連宋忍住笑，道歉道得很快，「對不起。」

天步翻了個身。

小祖媞本來想生氣，聽見天步的響動，連生氣都忘了。但又想起連宋施了靜音術，枕頭撞上屏風的聲音雖可能吵到天步，但他倆說話她卻是聽不見的，她可以生氣。不過她同時也意識到了連宋道歉道得很痛快，她也不太好再繼續氣，就嘟了嘟嘴，給自己找補，「那時候我太小了，又太單純。」

她現在也很小，很單純，認真抱怨的樣子很可愛，又實在有點好笑。但連宋很尊重她，沒有打斷她，任她繼續找補，「因為很小又很單純，許他們諾言時，我以為花木們對光神的祈求無非就是那種，」她抬手比了個手勢，「比如喜光的植物長在了背陰之地，需要光照什麼的，那這種我當然可以立刻滿足他們，雖然我還不到一歲。」她悶悶的，「可是居然有化形的花木到世外闖蕩時遇險也向我祈求，但我也幫助不了他們。」又很難理解似的，「還有，他們有感情困擾的時候竟然也來向我祈求，」她扶著頭，做出一個稚氣的犯暈的表情，「我都聽不懂！」

連宋替她總結，「若妳成為一個神君，就能很厲害，當花木們遇險時再向妳祈求，妳也可以庇護他們了。妳是這麼想的？」他稱讚她的邏輯，「這原本沒錯，不過女神也可以神通廣大，法力無邊，比如，」他提出了一位在三十多萬年前的時代裡數一數二的女神，「論武力值，此世間能贏過女媧娘娘的，怕也沒有幾人吧？」他問她，「為什麼不願意像女媧娘娘那樣，做一位厲害的女神呢？」

小祖媞露出欽佩表情，「女媧娘娘是很厲害的，我很佩服她。」她垂下眼睫，有點沮喪，「可我是不同的。我要想很厲害，能移山傾海，我就不能做女神。」

這話乍聽有點奇怪，聰慧如三殿下一時也不能完全聽懂，他頓了頓，「妳的意思是……」

小祖媞看著他，「光神的仙體是很特別的。現在，因我尚未成年，身體所限，我只能修習療癒向的術法，像那種攻擊性強的，就不太能學。如果我成年時選擇成為男神，這副身體便會被重造，到時候我就可以修習很強大的攻擊術法了，與之相對應的是，我再不能修習強大的療癒術法。但若我選擇成為女孩子的話，就正好相反，可以修習最厲害的療癒術法，但不可以修習強大的攻擊術法。這就是魚和熊掌不能兼得，」她想想，嘆了口氣，為自己的體質做了總結，「我可真慘啊！」

三殿下並沒有覺得她慘，敏銳的三殿下也給她這段話做了個總結——原來成年後的祖媞神擅長療癒術法，不會強大的攻擊術法。

三殿下還立刻想起了粟及曾同他們分享的東華帝君關於上善無極弓的筆記。筆記中說，瑟珈尊者曾慨嘆祖媞神的上善無極弓不愧為萬弓之王，但唯願它永不現世。

彼時粟及談及此節，他們一眾還疑惑瑟珈緣何發出此種慨嘆。如今想來，或許，上善無極弓承載的術法，乃是頂級的療癒術法，而需要施展那等療癒術法的場合，必是八荒傾毀的大劫來臨時，所以瑟珈才會說希望它永不現世吧……

夜華曾說祖媞神是一位極神秘的女神，的確如此。今夜這場臥談，他真是增長了不少新知識，拿去給新飛昇的仙者出文考試題，應該又可以讓大家不及格了。三殿下微微出神地想。

第七章

太子夜華在兩日後醒了過來，對自己身在青鳥族感到意外。

伏波殿中，夜華所躺的晶石床旁加了張玉椅，三殿下坐在上頭，同喝完藥的夜華君回想當日他去空桑山伏蛟的始末。

太子殿下回憶，當日他領旨下界後，在北荒的倫山尋到了那惡蛟。他同那蛟龍打了九個日夜，彼此力竭了，也沒分出個高下來，因想著繼續耗下去也不是個辦法，故他兵行險著，拚著被蛟角重傷的危險，正面迎敵砍下了蛟頭。惡蛟伏誅，他的心肺亦被蛟角貫穿，無力駕雲，自半空墜落，之後發生了什麼，他便一概不知了。

這番話乍聽並無問題，但三殿下對夜華君知之甚深，聽他如此回想，卻有一問：「拿自己的命去兵行險著？這卻不是你的性子。」三殿下懶懶倚靠在玉椅中，手指輕點手中扇柄，「這番說辭忽悠我父君你爺爺，或者你父君我大哥還行，忽悠你三叔我，稍欠了點兒火候。」

夜華就沉默了，沉默半晌後，他開口，道：「侄兒有一問，欲問三叔。」

三殿下仍那麼懶懶倚著，一笑，「你問。」

夜華抬頭看他，表情平靜，但語聲卻微有波瀾，「你們是不是早就知曉，白淺上仙其實無意於我，並不願與我成親，一直想尋時機同天族退婚？」

三殿下愣了一下，他何等精明，前後一聯繫，立刻明白了怎麼回事，「是那蛟龍如此說？」見夜華不語，明白十有八九是如此了。三殿下坐正了，微微皺眉，「所以，是那蛟龍在對戰中說這話挑釁你了？」

的確如此。

少年太子和那蛟龍一路從北荒打到東北荒，在第九日時打到了東荒的空桑山。惡蛟很是疲憊，但夜華君還好。在第一日對戰之時，夜華君便摸清了體力乃是那惡蛟的短板，故而特意選了拖延戰術，以守代攻，就等著拖垮牠的體力，以尋個好時機一擊而誅之。

那惡蛟也是聰明，眼見拖延下去戰局將不利於自己，在以雷電攻擊夜華未果後，故意出言嘲諷，「堂堂天族太子，竟只會些躲躲藏藏的本事，怪不得白淺上仙她瞧不上你，有本事給本座來個大招！」惡蛟說這話是想要擾亂夜華心神，破了他的防守，趁機扭轉頹勢。

夜華本不應上他這當，但惡蛟這挑釁之言選得好，夜華當即變了臉色。

惡蛟立刻明白此計成了，心喜之下越加猖狂，「哦，你還不知道嗎？但東荒倒是不少人都知道，他們的姑姑看不上你這少年太子，一直想同你們天族退婚呢哈哈哈哈！」東荒仙者，皆喚他們的女君白淺上仙一聲姑姑。

夜華雖未理會惡蛟，仍專心對戰，但的確心神已亂。不過少年太子生就一副沉穩性子，「沉穩」二字已刻入他的本能，自知心神不寧下會被惡蛟鑽空子，十分危險，故而乾脆破釜沉舟，兵行險著，提前發動了對惡蛟的致命一擊。是以，才有最後巨蛟被屠，而他也被重傷的結果。

這便是當日少年夜華屠蛟的真相。

這真相，三殿下猜對了，可少年太子卻不欲多說，因此並未回答三殿下的問題，只道：「看來三叔的確早知上仙無意於我。」少年太子表情困惑，「既然三叔早知上仙無意於我，為何不早提點我，卻還任我去親近青丘和白家呢？」

三殿下聽得此問，眉目微動。玄扇在他手中轉了兩個來回。他斟酌了一陣，方開口：「當年天族聘下白淺的因由，你當知曉。天君並非是為了你才聘下白淺，而是為全族之利，聘下了白淺。」

夜華頷首，此節他自然知曉。

三萬年前，他二叔桑籍為了一條小巴蛇悔婚白淺上仙，狠狠開罪了青丘。為了修復同青丘的關係，在將他二叔貶謫去北海後，天君頒布天旨，定下了白淺上仙做天族的太子妃。

彼時他尚未降生，天族中尚無太子。太子尚無，太子妃卻已定下，此舉前所未聞，的確給了青丘極大的面子，緩和了天族同青丘的關係。

那之後第三年，他方降生，因出生時天降祥瑞，故而雖未行冊封大典，他卻已是八荒公認的天族太子。上至天君，下至八荒五族之靈，皆以太子稱他。

既是天族太子，因了天君當年那道旨意，他便注定與青丘白淺成婚。這便是他同白淺這樁婚事的由來。

三殿下右手中的玄扇停止了轉動，他看著少年太子，難得語重心長，「你既是天選的太子，那便必得迎娶白淺做你的太子妃。這是無可轉圜之事。若無變數，將來幾十萬年的路，都將會是白淺陪你一道走下去。我，天君，或者你的父母，不願你與白淺成為一對怨偶，這就是我們希望你主動親近白淺和青丘的原因。

「至於白淺想要退婚，這也是近百年才傳出之事。她大你許多，因年紀之故，生出種種顧慮，你也當理解。她有顧慮，想要退婚，你若放不下，便盡己所能去打消她的顧慮就是，倒也不必格外頹喪。」

三殿下端起桌上的青瓷杯，「不過，這只是我作為旁觀之人的看法，此事，主要還需看你如何想。」三殿下喝完茶，將茶杯放下，抬頭看向少年太子，「所以，你是如何想的？」

三殿下這一番話，令夜華微愣。微愣之餘，又覺愕然。

他這位三叔在他面前，向來不擺長輩譜兒，同他父君和那位他只見過寥寥幾面的二叔都很不同。雖然三叔愛逗惹他，但三叔從不說教他，故而他自幼便親近這位三叔。這還是有生以來第一次，他三叔用了類似長輩的教誨語氣，同他說了這樣一篇長話。

夜華靜了片刻。他三叔問他是如何想的。他的確有一些想法。

「我自降生，尚不知何為婚約，何為與人共度一生，就先知道了未來我當娶之人是青丘的白淺上仙。」他嗓音微啞道。

「他們告訴我她是白止帝君最寵愛的幼女，是神族的第一美人，他們也告訴我她降生於遠古，比我大許多，可能會覺得我幼稚。

「他們還告訴我，為人夫者，對外當建功業，對內當護妻兒。」

三殿下知道，少年太子口中的「他們」，應當指他宮中的幾位文官。小太子性子莊肅板正，但洗梧宮中有兩個小文官，性子卻很活潑，不過太子對他們並不見怪，反而一向寬容。

三殿下沒有對小文官們對太子說的話表達意見，挑了個無足輕重的問題來問：「所以自幼你就假裝老成？」

少年太子默了一瞬，道：「是。」他沒有再說多餘的字，微皺著眉頭，似在組織接下來要出口的話。

三殿下沒有催促他。

過了會兒，似是想好了怎麼說，少年太子開口繼續：「三萬年來，不能說我逼迫自己專注修行，一力上進，是為了她。

「我在兩萬歲修得上仙，是因為同天君的賭約，為了想再見到我母妃。

「但修行路上那些快撐不下去的時刻，偶爾我也會告訴自己，必須撐下去，因為我有那樣一個太子妃。在年齡和閱歷上我已差她許多了，那至少在修行上，我不能差她太多，否則如何與她為配。」

少年骨節分明的手指緊握了一下蓋在腿上的薄被，微垂了眼眸，「但我不知道，她其實並不想與我為配，她一直想要退婚。」

玄扇敲在玉椅的扶臂上，很輕的一聲，三殿下盯著少年太子，頗感意外，「所以，你是真的喜歡上了白淺，而她想退婚之事，讓你很是受傷？」他的手指點著扇緣，不可思議道：「但據我所知，你從沒有見過她。」

一身玄衣、病容蒼白的少年太子重複了一遍那個詞，「喜歡？」

他笑了一下，那笑很淡，不到眼底，看起來是個自嘲，「我其實並不知什麼是喜歡。如三叔所說，我甚至一面都沒見過她。我只是知曉有這麼一個人，她將來會與我成婚，同我共治八荒，如此罷了。」

他停了一會兒，嘴唇輕抿，「或許我只是習慣了此種認知，故而才會覺得親近青丘、接近上仙，是理當如此之事。就如同習慣了太子的身分，習慣了修行、上進，照著天君的期望，成為一位合格的儲君。我會覺得這些都是理當如此之事。只是沒有想到白淺上仙並不覺得與我的婚事是理當如此。」

說完這些話，他靜了許久。三殿下由他沉默，沒有說什麼。

許久後，少年太子重新開口：「至於三叔你所說的……白淺上仙的顧慮，」他將目光移向了窗外，定在了窗外的一棵煙柳上，「或許上仙她有顧慮，但更或許，她沒有，她只是單純地討厭我，所以想與我退婚。」他揉了一下額，「這些我不太懂。不過，既然上仙想要退婚，我願遵循上仙之意。她什麼時候想與我退婚，我都可以。今後我也不會再自以為是地……」似是意識到了什麼，少年太子及時地住了口，沒將那句話說完，然後淡淡地、看似平靜地換了一番措辭，「自此之後，我同上仙再無干係。」

太子一席話畢，室中一時靜極。片刻後，三殿下點了點頭，「也好。」

太子微抬目，看了三殿下一眼。方才一番話似已耗盡他的精力，太子的病容更見蒼白，他一臉疲憊，「三叔方才不是還希望我去打消白淺上仙的顧慮嗎？我以為三叔會覺我稚氣，不夠顧全大局。」他垂了眼睫，可能太過疲憊，無力再精確控制自己的表情，面上現出一絲頹然來，「為了天族之利，我的確應該去打消上仙的顧慮，爭取同青丘聯姻才是。」

三殿下收了扇子握在手中，笑了笑，「我又不是天君，日日考慮天族之利。」他站起身來，「如果喜歡，那就去追，既然也不是喜歡，那的確也沒必要去挽回。」替疲憊的少年太子將帷帳放了下來，「你累了，先睡一會兒吧。」

太子醒後，便一直由空山老調理著在伏波殿中養病，已養了六、七日。期間小祖媞隨著連宋去瞧過太子三、五次。

要說，小祖媞雖不通男女情事，卻也是個知人情世故之人，她自然看出了竹語王姬喜愛太子殿下。

太子醒來，她覺得照理說竹語王姬應是最高興之人了，但她在花園裡碰到過幾次竹語王姬，王姬皆愁眉不展。

她觀察了一陣子，發現王姬確實日漸憔悴，覺得很奇怪。後來才從花園裡小宮娥的閒談中搞明白，王姬如此，乃是因她雖是太子殿下的救命恩人，太子醒來後也對她頗有禮遇，可態度總是淡淡的，王姬覺得太子殿下不喜歡她，傷心，傷肝，傷懷，故而憔悴清減。

小祖媞一直覺著竹語王姬作為一株珍稀的青色亹冬花十分美麗可貴。這樣美麗可貴的花，這幾日卻蔫蔫耷耷的，連葉子都捲了起來。試問小祖媞一個惜花之人，如何能對此視而不見坐視不理？

她就在一個風和日麗的晴日裡，不請自來地走過去坐在了水榭裡竹語王姬的身旁。

她自來熟地屈起手臂，扶住右頰，看向竹語，輕言細語地安慰她，「不要不開心了竹語姐姐，太子他並不只對妳一個人冷淡的，最近他對誰都很冷淡，我聽連三哥哥說，他是因為自己心情不好，所以才對誰都冷冷的，和我們沒有關係。」

竹語看到小祖媞坐過來，原本還有點蒙，聽她說完這番話，心情卻有點複雜。她原本是不喜歡小祖媞的，她可還記得初次見面，這俊俏的小郎君就定定地盯著太子殿下的臉看。竹語是個宅在深宮的王姬，話本子看多了人也比較有想像力，並不會覺得小祖媞是個小郎君就不能成為她的情敵，此刻她略微躊躇地問：「太子殿下……難道對你也很冷淡嗎？」

小祖媞聳了聳肩，實話實說：「是啊，我還沒和他說過話呢。」

少年人的好感就是來得這樣莫名其妙，竹語立刻覺得自己對小祖媞產生了友情。

小祖媞眼中，此時的竹語便是一株可憐又可愛的亹冬花，她忍不住伸手碰了碰那美麗花瓣的邊緣。而在竹語眼中，則是小祖媞的手忽地伸到了自己臉旁，輕輕地撫了一下她的側臉。竹語呆了，慌忙往後一退，「你、你做什麼？」

小祖媞真誠地笑了笑，「妳是一株亹冬花對不對？」她捧著臉，發自肺腑地讚美竹語，「妳好好看啊，因為太好看了，我就想碰碰妳的花瓣，」又擔憂道：「我碰疼妳了嗎？」

小祖媞所為，實打實乃登徒子行為，若是一個腦滿腸肥者幹了這事，就算是竹語這等柔弱不能自理的王姬，也會立刻喚人來將她打死。但小祖媞實在長得太好看了，雖是小郎君的打扮，卻有一種超越性別的美，目光又那麼靈動純淨，因此看臉的竹語王姬立刻原諒了她，重新坐了回來，臉紅了一下，說不疼。

微風拂來，御園飄香，兩個看臉交朋友的人就這樣在水榭裡有一搭沒一搭地聊了下去，說了好一會兒話，建立起了友誼，迅速地由「疑似情敵」變成了親密友人……

這些日，閉關的彌暇女君一直未出關，苔野君倒是每日都來給三殿下和太子殿下請安。

空山老的意思是現下太子不宜挪動，暫且在青鳥族醫治休養為宜。三殿下也沒有去較真兒太子是否真的不宜挪動，一應聽任他們安排了。

第十日，朝陽谷中，王城酒樓的一間雅閣裡，襄甲和衛甲兩位仙侍見到了暌別已久的他們家殿下。二位仙侍一為文侍一為武侍，此前奉三殿下之命，去探兩則不同的消息。

襄甲探的是魔族的消息。

近一月，襄甲同手下的仙侍們一直盯著魔族。月前魔尊慶姜大婚夜遇刺這事，雖未拿到明處說，但該知曉的人差不多都知曉了，只是大家想不通，誰這麼本事居然還能行刺慶姜？當然，三殿下是知道所謂「刺客」是誰的，也知道她是扮作慶姜的新娘醉幽公主混進千絕行宮的，但那位醉幽公主被「刺客」弄去了何處，他也不得而知。

襄甲補充的正是此節消息。

據襄甲打探，說那醉幽公主在閨中時便有個情郎，原本就不願嫁給慶姜。刺客乃是在迎親半道神不知鬼不覺劫走了醉幽公主，還幫了公主一把，將她和她那情郎一同送去不庭山隱居了。刺客將這一切做得十分縝密，若不是半個月後醉幽公主自個兒從不庭山走出來，跑回去投奔了慶姜，可能誰也難以找到她。

而醉幽公主之所以主動走出不庭山，卻是因她那情郎竟拋棄了她。她那情郎原本同她在一起，便是指望著當了公主的駙馬，在緗之魔族能受重用。他既對公主非是真心，如何忍得了不庭山的窮山惡水，故而進山沒兩日便逃了，徒留公主一人獨居深山。被情郎拋棄的公主想了十天半月，倒也想明白了，出山後，便直直去了慶姜處。

襄甲雖是元極宮打探消息一等一厲害的文侍，但他還有個愛好是說書，因此稟起消息來跌宕起伏。襄甲大嘆，「想不到慶姜魔尊竟是個情種，醉幽公主此舉，其實也算成婚當日逃婚私奔了，但他竟忍了下來，醉幽歸來後，他依然如珠如寶地待醉幽。醉幽方被情郎傷了心，見慶姜待她如此，大為感動，也不再責怪慶姜巧取豪奪迫她許嫁了，倒與之盡釋前嫌琴瑟和鳴起來，也是奇了。」

襄甲嘆完慶姜與醉幽的這段奇緣，終於不再像個說書的，有點稟正經事的樣子了，正色道：「但無論如何，此事也是樁醜聞，不宜宣揚，故慶姜只能隱了他成婚夜遇刺之事，為這事遮掩。因此，除了少數知曉內情的人，外頭只以為這場大婚極順利，慶姜在新婚當夜便如願抱得了美人歸。另外，劫醉幽的刺客也很縝密，劫持醉幽時做了偽裝，即便醉幽回來了，也提供不出什麼線索以供慶姜追查到那人。」稟到此處，襄甲停了下來，難得有點尷尬，「故而……我們也沒有……呃……查出那人到底是誰……」艱難地說完這句話後，雙手一拱，認錯認得飛快，「屬下辦差不力，請殿下降罪！」

襄甲頭垂得低低的，等待三殿下降罪。不料殿下竟沒有降罪，只道：「既然慶姜都查不到，那你們查不到也沒什麼，這趟差辦得不錯，不用耗費精力在那刺客身上了，只繼續盯著慶姜吧。」

襄甲受寵若驚，要知道三殿下從前可不是這樣好說話的，但他一時也想不通這是為何，一頭霧水地領命退下了。

襄甲之後稟事的，是武侍衛甲。衛甲所稟的，乃尋太子殿下救命恩人這樁事。

衛甲作為一個武侍，稟事沒有襄甲那麼花裡胡哨，只道自己接到命令後，便立刻前往空桑山，去山下數百個山洞仔細搜尋了一遍，然後在一個遺有血跡的山洞裡尋到了一塊白帕。

那帕上染了血，是太子殿下的血，而那帕子的料子非絲非棉，極柔軟，紋理中透出星輝般的光澤，竟看不出由什麼製成。

他去北荒請了見多識廣的北引智叟辨看，智叟說那是以東荒夕光為材造出的綾布，他曾聽說青丘之國的凝裳帝后，愛以東荒夕光織布，而這些珍貴的綾布都用在了她最寵愛的么女白淺上仙身上。

衛甲平直道：「故而綜上，屬下推測，在太子殿下性命危急之時，以珍寶救他，助他度過難關的，極有可能是他未過門的妻子白淺上仙。」

聽聞衛甲這個結論，饒是三殿下也不禁感到驚訝，扇子敲錯，落到了交疊的膝上。

而在同一時刻，閣子裡的靜音術突然遭受攻擊，竟被破除了。三殿下微凜，皺眉站了起來。雅閣門忽然被推開，一個人摔了進來，「哎呀」一聲，卻是小祖媞。

殷臨和天步緊隨其後。殷臨先連宋一步將小祖媞扶了起來，一向沉靜的面容顯露出了幾分尷尬，「我陪尊……小公子閒逛，路過此處，得知殿下在樓裡，小公子便要過來找您，察覺了門上的靜音術……」說到這裡，臉上尷尬之色更甚。

小祖媞卻完全不感到尷尬，揉著被摔疼的手掌，「我不是故意要破壞連三哥哥你的靜音術，我也不是想要偷聽你們說什麼，我就是……」她想出了一個詞，「技癢，看你門上設了這個術，就想試試能不能破掉它，呵呵。」

靜音術乃是將空間隔斷的術法，本質上其實是一種低級的空間陣法。

殷臨面無表情地補充，「她極擅長空間陣法，一般的靜音術對她是沒用的。我沒及時攔住她，對不住。不過你們所談的要緊話，我們只聽到了一句。」他看向衛甲，「便是這位仙者說，救了太子夜華的，其實是他的太子妃白淺上仙。」

小祖媞很是嚴謹，立刻糾正他道：「是未過門的太子妃。」

三殿下無奈地看著小祖媞，輕輕一嘆，「罷了。」示意讓衛甲退下，又問小祖媞，「是來找我玩兒的？」

小祖媞坐過去，就著他的杯子喝了一口茶，笑吟吟道：「是呀，這幾日連三哥哥忙，我們都沒有一道玩過，今天正好可以一起逛街！」

朝陽谷的王城是極普通的一座城，與八荒中的其他城池並無不同。然這個年歲的小祖媞此前只出過一次中澤，便是為謝冥賀生而前去瑟珈的少和淵，因此她是沒見過城池長什麼樣，也沒逛過街的。乍然上街，街邊的一個麵人小攤兒也能讓她新奇半天，這街便一逛不可收。

連宋耐心地陪著她，直逛到酉時散市了，一眾人方滿載回宮。

歸宮已是酉時末，連宋又順帶著領小祖媞去了伏波殿中看太子。

少年太子依舊淡淡冷冷的，高貴冷豔如一朵雪中之蓮，小祖媞覺得太子這麼冷冷的也很好看，所以他不說話她也沒意見。

連宋聽空山老稟了一遍今日為少年太子所調製的湯藥和施療的術法，又叮囑小孩兒似地囑了兩句太子應按時用藥，便領著小祖媞離開了。

空山老將他們送出了殿，老醫者覷機同連宋說了兩句私話，這兩句私話沒有特意避著小祖媞，所以她也聽到了。

空山老說太子殿下心有鬱結，這極不利於他病體康復，望三殿下能尋機開解太子殿下一二。

連宋頷首表示明瞭。

空山老同他說這話時，他臉上並未顯露什麼，但回去的路上，小祖媞卻發現她連三哥哥一直皺著眉頭。

小祖媞願同連三分憂，回到殿中，甫在茶案前坐下，便主動同連宋提起了這個話題。「我聽天步姐姐說，太子是因為他那位未過門的太子妃不喜歡他，要和他退婚，所以這幾日才悶悶不樂，誰也不願意搭理的。」她盤腿於蒲團上，兩手抄在胸前，擺出一副認真議事的表情，「我在想，那老醫師說太子心有鬱結，或許他的鬱結就是這個。」

連宋正在倒茶，聞聲看了她一眼，瞧她這副神情動作，感到好笑，「所以呢？」

小祖媞一派深沉，「可是今日酒樓裡的那位仙者又說，太子重傷時，是他的太子妃救了他。那你想，如果他的太子妃不喜歡他，那就不會救他啊。」她自覺自己推理得頭頭是道，不禁一手撐住茶案，傾身靠近連宋，「所以我覺得，我們把這件事告訴太子，他就不會那麼抑鬱苦悶，應該就會比較開心了。」她一臉認真地徵求連宋的意見，「你覺得怎麼樣？」

三殿下覺得不怎麼樣，他將分好的熱茶遞給小祖媞，「救了夜華就代表喜歡他？」看到小祖媞單純的眼神，想起來她現在是個孩子，同一個孩子探討喜歡不喜歡的顯然不合適，話鋒一轉道：「他們兩人從沒有見過面，也有可能是……」他沒有將話說完，思考著要不要如實同小祖媞談這樁事，畢竟此事複雜曲折，還涉及神族內部的權柄關係，她不一定能夠理解。

小祖媞感到好奇，「可是，不是說那位白淺上仙和太子已經訂婚很久了嗎？為什麼他們會從來沒有見過面呢？」

這個問題倒沒有那麼複雜和難以解釋，可以聊下去。三殿下並起兩指敲了敲桌子，示意小祖媞先喝水，待小祖媞端起杯子聽話地喝了半盞茶，他方為她解惑，「白淺上仙她同妳也差不多，喜好避世，不怎麼出青丘，近三萬年來，天族的宴會她從未出席過，故而夜華從未見過她。」

小祖媞哦了一聲，想了一下。孩子的思維一般都很直率，小祖媞也是如此，因此她不是很能理解，「那為什麼太子不去青丘找那位白淺上仙呢？」

「因為太子他臉皮薄，害羞。」三殿下沒怎麼猶豫就把夜華給賣了。

小祖媞大為驚訝，茶杯不小心撞了桌子，「太子居然還會害羞！」她興致勃勃，「他就像一朵冰山雪蓮一樣的，雪蓮還會害羞嗎？也會臉紅嗎？那臉紅起來一定十分好看吧！」

三殿下瞥了她一眼，「妳小小年紀的，怎麼這麼愛看美人？」

小祖媞摸了摸鼻子，「那好看我就多看兩眼嘍。」她兀自點頭，總結，「所以太子和白淺上仙從來沒有見過面，所以……」她恍然大悟，「連三哥哥是覺得，很可能那白淺上仙在救下太子時根本不知道她救的是太子，只是心地善良而陰差陽錯救了他罷了，是嗎？」

白淺上仙心地到底如何三殿下不清楚，這位東荒女君著實太過低調，二十四文武侍對其也是瞭解甚少，所知的都是些莫名其妙的小事。

譬如一事。

八荒中神仙分三等，乃尋常神仙、上仙、上神。從尋常神仙飛昇為上仙，很難；而從上仙飛昇為上神者，罕有。由此可見，上神之名著實極尊，但上仙之名其實也就那樣，若身分原本就尊貴，其他仙者稱這位上仙，多尊稱他貴重的身分，譬如說八荒仙者稱連宋，便不稱他連宋上仙，而稱他三殿下，稱夜華，也不稱他夜華上仙，而稱他太子殿下。

但白淺，八荒諸眾除了小輩的神仙為表禮數，慣稱她姑姑外，其他神仙皆稱她白淺上仙。據說這卻是白淺自個兒比較喜歡聽人稱她為上仙而非東荒女君之故，說上仙這個稱呼她聽著親切，也更有意義一些。大家雖不知意義在哪兒，但也沒人去問，也就這麼叫了下去。

二十四文武侍打探消息的手藝再是不凡，對於一個隱世甚深的上仙亦是束手無策，也只能探查到如此一些瑣碎之事。

不過此番，撇去關於白淺性情的猜測，三殿下覺得小祖媞的推論挺靠譜，不吝讚美她，「很聰明，想得不錯。」

小祖媞因這讚美愣了一下，眨了眨眼睛，突然害羞，撓了撓臉，小聲道：「也沒有那麼聰明，因為我還有不明白的地方。」她很快說出了自己的疑惑，「我不明白，既然太子是白淺上仙先救下的，那她為何不救人救到底呢？總不可能是竹語姐姐從她手裡搶回了太子然後帶回了青鳥族吧？」她為自己的小姐妹辯白，「竹語雖然喜歡太子，可她傻傻的很單純，又很柔弱，是幹不出從別人手裡搶人，還冒認別人救命恩人這樣的事的。」

她面前的杯子空了，三殿下將她喝空的杯子接過來，一邊給她續茶，一邊解釋，「所以極有可能，在夜華遇險之時，是白淺第一時間發現了他並救下了他。但後來她得知了夜華天族太子的身分，不願和夜華有糾葛，也不願夜華承她的情，所以故意將夜華送到了竹語王姬回朝陽谷的路上，讓竹語王姬撿到了。」

可笑他們都防著白淺知道竹語救了夜華並對他生了情這事，以免青丘藉機同天族退婚，可這事竟是白淺親手促成的。然青丘為何不將此事鬧開，然後去九重天退婚？是還不到時機？這一節，即便是三殿下，也一時沒想明白。

或許需要使點什麼計策，去探一探白淺的態度……三殿下分神思量著，便聽到小祖媞重重嘆了一口氣，「那的確不能將這件事告訴小太子了。」她一臉同情，秀眉蹙起，真心實意地為夜華難過，「喜歡的人雖救了他，卻不願意他知道她救了他，還算計他，他要是知道這些的話，該多傷情，這是比被最親密的朋友背叛了還要更糟糕的事，他一定會更抑鬱了。」再次憂鬱地嘆氣，「太子可真可憐呀！」

太子可不可憐的先另說。折顏說過，小祖媞身心不過近萬歲，還是個孩子。三殿下同她相處近一月，也習慣了她那些發乎真情的稚氣。可這篇話裡卻出現了至少兩個過於成熟的、她本該不會說的詞——算計，傷情。在她還是個孩子的時候，是誰教了她這些詞，讓她懂了這些話？這顯然是不合宜的。

三殿下突然感到生氣，不禁皺眉，問她道：「是誰告訴妳什麼是算計，什麼又是傷情的？」

小祖媞並沒有察覺到連宋的生氣，眨了眨眼睛，很自然地回他：「花木們啊。」她一五一十，「因為我是小光神嘛，我在心海中可以聽到全天下花木們的聲音。你知道了，花木們是最可愛最多情的，他們真的有很多感情故事，我也真的聽了很多，」她聳了聳肩，補充道：「雖然我都聽不太懂吧。」說到這裡，倍感慶幸似的，「幸好後來我學到了可以屏蔽這些聲音的術法，可以只接收最虔誠最急迫的祈禱了，否則真的煩也要被煩死了。」

三殿下看了她一陣，突然做出了一個很稚氣的動作，他伸手捣住了她的耳朵，「他們的確不該對妳胡言亂語。」

因只是虛虛攏著，因此她聽見了他說的話，沒忍住噗哧一笑，眼睛亮亮的，「連三哥哥做什麼現在捂我的耳朵，他們又不是現在和我說的，你好幼稚！」

這個動作的確很幼稚，三殿下愣了愣，自己也笑了。可能孩子帶久了，的確也會變得幼稚。

孩提的小祖媞，如此單純，又稚氣。連宋突然想起了白日裏甲的稟報，說那「刺客」如何周密地計畫了劫持醉幽，混入千絕行宮。繼而他又想起慶姜大婚那晚初見她，她將面具撕下時，面上浮現的靈動一笑。那是經歷了為人族獻祭，而後又復歸的祖媞。他一直記得她向他一笑時的眼，慧美而狡黠。

是經過了怎樣的成長，她才會從如今這樣單純稚氣的模樣，成長為那等靈慧周密、獨當一面的女神？連宋不由出神。

「連三哥哥你在想什麼？」小祖媞碰了碰他的袖子。

他回過神來，打算隨意敷衍她兩句，卻見她嚴肅了眉目，「不可以說謊。」

他頓了一下，「想妳長大後是什麼樣。」

小祖媞一愣，自己也想像了一下，面露神往，「我想等我長大後，一定會是一個和連三哥哥一樣的翩翩神君啦！」

看她對自己成為一個男神這樣有信心，三殿下難得地不知該說什麼。

二人正如此說著話，忽聞殿外響起一聲激烈鳥鳴，如同泣血，而後夜色裡隱約傳來女子的哭泣聲。

兩人頓住，皆是一靜。

亥初時刻，月在中天，三殿下和小祖媞離殿而出時，配殿的天步和殷臨也跟了上來。

四人循著夜空裡時隱時現的女子低泣而去，穿過御園中的幾畦花木，來到園林深處的大湖旁，見一閣樓臨湖而建。

此湖天步也來過，之前卻未見過湖畔有閣樓。她立刻明白過來，平日此處應是施了障眼結界，如今那結界大約是破損了或是被撤去了，內中閣樓的真形方得以顯現。

閣樓雖不高，卻不知以何而建，暗夜中自生光華。女子的呻吟低泣便是自閣樓中傳來。

他們繼續往前走了一段，來到閣樓的正面，發現那閣樓造得精巧，乃是以四柱相托，建於水上，與水相接處鋪了一大塊晶石，而此時，那晶石上伏著一位青衣女子。

女子背對著他們，看不見臉，有極長的髮，極纖細的身姿，似依附於晶石上的一片葉，在夜風之中虛弱地顫抖。有微弱的、藍色的光於女子身周流轉縈繞，每隔幾瞬，那藍光會漸轉為紅光，凝為條狀，變得刺目，似殷紅的劇毒之蛇，往女子身體中鑽。而每當此時，女子便會哀哀而哭。那是痛苦掙扎之聲。

說起來，他們靠得越近，便越能感受到那閣樓所蘊的靈氣，可見此乃修行福地；而女子所伏的晶石，亦飽含靈力，乃是有助修行的至寶。結合女子的情狀，便是小祖媞也依稀明白了，或許是這女子在此閉關清修，因修煉不慎，出了岔子，方落得如此境地。

女子似乎也感到了有人靠近，費力動了動，轉過臉來。雪白的一張臉，淚痕斑斑，柔弱可憐，算不得十分美麗，但那柔弱眉眼裡含著的倔強與不屈卻令這張痛苦的、蒼白的臉顯得極為特別。女子見到他們，彷彿愣住了，良久，她發出了聲音：「三殿下。」

小祖媞探究地看著那女子，聽得她喚連宋，倍感驚訝，偏頭看了她連三哥哥一眼；便見連宋也正看著那女子，雙眉微蹙。片刻後，小祖媞聽到他開口，喚那女子「鄄邇」。聲音很淡、很平，聽不出什麼來。

小祖媞猜測「鄄邇」應該是那女子的名字。她沒想到女子竟和連宋相識，但單從二人此時表情看，也辨不出他們是什麼關係。她不由得將目光移回到女子身上，卻見女子身上的藍光轉為了紅色，隨之女子的臉上露出了痛不可抑之色，再次痛吟出聲。

他們離得如此近，女子的呻吟就響在咫尺裡，婉轉可憐。小祖媞心軟，聽得心生憐意，便欲上前，卻被一隻手攔住了。是連宋的手。小祖媞不明所以地抬頭，連宋沒有對她說什麼，倒是殷臨及時站到了她身邊，低聲同她道：「我們就待在這兒。」殷臨同她說話時，連宋放開了她的手，獨自一人向兀自在疼痛中煎熬著的鄄邇走了過去。

鄄邇見到連宋向自己走來，忽然淚如雨下，忍著痛苦發出了一點除呻吟外的聲音，那聲音仿似泣血，是一聲求救，「殿下，救我……」

隔著幾丈遠，小祖媞見連宋站在鄄邇面前，垂眸看了她一陣，蹲下身，伸手點在了她的脖頸處。如赤蛇一般纏勒住鄄邇的紅光很快變淺了，鄄邇的痛吟聲也低了許多。

看鄄邇的情況緩和了，小祖媞躑躅著想要上前，這一次，殷臨沒有攔她，反倒陪著她走了一段，停在連宋與鄄邇身後幾步。天步亦跟在他們身後。連宋回頭看到他們，並未感到意外，先向殷臨道：「勞煩你將阿玉帶回去。」接著吩咐天步，「妳留下來，為我護法。」最後看向小祖媞，「我晚點兒回來，妳先回去睡。」

小祖媞明白，連宋這麼安排，是要留下來救人的意思。無論如何，救人要緊，故而她雖有一些疑問，還是懂事地點了點頭。見她點頭，連宋打橫抱起了鄄邇，轉身入了身前的閣樓，天步也幾步跟了過去。

殷臨將小祖媞帶回扶瀾殿後，也留在了主殿中，在外間打了個地鋪。

不過這一夜，小祖媞一直沒怎麼睡著，一忽兒想著鄄邇到底是誰，一忽兒想著她怎麼會認識她連三哥哥，且他們看起來好像還很熟。待天邊朝霞初露，她才略微合了會兒眼。而整整一夜，連宋都沒有回扶瀾殿。

第八章

那夜後，又過了三日。

第四日下午，小祖媞方在扶瀾殿中見到歸來的天步。

天步同她說了會兒話。從天步口中，小祖媞得知了那夜那名叫鄄邇的女子，竟是苔野君口中一直在閉關的青鳥族女君。

照天步的說法，一切皆如苔野君所言，女君的確是在閉關，閉關的地點便是那舞旋湖畔的水閣。他們遇見她那夜正逢她積氣沖關，但不知何故沖關失敗了，以致體內氣澤凌亂，命懸一線。

天步嘆息，說幸虧在那等危急時刻，鄄邇遇上了三殿下。三殿下花了三個日夜為她梳理體內氣澤，將她從生死線上拉了回來，但鄄邇內傷猶重，不過也不打緊，三殿下召了空山老過去為她施治。估計空山老開好方子，她那邊無大礙了，三殿下便會回來了。

天步妥貼，將事體交代得清楚，小祖媞也沒什麼可問的。倒是天步，說完這一茬，又著緊地關懷小祖媞，問她：「沒有殿下和奴婢陪著，不知尊上這三日在這麓台宮中過得可還好嗎？」

小祖媞覺得她這幾日過得……好像一句話也不太好總結。

那夜之後，第二天早晨，她起床後很是擔心連宋，便讓殷臨去水閣打聽消息。殷臨去了一陣，回來告訴她鄄邇傷得很重，連宋一直在為她療傷，又說水閣外新增了許多守衛，堪為護法，連宋和鄄邇的安危應是不用擔心了，讓她不必牽掛。

聽殷臨這樣說，她漸漸放下了擔憂。但她也想到了，連宋既耽擱在水閣中救治鄄邇，那便是不能去伏波殿中看太子了，可太子這幾日心情不好，應是很需要關心的。於是接下來的三日，她每日都會抽點時間去看太子。

前兩日都好好的，她還和太子說上話了，但第三日，也就是昨日，她路過小花園時，卻聽兩個宮娥議論說什麼太子病勢加重了，昨兒半夜昏過去，今晨才醒過來。

她嚇了一跳，趕緊趕去伏波殿，卻見太子好好的，看她手上拿著的玉蘭花枝嬌嫩，還主動讚了一句。

她疑惑又不放心，將小宮娥的議論之語學舌給空山老聽，問空山老這是怎麼回事。空山老神情微妙，躊躇了半晌，才道太子其實無事，這些日恢復得也很不錯，只是此話她自己知曉便罷了，萬不可說與旁人。

她當時便覺空山老這個回答奇怪了，詢問殷臨，殷臨亦不知這老醫者在搞什麼鬼，推測說可能是連宋那邊有什麼吩咐。

她原本打算等連宋回來了再問問他是怎麼回事，現下天步主動關懷她，她覺得這事可能問天步也一樣，就把這事又從頭到尾說了一遍給天步聽。

天步聽聞後，果然輕嗯了一聲，「太子殿下的確無事，至於他病勢沉重……乃是奴婢奉三殿下之令，於前日抽空放出的消息，此舉是……」天步斟酌了一下，「此舉乃是為了試探一個人的態度。至於這個人是誰，無三殿下的允准，奴婢卻不能告訴尊上。」

「哦。」小祖媞表示理解。

太子的事雖解決了，她卻還有一件事想問，「我看鄄邇好像和連三哥哥很熟的樣子，他們認識很久了嗎，怎麼認識的？」

天步微愣，斟酌了一番言辭，「鄄邇是三殿下故交之女，萬餘年前，曾在元極宮暫居過七百多年，受過三殿下的照拂和庇護，但後來不知為何，她卻主動離開了元極宮，那之後再也沒有回來過。」

小祖媞恍然，「原來如此。」又問：「那那時候她離開，連三哥哥知道她去了哪裡嗎？」

天步思量了片刻，「奴婢覺得殿下是知道的。她離開後殿下去尋過她，但她不願回來，殿下也就沒有強求，只說她既然選擇了離開，那從此後便與元極宮再無關係。」

小祖媞啊了一聲，「這麼說，鄄邇那時候離開讓連三哥哥很生氣了？」她兩手抱在胸前，沉吟，「因為如果我說誰從此後和姑媱再無關係，那就一定是那個人讓我非常生氣了。」想了想，又道：「那連三哥哥脾氣還挺好的，鄄邇讓他那麼生氣了，那天晚上她沖關遇到危險，他還是毫不猶豫地救了她。」

當初鄄邇離開，殿下有沒有生氣，這個天步不大好說，但要說殿下是因為脾氣好才救了鄄邇……天步覺得她還是有必要幫小祖媞打破一下迷思，「當初鄄邇在元極宮時，殿下念著故友之誼，待鄄邇是不錯的，此番應該也是看在故友的面子上，才花工夫救了她。這對於殿下而言，不過就是舉手之勞。」

也不知道小祖媞有沒有聽進心中，只見她點了點頭，托腮思量了會兒，突然又問了天步一個問題：「我知道元極宮中常有許多美人來去，那些美人都喜歡連三哥哥，那這個鄄邇，她也是那些美人中的一位嗎？她也喜歡連三哥哥嗎？」

天步頓住了，這，是一個好問題。

回憶過往，鄄邇寄居在元極宮的那七百多年裡，起碼有七百年，天步都覺得她是不喜歡三殿下的。因為鄄邇真的很有分寸。雖彼時天上一度傳聞殿下偏寵她勝過當初的長依仙子，元極宮來往美人亦要避其鋒芒，但鄄邇本人卻從未恃寵生驕過，與殿下之間總是保持著恰如其分的距離。這大概也是殿下一直待她不錯的原因。

但有一天，天步卻於無意中發現了，鄄邇偷藏了殿下的一方錦帕。她很不願推測鄄邇偷藏殿下的錦帕是出於對殿下的私情，但除開這個原因，好像也沒有別的解釋。

天步沉默了片刻，最後她搖了搖頭，盡量客觀地回答小祖媞，「奴婢不知，看樣子不像，但……我不知道。」又問小祖媞，「尊上為何問這個呢？」

她這個回答模稜兩可，同沒有回答也差不多，但小祖媞也沒覺著失望，很無所謂地聳了聳肩，「沒有什麼，就是有點好奇，隨便問問罷了。」

鄄邇到底喜不喜歡連宋，這的確是個好問題。

對於天步而言，這是個難解之謎。對於鄄邇來說，這是一個她必須用很大的力氣去掩藏的秘密。

巳正時刻，鄄邇躺在水閣的長榻上，她已醒了，清楚地聽到了幾步開外，連宋正同空山老商議藥方子，但她無法睜開眼來。

其實連宋來到朝陽谷那日，她還沒有閉關。麓台宮與其說是一座宮城，不如說是一座園林，以景好著稱。

前往太子殿下養病的伏波殿，需經過一處林瀑小景，那日她便藏身在那瀑布之後，迎接著她與連宋睽別萬年的重逢。

一場單方面的重逢。

苔野君領著諸內臣在前引路，三殿下白衣玄扇，行於正中，仍是那般高高在上，而又翩然若玉。他自水瀑前經過時，她在水瀑後淚濕了雙眼，一面感傷，一面想，這一次同他相見，她終於不再是一個卑微的孤女。

其實，在最初的最初——連宋剛將她從南荒帶回九重天時，鄄邇對自己孤女的身分並沒有那樣敏感。那時候，她也並不喜歡連宋。

天君三皇子風流之名滿天下，她如何不知。初入元極宮時，對於那些前仆後繼追逐連宋的神女，她是很不屑的，只覺她們身分高貴，卻自甘低賤。數萬年來，元極宮來往女子若雲，卻無一個女子能得到這花花公子的垂憐，她們就當知道水神果真若水，無情亦無心，可笑她們竟還要趨之若鶩地求入這元極宮，當真癡傻。

待她在元極宮住下，見連宋待她不同，那些神女們看她的眼神又嫉又恨，她又覺她們可憐。她自幼隨母親流落在南荒，吃了太多苦。一個生命中大半時光都在吃苦的人，雖得了暫時安穩，卻也沒有心力去想那些情情愛愛。神女們追逐的風花雪月，對她來說，既奢侈又無聊。但在輕蔑地覺得那些神女們可憐又可笑的同時，極偶爾的偶爾，她又會對她們能心無雜念一腔真意地去喜歡一個人追逐一個人，感到羨慕。

彼時她也是少年慕艾的年紀，怎能不羨慕。可即便羨慕，她也明白，那是不智的，那條路她絕不能走。她該趁著三殿下還願意給她庇護給她安穩，好好抓住這機遇，勤奮向學，以期將來得封一方仙山，於八荒自立。這才是她應走的路。

可理智是一回事，情感，卻是另一回事。

即便如今，她也不能清楚地回想自己究竟是如何喜歡上連宋的。或許是在無所知覺的少年時代，那喜歡便埋下了種子，待她成年後天步張羅著為她相看夫婿時，那種子終於破土而出，現出了淡淡的，卻不可忽視的一點影子來。

能夠回憶起的是，那些時日，在天步的安排下，同幾位少年神君見面後，她心中始終像是壓著一塊石頭，既悶且沉，她也不知那是為何。天步為她選擇的皆是天族有能為的少年神君，可見三殿下的確為她鋪了一條坦途。但一想到要離開元極宮，她心中便益發悶，益發沉，幾乎要喘不過氣。

那一日，她再次拒絕了一位神君，那已是她拒絕的第十三位神君，天宮已有一些流言傳出，說她雖不是天族公主，架子卻比一位公主都大。天步也嘆著氣問她是否還不想許嫁，若是不願，那她便奏稟殿下不那麼快為她選夫，否則天庭流言不絕，對她反倒不好。她點了頭。

沒幾日，三殿下回了元極宮，召她說話時，除了照例問了她的起居和功課，破天荒還問了她此事，說當日答應了她母親為她擇一位好夫婿，既然天步為她挑選的神君她都不滿意，她可以說說想要什麼樣的，他在外頭幫她多留意一些。

他說這番話時像個長輩，她沒忍住，有些尖銳地問他：「殿下就這麼想將我嫁出去，是元極宮已不欲留我了嗎？」

三殿下看著她，像是有些驚訝，「為什麼會這麼想？」

她垂下頭，沉默了許久。許久後她道：「我只是，只是不想隨便挑選一個人，然後嫁給他。」她抬起頭，看向連宋，鼓起勇氣道：「我想找一個我喜歡的人，雖然我還不懂什麼是喜歡。小時候，我看著那些神女因為喜歡殿下您而求入元極宮，為了獲得您的青睞那麼努力，覺得她們很無聊，但如今……我長大了，竟依稀有些明白她們的想法了，我也想……也想體驗那樣的喜歡，我想嫁一個能讓我那樣喜歡的人。」

「妳的想法不錯，」三殿下點著玄扇的扇柄，「不過，」他糾正她，「妳說的那些神女，她們中的絕大多數對我卻並不是什麼喜歡，不過征服欲作祟罷了。」說著自覺有趣地笑了笑，「就像是想要征服一匹絕不馴服的馬，或是一頭永不認主的坐騎，她們享受的是征服的快感，卻不是什麼喜歡。」他貶低地將自己喻作馬匹和坐騎，態度也是那樣閒淡平和，並無被冒犯的不豫，還覺得好笑似地彎了彎唇，風度迷人。他將扇子換了隻手握著，忠告她，「妳要同她們學習喜歡是如何，怕是會走錯路。」

她從不知他是如此看待那些追逐他的美人的，不禁愣道：「那、那喜歡是什麼樣的？」

他又笑了笑，彷彿她問的是一個很有趣的問題，「妳為什麼會認為我知道？」

她不禁囁嚅，「可、可……」

他收了扇子，「有時候我也會有錯覺，覺得我應當是知道的。」他靜了片刻，然後揉了揉額角站起身來，「但實際上，我並不知道。」臨走時他對她道：「若有一天妳弄清楚了什麼是喜歡，喜歡上了誰，想要嫁給他，可以告訴我，只要他的身分不過分，我會盡力如妳之願。」

待連宋離開，她才回過神來。三殿下此前從沒有和她談論過此等話題，她在元極宮住了七百年，從未如此接近過三殿下的內心。她其實不太能理解他的倒數第二句話是什麼意思，不懂什麼叫作「有時候會有錯覺，覺得應當知道，但實際上卻不知道」。但她覺得說著那話，揉著額角似在追憶著什麼，卻抓不住那種追思的三殿下，好像很孤獨，也很寂寞。

她想她此夜所見到的是一個旁人絕沒有見過的三殿下，這種想法令她雀躍，同時，也令她臉紅心跳。雖然彼時她並不知道，為何她會臉紅心跳。

不過不久之後她就明白了，因為她喜歡連宋。

不知道自己喜歡三殿下時，鄄邇還曾為自己的清醒、為自己與那些神女的不同而感到過自傲，如今，她卻同她們沒什麼不一樣了。喜歡一個人，原本應當是詩一般美妙的少女心事，可陪伴著她這隱秘少女心事的，卻是深深的自卑與自厭。

她無比清楚，三殿下待她如此周致，乃是因同她母親有舊誼；三殿下照顧一個孤女，天君和整個天族都不會說什麼。可正因她是個卑微的孤女，也斷絕了她以「一個愛慕三殿下的女子」的身分，留在這元極宮中。

身分高貴的神女們，在追逐這遊戲八荒的浪子時，還能寄望征服他、得到他的真心後入主元極宮，成為這偌大宮殿的女主人。可她呢？這是一份無望的，看不到任何前途的、沒有未來的愛戀。

當年她離開九重天，三殿下尋到她時，問她為何要回青鳥族，難道忘記了她母親對她生父的遺恨？彼時她無話可說，她如何能告訴他，她只是想要得到一個有一天能與他並肩的身分？

她是在陰差陽錯之下得知她的生父竟是青鳥族的蔚儀王君的。蔚儀當初欺騙了她母親，而後有了她。她是謊言的產物，一個背德的私生女，所以她的母親一生怨恨她的父親。彼時她是怎麼想的呢？她想，就算會讓母親失望，她也要回到青鳥族，即便只是王君的一個私生女，那也比孤女的身分高貴，而她定要站得更高、最高，高到有資格許入元極宮，成為那座她住了七百年的宮殿的女主人。

她選擇的是一條不能回頭的、極為痛苦的，且不堪的路。

以一個私生女的身分，得以承繼王君之位，這萬年的時光，她到底是如何一步一步捱過來的？所受的那些苦，她抗拒去回顧。

自回到青鳥族，將目光鎖定在一族之君的位置上時，她就像走入了一場噩夢。接著，是一場又一場的噩夢。卻是她主動選擇的噩夢。

如今，噩夢終於醒了。

所有感知都回歸了身體，她終於能夠睜開眼睛。她偏過頭，瞧見那一襲白衣的青年就站在不遠處，正拎著一張方子細看。她發出了一點聲音，青年轉過了頭來，神姿英拔，如玉之顏。她眼角泛紅，不禁輕喃：「三殿下……」

連宋回頭對空山老說了句話，空山老拱手退下。連宋放下方子，來到了她床邊。

她掙扎著坐起來，連宋扶了她一把，讓她背靠著錦枕坐穩了。

她剛剛醒來，體弱力虛，無法下榻，因此只側身在榻上深深一拜，「鄞邇謝三殿下救命之恩。」

這一次，連宋沒有扶她，這在她意料之中。她堅持著沒有抬頭，良久之後，聽連宋道：「起來吧。」她方平身。

喘勻了氣，她再次開口，聲音輕顫，眼角仍泛著紅，「這些年來，我一直很後悔。」其實她並不後悔。

連宋沒有說話。

她在心中微一斟酌，隨之苦笑，「大約三殿下也猜到了，竹語無意中救下太子殿下，是我做主封鎖了此消息，但我卻知三殿下一定會查到太子在朝陽谷，天君也會讓殿下來朝陽谷中……」她頓了頓，「今年是我離開元極宮的一萬二千零四十七年，雖被父君認回族中，但這些年……」她沒有將話說完，然臉上隱忍的表情卻盡現了這萬年來的坎坷，她勉強一笑，「我常常回憶起在元極宮的時候，想見殿下一面，但我知殿下並不想見我，所以才……」

連宋垂眸看著她，「想見我一面，又如何呢？」

她一手撫心，神色黯然，「在元極宮的日子，是我此生最無憂的時光，其實我明白，當年我執意回青鳥族，殿下是很生氣的。放棄了殿下為我鋪的那條坦途，辜負了殿下的心，我一直，欠殿下一個道歉。」她眼睫微顫，「這聲抱歉存於我心萬年，已讓我不堪承擔，所以即便知殿下不想見我，我也想再見殿下，當面對殿下說出這聲抱歉。」

連宋淡淡地，「如今妳已貴為青鳥族王君，我鋪給妳的那條路，比之王君之位，著實不算什麼，可見妳當年的選擇是對的，不用對我道歉。再則，我也並沒有不想見妳。」

她抬起眼來，眼中淚意盈盈，像是喜極而不能置信，「殿下真的，沒有不想見我？」又趕緊抹了一把欲出的淚，「那、那請殿下不妨在青鳥族暫居一些時日，往日總是殿下照顧鄄邇，如今，鄄邇亦想款待殿下，以酬殿下的舊日之恩。」

連宋沒有回答。

但她知他雖看上去冷淡，內心卻柔軟。當年對她那樣好，很大程度上也是覺得她可憐。她幼年還頗有心氣，最恨同人示弱，可這些年在青鳥族，為了一步步爬到王君之位，她有什麼沒有做過，區區示弱，又有何不能為。

她正要抬袖拭淚，以博連宋同情，答應她的所求。連宋卻突然開了口：「可以。」他說，「朝陽谷風景秀麗，我又向來無事，倒是可以在此住一陣。」

這一夜下了雨，漆黑夜幕下天地濛濛。

暮春的雨夜，仍是有些寒涼的。

三殿下撐傘回到扶瀾殿時已是子夜。為小祖媞守夜的天步警醒，聽到他的腳步聲，立刻點了燈來迎。三殿下將合上的傘遞給天步，示意不用她伺候，讓她陪著小祖媞先去睡。

小祖媞已睡熟了。

三殿下自淨室中擦著頭髮出來時，聽到原本靜謐的內室裡忽傳出了兩聲輕哼，是小祖媞的聲音。緊接著是天步憂急的低聲，「尊上，醒醒。」三殿下擦髮的手一頓，急走兩步掀開水晶簾，來到小祖媞安睡的玉床旁。

床頭留了一隻半開的蚌，內間嵌著一顆明珠，半含微露的光柔柔地籠著整個玉床，雲被中的小祖媞像是作著噩夢，雙眉不安地蹙起，額上滲出了汗，口中無意識地低吟著什麼。天步正握著小祖媞的手，面含惶急。

折顏上神此前就一再告誡過，不能讓小祖媞情緒波動過大，否則易影響神魂平衡。三殿下微微一凜，在床邊坐下，從天步手中接過了小祖媞的手，「阿玉，醒醒。」連續呼喚了數聲。

在這數聲呼喚中，小祖媞緩緩睜開了眼睛，對焦後她發現了坐在床邊的連宋，爬起來一下子撲進了他的懷中，嗓音裡含著恐懼和惶惑，像孩子告狀似的，帶著哭腔，主動訴說自己經歷了什麼，「連三哥哥，我作了噩夢！」

連宋一隻手輕拍小祖媞的背安撫她，一隻手放在她的額角試探她的神魂。幸好，她的神魂並無動盪。

「沒事了，我在這裡。」他輕聲安慰她，感到她平靜下來，方詢問她，「夢到了什麼這麼害怕？」

她離開了他的懷抱，但一隻手仍握住他的衣袖，身體輕微地發著抖。三殿下注意到了，握住了她的手，待她放開他的衣袖，他將她的雙手都攏入了掌中，再次安慰她，「沒事了，不要怕。」又對她說：「如果不想說夢到了什麼，可以不說。」

小祖媞靜了一會兒，搖了搖頭，「我沒有不想說。」

她的眉目間仍凝著一點驚怕，嗓音微啞，「那是個預知夢，我知道。因為此前我作預知夢時就是那樣。我像是一個旁觀的人，走進一個關乎我的陌生場景。」

她回憶著，「這一次，我走進了一座石宮，那石宮很是華美，在石宮深處，有一張很大的玉床，玉床之上，有兩個人相對而坐。是連三哥哥你，和長大的我。我們在說話。我想聽清我們在說什麼，就打算走近一點。」說到這裡，她的指代開始混亂起來，但三殿下都聽懂了。

「然後呢？」他輕聲問她。

「然後我就走近了。」小祖媞也輕聲回答，「待我終於走近，能聽到我們說話時，我聽到那個長大的我對連三哥哥你說，」她停頓了一下，糾正了方才的表述，「不，她是在問你。她問你，『我送給你的那把小金弩，你喜歡不喜歡？』」

我送給你的那把小金弩，你喜歡不喜歡？那是慶姜大婚那夜，在千絕行宮的安禪那殿裡，連宋認出喬裝的祖媞時，成年的祖媞神對他說的話。

連宋還記得，祖媞神說那話時微微偏著頭，抿唇一笑，瑰姿豔逸，情態天然。如今小祖媞的眉眼與成年後的祖媞神其實沒有大差別，只是稚嫩些，加之此時她乃無性之身，那種少女的婉然氣質還不算突出，看著便是個孩子。但成年的祖媞神，黛眉紅唇，麗色傾城，當她微微一笑之時，那清婉的一張臉露出慧黠之色，又有芳菲嫵媚之意，是極為迷人的。

真是奇怪，他只見過她那麼一面，但她的面容和那晚同她相處的每一個細節，他居然都還能記得那麼清楚。

小祖媞的手動了動，打斷了連宋的回憶。應是沒有留意到連宋的走神，那一雙澄澈的眼中浮出了一點疑惑，繼續道：「我覺得很奇怪，弩我是很會做的，但若連三哥哥也喜歡用弩，我應該是會做一把極有力量的重弩給你才對。小金弩，不就是玩具一樣的東西嗎，我為什麼會做一把小金弩給你呢？」

「可能，是因為我們有什麼淵源，因為那淵源之故，妳才送了我一把小金弩吧。」三殿下這樣回答她。

小祖媞沒有聽懂，流露出好奇，「淵源？是什麼淵源？」

什麼淵源？連宋也不清楚。只是他想起了來青鳥族的路上殷臨的隻言片語。彼時坐在弈桌對面的殷臨沒頭沒尾地評價他和祖媞神，說：「您和她很有緣分，如果這是天意……」雖然殷臨立刻反應了過來，將此節含糊了過去，但天族的三殿下出了名的心細如髮，他並不相信殷臨的含糊之語，也不認為殷臨所指的緣分乃是他身為水神同光神之間源於自然神的羈絆。

此時連宋看著一臉迷茫問著他她和他之間有什麼淵源的小祖媞，輕輕揉了揉她的髮，「我也不瞭解，待妳……長大後，或許妳會知道，到那時，我也想讓妳為我解惑。」待她恢復正常，他的確想請她為他解一解惑。

小祖媞似懂非懂，但她仍答應了，「那好的吧。」她皺著眉頭，繼續回憶方才那夢，應是回想到了最不願記起的部分。因為她很用力地攥住了拳頭，而他立刻感知到了，「然後我就開始吐血，」她的嗓音微顫，睫毛也驚怕似地顫了顫，「不停地吐血，身體也很疼。」

訴說到這裡，彷彿夢中的恐懼再次籠罩了她，她將頭抵在了連宋的肩上，像是這樣靠著連宋，能讓她感到安穩。怕過了之後便是委屈，她低聲喃喃：「我全身都是血，又很疼，真的很害怕，然後就聽到了連三哥哥叫我醒醒，我就醒了。」

這對於年紀尚小的祖媞而言，的確是很可怕的、稱得上噩夢的預知夢了。

連宋任小祖媞在他肩上靠著，輕輕拍著她的背，「夢中不是還有我在妳身邊嗎，即便將來真的會發生那樣的事，我也會救妳，不會讓妳那麼疼的。」

他的語聲篤定，令她安心，她微微偏頭，像是想了一下，「我在醒來之前，好像的確在夢裡看到連三哥哥你也很震驚，要立刻走到我身邊來的樣子。」

他再次揉了揉她的髮，嗯了一聲，用那種極富安撫意味的聲音哄她，「所以不要怕。」

她小聲地回答：「嗯。」

見她平靜下來，連宋看了一眼時辰，用商量的口吻問她：「才到子夜，什麼也別想了，妳繼續睡覺好不好？」

她從他肩上抬起頭來，看了他一眼，然後很乖地點了點頭。

連宋讓小祖媞重新躺回雲被中，幫她掖了掖被子。可她猶疑地伸出手來，又拽住了他的袖子。連宋看了一眼自己被拽住的袖子，想了想，化出一席墊在腳踏上，靠著玉床坐了下來，任小祖媞枕著他的衣袖，他另一隻手輕輕拍撫小祖媞的肩膀，哄她入睡。

小祖媞在他的安撫下閉上了眼睛，呼吸漸漸綿長起來。

退至床尾的天步這時候上前來，輕聲道：「殿下這幾日也累了，去休息吧，讓奴婢來？」

三殿下看了會兒小祖媞安寧的睡顏，靜了片刻，道：「沒事，再鬧醒她反而不好，我來。」

子夜極靜。

有風雨聲依稀傳入室內。

連宋垂眸看著小祖媞，其實在她剛開始敘述那夢境，說她夢到了一座石宮，一張玉床，玉床之上有兩人相對而坐之時，他就猜出了她夢到的是什麼。

若她是三十多萬年前那個真正的幼年祖媞，這當然就是個單純的預知夢。可她不是。她所夢到的，是已經發生過的事，是她自己的回憶。所以這是……她的記憶在復甦的預示嗎？可若是她的法力在一點一點替換與體內邪力相抗衡的靈力，她在慢慢地恢復正常，那她的身體為何並無變化？

三殿下揉了揉額角，看來這事需得寫封信去請教請教折顏上神。

又等了一刻鐘，見小祖媞陷入沉睡，三殿下從袖中拿出了一只玉瓶，單手撥開玉瓶的蓋子，倒出了一枚白色的丹丸。丹丸懸於半空，三殿下右手結印，印中生出一縷藍光，丹丸被藍光籠罩，很快與那光融為一體，而後輕輕裹覆在入睡的小祖媞身上。

丹丸乃護神丸，今晨由元極宮的仙侍們送來，兩個小仙侍說這是折顏上神差人送來元極宮的，又說送這丹丸來的仙君告訴他們，這是折顏上神這些時候花大力氣煉製的，上神說這個最好能盡快用在病人身上。

折顏上神一番話交代得含蓄，但三殿下一聽便明瞭，應是折顏知道離帝君出關還有些時日，故而煉了此丹給小祖媞，以期穩定她的神魂。

今夜，這顆丹丸正好派上用場。

其實，無論小祖媞作此夢是什麼徵兆，催帝君早日出關，以他之力去對抗小祖媞體內邪力，助她早日置換出靈力恢復正身，這總是沒錯的。

三殿下想著明日需將二十四文武侍中的襄辰仙侍召來，最好讓他住到太晨宮去，如此，帝君閉關的仰書閣中但有動靜，他便能見縫插針地去催一催了……

殿外冷雨淅瀝，室中卻很暖。三殿下一邊這麼想著，一邊也漸有了睡意，他抬手輕輕揉了揉額角。

小祖媞次日醒來時，連宋已不在了，昨夜的一切她都還記得，出了會兒神，聽說竹語來找她，便洗洗出來見竹語了。

自太子醒來後，竹語便失了時時伺候在太子殿下榻前之機，只能常去伏波殿探太子一二，然太子冷淡，兩人在一起也沒有話說，為免尷尬，她便偶爾來邀小祖媞一同去看太子。雖然即便有小祖媞在，太子也冷淡依舊，但看到太子對小祖媞也不熱絡，竹語的心，就平靜了。

接下來的六、七日，小祖媞都沒再見過連宋，聽天步說，是因酈邇的傷情時有反覆，空山老雖能對她用藥，可酈邇體內氣澤還需仙法卓然之人為她梳理，三殿下便暫住在了那水閣中。

天步又道：「殿下他雖不在扶瀾殿，卻特意囑咐了奴婢需時時服侍在尊上身側，且責令了奴婢，說尊上但有事，便立刻通稟他。」作為元極宮中除了三殿下外唯一知道小祖媞身分的仙，天步謙謹而周致，生怕小祖媞誤會連宋怠慢她，又思量著添了一句，「酈邇當年住在元極宮時，殿下一直將她當作妹妹照看，如今萬年過去，雖當年之情消淡了，終歸還是存著一些兄妹之誼，故而殿下這些日多顧看她一些，還請尊上體諒一二。」

小祖媞其實沒有在意幾日不見連宋之事，陪她玩和救人，當然是救人更重要；可此時，聽天步說起連宋待酈邇有兄妹之誼，卻不禁睜大了眼，「什麼？」她停下了攪粥的杓子，非常吃驚，「可連三哥哥說，在我之前，從沒有人叫過他哥哥呀。」

天步解釋：「鄄邇的身分，自然不夠稱三殿下作哥哥。奴婢的意思是，雖不是如此稱呼，可當年鄄邇她住在宮中時，殿下待她，確有似兄妹的情誼……」譬如三殿下為鄄邇做成年禮，為鄄邇選婿，這要是家中沒有父母，般般皆是長兄需代之職。

聽得天步此語，小祖媞陷入了思索。「似兄妹的情誼。」她好奇地問天步，「那……連三哥哥會陪鄄邇入山探幽、入湖泛舟嗎？他們也住一處？一道用飯，一塊兒玩兒？」

天步愣了一下，覺得小祖媞這些問題有些奇怪，可奇怪在哪裡她一時也說不清，想了想，據實回道：「鄄邇不愛出門，三殿下若離宮，一向並不怎麼帶她，不過殿下停留在宮中時，會和她下下棋什麼的。對了，鄄邇那時候有許多功課，所以殿下偶爾還會抽查她的課業。」

小祖媞若有所思地哦了一聲。會給檢查課業，那的確可以算是兄妹情深了，因為瑟珈就會檢查謝冥的課業。她不禁心事重重。

人之初，諸情之始乃是親情，親情之始乃是孺慕之情——對父母的感情。但因小祖媞自光中生，無父無母，她對親情的全部瞭解，皆是自瑟珈和謝冥身上來，是以她一直認為，兄妹之情，方是親情之本。

瑟珈對謝冥那種極為專注的關愛，讓她看到了此種情感的美好。她喜歡且羨慕這種專注的關愛，所以當初連宋想做她哥哥時，確認了沒有別人叫他哥哥，她很痛快地就應了他。

但哪裡能想到，她才認了這個哥哥一個多月，他就又冒出了一個別的妹妹呢？

幾天前她好奇地問過天步鄄邇是否喜歡連宋。若鄄邇是那些愛慕連宋的美人中的一個，她還覺著沒有什麼，可鄄邇竟是連宋的妹妹。她一下子就緊繃起來了，同時她也終於理解了，為何當年謝冥絕不允許自己管瑟珈叫哥哥。那是孩子天真卻又自私的占有欲，是不想被分走那份特殊的、專注的關愛。

唔，占有欲。是了，占有欲。這個詞從前只聽花木們提過，彼時她還不大理解，如今倒有了真實的感觸。原來這就是占有欲嗎。這個占有欲讓自己這樣煩悶，看來不是什麼好東西。

她一時悵然地想，哎，我小光神終究是錯付了；可轉念又想，連宋也沒有騙她，鄄邇雖和他有兄妹之誼，但的確沒叫過他哥哥。再則，鄄邇也很無辜啊。她在萬年前就認識了連宋，比自己認識連宋可早了太多。若鄄邇也像自己和謝冥這樣占有欲爆棚，那鄄邇得多討厭她啊？這件事裡，更有資格感到煩惱和牴觸的，應該是鄄邇才對。

念及此節，小祖媞不禁嘆了口氣。算了，事已至此，她是沒有辦法像謝冥一樣擁有一個獨屬於她的哥哥了，如果還想要很多關愛，那以後……再認幾個哥哥，似乎也可以？

天步看小祖媞一忽兒愁眉深鎖狀，一忽兒黯然失意狀，一忽兒又恍然大悟狀，不知發生了什麼，不禁問她怎麼了。已經想通的小祖媞重新拿起了杓子，一邊舀粥一邊大氣地擺了擺手，沉穩地道：「沒有什麼，連三哥哥，呃，讓他好好照顧鄄邇女君吧，我可以和竹語一道解悶，我沒有什麼。」

結果，那日上午才和天步聊起鄄邇，下午徘徊在舞旋湖旁等候竹語的小祖媞就偶遇了她。或許說偶遇也不恰當。是鄄邇在湖旁的一座小亭中小憩，看到了扶柳觀湖的小祖媞，便令身邊宮娥過來請她去亭中敘話。

小祖媞其實沒見著鄄邇，因說鄄邇吹不得風，那小亭用金絲玉簟圍得嚴實，內中亦有幾道屏風，她和鄄邇便隔著一道屏風說話。她隱約能辨出鄄邇的身形，看她似乎半躺在一張矮榻上，一隻手扶著一只高枕，另一隻手拿著一卷書。

青鳥族並不講究男女之防，何況鄄邇乃女君。隔著一道屏風召人說話，不過是為彰示身分尊卑——一開始，便要讓被召見者意識到自己在身分上同女君有天淵之別。

但生來便是姑嫆之主，被姑嫆所有生靈所尊奉的小光神，平生並沒有拿過這樣的架子，故而並不明白同人隔一道屏風說話還有如此學問，只以為鄄邇怕將病氣過給自己。

她覺得鄄邇解意體貼，人不錯，並且，完全忘記了天步編給苔野君的她的身世——她乃三殿下一個自幼失恃失怙的遠親表弟。

天族旁支一個落魄世家子，即便入了元極宮，得了三殿下庇護，謁見青丘治下諸族中的一族之君，那也是需叩拜問安的。可小祖媞這輩子拜過誰？同人相見不讓人拜她已是她的和氣了。

屏風此端，鄄邇一心一意等著小祖媞來拜她，屏風彼端，小祖媞已自感紆尊降貴地給自個兒找了張玉椅坐下來了，落落大方地問鄄邇：「女君傷病未好，坐在這亭中，不怕受風嗎？」

宮娥們面面相覷。不提宮人，這不按常理出牌的舉動，讓近萬年來見慣大小場面的鄄邇也愣住了。鄄邇心有惱怒，覺小祖媞不知禮數，且認為她如此不知禮，乃是仗著連宋寵愛，恃寵而驕。不過，鄄邇乃是歷經坎坷御極的王君，從不心浮氣躁，最是懂得隱忍，因此壓下心中不快不提，只淡淡笑了笑，「謝小公子關心，並不妨事。」

小祖媞面對她的反應和態度雖令鄄邇不甚滿意，但也沒有擾亂她的節奏。

鄄邇的聲音算不上和氣，但也不冷淡，問了幾句小祖媞在宮中住得慣否，衣食可還合意之類，接著，便似不經意般道：「三殿下待小公子著實上心，孤聽御廚房說，天步仙子還專給了他們一張單子，上面列了小公子在吃食方面的好惡忌口，說是照著三殿下的親筆手書謄寫來的，吩咐他們小公子一日三餐皆需照著那個來。」

小祖媞是見過世面的，檀樹老爹在吃食方面也很慣著她，故而她並不覺連宋如此做有多稀罕，靠著椅背，很淡定地點了點頭，「嗯，連三哥哥待我是還可以。」

屏風那邊靜了片刻，鄄邇溫聲，「三殿下自來憐憫弱小，小公子境遇坎坷，難怪三殿下如此憐惜，別說三殿下，便是孤，今日見了小公子，也倍感憐惜呢。」

這似乎是篇好話，但小祖媞聽著這篇話，不知為何，卻覺有些彆扭。她境遇坎坷，值得憐惜？這是從何說起？

她茫然了一瞬，腦中靈光一閃，突然想起來天步當初是如何糊弄苔野君的——天步給她編了個非常淒慘的身世。怪不得。

「呃……」小祖媞迅速回想了遍方才和鄄邇的對話，舔了舔嘴唇，「我、我自幼無父無母，多賴連三哥哥庇護，他的憐惜之意，我……的確是感激不盡。」

她這個不再那麼理直氣壯的態度，終於讓鄄邇順心了。

鄄邇當年亦是如此經歷，自然知道一個家道中落的落魄孤兒最介意什麼。他們最介意他人的同情。

她並不覺小祖媞還是個孩子，又是個小公子，就不具威脅。無他，小祖媞實在長得太好看了。而她自己從前對連宋埋下愛慕的種子，便是在未成年也不知事的年少時期。

這一萬年，她時時關注著連宋，對元極宮那些過客匆匆的美人們也是瞭若指掌，在她看來，那些美人不值一提。但這個最近才橫空出世的、被連宋格外放在心中的小公子，她卻不得不忌憚。

思慮到此，鄄邇又問：「小公子成年後可有何打算嗎？」

成年後？成年後她首先要選擇成為一個男神，然後踐行天道，去守護這世間。但這也不好同鄄邇說，小祖媞就沉默了一下，又「呃……」了一聲。

鄄邇只以為她從未考慮過成年後的事，微微一笑，故作驚訝，「小公子距成年也不遠了吧，還未考量過此事嗎？」看小祖媞不回答，頓了一下，極富濫情地循循以誘，「那小公子的確應當考慮考慮了。現在你還小，殿下自會憐幼，但神仙一旦成年，便該自立一方。小公子也不能一輩子待在元極宮，若還沒有個打算，怕到時候措手不及。」她點到即止，又笑，「不過孤也只是同小公子胡聊幾句罷了，小公子也不用太將孤之言放在心上。」

鄄邇這一番話說得極有水平，若小祖媞果真是個寄居在元極宮的落魄世家子，怕會從此種下心結，或許不等成年便會搬離元極宮。但她畢竟不是。

自信的小光神，覺得連宋有資格親近照顧自己，是他三生有幸。聽完鄄邇這篇話，她也沒太走心，只隨口敷衍，「嗯，女君放心，我不會放在心上的。」

鄄邇認真看了小祖媞兩眼，自覺她這一句回答，是自卑中硬撐出了一點自傲，逞強罷了。她略略滿意，想著兩人說到這裡也差不多了，便藉口精神不濟，令宮娥又將小祖媞原路送了回去。

小祖媞稀里糊塗地離開了小亭，也沒太把巧遇鄄邇當回事，唯一讓她印象比較深刻的是，那小亭裡有一種叫不出名字的果子，酸甜酸甜的，味道還可以。

第九章

來朝陽谷已有二十幾日。麓台宮御園中荼蘼處處，有道是「開到荼蘼花事了」，待這些荼蘼花謝送走春日，初夏便要來了。

在麓台宮這些時日，小祖媞偶爾會想，是從什麼時候開始，自己同連宋見面變得困難起來了呢？好像就是從鄄邇出現開始。

她前些日見鄄邇，覺得她也不是離不了人，那連宋為何就不回扶瀾殿呢？她不能理解，有點氣悶。但鄄邇是個病人，又是萬年前便與連宋結了緣的妹妹，她也不能說什麼。

如今她這待遇，與他們在十里桃林時連宋成日圍著她轉的情形比，可稱淒涼了。小祖媞不禁又一次感嘆，怪不得謝冥不願意瑟珈有別的妹妹，謝冥那麼小，卻實在很聰明，也有先見之明。幸而她自己會找樂子，每天去伏波殿看看養病的太子，再出宮逛逛街市，也挺有意思，倒不至時刻為此事憂思苦悶。

殷臨陪著她，一連在王城大街閒晃了四天。第四日傍晚，竹語約她次日去舞旋湖旁投壺。小祖媞一想，確實冷落了這個小姐妹好幾日了，便取消了去王城賭坊見識的日程，在次日的巳時三刻，去到了舞旋湖旁。

投壺場地早安置好了，竹語也已候在了彼處，二人寒暄了兩句，便開始遊戲。小祖媞初回玩這個便投中數支，正是有興致時，湖畔卻娉婷行來了兩個宮娥。宮娥言聲嬌嬌，請她們換個地方，說女君待會兒要同三殿下畫舫遊湖，閒人皆需迴避。

竹語王姬雖是青鳥族的長王姬，卻弱弱的，沒什麼長王姬的派頭，非常逆來順受，立刻命人將玩樂之器收了起來。小祖媞覺得這畢竟是人家的地盤，竹語都認命要走了，她也不好說什麼，但她又實在困惑，問其中一個瓜子臉的宮娥，「可前幾日你們女君不是連風也不能見嗎，今日就可以遊湖了？」

兩個小宮娥對視一眼，掩唇而笑，「回小公子，三殿下言說今日女君倒可以沾點風了；且小公子有所不知，此舞旋湖靈氣匯盛，但有船行其中，劃破湖水，靈氣便會伴光而出，氤氳於水面，不僅是美景可嘆，氣息也很沁人心脾，故而遊湖也算是清心養神了。」

小祖媞覺得這個解釋也算合理，便隨著竹語一道離開了。可走到一半，好奇心起，有點想看看小宮娥口中所描繪的碧湖之上靈氣隨光溢出的勝景，就又拽著竹語偷偷潛了回去。

她們躲在一叢荼蘼花後。繁茂的綠葉白花擋住了二人身影。

碧湖之中，畫舫已入水，自遠處游來，船槳破開湖面，果有七彩之光熠熠而起。船頭置了一席茶案，連宋同一女子相對而坐。女子垂頭煮茶，姿態秀雅，纖瘦的身軀怕冷似地裹在一領羽氅之中。

畫舫游近了小祖媞藏身的湖畔。

那夜小祖媞同鄄邇匆匆一面，其實沒太看清她的模樣；前幾日隔著屏風同鄄邇說了會兒話，也沒看到她的臉。此時，小祖媞終於有機會認真看一看她了。品評了稍時，她覺得鄄邇不及竹語好看，模樣只能算秀致，不過她的姿儀很出眾，自有一段風流。

鄄邇分茶給連宋時，啟唇說了什麼，說話時，面上的表情活泛起來，為那秀致姿容增添了幾分柔婉與嬌美。連宋喝了口茶，微微一笑，然後回了句什麼。鄄邇唇角微彎，一雙眼睛凝視著連宋，沒再說話，但那種凝視，卻似有一段欲語還休之意。

當然，這種欲語還休之意，小祖媞是看不懂的，不過竹語看懂了，微微掩唇，恍然輕聲，「原來王姐喜歡的人是三殿下呀。」

小祖媞「咦」了一聲。

那畫舫漸漸遠去，她們兩人也偷偷摸摸順著潛過來的路重新潛了回去。到得花園另一角，遠遠離開了那舞旋湖，小祖媞問竹語：「妳剛才是不是說妳王姐喜歡我連三哥哥？」她好奇，「何以見得？」

竹語驚訝道：「王姐的表情那麼明顯了，你看不出來嗎？」

小祖媞的確看不出來，她沉默了片刻，「這……靠表情就能看出來？」

竹語左右望了一眼，靠近小祖媞，低聲，「我王姐為人，很是有手段，在我們青鳥族極有威勢，我們都怕她得很。」她頓了頓，將聲音壓得更低，透著幾分神秘，「但是在三殿下面前的王姐，竟是那般女兒嬌態……再則，在王姐還是公主時，我就聽過她有一個喜歡的人的傳聞，然直到她登上王君之位，也沒有對什麼男子表達過好感……所以我覺得……」她沒有將話說完，給了小祖媞一個「你懂的」的眼神。

小祖媞摸著下巴沉吟，「不瞞妳說，有一陣，我也覺得妳王姐喜歡我連三哥哥。」她回憶，「不過天步告訴我，說妳王姐和我連三哥哥有舊，他們之間乃是兄妹之誼。」她聳了聳肩，「但我比較喜歡妳這個猜測。妳王姐若和連三哥哥是兄妹之情，豈不就分薄了我同連三哥哥的兄弟之情？終歸妳王姐不是來和我搶哥哥的，這就好啦。」

竹語秀美的小臉一片震驚，「什麼，我王姐居然和三殿下有舊嗎？」又覺小祖媞單純，不由好心指教她，「另外，你為何會覺得我王姐不是三殿下的義妹，便不會同你搶哥哥了？要知道，我哥哥苔野君從前也很喜歡我，待我極好，可自從娶了親有了媳婦兒，他就變了，就只對媳婦兒好了。我同他抗議，他還教訓我，讓我不要做惡毒小姑子，挑起姑嫂不睦。」

竹語一臉悵然，同病相憐地望著小祖媞，惺惺相惜地提點她，「所以若是三殿下和我王姐在一起，他就必定不會再像從前那般待你好了。且你還不能同他鬧，因為他會勸你不要做惡毒小叔子。」

小祖媞愣住了，她驀地想起了前些時日她同鄄邇在舞旋湖亭中小談時，鄄邇彷彿提了一句，說她也不能一直待在元極宮……所以，這意思是說……鄄邇不希望她一直待在連宋身邊嗎？難道，這就是竹語口中的叔嫂不睦？

要是鄄邇果真同連宋成就了好事，入主了元極宮，當真會趕她走嗎？

竹語看小祖媞神色凝重，半晌不語，以為自己方才那番話嚇到了她，心生愧疚，拍了拍她的肩，安慰了她一句，「我方才說的，是假設三殿下和我王姐在一起後可能會有的情況，可三殿下又不一定會和我王姐在一起，你不要害怕……」

道理是這個道理，但小祖媞是個未雨綢繆的人，她想了一陣，非常誠心地求教竹語，「若他們果真在一起了，妳覺得，我該怎麼辦呢？怎麼緩和……呃，我和妳王姐之間的叔嫂關係？」

竹語自己同她嫂嫂的關係都處得一團亂，還是有自知之明，明白她這個段位給不了小祖媞什麼靠譜建議。不過，作為一個長年宅在深宮裡看話本的王姬，她也有自己的優勢——她是個風月情事上的理論高手，做小祖媞的情感導師綽綽有餘。

竹語想了一陣，「據我的經驗，一旦和嫂嫂交惡，想要緩和，基本不可能。」她一邊思索一邊道：「所以對我們做弟弟妹妹的來說，太倚重兄弟兄妹之情，原本便不可取，也不長久。」她頓了頓，臉微微一紅，和小祖媞說了一句交心的話，「所幸我們以後也會或嫁或娶一個喜歡的人，同他或她組成一個家，而那個人也會待我們好。」說完這句話，竹語臉已紅透，聲音也不由自主地變得很輕，卻還是硬撐著建議小祖媞，「不要那麼依賴哥哥就好了，你也可以慢慢找一個你喜歡的小女仙，以後的漫漫仙生，都讓她陪著你。」

小祖媞聽得頻頻點頭，一會兒「哦，這樣」，一會兒「哇，這樣」。她覺得竹語所言有道理。看不出來竹語竟是如此內慧的一個小王姬。既然話已說到了這裡，她還有一個不太懂的問題。「那……怎麼找一個喜歡的小女仙呢？我一定要找一個女仙嗎？」她躊躇著問竹語。

竹語見多識廣，並不覺得一個男仙一定要喜歡一個女仙，所以小祖媞並不一定非要找一個女仙。但她一個長在深閨的純潔公主，顯得好像太懂這些事情了也不太好。她就沒有展開回答小祖媞的問題，昧著良心嗯了一聲，「嗯，你得找一個小女仙。至於怎麼找一個喜歡的小女仙，就是……」她盡量淺白地同小祖媞解釋這道複雜的感情題，「你如果覺得一個女仙長得好看，想常看到她，看到她你就覺得開心，也想和她說話，會和她很聊得來，覺得和她過一輩子也不無聊，那這個小女仙就是可以和你共度一生的女仙了。」

小祖媞將竹語這話咀嚼琢磨了一陣，慢慢露出了吃驚的表情，「是這樣嗎？」她迷茫地看著竹語，倍感疑惑地請教，「我認為妳就長得很好看，和妳也聊得來，覺得我們一起玩很開心，一輩子也不會無聊。那我要找的小女仙，豈不就是妳？」

竹語點頭，「嗯。」點完頭才反應過來，「我……我？」竹語瞪大了眼睛，蒙了，臉忽地緋紅，結巴著問：「為、為什麼是我？」

小祖媞無言地看了竹語一眼，「妳這麼告訴我的啊。」她靜了片刻，一臉肅穆，似下了一個重大決定，「其實這樣也行，也可以。」

此時再看竹語，透過她秀美的面容，小祖媞又看到了一株青色的亹冬花，隨風微顫，可憐可愛。她沒忍住，伸出手摸了摸竹語的花盞，「哎，妳真是好看，是我見過的最漂亮的亹冬花了，和妳過一輩子我根本不虧。」

說到這裡，她想起來一樁事，「啊，我忘了，妳喜歡冷冰冰的太子。」她皺起眉頭，考慮了片刻，轉換了一下思路和竹語商議，「要不然這樣，妳可以先不嫁我，等有一天妳不喜歡太子了，妳再嫁我，到時候我帶妳回我老家去，我老家是很好玩的。妳覺得行不行？」

竹語一直在蒙圈中，沒能立刻回答。不遠處，卻有人代她回答了這個問題。

「不行。」那聲音冰冷，令耐心等候竹語回覆的小祖媞和大腦一團糨糊的竹語一驚。

小祖媞循聲望去，瞧見了一臉沉冷站在幾丈外一株紫藤花樹下的連宋。

她根本沒有幹壞事被抓包了的自覺，看見連宋，絲毫沒慌，無辜而又好奇地「咦」了一聲，「連三哥哥？你怎麼來了？」

連宋沒有答她，皺著眉頭看了她片刻，冷冰冰吐出了句，「跟我回去。」也沒有等她，轉身便向扶瀾殿的方向行去。

小祖媞愣了一下，攀著竹語的肩靠近她耳邊叮囑：「我說的話妳好好想想啊。」然後叫了一聲「連三哥哥等等我！」急走幾步追上連宋，跟在他身後一同向扶瀾殿去了。

午時二刻，本該是輕鬆的用膳時刻，扶瀾殿中的氣氛卻一陣凝重。

被三殿下屏退的天步覺得很糊塗，一眼望見站在廊簷下出神的殷臨，想了想，腳步拐了個彎，向殷臨走去，欲請這位一直在暗中跟隨保護小祖媞的尊者解惑。

殷臨的確可以解天步之惑。在御園中時，殷臨離小祖媞和竹語雖有段距離，但小祖媞同竹語說悄悄話時並未施靜音術，她們說什麼他全聽見了。

那番對話中最讓殷臨在意的，是竹語說霨靍喜歡連宋。

他著實是首次聽聞此事。

約三萬年前，當祖媞結束自己作為凡人的一生回歸正位、陷入沉睡後不久，連宋的記憶便被東華帝君更改了。遺忘了同成玉那一段刻骨銘心之愛的水神，自碧海蒼靈回到九重天後，又做回了從前那個「遊戲八荒越是無情越動人」的天族三皇子。這些事，殷臨都知。但他也知連宋同那些美人究竟是怎麼回事，故而雖然連宋做回了浪子，他也從未覺得他背棄了祖媞。然霨靍……

兩千多年前殷臨重踏出中澤探聞九重天消息時，便聽聞過霨靍。他知霨靍特殊，也聽過連宋視其為妹、對其盛寵的傳聞。他一個直男，當初並不覺這有什麼。今日始知，霨靍竟對連宋有情。

那連宋呢？他是否亦對霨靍有心？或者說……這就是他將小祖媞晾在一旁，日夜守候在傷病的鄄邇處的緣故？

一念至此，殷臨忽感惱怒。

三萬年前，他見證過成玉對連宋至死不渝的深情，目睹過為了那段情，祖媞的掙扎和痛苦。他聽過她剜心的哭泣，見過她含血的淚，明白她會做出剝離憶珠的決定，是因彼時的她以為她同連宋沒有未來，她所持有的，是份無望且再無機會的愛。可誰能料到上天竟多給了她三年時間，讓她提早甦醒了呢？

重逢連宋後，回歸幼年的女神雖已忘懷了所有，卻仍本能地對這天族三皇子有親近之意，且二人在機緣巧合下還立下了噬骨真言。這讓殷臨頗感唏噓，亦不禁心軟。

他是最尊奉祖媞之命的神使，此生從未違反過祖媞的神令，先前卻也想著即便三萬年前祖媞做出了永遠忘記連宋、一心等待獻祭的決定，但或許，她和連宋之間還可以有個機會？他是不是應該對祖媞的神令睜一隻眼閉一隻眼，讓他二人隨緣？

他此前一直是這樣想的。

然此刻，他的想法有了改變。

若果真連宋同鄄邇有什麼，若果真在經歷了成玉之後，這位三殿下還能那麼輕易地喜歡上另一個人，那便絕不能允許祖媞同他相交更深了。

如今祖媞還是個天真的孩子，即便懂得了七情，神性亦是懵懂，以如此懵懂的性情繼續和連宋相處是沒問題，可若她習慣了依戀連宋，一旦她恢復正身，這種習慣會不會讓她再次愛上連宋？

可連宋卻已有了其他喜歡的人……這豈不是個大大的悲劇？

殷臨越想越覺氣悶，正自擰眉，靠近的天步卻擾亂了他的思緒。天步低聲問他：「我看殿下好像有些生尊上的氣……尊者素來跟在尊上身旁，可知發生了什麼事嗎？」

殷臨沉默了一瞬。「不是什麼大事。」他不甚在意地回道。

尊上看上一朵花，想要求娶，這算什麼大事呢？畢竟當年為了取悅萻蓉，主動戴上青玉面具，發誓一生不以真面目示人這種事，也是年歲尚幼、尚未成年的祖媞幹出來的。

殷臨並不將之放在心上。

但他突然想到，霜和應已將萻蓉接回姑嫞了，若是讓萻蓉知道竹語的存在，豈不熱鬧？萻蓉醒來，需要解決的第一個情敵竟然不是水神，而是這青鳥族的一朵嬌弱亹冬花……也就，還滿令人期待的。

扶瀾殿中，茶晶桌案前，三殿下凝眉而坐，良久未言。小祖媞卻還無知無覺，一心以為連宋領她回扶瀾殿，乃是因鄄邇沒大礙了，他便抽空回來陪自己用一用飯。

小祖媞看了一眼桌上未開的食盒，輕咳了聲，「連三哥哥，我們不用飯嗎？」

「暫時不。」連宋回她，「我有話同妳說。」

「哦。」小祖媞坐正了。

連宋看了一眼小祖媞，沒有立刻出聲，眉頭緊蹙，像是在思考如何開言。

這可不尋常。須知三殿下是出了名的情商高，會說話。與人言談，於三殿下而言，只分他想不想，不存在他能不能；只要他想，無論何時何地，面對何人，他皆能應付自如，游刃有餘。回溯過往，三殿下從沒有遇到過欲辯忘言或是欲與人言，不知從何說起的時刻。

三殿下看著小祖媞。她倒是很聽話，睜著一雙烏黑的眼睛，真摯地望著他，等著他開口。然他左右思量，最後也只能無奈地說出一句：「妳不能娶竹語，明日去和她說清，同她道歉。」

小祖媞立刻坐直了，眉頭也皺了起來，「為什麼？」

作為一個常給天庭文試出有關祖媞神考題、用這些試題來拉分的考官，三殿下對祖媞神之事知之甚多。他的確瞭解她對花木們的癡愛。且，光神有許多特別之處，比如光神成年的年齡。各神族，因族別不同，成年亦有早晚，譬如龍族、鳳族和九尾狐族——龍、鳳二族兩萬歲成年，九尾狐族三萬歲成年。這已算是成年晚的了。神族中有一些壽短的地仙，不過百歲便成年了。而光神，卻當之無愧乃所有神祇中成年最晚之神——四萬歲方成年。

匹配小祖媞這一萬歲仙齡的她的心智，如今是個什麼程度，同光神不同族的連宋一開始把握得並不準確。同她相處了一個月，他才大約得出了一個結論：她差不多類於凡人九歲、十歲的孩童。

方才，在和酆灝遊湖之時，他就發現了偷偷摸摸躲在岸上荼蘼花叢後的小祖媞和竹語。因好奇她倆鬼鬼祟祟在幹什麼，他下船跟了過來。卻發現小祖媞輕佻地撫摸著竹語的臉頰，柔聲對竹語說：「妳真是好看，是我見過的最漂亮的亹冬花了，和妳過一輩子我根本不虧。」

一個心智只如凡人九、十歲孩童的小光神，竟在向一個荳蔻少女求親。看到這個場景，聽到這句話，三殿下一時都沒能反應過來，以為自己產生了幻覺。接著又聽她提議什麼可以等竹語不喜歡夜華了再嫁給她，他才有了一點實感，幾乎要被氣笑了：這個對姑娘們溫柔如風的做派，倒是天生情聖。

彼時三殿下確然有些怒，但此時冷靜下來想想，那不過是個什麼都不懂的孩子，和她生氣，她又知道什麼呢？

她還懵懂無知地問他她為什麼不能娶竹語。

三殿下心想，因為妳將來注定會成為一個女神，妳要如何娶她？但這不是可以說出口給現在的她聽的理由。

三殿下默了片刻，編出了一個理由回答小祖媞，「因為妳現在甚至不是一個男孩子，所以不能娶竹語王姬。」

小祖媞立刻道：「但我成年後一定會選擇成為一個男仙的，我現在先把她定下來不行嗎？」

她說的很有道理，他簡直要被她說服了。拿性別說事顯然走不通了，三殿下捏著眉心換了個思路，耐著性子向她道：「妳覺得竹語是妳遇到的最好看的花，妳就喜歡她，想要娶她，可妳現在還小，往後妳會去到更廣闊的天地，見到更多的人、物，」三殿下頓了一下，根據小祖媞的情況又增加了一個物種，「還有花。那要是以後妳遇到更好看的花，想娶的花變成了那株更好看的花了，可妳發現妳已經定下了竹語，那時候妳要怎麼辦？」

小祖媞擲地有聲，「那我還娶，都娶嘛。」

三殿下：「……」

小祖媞根本不覺得自己這個回答很渣，她依然很有道理，「因為連三哥哥你也有很多美人啊。你看，你也沒有因為往後會遇到更好的美人，你就不收之前的美人入元極宮吧？」

三殿下：「……」

三殿下很佩服她這麼會講道理，氣笑了，「我不喜歡那些美人，所以無所謂她們如何，但妳喜歡妳的花，如果妳將來遇到妳的命定之花，但她卻因為妳曾經有過許多別的花而不願意和妳在一起，屆時妳要如何，妳待怎麼辦？」說完這一段話，三殿下恍惚了一下，自己都覺得自己離譜，什麼命定之花，這都是什麼跟什麼。

不過這段離譜的說辭還真是鎮住了小祖媞，只見她凝重地擰起了眉，似在思索，不過那眉擰了沒多久，她抬頭看了三殿下一眼，就又展開了，很無所謂地聳了聳肩，「那還很早，到時候我再想吧。」

三殿下不能允許她逃避，「萬一妳明天就遇到了呢？」

小祖媞根本不信，「那不能吧？連三哥哥你都七萬多歲了，你也還沒遇到你的命定之人呀。」看連宋抬頭看她，她頓了一下，真誠道：「沒有冒犯你的意思。」她咳了一聲，「我主要是想說，你七萬多歲了你也沒有遇到那個命定之人，沒有因為她介意過去你身邊美人如雲，不願和你好而發愁神傷，那我肯定也會至少四、五萬年後才遇到這個問題嘛。」她滿懷信心地看著連宋，「連三哥哥這麼聰明，到時候肯定已經想出辦法了，我照抄你的辦法就可以，完全不用擔心。」說著她微微一笑，覺得自己很聰明，自顧自點了點頭。

「連三哥哥你都七萬多歲了，你也還沒遇到你的命定之人，沒有因為她介意過去你身邊美人如雲，不願和你好而發愁神傷……」

此語入耳，連宋的心不由一窒，繼而一痛。他無意識地伸手捂住胸口，壓住那痛，鎖緊了眉。

小祖媞見他如此，後知後覺地生出了些許不安，「你、你怎麼了連三哥哥？你是生氣了嗎？」

三殿下此時心底一片亂，那感覺，像是胸中汪著一片海，海下有許多驚濤，欲破水而出掀起巨浪，卻因未遇到合適的時機，只能被牢牢鎮壓在靜水之下。

亂，被約束的窒悶，不知從何而來的失落，說不清道不明的痛……這些感覺一起湧上來裹住了他，令三殿下無意再與小祖媞就這個話題繼續談下去。

因心中煩亂，他失掉了對小祖媞的耐心，蹙著眉難得對她說了一句冷漠的重話，「隨妳便吧，我管不了妳。」

連宋的突然沒有耐心令小祖媞微微一愣。過去的一個月，無論她多麼淘氣，他總是很包容她的。

果然有了鄄邇這樣乖順的妹妹，他就不喜歡她這個鬧騰的了嗎。一想到可能是這個原因，小祖媞也不禁生出了怒氣，原本握著連宋袖子的手鬆開了，肅著一張小臉坐回了椅子裡，哼了一聲，「本來也不用你管。」

想想氣不過，站起來咚咚咚跑到了殿門口，又哼了一聲，「本來也不用你管！」說著做了個鬼臉，既生氣又委屈，生氣大於委屈地跑出了扶瀾殿。

徒留下三殿下一人愣愣地坐在殿中。

天步依稀知道三殿下和小祖媞吵架了。

這天下午，三殿下留在扶瀾殿中沒有離開，看了幾頁書，寫了幾筆字，瞧著好像很悠閒。但天步看得出來，其實三殿下一直有點心不在焉。

小祖媞跑出去後就沒再回來過。雖然三殿下並無吩咐，且天步也知殷臨一路跟著小祖媞，出不了什麼事，但她生性謹慎，還是派了宮人四處去尋。

入夜時，天步從宮人處得知小祖媞去王城外閒逛了一下午，宮禁前才回來，回來便去了伏波殿，也不知是去看太子還是去蹭飯，總之話沒和太子說兩句，太子的膳她倒是分吃了不少。用完飯後她藉口想留下來看伏波殿院子裡的夜優曇開花，太子允了，她便宿在了伏波殿的配殿中。

天步一五一十同三殿下交代了小祖媞這大半日的行蹤，三殿下沒說什麼，在殿裡又坐了片刻，便起身回舞旋湖水閣去了。

小祖媞沒想到，她已出外散心了一下午，回宮後竟仍覺氣悶。

伏波殿的配殿裡，小祖媞抱著手臂和衣躺在玉床上，心算自己已經氣了幾個時辰，剛數到「第四個半」時，忽然感知到了一絲不尋常的氣息。

是有人在施昏睡訣。且是極其強大的昏睡訣。

巧的是，所有旨在對神魂施加控制的術法，於光神而言都是沒用的。小祖媞微微一凜，正欲起床看看是怎麼回事，突然聽到有腳步聲氣定神閒而來。她趕緊躺下去裝睡。

那腳步聲由遠及近，轉過落地罩，來到她的玉床前。

接著有一個急促的腳步聲也來到了近前。

在那急促的腳步聲定下之時，她床前的先來之人出了聲。

年輕女子的聲音，清凌凌的，十分動聽，帶著一點懶和一點訝，「迷穀，他這……同我上次見他時，是不是長得不太一樣了？」

接著一個年輕的男聲響起，略低，含著一點無奈，「姑姑，是您走錯門了，這是配殿，太子殿下養病之地乃是隔壁的正殿。」

第十章

那夜之後，很快，便過去了兩日。

這兩夜，小祖媞一直宿在伏波殿中。頭一夜她宿在此處，乃因她生連宋的氣，氣還未消。後一夜，卻是因她對那走錯門的女子感到好奇。

女子連來了兩夜，來的時候總是伴隨著極強大的昏睡訣。昏睡訣其實不算隱蔽術法，小神仙們施此術時總免不了帶出一些紫色氣澤。但那被喚作姑姑的女子所施的昏睡訣極高明，整個伏波殿都籠在一片睡意中，卻看不出半點施訣痕跡。

女子是來為太子治傷的。

她來的第一夜，小祖媞便知曉了這一點。因那夜女子誤打誤撞闖入她房中，當隨奉她的青年領路帶她離開時，小祖媞聽到女子輕聲低嘆，「這青鳥族也忒無用了些，便是隨意治治，應當也不會使他傷勢更重才是，真不知他們到底是如何治的。」

青年應聲道：「便是他們無用，將太子殿下治壞了，姑姑帶來的藥也定能再將殿下給治回來，姑姑萬不必為此擔憂。」

二人一邊說著話，一邊向外而去。

小祖媞彼時一味裝著睡，直待二人離開她床畔，她方微微睜了眼，偏頭時她瞧見女子正轉出落地罩，一身綠裙，烏髮未綰，步伐慢條斯理，自有一種閒適之態。

因怕那二人發現，且既然兩人並無害太子之心，反是來為他治病的，小祖媞權衡了片刻，便沒爬起來跟去正殿。

昏睡訣籠了伏波殿半個時辰，之後慢慢消散了。

待女子同她小侄離開後，小祖媞前去太子的正殿探了探，見太子無事，方強睜著一雙睡眼回房安歇了。

入睡前她分神琢磨了會兒這事，想起了數日前宮中盛傳的太子殿下病勢漸重的謠言。彼時她還問過天步，天步告訴她這消息是他們放出去的，乃是為了試探一個人的態度……所以說那女子，便是連宋和天步要試探的人？琢磨到此，小祖媞覺得，這事也不用她管了，這多半是三殿下他們計中之事，她貿然插手，說不準還給他們添麻煩。再則，她自覺她此時是在和連宋冷戰，那做什麼要去管他的事呢？

心中雖是如此打算，到底沒抵擋住好奇心，次夜，她還是留在了伏波殿中。

她預感那女子是夜還會再來，便提前變作了一隻黑蝶，藏在了太子所居內室的雕花窗欞處。她藏得很穩妥，太子並沒有發現她。

因太子不愛宮婢們在跟前伺候，故而房中很是清靜。太子自淨室中泡完藥浴出來，在燈下看了會兒書，戌末時刻，便熄燈安睡了。

太子入眠後，小祖媞又等了個把時辰，終於等來了昏睡訣的氣息。

當整個伏波殿皆被睡意籠罩，殿中有明珠漸亮，那女子和她的小侄再次出現了。女子烏髮白裙，手中拿了一柄扇子，施施然來到太子床前。這一次，小祖媞終於看清了她的模樣。

看清女子的模樣後，小祖媞屏息了一瞬。哇，真好看！她在心中驚嘆。

女子的確是好看，五官之美，令人稱絕，尤其那一雙眼睛，內眼角微微下垂，眼尾則微微上挑，視物時帶著一點春花照水的濛濛之感，慵懶極了；而她的氣質也很特別，一行一止，皆含著一種慢條斯理的雅致之感。

小祖媞原本還對她帶著點防備，一看她長得如此動人，防備心瞬時降低了一半。

女子矮身坐在太子床前，為太子切了片刻脈，「今夜他這脈倒和緩有力了許多……」她抬頭吩咐身旁唇紅齒白的藍袍青年，「給他用那顆白丸吧。」

藍袍青年稱是，取出一只玉瓶來，自玉瓶中倒出了一顆白色藥丸。藍袍青年倒藥之時，女子伸手化出了一只藥缽，咬破手指，滴了幾滴血到那藥缽中，隨之遞給青年。青年將藥丸也投入那藥缽中，一邊搗著藥一邊道：「照昨夜所探，其實太子殿下恢復得還不錯，說他病勢沉重，不過謠傳罷了，姑姑照理可以不必來為太子殿下用藥了……」

女子拿出了一張絲帕，隨意擦了擦指上的血跡，「頭是我開的，再來收個尾，也算有始有終吧。」

藍袍青年笑道：「姑姑這詞卻用得不嚴謹，倘要說有始有終，那當初發現青鳥族的小王姬在您去十里桃林求藥時，竟誤打誤撞闖進山洞將太子殿下給撿走了，姑姑就該派我來青鳥族將太子殿下要回去。」

女子漫不經心，「彼時他的傷勢也算穩定了，又何必生事。再則你我伺候他好些日了，讓他來青鳥族養病，你我倒輕鬆些。」

藍袍青年道：「輕鬆是輕鬆了幾日，可如今姑姑為著太子殿下已連著兩夜日行千里了，這可算不上輕鬆。」

女子便嘆了口氣，「青鳥族調理他，雖沒將他的傷調理得更重，可終究進展得太過緩慢了。倘我不知他調養得如何便罷了，既知曉了，坐視不理也不大好。反正這藥也是那時候替他求的，我拿著並無什麼用，如今給他用上，助他早日康復倒也好。」又嘆，「論醫術，同折顏比起來，空山老果然是個廢物啊。」

藍袍青年也嘆氣，「論醫術，誰同折顏上神相比不是廢物呢，都是廢物啊！」

兩人說話間那藥丸已搗好了，女子除了鞋，上了太子的床榻，趺坐於太子身旁，右手結了個印伽，開始配合著術法，為昏睡的太子進藥。

雕花窗櫺後的小祖媞屏住了呼吸。

女子的身分，在她同身旁藍袍青年的一番閒談裡，已呼之欲出。

她十有八九便是太子那未過門的太子妃白淺上仙了。

都說白淺比少年太子年歲大許多，這並不是一樁合襯婚姻，可單從外貌論，小祖媞卻覺得他二人簡直可稱連珠合璧，不能更登對了。

她此前也和連宋議論過，為何白淺救了太子卻深藏功與名。彼時連宋推論，說或許因白淺救夜華時並不知他身分，而後知曉了夜華身分，不欲與他有太多牽扯，故而施了計，拱手將救命之恩送給了竹語王姬。

那時候小祖媞覺這推論很是靠譜，還為太子感到難過惋惜。然今夜看來，好像並非如此？小祖媞暗暗琢磨著。

晶石床榻上，白淺已施完了法術，藥粉被療癒的銀光裹覆著，完全入了太子體內。但興許那藥性霸道，入體難受，太子的額上起了一層細密的汗珠。

白淺微微斂眉，探身靠近了太子，伸出三指，切在他左手的寸關尺三部脈上，略探了探，探知到太子無事，她的眉鬆開了，欲要後退。然這時，他們都以為中了昏睡訣一直在昏睡的太子，卻驀地反握住了白淺欲拿走的手，慢慢睜開了眼睛。

白淺身旁的迷轂仙君驚訝地「啊」了一聲。

白淺亦覺意外，她看了一眼被太子握住的手，又看了一眼太子，微微一笑，輕聲道：「這樣重的昏睡訣竟被你衝破了，著實令人沒想到。」

而太子在看清她的臉時愣住了，在她試圖將手收回之時，他方回過神來，鬆開了她的手，有些沙啞地問道：「妳是誰？」

白淺聽聞此言，微微一嘆，「你果然不記得了。」

便在她嘆息之時，太子已坐了起來，平視著眼前的美人，「我該記得什麼？」

美人一笑，暗夜生輝，「我是月前在空桑山下救了你的人。」

太子坐正了，微頓了頓，「當初，是仙子救了我？」

美人左手搭在左膝上，拇指與食指成圈，餘下三個手指在膝頭上輕輕敲擊，感到有趣似的，偏頭看著他，「不錯。」又道：「彼時在空桑山下的山洞裡，你被我救醒時也問我來著，問我『妳是誰？』我好像也是那麼回答你的，我說我是救你的人，然後你問我，『仙子如何稱呼？』」

「所以，仙子如何稱呼呢？」太子回視坐在近前的女子，「亦需請仙子解惑，彼時仙子救我之事，我又如何會忘？」

女子笑笑，卻只回答了他後一個問題，「那時候你命懸一線，要救你，需用重藥，那些重藥中有一味苦靈芝，用了後會對神魂有影響，故而你忘了我也是正常。」

太子點頭，「原來如此。但我問了仙子兩個問題，仙子卻只回了我一個。」他再次相問，「敢問仙子如何稱呼？」

女子像是有些煩惱，「夜華君為何非要知道我姓甚名誰呢？」

太子淡淡，「仙子救了我，我欲知仙子名諱，日後好做報答。但若仙子不便，我不再問便是。」

「報答。」女子重複了一遍這兩個字，想了想，道：「也沒什麼不便，反正……」她沒有將此話說完，撐著腮，有些玩味地看著他。他抓住了她嘴角的那絲玩味，卻不知那是何意，正感疑惑，便看到她輕啟丹唇，聽到她輕聲：「我是青丘白淺。」

太子愣住了。而趁太子愣住之機，女子傾身，一道紫光自她指間迸出，是昏睡訣，紫光近太子身時頓然無形，一切皆發生在瞬息之間，回過神來的太子不可置信地看著眼前的女子，似乎不相信她居然會偷襲他，但那目光終歸漸漸渙散了，太子再次閉上了眼，昏睡了過去。

大氣也不敢出的迷穀終於敢出聲，「姑姑。」

白淺暫時沒理他，麻利地化出一只丹丸塞入太子之口，緊接著又起了個印伽，點入太子眉心，施術完畢後她擦了擦額頭的汗，拍著胸口吁出了一口長氣，「慌死我了……」

迷轂呆了一呆，「可我看姑姑同太子殿下言語過招之時，鎮定若斯……」

白淺望了一回天，「山洞中你也同他相處過。天君這位長孫，年紀小小，卻不容小覷，要尋時機放鬆他的警惕以放倒他，再次抹除他的記憶，十分不易啊。」

迷轂大惑，「姑姑您等閒不施抹人記憶的術法，亦不給人服抹除記憶的藥丸，可為何……您此番千里迢迢前來施治太子殿下，可謂盡心又盡力了，可為何您卻又不願讓他知曉您為他花費的這番心力呢？」

白淺正挪到榻沿穿鞋，聞聲幽幽，「我同他不宜早見面。認識了，就會慢慢熟起來，熟起來，就會有許多麻煩。」

迷轂不解，「麻煩？」

白淺穿好鞋，站起身來，將太子床前的帷幔放下，循循善誘，「話本子裡寫一對從未見過面的未婚夫妻……這麼說吧，譬如那一對未婚夫妻乃是個小姐同個書生，倘那小姐因意外而誤打誤撞救了書生的性命，以致兩人提前相見了……」她嚴肅地看著迷轂，「你知曉接下來會發生如何可怕的事情嗎？」

迷轂被她的肅然感染，不由得也緊張起來，「不、不知道，什麼可怕的事？」

白淺靜默了一瞬，「他們可能會很快成親。」

迷轂：「……」

很快成親，這哪裡可怕了？迷轂很糊塗，但他不敢問。

兩人很快離開了。小祖媞在昏睡訣散去之前回到了配殿中。

這便是第二夜發生之事。

這一夜，小祖媞沒怎麼睡好。

次日，小祖媞揣著心事邁出配殿的殿門，竟一眼瞧見少年太子在院中練劍。此前空山老用自己的方子調理太子，太子雖也日漸好轉，然二十來日了，不過能下床走走罷了。但白淺只來了兩夜，太子便已能將他那柄等閒人根本提不起來的青冥劍舞得超然自逸了。小祖媞覺得，白淺姑侄說空山老是個廢物，那也不算說瞎話吧。

太子玄衣銀劍，一招一式令人應接不暇，劍氣中帶出雷霆威勢，大大顛覆了他在小祖媞心中病美人的形象。她覺得新鮮，就找了個台階坐了，看了會兒，邊看邊想著那件心事。

半個時辰後，太子練完劍了，小祖媞躊躇了下，決定過去探探太子的底。

她起身上前，先讚太子，「我雖不懂劍，卻也覺這套劍法精采，太子你舞得可真好啊！」讚完後她試探地問太子，「我怎麼覺得你這兩日身體恢復得尤其不錯呢，該不會是另服了什麼靈丹妙藥吧？」

太子什麼時候都是端嚴持重、明正懂禮的太子，他收劍向小祖媞禮了一禮，「今日是覺比往日好了許多，不過卻未服旁的藥方，大概是空山老的藥湯在這幾日終於起效用了吧。」又道：「勞尊上掛心了。」難得太子不拿她當個小人，對著她這麼一副半大身板也能如此謙敬，不愧是九重天最知禮明德的太子，小祖媞心上很受用，但同時又有一些發愁，看來白淺上仙那抹除記憶的術法是生效了。這可太糟了。或者，太子會不會是裝的？

小祖媞便又道：「昨夜子時中，我守著夜優曇開花時，彷彿看到了一個年輕女子入了你殿中……」她點到即止地望著太子。

太子愣了一下，流露出疑惑，「年輕女子？」

小祖媞瞧他面上不解之色不似作假，佯咳了聲，「唔，也有可能是我看錯了，你也知道了，我有時候看花是花，有時候看花是人，說不準是將殿外那棵綠櫻瞧成什麼美妙女子了。」

太子點了點頭，「院中許多夜優曇，開花時日各有不同，尊上連著兩夜守著它們，對玉體不宜，還需保重。」

小祖媞內心又讚了一句，太子真是懂禮的太子。但她的心事卻更沉了，幽幽地和太子道了別，打算去御園中蹓躂蹓躂，好好想一想。

光神乃預知之神，擁有極強的精神力，且對於他人精神力的感知，光神比折顏這個醫者還要靈敏許多。抹除記憶的術法並非禁術，只是此術不道德，故而少有人用。少有人用的術法，研究的人也不會多，估計八荒就沒幾個人知曉此術對魂魄虛弱之人很是不利。一個魂魄康健之人被施了此術，並沒有什麼，但太子此番是在溫養魂魄，對他施抹除記憶的術法，卻極易給他的魂體埋雷，動搖他精神力的根基。

太子這兩日恢復得如此快，相信空山老也看了出來，必定已通報了連宋。可連宋那邊卻並沒什麼動靜。小祖媞感到疑惑。或者，是空山老為了居功，並未將太子的異常通稟給連宋？

思及此，小祖媞一雙秀眉擰了起來。太子，她是很喜歡的。若果真是空山老壞了事，那為了太子的康健，即便她和連宋此時是在冷戰，少不得也需她低一回頭，去找連宋說說此事了。

無論如何，為今之計，恢復太子被抹除的記憶，安穩他的魂體，使他的精神力不被動搖最為要緊。

但小祖媞無論如何也沒想到，她顧全大局，主動低頭，前去舞旋湖水閣尋連宋，可她卻連舞旋湖水閣的閣子門也沒能夠踏入。

鄄邇的侍婢將她攔在水閣外，客客氣氣道：「小公子請回吧，三殿下同我家女君正午休，剛剛歇下，不便打擾。」

這話說得像是連宋同鄄邇同起同臥，有什麼格外的男女之情一般。

虧得小祖媞沒大聽出來，只以為鄄邇同連宋就如她同連宋一般——她同連宋此前的確會在一個屋子裡歇午覺。然她忽略了一點，她是個孩子，鄄邇不是；一個花信少女同一個青年男子，兩人在一起午歇，這其實不正常。

小祖媞問：「那我何時再來找他比較好？」

侍女掩口，神色曖昧，「這……卻說不大準。」

小祖媞一想，也是這個道理，她從前在姑嫱山時，午歇也沒個準時候。她默了一瞬，想出了一個辦法，向侍女道：「那等連三哥哥醒了，妳幫我傳個話給他吧，說我有事找他，請他來伏波殿一趟。」

侍婢唯鄄邇之命是從，她揣摩鄄邇之意，認為是不能幫小祖媞傳這話的，正欲推託，小祖媞卻已轉身走了。

小祖媞離開得是很俐落，但心裡卻黏膩地也覺著有點煩。彼時倒也不知為何心煩，快回到伏波殿時，她才反應過來：連宋同鄄邇一起午歇，侍女又笑得那般曖昧，這，說明了什麼？這，說明他倆有私情，他們兩情相悅啊！

小祖媞頓住了腳步，震驚非常。下一瞬，她想起了竹語曾說過的她哥哥苔野君娶妻後便對她不好之事。回想自那日同連宋吵架後，他就將她晾在了一旁，三日來不聞不問，今日她主動去見他，還見不到他……連宋這番作為，同苔野君有了媳婦兒就忘了妹子又有什麼區別？並無區別！

原本經過三日沉澱，小祖媞的心火已差不多熄了下去，此刻又旺盛地燒了起來。

哼，她想，她可不是竹語那樣的小可憐，被哥哥冷待了之後只能惆悵地抱怨。連宋不想理她，不願待她好了，她難道就稀得理他，稀得待他好嗎？

又想，哼，他們還是立了噬骨真言的，那時候他信誓旦旦地立誓終此一生都將以誠心善意待她，可見都是騙人的；天火也不靠譜，連宋都違誓了，怎麼還沒有燒死他呢，噬骨真言也是騙人的！

再想，哼，她又不是非得找連宋商量才能幫太子。恢復太子記憶的術法，她也會，不過有些耗費精神罷了。雖然連宋說過，耗精神力的術法她施不得，以前她是給他面子才聽他的話，現在嘛，她偏用！

她不願意承認，她這一刻，比起生氣，其實更多是感到難過和委屈。彷彿承認了，她就好可憐似的。

小祖媞吸了下鼻子，一邊腦補，一邊在心中罵罵咧咧，看到伏波殿近在眼前，她抹了一把發紅的眼睛，飛快地向那華美大殿而去。

是日下午，天步匆匆闖入舞旋湖水閣，稟報小祖媞出事了之時，連宋正同鄄邇下棋。天步尚未稟完，連宋已霍地站起。天步跌跌撞撞跟了上去。

被留在棋桌旁的鄄邇緊緊咬住了唇，直到連宋和天步走遠，忽然發怒，將半局殘棋掀翻在地，宮婢們皆不敢出聲。

一路上，連宋的臉色鐵青，天步從未見過三殿下臉色如此難看，「據殷臨尊者言，尊上午時未曾去水閣尋過殿下，但被閣中的婢女攔在了門口，未能見到殿下。尊上有些生氣，回來便去了伏波殿正殿，說同太子殿下有事要議，將眾人皆屏退了。」

三殿下走得快，能跟上他便已不易，還要抓緊時間同他稟明事情原委，天步不禁氣喘，「正殿大門緊閉，尊上同太子殿下待了一個多時辰，那殿門始終未開。殷臨尊者覺著不對，持劍闖入殿中，方瞧見尊上竟正為太子殿下渡仙氣靈澤。不知是尊者入殿驚動了尊上還是如何，尊者闖入時，尊上忽口吐鮮血，而後便暈倒了。尊者急召空山老前來診治尊上，可不等空山老前來，尊上身周忽然漫起金光，等閒人不得近身。故而奴婢趕緊來尋殿下……」

說話間他們已到了伏波殿，天步稟了這許多，連宋一句話也沒回，只緊擰著眉，逕直向殿內而去。

三殿下疾步入殿，繞過迎面的一道錦屏，然後，他收住了腳步。

殿內靠窗處多了一張矮榻，榻上墊著好幾只高枕。祖媞靠坐在榻上，倚著重疊的素色高枕，微微偏頭，正就著殷臨的手喝他遞過去的茶。

女子側臥，體態婀娜，纖長的身體被一襲金色長裙包裹，整個人彷彿籠在一片淡金色的雲霧中。透過那雲霧，可見她長髮未綰。那髮似一條流光的玄色的河，流淌在她身前。她的臉上沒有太多血色，現出了一種羸弱的白。右眼的眉骨處貼了金色的細小光珠，大約是光神天生的妝容，很特別。

縹緲，脆弱，蒼白，亦真亦幻，卻格外美。

這並不是那個金釵之年的小祖媞。是他在安禪那殿所見的那個祖媞。成年的祖媞神。

在三殿下愣住的一瞬裡，女子先出了聲，「你來了。」脫去了稚氣的清潤女聲，如裹著一重霧。見他沒有回應，她也不在意，推開了眼前的白玉杯，向殷臨笑了笑，「你先出去，我和……」她頓了頓，似在尋一個合適的稱呼，然後她道：「我和三皇子說說話。」

殷臨沒有說什麼，領命而去，只在經過連宋時皺了皺眉。

殿中靜了片刻，在殷臨關上殿門時，祖媞再次開口：「你很擔心太子吧，太子他無事，只因恢復他被抹除的記憶勢必需驚動他的神魂，為安他的魂，我用了定魂術，故他需多睡些時候，大概一、兩日吧。」

連宋走近了，在離她三步遠的地方站住了。「他沒事，那妳呢？」祖媞聽到青年如此問她。她？

她回憶了一會兒她施救太子的過程。

彼時她尚是個半大孩子，做出為太子施術的決定只憑一時意氣，其實並未意識到這於她將會有多凶險。施治之時，她析出了一縷神魂，欲進入太子的元神。可那縷神魂剛被析出，她體內相互對抗的兩股力便失了平衡，引得元神大動，一時間神魂深處若山崩海嘯。

危急之時，她憑借本能調用法力，欲平息元神的震動，幸得那一刻她的元神同夜華的神魂連在了一起。得了夜華的支撐，她誤打誤撞竟闖對了關竅，撐過了那段凶險時刻。

而後她順利平息了元神的震動，又順勢以法力置換出了與體內邪力相對抗的靈力。在靈力回歸的那一瞬，她的身體立刻發生了變化——她回到了成年時。與此同時，先時那些因身體退化到幼年而熟睡的屬於成年的她的記憶，也盡數被喚醒了。

她想起了慶姜，想起了體內所納的西皇刃邪力，也想起了在千絕行宮的安禪那殿裡，她同那軒然霞舉、風流倜儻的水神的初見。

窗戶開著，今日天陰，風拂進來，帶來綠櫻的清甜香氣。有些冷。冷意讓祖媞回了神。「我亦無事。」她道。她望向連宋，「安禪那殿裡你救了我，這一個多月來，也很照顧我，」話到此，她輕輕一頓，凝視著青年的眼睛，「你眼中……是失望嗎？」想了想，她莞爾一笑，「你是不是不希望我回來？」她放下撐腮的左手，兩隻手疊放著擱在了那高枕上，「你覺得，我是個孩子更好嗎？」像是覺得這問題極有趣似的，她微微坐直了，眼含玩味，等待著連宋回答。

連宋卻沒有回答她的問題。他來到了她的榻前，俯下身來，她吃了一驚，不知他意欲為何，身子向後仰去。他一手扶住她的肩，另一手握住了她的手腕。她身體微僵，不明所以，「你做什麼？」

他伸出三指，搭在她腕部寸關尺三部脈上，只略抬了抬眼皮，「妳不是說妳沒事？我檢查一下。」

他的動作太突然，訴求又很正當，她毫無防備，一時也找不出拒絕的理由，只得由他去。

他靠她極近，為她把脈的動作極為熟稔。在祖媞的想像中，連宋同回復了正身的自己應當是有所隔閡的，可現下……情況顯然不是這樣。她不知他在想什麼，同時她對自己也產生了好奇。為何他離她這樣近，她竟不感到排斥呢？是因她作為孩子，曾同他親密地相處過一個多月，已對他十分熟悉的緣故嗎？他的氣息，他身上那種微甜而涼、似被新雨滌潤過的白奇楠香縈繞於她的吐息間，令她有些恍神。

而在她走神之際，連宋已收回了手。察知她確然無礙後，他鬆了口氣，收束了所有黑暗沉重的情緒，又重新變回了那個淡然從容的三殿下。他隨手給自己化了張玉椅，坐在了她面前，開始和她聊正事。「方才，為什麼會那麼說？」他問她。

祖媞卻是一頭霧水，不明就裡地重複他的疑問，「為什麼會那麼說？」她蹙眉，「我說了什麼？」想了想，輕「唔」了一聲，「哦，你是說，我告訴你我沒事？」她淡淡一笑，「我原本就無事。」

連宋也笑了笑，他搖了搖頭，「妳在裝傻嗎？」他低聲問她。而後他靠近她些許，直望定她的眼睛，「我是問，妳為什麼會覺得我在失望，認為我不希望妳回來，想讓妳永遠當個孩子？」

祖媞的雙瞳驀地一縮，她抿著嘴唇，沒有作答。

連宋依然那樣望著她，緩聲道：「我從沒有那樣希望過，所以當妳回歸正身，我也沒有失望。」

祖媞的唇角抿緊了，疊在高枕上的手不自覺地向內握，眼中泛出了一點冷，「所以月餘相處，你對那孩子沒有一點感情，是嗎？」

連宋的視線掃過女子向內而握的手，未在其上停留，只是清淺一瞥，但那無足輕重的、不易令人察覺的一瞥已足以讓他察知她的真實情緒。

那瑩白的指自廣袖中探出一點，扣住高枕的錦緞，應當是用力的，因為那秀氣的玉珠一般的骨節微微地泛著紅，這在某種程度上暴露了她的內心。

連宋沒有立刻回答那問題。她的眼便瞇了瞇，而後清淺一笑，彷彿也不在意似的，「沒有感情便沒有感情吧。」她淡淡，「殷臨或許同你說過了，我生來無七情亦無六欲，所以三十多萬年前真實的幼年的我，其實並非你此前所見的那樣。」

說到這裡，她停了一下，似是思慮了一瞬，「而今修得七情後再回到幼時，像是天道又給了我一個機會，讓我能用完整的情感，以孩子的身分，再去體驗一遍這世間。這對我來說，彌足珍貴，我以為對我珍貴的，對他人也……」說到這裡，察知到話語中的負氣，她一愣，住了口。「算了。」最後她道。

就在「算了」二字出口之時，她的手被捉住了。她一驚，看向青年。青年垂著眸，他的手修長、有力，捉住她的指，將它們自袖中抽出，緊握了一下。她緊繃的指便洩了力。

他是在讓她放鬆。他察覺了她的緊繃。

她僵了一下。

「不要冤枉我，阿玉。」青年低聲道。

她要抽回手，連她自己也說不清是源於氣惱還是怎麼，她微微提高了聲音，「誰許你叫這個名字？」

因她掙扎，他順勢放開了她的手。

殿中靜了片刻，這回是他先出聲打破靜謐。

「那麼妳希望我如何回答妳的問題呢？」他輕聲問，那雙琥珀色的眼睛望住她，彷彿無奈，又含著包容，「難道我說我對妳回歸正身感到很失望，妳就會高興嗎？」

「妳不會高興。」他替她回答了這個問題，接著道：「我從來便知妳會回來，也一直做好了這準備。妳是個孩子時，天真單純，稚氣可愛，我當然對孩子的妳極為不捨。但我也欣慰如今妳能平安歸來。只是沒能與孩子的妳好好道別，讓我感到遺憾。」說完這番話後，他用那種溫和包容的眼神認真地看著她，「這就是我的全部所想。」

祖媞愣住了。安禪那殿那夜初見連宋時她便知道，這天君家的小三郎，見微知著，聰明絕倫，但她不知他還這樣擅察人心。回歸到成年體的那一刻，一切都有些混亂，她像從一片大霧中醒來，幼年的她和成年的她在那一片迷濛之中融為了一體。

她其實能理智地分辨出，小祖媞的委屈和難過是出於一些幼稚的原因，但她也無法不在意，因為那些委屈和難過都那麼真，是她在一個時辰之前的清晰所感。直至此時，它們依然讓她心中發悶。

故而見到連宋後，她故意問他會不會覺得她是個孩子更好。彼時藏在那莞爾一笑之後的，其實是試探。那一刻，她希望他答是。因為若他更喜愛孩子的她，可孩子的她已消失了，這便是個絕佳的報復。她習得了七情，懂得了愛惡欲癡，也本能地貫通了使人心傷的本領。

可如他所言，若他只喜歡幼時的她，卻排斥成年的她，她真的就會高興嗎？是的，她不會。

所以，他問得很對啊，她到底是想要他如何呢？

她一時竟有些茫然。良久，她想起了他方才說遺憾未能與孩子的她好好道別。或許她心中的那些窒悶感，也是因為在回歸本體時她還留有遺憾——她沒有能同他有一個好的道別。可這是她的錯嗎？念及此，她不禁皺眉輕聲：「你想與她好好道別嗎？她最後……」但說到這裡，又像不知該如何說下去，停了下來。

青年沒有催促她，彷彿對她有取之不竭的溫柔與耐心。

她靜了片刻，還是決定將那些話說完。但她沒有再用「最後」這個詞，她換了一個詞，繼續道：「她後來去那水閣找過你，但宮娥說你和青鳥族的女君在午歇。她想你是不是不管她了，很是生氣，因此選擇了自己施術恢復太子的記憶。然後她消失了，我出來了。」她輕輕咬了咬唇，「你是該遺憾，她消失的那一刻還在生你的氣。」她沒有說她除了生氣外，還有難過和委屈，因為這樣說了就好像是在示弱，而光神是絕不對人示弱的。說完這些話，她也沒有看他，只微微抿著唇，鼻音中略「哼」了一聲。

連宋看著眼前的祖媞。孩子的她同成年的她，面容其實相差不遠，但氣質著實天差地別。幼年的她，只讓人覺得可愛，天真，可成年的她，一顰一笑，皆是女子的婉約情態，清婉妍麗，芳菲迷人。要將成年的她同幼年的她區分開來，十分容易。可當她抿著唇輕輕一哼時，卻含著一種模糊了年齡的天真。彷彿那個稚氣驕矜的小祖媞重新出現在了他眼前。

當小祖媞抿著唇輕哼時，心底掩藏了什麼樣的情緒，連宋是很懂的。他輕輕嘆了口氣，

「除了生我的氣，是不是還很難過？」

祖媞微微掀起眼簾，目光落在青年臉上，見他那如玉面容裡竟似也含了難過之意，不由一愣；又聽他輕聲對她說：「對不起，讓妳生氣，還讓妳難過，是我不好。」她就愣住了。她愣住了。一顆心也驀地攥緊。他竟知道她是難過的嗎？那……那他感到後悔嗎？

「是她生氣難過，又不是我生氣難過。」她的嗓音沒來由地有些啞，但她裝得很淡定，故意為難他，「你惹了她生氣，同我說對不起又有什麼用？」

他並沒有被她為難住，給出了一個她無法反駁的理由，「因為幼年的光神也好，成年的光神也好，不都是阿玉妳嗎？」

他平平淡淡地說出這句話來，讓她再次愣住了。的確，幼年的她和成年的她，其實都是她。可他為何能如此篤定？在她的有意引導下，他不是應該將那個孩子的她同現在的她割裂開來才對嗎？

見她愣愣，他微微靠近了些許，將姿態放得很低，「還是不能原諒我嗎，阿玉？」

祖媞看著眼前的青年，想他真的非常聰明，有著絕佳的觀察力和敏銳的洞察力，對他人情緒的把握已臻化境，很懂得什麼時候說什麼樣的話最能打動人心。

她的確被打動了，且那溫柔的聲音讓她有些失神，總覺得曾在哪裡聽到過，卻一時想不起來。他這樣誠心地同她道歉，她當然不能再怪他，而他那些話，也的確讓她心中的鬱窒少了許多。

拋卻那些鬱窒，她深深呼了口氣，覺得自己終於可以心平氣和地同他說一句公道話了，「那我們和解吧，不過連宋君也不必對我存愧，畢竟那時候我也……」

但她的話卻讓他皺了眉。「我很高興阿玉妳消了氣，願意同我和解。」他琥珀色的眼睛望住她，彷彿一潭幽泉，「但為何稱呼我連宋君？這稱呼很不熟絡。我們同為自然神，又立下了噬骨真言，彼此稱呼之上，原本便該與別人不同。」

她立刻就反應了過來他是什麼意思，不禁驚訝，「你該不會還想要我稱你……連三哥哥吧？」聽他答「這有何不可」，她哭笑不得。

「我若繼續這樣叫你，很不像話。」她堅定地拒絕這個稱呼，「不過，」她撐住腮，「你說得也對，我們是立了噬骨真言的，自然要與別人不同。」她半身都倚在堆疊的雲被錦枕上，「可連三哥哥是不行的。」她摩挲著錦枕的緞面，「我十萬歲，比你大些，我叫你小三郎，彷彿更為合適。」

他不以為然，「妳大半時候都在沉睡，正常來算，遠遠不到十萬歲，叫我一聲哥哥，似乎也沒怎麼。」

她第一次聽說這樣的算法，微微張了嘴，半晌，輕瞪了他一眼，「你這樣算，很是無賴。」因此時聊著的是一些無關緊要之事，不需動腦子，她便覺有些疲累了，說著說著，還悄悄打了個哈欠。

見她睏乏，青年沒有再逗弄她，笑了笑，道：「不過是個稱呼罷了，妳若想叫我小三郎，我又有何異議呢？畢竟我也知道，妳是光神，光神很霸道，從來要的便是這世間的獨一無二。而這世間，的確無人稱我小三郎。」

她摀住打了一半的哈欠。她記得，這是孩子的她同他說過的話。那時候他哄騙她，想要做她哥哥，她叮囑他那他就不能再讓別人叫他哥哥。他問她為什麼，她驕矜地告訴他因為她是光神，光神就是這樣霸道。

也就是一個多月前才發生的事。她知道他是在調侃她，想起此事，也覺得好笑。同時又覺可嘆，不禁喃喃，向青年道：「我幼時，是很盼望你降生的，但想不到你那樣晚才降生，也想不到我們會這樣相識，但這或許也是緣分。」

「是，」他點頭，很篤定地告訴她，「這的確是緣分。」又問她，「妳看上去很累，要不要先睡會兒？」

被他這麼一提醒，她才意識到自己真的很睏倦了，「嗯」了一聲，點了點頭，卻又道：「不過太子……」

「我會看著他。」他回答她。

天步在殿外守了一個多時辰，直到夜幕降臨，殿門終於自內被推開。三殿下懷中抱著一個女子，女子的臉埋在三殿下胸口，看不見長什麼樣。

自然不作他想，那應當是祖媞神。但問題是，天步驚訝地發現，三殿下懷中女子的身量比小祖媞高了不少，身材也彷彿玲瓏有致了許多。

她正自凌亂，見殷臨上前，臉色微沉問她家殿下，「她怎麼了？」

「睡著了。」三殿下抱著女子往外走，走了兩步，可能終於想起來這兒不是元極宮，人多目雜，轉頭吩咐天步，「步輦。」

天步聞音知意，立刻化出一張圍了紗帳的黃金輦。三殿下舉步邁入那金輦，四圍的紗簾立刻合攏了。步輦無人抬，卻自動浮在了半空，待天步跟上來後，向著扶瀾殿而去。

第十一章

當夜，近亥時了，三殿下仍未回到舞旋湖水閣。

水閣中，鄄邇的侍婢楠子頗為急主人之所急，「女君可需奴婢去扶瀾殿走一趟？就說……就說女君方才進了藥湯，卻忽感不適，請三殿下過來看看？」

鄄邇在燈下習字，聞言淡淡，「王考後宮中上不得檯面的爭寵之法，妳也讓孤用？」

楠子惶恐，知自己說錯了話，趕緊告罪。

楠子，是自鄄邇回到青鳥族後便一直跟著她的侍婢，萬年來隨她吃了許多苦。鄄邇剛回到青鳥族那幾百年，處境極艱難，她那長姐與長兄總欺侮她，楠子代她受了不少過。楠子算不上很聰明，但忠心卻是絕無僅有，在她面前雖偶爾犯蠢，可在外頭卻很懂藏拙，也算謹慎，故而鄄邇對楠子向來包容。

見楠子跪地請罪，鄄邇抬了抬空著的那隻手，示意她起來，半是指點半是告誡道：「三殿下之精明，不單只在正事、大事上。他經歷過的女子不計其數，女子們爭寵的手段，他見過不知凡幾。對他用計，須得慎之又慎，否則即便半招失策，也會滿盤皆輸。」她輕輕一嘆，「若不然，孤又何須如此費心籌謀去……」這話她沒說完，頓了一瞬，道：「罷了，妳只需明白，對三殿下，須得事事小心。」

楠子再次告罪，並表示謹遵女君之令。

鄄邇點了點頭，略想了想，又吩咐楠子，「妳去宮庫中挑選一些珍貴藥材送去扶瀾殿，就說孤亦掛心小公子。若能打探到那小孩究竟如何了，是最好，若探不到……倒也罷了。回來便是。」

楠子忙不迭領命而去。

楠子離開後，鄄邇停下了筆。同楠子說話時，她雲淡風輕，彷彿成竹在胸，但筆下潦草的落字卻出賣了她的心緒。她遠沒有看上去那般平靜。

「忍」是門學問，對這門學問，鄄邇自負鑽研得頗深。

若不是能忍，且能吃苦，她自問絕無可能勝過她的兄姐，踩著他們的屍骨，最後登上王君的高位。也正是因她能忍，一千四百年前御極這王位時，她才沒有冒進地去追逐連宋。因她明白，地位未穩前，她無法全力去謀取連宋身邊的那個位置，而那個位置，若她不用盡全力，極難謀取。她用了一千四百年的時間來收歸權柄。上個月，最後一個反對她的世家成了她的刀下之魂，彼時她方徹底安心，想她終於能夠放縱自己追隨本心，去完成那份癡念了。

然後沒多久，竹語就救下了夜華君。

這真是一個天賜的良機。

鄄邇把握住了這良機。

所有的一切，皆是她的費心籌謀。在連宋一行到達麓台宮時選擇閉關，是她故意籌謀；沖闕失敗以致危在旦夕，是她故意籌謀；瀕死之際與連宋重逢，亦是她故意籌謀。

她想要得到他，想成為他明媒正娶的妃。萬年的癡念，在她心底紮下孽根，生出魔障。魔障在心，促成了她的步步算計。她很明白，她需要一個很高的身分去匹配連宋，但身分高了，便不易得他憐惜，故而她又需要一個極弱勢的姿態，去博取連宋的同情。

彼時她命懸一線，是真真正正命懸一線。在積氣沖關之時，她故意選擇了一條岔路，用凶險的方式，使自己受了極不易治好的內傷。而這正是她想要的。因她知道，看在她母親的份上，連宋不會不管她，她的傷越是不好治，反覆發作，越是好。那樣連宋便不會那麼快離開青鳥族了。

她需要一個機會同他朝夕相處。唯有朝夕相對，他們才能盡快消除隔閡，回到當初。

因此她對自己下了這樣的狠手。

因不夠狠，便騙不了他。她向來是可以對自己狠的。

當年在元極宮時，他對她那樣好，是真心疼寵她。她想要回到那個時候。不，其實不只是回到那個時候。她還想同他更好。她希望在這種朝夕相處中，和他日久生情。她也自負自己比誰都更有優勢。若連宋終有一日會對某個女子傾心，她覺得她的勝算是最大的——畢竟這許多年裡，只有她與長依於連宋而言算是特別。大家都是這麼說的。

可她絕沒料到中途竟會殺出個美貌過人的半大孩子。而連宋對那孩子的在意，似乎比當年他對自己，或者對長依都更甚。他雖只是單純疼愛那孩子，可焉知那孩子成年後，會不會變成另一個她，也愛上他，然後成為她的勁敵？

若連宋還同從前一樣，身邊並無什麼在意之人，那她大可同他耗時間，寄望一點一點俘獲他的心，可如今，是不是應該改變策略了？

鄄邇深深皺眉，不自禁地將寫壞的紙揉成一團，緊緊握住。半晌後，她的手心忽然化出一團青焰，那被握成一團的微黃的紙驀地燃起，頃刻化灰，自她指間飄落而下。

子夜時分，楠子終於回來了，稟說扶瀾殿籠在一片結界中，她沒能進得去。不過天步守在外頭，接過了她精心挑選的珍稀藥材，還道了謝。她就趁機同天步打探了兩句。

楠子道，天步的說法與空山老的說法差不多，也說是那小公子在伏波殿守著夜優曇開花，連熬幾夜損了精氣，以致舊年的心疾復發，才在太子的正殿裡暈了過去，如今人已醒來了，沒什麼大礙，需服藥調養罷了。至於扶瀾殿的結界，則是那小公子人小，皮猴子似的活潑慣了，三殿下因怕他在殿中待不住偷偷溜出去，才將整個宮殿都給結了結界，乃是為了拘束那小公子之故。

楠子還報，說天步說完這番話還長嘆了一句，道正在殿中照看那小公子的三殿下也很煩心。她聽天步之意，因那小公子一向是在天上的藥君處調治，只服藥君的方子，故三殿下好像已有回九重天的打算了。

夜燈之下，將探知的情況稟呈完畢後，楠子有些不甘地問鄄邇：「難道我們就這樣讓三殿下離開嗎？」

鄄邇站在窗前，遙望著漆黑的湖面，冷淡地笑了笑，「不，太子和那小孩可以走，但他要留下來。」

楠子不解，「女君要如何留下三殿下呢？」她想到了一種可能，不禁變色，「女君是還要……傷害自己嗎？」

鄄邇低眸，「同一種方法用兩次，妳當他是王考那樣的蠢人嗎？」她閉了閉眼，「打開星令洞吧，他對星令洞感興趣，如今，只有這個能將他留下來了。」

楠子一窒，驚懼又駭異，「打開星令洞需要女君您的魂印，可如今您的身體……」

「無妨。」鄄邇回她，渾不在意似的，聲近喃喃，「只要……一切就都是值得的。」

次日清晨，衛戊和衛己兩位仙者被天步放進了扶瀾殿的結界。戊己二人乃雙生子，是元極宮十二武侍中最擅潛伏的仙者。自打太子病重的消息被散出去，兩人就奉三殿下之令潛在了伏波殿中。

白淺第一次來麓台宮時，戊己兩位仙者未能敵過那強大的昏睡訣，雙雙睡了過去。二仙在醒來後察覺了異樣，去稟了三殿下。三殿下便賜了二人醒神符。因此，在次夜小祖媞化成隻蝴蝶守在太子的正殿時，兩位仙者亦靠著懷中靈符保持了片刻清醒，撐到了白淺入殿、除鞋上榻為太子施術進藥，方才睡了過去。

次日，戊己兩位仙者將白淺夤夜前來為太子治病之事稟呈了連宋。三殿下聽完他們的稟呈，像是早已料知，吩咐他們不用再看著太子了，這事就此作罷。他們也以為自己能功成身退了，哪知當天下午，伏波殿中祖媞便出了事，是夜，他們又被三殿下叫回去蹲守在了伏波殿中。

蹲守了一夜，並無收穫。衛戊仙者向三殿下稟道：「空山老一直守在太子殿下床前，每個時辰都會為殿下把脈，兼且查看殿下的神魂，以保太子無事。但不知是何緣故，連來了兩夜的白淺上仙昨夜卻並未再來。」

三殿下靜了片刻，吩咐他們：「繼續守在那裡，若上仙她再來，想辦法攔住她，不要再讓她給夜華用藥。」停頓了下，加了句，「另外，你們也不要暴露自己。」

戊己兩位仙者面面相覷。攔住白淺上仙給太子用藥，難不？不難。但，又要不暴露自己，又要攔住白淺上仙給太子用藥，難不？三殿下可真怕難不死他們啊！

但兩位仙者也不敢有什麼怨言，哭喪著臉領命而去。

二位仙者離開後，三殿下靜思了片刻。

吩咐戊己二仙設法攔住白淺，並非是他擔憂白淺會加害夜華。昨日在伏波殿中，祖媞甫見到他時，說了一句話，言及恢復夜華被抹除的記憶勢必驚動他的神魂，為安他的魂，她用了定魂術。他彼時雖未就這句話說什麼——彼時也不是說這個的場合，但他心中數念急轉，已有了一個猜測。白淺將夜華自生死線上拉回來之際，焉知夜華沒有清醒過？而後夜華記不得當日種種，指不定便是被白淺抹除了記憶。

祖媞為何要插手恢復夜華的記憶？昨夜將她帶回扶瀾殿安頓好後，他詢問過殷臨。殷臨以為他是在怪責祖媞，按捺著怒氣告訴他，說抹除記憶的術法對正溫養著魂體的太子不利，祖媞實則是在以身試險幫太子，這樁事上他們天族欠姑嫿一個人情。

這自然算天族欠姑嫿一個人情。白淺其實並非醫者，連著兩夜前來為太子療傷，靠的多半是折顏上神的丹藥。但經祖媞施治過的太子，此時魂體的情況卻和從前不同了，如此，折顏的丹藥也就未必再對太子的症。

說起來，當初他放出夜華病重的消息，為的不過是要探一探白淺對夜華的真實態度。而白淺得知夜華病沉，竟連著兩夜不遠千里趕來救治他，已足以說明八荒流傳的她欲同夜華退婚的傳聞，應當只是個誤會。

白淺既無退婚之意，也無利用青鳥族之意，那青鳥族扣住夜華，可能的確沒什麼別的內情。應當果真如當初鄄邇同他陳情的那般，是竹語無意中救下了太子，她見機會難得，便做主封鎖了此消息，以引他前來。

如此看來，青鳥族的事，和太子和白淺都沒什麼關係，倒是他惹出的事。

想到此，三殿下給自己倒了杯茶。

還沒等他喝上一口，放在案頭的一顆木珠便輕輕嗡鳴了一聲，提醒著他又過了一個時辰，他當去內室查看祖媞的神魂了。

三殿下放下杯子，俐落起身。

玉床前放了只青羊雙碗燈，燈旁擺了兩盆安神的梔子。

三殿下撩開紗簾。

躺在玉床正中的女子改變了睡姿。他昨夜將她放在這榻上時，她平躺著，睡姿是很端嚴的。之前他來查看她神魂時，她亦是平躺著，此時，她卻是側臥在榻上，原本順滑的青絲也有些淩亂地鋪散在身下，雲被搭在她腰間，她一隻手放在腮側，另一隻手搭在腰上，拽緊了雲被一角。

從她緊蹙的眉頭和用力的指節可以看出，這一個時辰，她睡得很不安穩。

三殿下心下略沉，俯下身，探手到她額際，正自凝神感受她的神魂有否動盪，忽地，一隻手握住了他的手腕。伴隨著那動作的，是一聲輕哼。三殿下頓住了，他垂眼看向身下的女子，手離開了她的額際。

女子並沒有睜眼，甚至沒有改變睡姿，像只是無意識地握住了他的手。他欲抽出，她便皺眉，又輕哼了一聲，彷彿感到難受，兩隻手一起攏住了他的手，將它放在了身前。

這一次，三殿下沒有再動了，而她就像在不安的睡夢中得到了一個可令她依賴的可靠物件，蹙緊的眉微微舒展，呼吸也變得平穩、均勻起來。

將祖媞帶回扶瀾殿，又大費周折地給她造出一個絕佳的安睡環境，原本就是為了使她休息好，令她的神魂穩下來。如今看來，他的手彷彿比那些梔子更好，可做她的安神利器。半個月前小祖媞也曾作過一次噩夢，那時候她需整晚拽著他的衣袖才能睡著，如今……他的目光停駐在兩人相握的手上，不合時宜地想：如今，她是更進益了。

因已有過前例，三殿下適應得很快，照著半月前那一次，在腳踏上化出一席來，坐在那席上，任她握著他的手安睡。不過，他今日還有些正事需處理，拖延不得，於是他又化出了一張矮几置於身前，抖了抖衣袖，抖出一封信在矮几上，展開信閱覽起來。

這封信來自十里桃林。

半月前因小祖媞作了在安禪那殿初見他的夢，彷彿有恢復記憶的徵兆，他便寫了信給折顏上神詢問緣故。折顏上神的回信在今晨入了扶瀾殿。此時他才有空一覽。

上神回信中道，或許是小祖媞體內的法力在本能地對抗那邪力。法力慢慢復甦，潤物細無聲地置換抗衡那些邪力的靈力，靈力被置換出，得以重新支撐仙體，她的仙體便開始慢慢成長。而隨著仙體成長，那些沉睡的記憶自然也會被慢慢喚醒……應當就是這個緣故。折顏上神又囑咐他，說在此期間，小祖媞的神魂可能會更不穩定，讓他務必留神。

如今倒也不用留神了，她已劍走偏鋒，回歸正體了。

現下他擔心的，卻是她體內的西皇刃邪力。

慶姜的西皇刃威力巨大，其上所承之力源出何處，他同帝君查了好些時候也沒查明白，只知那邪力與慶姜相依相輔，乃是只有他本人才能調用的力量，且除了慶姜外，無人可將那邪力剝離出刀刃。光神的仙體的確夠特別，竟能將西皇刃邪力自刀上分離出，納入己身。在他們查探無緒之時，祖媞竟獲得了這力量。但她不過納取了一點，便被逼成這樣……

這力，不能在她身體中久留。

折顏曾說過，待她回復正身後，她自然知道該如何從身體裡導出那些邪力。希望她是真的知道吧。

三殿下略一抬手，化出紙筆來，微一思忖，開始給折顏上神回信。

內室中，明珠之光熒熒然，青年側身挨著那玉榻，左手執筆，落字於素箋。左手不是他慣用的手，但寫起字來卻並無滯澀之感，依然筆走若飛。

信很快寫就，落筆封書之時，三殿下感到右手被拽著動了動。

他抬眼看去，見祖媞變換了睡姿。

原本她側躺著，兩手攏著他的手放在了身前，距她的臉尚有數寸，此時，她卻拽過他的手，放在了自己的左頰上。那顯得就像是他主動用手在撫著她的腮似的。

三殿下不由一愣。他的視線停駐在她的臉上。他意識到了這動作的破格和親密。當她是個孩子時，她是很愛嬌的，時而也對他這個親近的「哥哥」有類似之舉，譬如有時候會抱住他的胳膊，作了噩夢被驚嚇到時也會撲進他的懷中。他從沒想過那些動作是破格的。可此時，卻彷彿不一樣了。如今的光神，有著少女的芳菲面容和婀娜體態，當她再做這樣的動作，這親密動作下暗含的曖昧之意，便呼之欲出了。

不過三殿下也不是什麼愣頭青，因一個美麗女子無意識的親密便無所適從。他只愣了一瞬，很快便回過神來。

她猶自呼吸綿長地沉睡著，一隻手抓住他的手，使他的掌心能貼住她的臉頰，另一隻手則攥成了一個拳頭，輕輕搭在了他的手背上。

比羊脂玉還要白的手，軟、瑩潤，那攥緊的拳頭沒什麼力量，彷彿一朵雨中的白雪塔，美而柔弱。而在他的掌心之下，她的臉頰溫熱細膩，泛出了一點紅，紅從晶瑩的肌底透出來，像融在雪上的胭脂。雪白的肌膚做底，眉梢、眼角、頰畔則含著紅意，就像是瑤池中那種叫舞妃的蓮。

白雪塔，舞妃。

三殿下的心突然漏跳了一拍，他覺得他應該曾用這兩種花來形容過誰。那感覺很真，使他忍不住去回想。但回想許久，卻並未想出他曾用它們形容過誰。過往記憶中那些面目模糊的女子們，也沒有誰能襯得上這兩種花。

他抬手揉了揉額角，最近這種總覺得什麼事、什麼物很熟悉，但回顧過往卻全無頭緒的時刻變得越發多了。看來，還需早日去到星令洞，見一見那頭四境獸才是。見到了那頭青鳥族的聖獸，去到它的「相我之境」，他或許就能明白這一切是怎麼回事了。是他的錯覺還是他的記憶出了問題，相信很快就會有一個答案。

便在此時，玉榻之上的祖媞突然輕吟了一聲，三殿下的注意力重新回到了她身上，以為她是要醒來，想著為免二人尷尬，他是不是該抽回手了。誰知女子只是偏了下頭，無意識地用左頰輕蹭了一下他的手心。這個動作之後，她像是覺得舒服，又蹭了一下，然後將半張臉都埋進了他掌中。

他感覺到了那徐徐的、綿長的吐息，吐息溫熱，撓得人癢。而她方才偏頭蹭他手心的小動作，也讓他覺得熟悉。是因小祖媞也有類似的愛嬌的小動作，故而他覺得熟悉？抑或是……有什麼別的原因？

三殿下按捺下了心中的疑問。她額際有一縷髮垂落下來，碰到了眼尾，大概弄癢了她，她抬手便抓過去。眼部肌膚嬌嫩，她的動作有些重，一碰便是一個紅印子，他看得心驚，不禁脫口而出：「別。」

話出聲他才意識到她正自沉睡，同她說「別」又有什麼用，便動手拿開了她仍無意識揉著眼尾的手，將那縷亂髮捋上去，別到了她耳後。她終於感到舒服了，不由得又蹭了一下他的手心。

外間，天步已回來有一會兒了，見內室中的光一直亮著，而殿下久久未出，她有些擔憂是不是出了什麼事，躊躇片刻後，決定也進去看看。

結果剛撩起簾子，她便瞧見了她家殿下傾身為祖媞神綰髮的一幕。明珠微光下，祖媞神躺在如雪的錦緞中，猶自沉睡著，而殿下垂眸看著她，表情有些……過於溫柔了。從前殿下待小祖媞也是如此溫柔，彼時天步並不覺什麼，但當小祖媞回歸正身，成為這傾城麗色的少女，她和殿下之間的氛圍，便……天步心底一顫，忽地冒出了一個想法，但這想法實在大不敬，她趕緊將之壓了下去，猶自驚心著放下了簾子。

第十二章

伏波殿中，太子緩緩睜開了眼睛，那些因丹藥也好術法也好被抹除掉的記憶，在兩日兩夜的長夢裡，全部復歸了，他想起了所有。

太子坐起身來。床前打著盹兒的空山老被驚醒，短暫的愣愣後，即時上前為他切脈，又完整地驗了一遍他的神魂。將他整個人都驗了一遍後，空山老大喜，趕緊著人去請三殿下。

三殿下很快來了。

太子終歸是那個端方知禮的太子，待他三叔在茶席另一側坐下後，問他三叔的第一句話是：「祖媞神可無恙？」

三殿下手指點過茶案上的幾個茶罐，選中其中的一只，「你這裡居然還有夜交籐。」將那茶罐遞給太子，「就喝這個吧，鎮靜安神。」然後才回答他的問題，「她同你一樣，也睡了許久，方才醒過來，並無大礙。」

得此回答，太子微一點頭，「那便好。」

三殿下看了他一會兒，問他：「你都想起來了？」

太子正自茶罐中取夜交籐，聞言，手頓了頓，他放下茶罐，沉默了片刻，「三叔也知，當初其實是白淺上仙救了我，是嗎？」

三殿下看了一眼風爐上沸騰的水，從太子面前取過茶罐，「我也是前些日才知曉此事，沒有告訴你，是那時不知她救你是出於何意。不過如今，白淺她是何意，你應當比我更清楚吧。」

太子一時無言。

三殿下代勞了泡茶之職，沏了一杯給太子，自己也分了一杯，喝了一口，「多虧了白淺上仙和祖媞神，如今你神魂大安，也差不多痊癒了。」他停了稍時，旋著手中的羊脂玉杯，「明日你便陪著阿玉她離開朝陽谷吧。她若要回姑嫆，你便護她回姑嫆，她若有別的打算，也都依她。」

太子的疑惑在於，「阿玉是……」

三殿下看了他一眼，「祖媞的小名。」

太子欲言又止，他覺得如今祖媞神已回歸正身，連宋再呼這位尊神的小名不合禮數，但連宋是他長輩，他去評判一個長輩的行為合不合禮數，這本身就不合禮數，因此罷了。不過太子敏銳，方才連宋那短短兩句話裡暗藏的信息，太子半點也未忽視，「侄兒的傷已大好，的確是時候離開青鳥族了，」他道：「但如此匆忙，青鳥族是有事即將發生嗎？再則，三叔說祖媞神還有別的打算，侄兒不解，她除了回姑嫆靜養外，還會有何別的打算？侄兒又該如何配合她？」

三殿下晃了晃手中的杯子，先是點評了一句杯中的夜交籐茶，「養神的東西，口感果然都不佳。」然後才抬頭看了眼太子，笑了笑，「你問題真多。」

不同於喝個茶也姿態端肅嚴正的太子，三殿下屈膝靠坐在茶案旁，顯得懶怠，且漫不經心，「阿玉她，或許會選擇回姑嫣，或許會去尋人助她……」這句話他未說完，手指無意識地在膝上叩了叩。「罷了，」最後他道：「她自己的身體，她最知該如何調理，你跟著她，聽她差遣便是。」

太子想了一瞬，點了點頭，「可三叔為何不同我們一起走？」這一次太子的語氣很肯定了，「青鳥族即將有事發生，是嗎？」

三殿下放下了杯子，「不是什麼大事，只是阿玉她身體情況有些複雜，繼續留在這裡於她休養不利。」他沒有回答為何不同他們一起的問題，只道：「要不了多久，我會回天庭的，不必擔心。」

人人都說他三叔是個花花公子，乃九重天最恣意、最肆意的神，但少年太子近萬年來跟著他三叔歷練，卻最知他的周全和謹慎。他這位三叔，有時候看著像是玩世不恭，很無狀似的，但他有極深沉的心思，他不想說的事，他自問不可能從他口中問出來。太子凝眉了片刻，接受了這個安排，但他也不能明日便離開，「三叔可能容我在此間再等上三日？」

「哦？你還有事？」

太子靜了一會兒，最終選擇了直言不諱，「興許白淺上仙還會再來，我想見上仙一面，問她一個問題。若三日裡等不到上仙，我便護祖媞神離開。」

三殿下將杯中茶倒掉，很通情達理，「可以，你看著辦吧。」

連宋離開後，夜華君一口一口，將剩下的半壺茶飲盡了。夜交籐茶主安神，鎮定心緒，他睡了兩日兩夜，其實無需安神，但他的心緒，的確需鎮一鎮。

他的記憶全部回來了。他終於瞭解了事情的始末。

太子握著空掉的茶杯，靜坐在茶席前。

有樂聲傳入殿中，乃是空山老在拉軋箏琴。空山老是有此愛好。大約因他大安了，老醫者終於有了閒暇，故而在配殿中拉琴為樂吧。

樂聲低迴入耳，倒彷彿比剛飲的夜交籐茶更使人心靜。

就著這安神之樂，太子重理了遍思緒，將他誅蛟後發生的事，再次仔細地、好好地回憶了一遍。

一個多月前，在東荒的空桑山上空，他誅殺了那惡蛟，但亦為那蛟重創，在惡蛟殞命之時，他亦跟著墜落了下來。因重傷力竭之故，落地那一刻，他被逼出了原身，幸而有那蛟屍在他身下墊了一墊，他才不致傷得更重。

在回復的記憶裡，他彼時並非無知無覺，反倒十足清醒。他很清楚惡蛟雖被誅，但他此時也十分危險，易被仇敵乘虛而入，聰明的做法，是趕緊找個地方躲避起來療傷。可他傷得過重，竭盡最後一絲力，也只是從那蛟屍上翻倒了下來。

他喘著氣，欲再試，可還沒來得及靜息蓄力，便聽到了一個聲音。

一個年輕女子的聲音，響在他身前幾丈，凝重中帶著幾許驚異，「咦，這頭黑龍，和師父他老人家，長得好像啊。」

太子驀地戒備。他竟不知女子是何時靠近他的。他想要睜眼看看女子是何方神聖，卻連睜眼的力氣也無。

而就在這時，一個青年男子的聲音響起，回應了那女子。男子的聲音略遠些，亦有些凝重，「我聽說幾日前天君派了天族的太子去北荒除惡蛟……此地有蛟屍，又有一頭傷重的黑龍……」那原本凝重的聲音透出駭怪和震驚，「這黑龍，該不會就是九重天那位太子殿下吧？」

兩人竟一眼識出了他的身分，且男子尊稱他為太子殿下，而不是夜華那小子之類的，那可見此二人並非天族之敵，應當對他沒有惡意。

女子喃喃：「天族太子……夜華君？」

男子在一旁回道：「是。」

女子有一會兒沒說話。過了一會兒，她輕咳了一聲，向男子道：「那你上來仔細看看，這蛟，可是天族欲要斬除的那頭惡蛟，叫圩苜……」說到這裡，她卡了一下，「那蛟叫圩什麼來著？」

男子聲音裡含著點無奈，「姑姑，那蛟名叫圩苜。」

然後腳步聲響起，應是那男子正向他和蛟屍走來。

女子不以為意地哦了一聲，「是了，圩苜，我彷彿聽二哥提起過，說那蛟長年於天族的北荒作惡，時而還肆虐到他的封地上，很是讓人生厭。」

女子話畢，那正查看著蛟屍的男子未有什麼回應，少年太子的心，卻驀地怦跳了起來。此地是東荒，出現了一個女子，跟隨她的男子稱她姑姑。她又說惡蛟常去她二哥的封地上為禍。即便太子此時因失血過多，思維已有些遲滯，但推出女子的身分，於他而言也不難。

青丘白淺。

她十有八九便是他未過門的太子妃青丘白淺了。

他原本是很能忍痛的，也有自己的一套忍痛之法，定住心神，身體的疼痛便能降低許多。可此時，想到在他面前的女子竟是青丘白淺，他不由神亂，身體上的疼痛驀地十倍反撲，他經受不住，幾乎暈厥過去。

男子在他身旁查驗完那蛟屍，向女子稟道：「姑姑，這蛟的蛟角不同於別蛟，分了五叉，應該的確就是那圩苜沒錯。」

女子嗯了一聲，回道：「那這頭黑龍，必然便是那夜華君了。」頓了頓，語聲中似有恍然，「師父他老人家是天族之龍，他這頭小黑龍亦是天族之龍，那怪不得兩人長得像了。」接著，她像是沉吟了一下，「不過，倒還是有一點不同。」她點評給那男子看，「你看，他這鱗甲是亮面的。少年英雄，意氣高昂，鋒銳進取，才能有這樣珵亮霸氣的顏色。師父他老人家的鱗甲就不太一樣，是霧面啞光的，那是經歷了歲月的沉澱才有的顏色，古樸貴重，華光內斂……」

男子打斷了她的話，「姑姑，可龍鱗的顏色，不是天生的嗎？」

女子詫了一詫，「啊？是天生的嗎？」她沉默了片刻，「哦，我們走獸，對龍這種會飛的生物，並沒有太多研究。」又咳了一聲，「現在不是聊這個的時候，你找個山洞將夜華君挪過去吧，他流這麼多血，靈氣又不斷外溢，若不及時施救，怕就此魂歸也說不定。」嘆了一嘆，「那可就作孽了。」

男子為難道：「可姑姑，太子殿下這樣威武，我一個人怕是扛不動他。」

女子問他：「那你覺著你姑姑我一介弱質女流就能扛得動他嗎？」

男子訥訥不語。

聽他們言談到此，清醒著忍耐疼痛的太子，突然想起了在他砍下蛟首之前，那惡蛟同他說過的話。那惡蛟說，白淺看不上他，一直想與天族退婚。

「既如此，那就不要勉強自己救我啊。」他忽然有些怨怒地想。

就在他這麼想著時，濃重的血腥氣裡，有沉靜淡雅的香氣緩緩靠近，那香極特別，彷彿是沉香、檀香和乳香的合香之氣。

他還沒反應過來，一隻溫熱的手已撫了上來，附於他的頂心，將一股力量傳入了他體內。

接著，女子清冽的聲音響在了他耳畔，「夜華君，你可清醒些了？」

那些力量遊走在他體內，使他能攢出一點力氣來了。他嘗試著睜眼，但血入了眼睛，眼中一片血紅，只能瞧見女子一個大略的影。

對於他的清醒，女子像是很欣慰，在他耳邊同他打商量，「那你化成人形可好，你這樣我們無法搬動你。」

聽她說這些話，他著實很不明白，既然討厭他，為何還要救他，是見他此時狼狽，心生憐憫，施捨他嗎？

若他此時神思未亂，仍是九重天那個端嚴莊肅、冷靜自持的太子，無論白淺出於何意來幫他，他都不會拒絕。因那個莊肅冷靜的太子是從不任性的，當然明白在這命懸一線的時刻，接受白淺的幫助才是最好，即便那是出於憐憫的施捨。可他太痛了，又兼心緒大亂，整個人一片昏茫，既覺憤怒，憤怒中還夾雜著一絲委屈。他不僅不想白淺憐憫他、幫他，他還想要嚇走她。

白淺大概以為他體力不夠，不足以化形，再次將手附上了他的額頂。而他便在此時蓄積了全身之力，忽地仰首向她一吼。狂風拔地而起，龍嘯響徹空桑，連那蛟屍都在龍嘯帶來的震動中抖了三抖。

他是想嚇走她，可蘊了他所有力量的這一聲龍嘯雖拔樹撼山，卻並沒能撼動女子。血將他一雙眼污得厲害，他連她大略的影都看不清了，當然無從判斷她的神情動作。他只知她並沒有退縮。

那黏糊的鮮血刺得他眼眸發痛，他想要眨眼，還未來得及，忽感到血紅的視線一暗。沉香、檀香和乳香的合香味似一張輕柔的網，兜頭覆蓋住他。

好一會兒，他才反應過來，他竟然被女子給抱住了。

白淺可能以為他突然長嘯是因疼痛和驚嚇，她用手緩緩地、輕輕地撫著他的額頂，聲音也緩緩的、輕輕的，帶著安撫，「莫怕，夜華君，我無惡意，不是壞人。」

他不知所措。

人形的她的身體和龐然的作為一頭黑龍的他相比，軟、柔，彷彿弱不禁風。即便他如今已奄奄一息，可那龍首的鱗甲依然鋒銳有力。這讓他瞬間不敢再動，怕一動，就傷到她。

若他清醒他就當意識到，她此時雖是人形，但她並非一個脆弱凡人，便是他身覆如刀鐵甲又怎樣，難道僅憑那一身鐵甲，便能傷到九尾神狐的仙體嗎？

可畢竟當時他極不清醒。她柔軟的身體給了他錯覺。

心中雖對她有怨亦有怒，卻還是怕傷到她，因此他僵在了那裡。

白淺便在那時候向他施了昏睡訣。

巨木幽幽的空桑山下，少年太子最後的視線裡，是血紅的天地，以及撥開那血色的霧障，出現在他眼前的一隻纖細的手。那手滑過他的眼瞼。他的眼合攏了。隨著他閉上眼睛，那些猶自恍惚著的神思，很快在一片黑暗裡，沉到了他心海的最深處。

心海的最深處，是漆黑的、溫暖的，也是沒有疼痛的。

太子不知道自己昏睡了多久，只知再醒來時，他已是人形，發現自己躺在一個山洞中，一個唇紅齒白、生得頗秀氣的藍袍仙君守在他床前。

青年仙君見他醒來，甚是驚訝，「姑姑那些壓箱底的寶物，果真件件是寶物，太子殿下您比預想中醒得快多了啊！」

他扶著山洞壁，自那石床上坐起來，藍袍仙君趕緊來扶他。他道了一聲謝，正要問那仙君此是何地，洞口卻有腳步聲響起，緊接著，白淺的聲音傳入洞中，「累我跑一趟，師父他老人家還好端端地躺在洞裡，可見他們只是長……」

已轉入洞內的白淺一眼看到坐在石床上的他，驀地住了口，神情甚是錯愕，「夜華君你、你……醒了？」

他也愣住了。

明明因惡蛟的話，他心中對她生了隔閡，可當她的身影確切地映在他的眼中，他的靈台卻像是突然被什麼給擊中了。腦海裡一時閃過許多影像，但他一片也沒抓住，然後在一派混亂蕪雜中，彷彿有什麼東西轟然而落，嵌在了他心的缺口上。讓他的心咚、咚、咚、咚，劇烈地跳起來。

她是很美的，從前只是在傳聞中，如今，這美終於具象在了他的眼底。

桃花玉面，絕色難求，妍姿麗質，占盡風流。

他們都說她是神族第一美人，他想，她的確當得上。但他也很清楚地明白，讓他失態的，並非是她的美。而是那纖細的、高眺的、明明是第一次見卻彷彿很熟悉的，她的身影。就像在他那被紅蓮業火淬過的魂魄中，早便刻下了如此一個身影，而當她撞入他眼中，真實的她便與那刻在魂魄中的幻影完美契合了，成了他的一部分。

這是極怪異之感。

他能將這感受如此具體地描述出來，彼時卻不知那到底是什麼。

當然，後來，他明白了，那大概是他與她有緣。他喜歡她。

一見鍾情這詞他聽過很多次。他從不認為自己會對一個女子一見鍾情。但確實如此了。

他對她說的第一句話是一個問句。他問她：「妳是誰？」並非他不知她是誰，他只是心驚，必須要確認罷了。

數丈開外的女子垂眸斟酌了一會兒，然後很謹慎地給了他一個回答，「我是救你的人。」

這是……在同他玩什麼文字遊戲嗎？而同他玩這樣的文字遊戲，是不想讓他知道她是誰，不欲同他扯上關係，因為那會……很麻煩？

此時的太子，已重做回了九重天上那個端嚴莊肅、冷靜自持的太子。那個素來理性為先的太子，鮮有什麼私人的小情緒，很難對人生怨，也難對人生怒。就譬如，在青鳥族醒來，忘記了這一切後初見他三叔時，他對他三叔所說的那樣——即便白淺是因討厭他不喜他而想與他退婚，他也並無怨言，願循她之意。這是天族儲君的教養。

那樣的境況，他都能忍著難堪保有絕佳風度，何況此時。此時，他更不會對她有什麼怨、什麼怒。

不用他三叔開導，他自個兒已為她找起理由來。他們從未見過面，她不知他的模樣，亦不解他的性情，說喜不喜歡他，太過無稽，那她想要退婚，多半不是不喜他，而是她有自己的顧慮。至於這顧慮，要嘛是嫌他年紀小，要嘛是對這樁婚事所代表的含意感到牴觸和厭倦。這些，都不是什麼大事。

倘他們不曾相遇，或許他也就任她退婚了。但，畢竟他們相遇了，那這婚，他覺得就不該容她做主退了。

且，如此有緣的初見，當然也不能容她就這樣糊弄過去。

太子笑了笑，面上溫文爾雅，口中的話卻是在追眼前的女子，「我是問，仙子該如何稱呼。」

女子仍是打著哈哈，「稱呼……就不必了吧，救你只是日行一善，你著實很不用掛在心上，哈哈。」

「白淺上仙，是嗎？」他道。

女子愣住了，明眸緩緩瞪大，問他：「你怎麼知道？」

終歸還是體弱力虛，坐久了，又耗了心神，他已有發暈之感。他用力捏了一下手，撐住了，「因上仙貌美，八荒難得一見，且此遭我受的傷非比尋常，上仙竟能救我，自然非一般人，故而我隨意一猜。」

白淺看了他一會兒，讚他，「不愧是上天所擇的天族繼承人，很是敏銳。」她走了兩步過來，咳了一聲，「救你的確不易，既然我們說到了這個話題，」她自懷中掏出一本冊子，坐到了石床上，和他隔著一段不近不遠的距離，「那救你也不是白救的……你這傷重啊，我存了幾萬年的寶貝全用在了你身上，才將你自離恨天的邊緣拉了回來。」

她將那冊子一頁一頁慢吞吞翻給他看，口中道：「使在你身上的藥材和寶物，我都造了冊。」她瞟了他一眼，「這救命的大恩，我知曉我攔不住你，不管我受不受，你必定要報，」彷彿擔憂什麼似的，她的神情有些凝重，喚他的名字，「夜華君，我們打個商量如何？我覺著這個恩，你也不用朝其他方向亂報了。待你回天族後，照著這本冊子幫我把這些珍寶再收集回來，賠給我，倒也就罷了，你覺得如何呢？」

如她所言，她予他的乃是救命的大恩，他豈會忘恩，尤其是她的恩，他的確是要報的。可什麼叫作不用他朝其他方向亂報？

她說這話時還很是語重心長。她擔憂他會朝什麼方向報？擔憂他即刻以身相許嗎？

想到此，他竟不合時宜地覺得有點好笑。「上仙說得是，」他回她，「不過……」話未說完，突然一陣心悸，手剛壓上心口，便吐出了一口血沫，眼前也突然泛黑。

「你這是……」她趕緊扔下了冊子靠過來扶住他，那藍袍仙君亦上前來搭手。

他昏沉著被二人扶著重新躺倒在石床之上，神思漸迷之際，聽到那藍袍仙君擔憂地低聲問白淺：「姑姑，太子殿下這是怎的了？方才不還好好的嗎？」

白淺的手搭在他的脈上，過了會兒，道：「還能如何，魂體太虛弱了。」也不知是讚他還是諷他，「那麼些寶貝下去，原本至少得睡三、四日的，可太子殿下神勇啊，第二日便醒了，還強撐著說了這許久的話，他能不暈嗎？」

藍袍仙君叨叨地，「我還以為太子殿下是沒想到被您救回來竟這麼貴，讓姑姑您造的這麼老長一個冊子給嚇暈了！」

白淺靜了片刻，「那也是有這個可能。」她嘆了口氣，幽幽地，「這冊子裡列的，件件皆是珍品，每一件用出去，都教人心頭滴血。想想，要是我重傷被誰救醒，對方給我來這麼一個冊子，我可能也要被嚇暈過去。不過，」她頓了頓，從另一個角度來審視了一下這個問題，「不過這個冊子能把太子嚇暈，也很好嘛，我存了幾萬年才存齊的這些寶貝藥材，它們難道不配把太子嚇暈嗎？」

藍袍仙君立刻道：「它們配，且值得這個排面。」但他忍不住提醒她，「可太子暈過去了，還不是得靠姑姑您再用好藥來調養他嗎？還是姑姑您的事兒啊！」

好半天，聽到白淺悶悶道：「……哎，也對哈。」

認真算算，在那山洞裡，他和她在一起，其實一共只待了三天，且那三天裡，他昏睡的時刻居多。

最後一次他略有知覺時，她坐在石床邊，皺著眉頭對那藍袍仙君道：「他神魂破裂得厲害，那麼些寶貝用下去，竟也只能凝一時之魂罷了，我想想，還是得給他用上合一丸，方能徹底補好他的魂。」

藍袍仙君語聲沉重，「可合一丸不破不立，需得在用之前徹底打碎太子殿下的神魂，再對其進行凝結修補。且合一丸中的苦靈芝是會對記憶有礙的，您治好了太子殿下，殿下卻把您給忘了，這可如何是好？」

白淺的聲音略顯煩悶，「哎，也是。」她嘆氣，「忘了我也好，可忘了欠我的那些藥材……」她問那藍袍仙君，「你說我要回頭說給他聽，他還能認帳嗎？」

那時太子極想開口，說他不想用那合一丸，他不欲忘了她。可身體卻不受控制。他無法開口。所以最終，他們還是給他用了那合一丸，然後他忘了她。

接著，她因去十里桃林為他求接下來他需用的藥而離開了他，以致他被竹語王姬給帶回了青鳥族中。

若無祖媞神，他不會再記起這一切。若他沒能記起這一切，接下來，他會像與他三叔談心時他所說的那樣，成全她的退婚之願，從此後再不去關注她、關注青丘。那麼，或許多年後，他們果然退婚，又或許因著權柄的關係，他們無法退婚，就算雙方都視這契約為無物，卻還得在大面上維持這段名存實亡的未婚夫妻關係。

而到那時候，他的心必然不會再為「白淺」這兩個字起一絲波動。她於他，將徹底變成一個陌生人。然後，到了他該成婚，而彼此都無意履行那尷尬契約之時，或許他會遇上另一個合適的人，或許不會。

那是可怕的，卻極有可能的未來。

幸好，他記起了這一切。

那麼他就不會再讓這樣的未來成真。

殿外，軋箏琴聲漸漸停了，太子將茶壺和茶杯放進茶洗中，站起身，沉靜地朝內室走去。

第十三章

舞旋湖水閣這幾日有些清靜。

楠子算得清清楚楚，自那日天步匆匆闖入水閣稟說那小公子在太子的伏波殿出事以來，已過去了四日。彼時三殿下立刻趕去了伏波殿，將那小公子自伏波殿帶回扶瀾殿後，便在殿外起了結界，自己也一直待在結界中沒怎麼出來過，只讓空山老坐鎮在太子處。

空山老夜以繼日地守在太子身邊，直到太子醒來，確認太子大安後，方轉戰回舞旋湖水閣，從自己的小弟子手裡重新接回鄄邇的醫案。即是說，這四日來，鄄邇處只有空山老和他的小弟子照看著，三殿下一次也沒出現過。

水閣靠窗處設了一案，鄄邇倚在憑几上看摺子。

楠子在一旁輕聲稟道：「三殿下只在前日和今日出了一趟扶瀾殿。前日是因太子殿下甦醒，三殿下出殿去看太子，今日是……」

鄄邇將手中的摺子合攏，放在看過的一沓裡，又取了新的一摺，淡淡問：「今日是什麼？」

楠子語帶嫌惡地回道：「奴婢聽天步仙子說，那小公子因在病中，吃什麼都沒胃口，唯獨念著王城中一家叫浮香齋的糕點舖做的一種什麼明鏡糕，三殿下就一大早出宮為那小公子買糕去了。」

楠子分辨鄄邇的表情，看她彷彿不將此事放在心上，不由替她著急，「奴婢覺著，殿下對那小公子未免也太寵了些。又聽天步仙子說那小公子一直吵著要回天庭，而今太子殿下也大安了，她估摸著待那小公子的身體再穩定一些，三殿下就會帶他們回九重天了。女君您看我們……」

鄄邇臉上的確沒什麼表情，但未執文書的右手已在袖中用力攥緊了。好一會兒，她才能正常開口說話：「無妨，明日孤親自去扶瀾殿看那小公子，順便同三殿下聊一聊，」她頓了一下，「星令洞之事。」

守在扶瀾殿殿門外的天步拎著連宋遞給她的一大包江米粉，感到一陣恍惚。天步看了一眼手中的江米粉包，又看了一眼一身白袍纖塵不染的三殿下，不太確定地問他：「殿下，您真的可以？」

三殿下默了默，回答得略保守，「方才他演示的時候，每個步驟我都用心記了，應該沒問題。」

天步也默了默。

她家殿下，幾乎是一位萬能的殿下，但不知為何，學什麼都很快的三殿下，唯獨廚藝的技能樹如何點都點不亮。當然三殿下下廚，也不至於像太晨宮的東華帝君那樣，經常搞出毒死人的玩意兒來。他嚴格遵循菜譜，再拿著沙鐘好好計時，也能做出幾個不會毒死人的菜，但也不過就是如此罷了。

天步嘆了口氣，誠懇地請教他，「殿下，那明鏡糕雖需趁熱吃口感才好，不過，由奴婢去將那浮香齋的點心師傅請過來，讓他現場給尊上做豈不更好？彷彿也用不著您一大早跑去現學吧！」她沒忍住，大膽地添了句，「殿下您這戲做得，呃，也未免太足了些。」

舞旋湖水閣中楠子稟給鄄邇的那些話並未摻假，都是真的。那些事還是今晨天步主動透露給遮遮掩掩來打探消息的楠子的。三殿下雖未明說他此是做戲，但臨走時的確吩咐了她，若是水閣派人來打探，讓她如實答就是了，還可以透露兩句他們欲離開之事。天步不是蠢人，略一想也就明白了殿下此舉意欲為何。

三殿下舉步向殿內去，「什麼做戲，只是閒著也是閒著罷了。」

天步不置可否，心道您說什麼就是什麼吧。不過作為一個忠僕，她還是提醒了他一句，「但若是殿下您做不出尊上喜愛的口味……哎這簡直是一定的，屆時尊上惱了，可怎麼辦？」

三殿下雲淡風輕，「讓她也一起做，到時候做壞了，還能是我一個人的錯？」又道：「比起吃糕，她應該也更喜歡做。」

天步佩服三殿下的心機，但也對他後一句話存疑，「可奴婢並沒見尊上下過廚啊，她不見得對廚藝有什麼格外的愛好吧。」

三殿下已步入結界中，「那是此前她還有別的可玩，如今被拘在這結界中，想必也很無聊。就當玩一玩吧，能動手的事，她應該都喜歡。」

天步半信半疑。

兩人轉過照壁，忽聞一聲讚嘆，「這一箭漂亮！」

連宋頓住了腳步。那是殷臨的聲音。

三殿下看向前方，正殿前的那塊寬綽之地不知何時被布置成了一個靶場。箭靶倚著紅牆而立，百步外，祖媞正挽弓搭箭。

金色的裙，珠釵不飾的漆黑的髮，襯得女子的臉透明般白。美，卻病態。如此一個精緻、病弱的美人，和她身前那張足有一人高的力量感十足的重弓，原本該是很不搭的。可那彷彿弱不勝衣的美人，卻舉起了那弓，還不費吹灰之力地拉滿了弓弦，廣袖旖旎墜地，顯得那舉起的重弓倒不似武器，反像樂器了。又與她極為合襯。

箭發，弦響。女子唇角微微一勾。

新的一箭呼嘯而出，俐落穿透靶心上的原有之箭，將其破為兩半，而後穩穩扎入原來那支箭留在靶心上的箭孔中。

連宋的眉微挑了挑。雖知祖媞擅弓事，但他從未想過祖媞挽弓會是什麼樣。如今，他知道了。

無疑，她用弓用得很不錯，不過這等程度，在用弓的行家裡也不算多麼出挑。她應該也只是無聊，隨便玩玩。但她挽弓射箭的姿態，卻讓連宋感到驚豔。舉重若輕，信手拈來，如驚鴻照水，雁已去，影猶在，實在很雅，也很美。三殿下不禁抬起手來鼓起了掌。

場中的女子立刻看了過來，瞧見是他，微微一笑，將那重弓交給殷臨，單手提裙，翩翩而來。走近了，才微微仰頭看他，抿唇道：「小三郎，殷臨說你一大早就去給我買糕了，你買的糕呢？」

二人站在一棵巨大的無憂樹下。無憂樹樹冠如傘，傾蓋住半個院落，陽光零落灑下，光斑浮躍似熔金，端的一幅風致之景。三殿下抬手一揮，這風致之景裡便出現了一座石灶。平滑的灶台上，甑、釜、俎、案等炊具一應俱全。

祖媞掃了一眼那灶台，挑眉，「今日天藍、雲碧、風清，這無憂樹下，可說是極難得的妙境了，小三郎你卻將庖廚之事搬到此間來，著實是……」

正說著，被連宋抬手拉了一把。她趺了一步，幾乎撞進他懷中，出於本能，她舉手在身前擋了擋，這使得兩人的距離雖在一瞬間拉近了，倒也不至於呼吸相聞似的近。她訝道：「你……」

青年的手指在她髮邊輕觸了觸，「方才有隻蝴蝶停在了這裡。」

她愣了一下，亦用手去觸那髮，微微偏頭，在右後方的視野裡，果然瞧見一隻彩蝶似受了嚇，驚愣而去，飛得雖有些踉蹌，那輕薄的翅翼卻流光溢彩，很是美麗。

她目視那彩蝶飛走，微覺可惜，回頭看他，半是玩笑地輕聲問：「今日我粉黛未施，珠鬟未飾，好不容易有隻蝴蝶來為我增色，你又何故將牠驚走呢？」

青年沒有回她，上前了一步。「別動。」他道。

她感到他的手在她的髮鬟處輕撫了撫。

「那蝶留下了一點鱗粉。」待撫淨了她髮上的鱗粉，他才低聲地、很不以為意地回她方才的玩笑話，語聲帶著一點矜慢，「不過一俗物罷了，一介俗物，談何為妳增色？」

那是很低、很沉、微涼卻醇厚的聲音，響在她頭頂，讓她心驚。她反應了一會兒，明白了他是什麼意思，那白得透明的臉頰，一點點泅出了紅來，但她的表情還是很穩得住，「小三郎不愧八荒有名的花花公子，很是會說話。」

然後聽到他笑了一聲，「妳以為我在哄妳嗎？」他仍是低聲，「我的確有風流之名，但妳可能不知道，我從不做違心哄人之事。」

她穩不住了，有些無從招架，「你……」

「你」字出口，她卻不知自己要說什麼，又能說什麼。從前她是小祖媞時，並不知他會有這樣……的時候。這樣，是什麼樣呢？浮滑？輕佻？不，好像也不是這樣。浮滑和輕佻是膚淺的、會令人感覺不快的品行。可當他靠近她，說這些話，做這些事，一言一行，並沒有令她感到不快。

「我什麼？」他離開了她一點，低頭看著她，問。

她實在不知該如何回答，只好推了他一把，「你不要離我這麼近！」她沒有使太大的力，他卻順勢退後了好幾步，笑著搖了搖頭，「脾氣還是很大。」但也沒有在意似的，只順手從石台上拿了個玉製的模具遞給她，「知道妳喜歡那糕，但買現成的給妳嘗有什麼意思，所以我讓浮香齋把料配好了，我們自己做。要試試看嗎？」

他這樣漫不在意，舉重若輕，讓她微微愣了一下。是不是同女子們如此相處，於他而言向來尋常？那……要是她計較，是不是顯得太小氣巴拉了？想到此，她按下心緒，接過那模具，又看那大灶，也佯作無事地一笑，「原來你將庖廚事搬到如此妙境，是為這個功用，倒是有幾分意思。」

天步和殷臨站在挺遠處隨侍，聽不見二人說什麼，但兩人鬧出的動靜，他們倒是瞧得很清楚。見三殿下和祖媞神終於分開了，保持了一個安全距離，一起做起糕來，天步鬆了一口氣。她向身旁的殷臨真誠地道了一聲謝，「多謝你了，尊者。」

他。」

殷臨莫名其妙，「謝我什麼？」

天步支支吾吾，「實不相瞞，我家殿下靠近尊上時，我很害怕尊者你會突然跑過去打他。」她輕咳了一聲，「尊者沒有過去，所以我要謝尊者。」

殷臨更加莫名其妙，「我們尊上要是不喜歡他靠過去，就自己打他了，關我什麼事？」

天步啞然，想了想，覺得好像是這個道理，感到受教。

江米粉是做明鏡糕的主食材。浮香齋中的點心師傅早已將江米生粉蒸好，此刻連宋和祖媞二人需做的，只是將蒸好的熟粉填進模具中，然後在上面以果醬點綴出一些花紋，接著將模具放入蒸籠蒸足時辰罷了。

不過填江米粉的手法有門道，填得過鬆或過實都會影響口感。三殿下提醒了祖媞兩次，見她仍不得其法，欣慰於她在廚藝上同自己一樣沒天賦，也就沒再提醒了。

他今日邀她做糕，原本便不是為了助她做出一籠好糕來。

面前這成年的、芳菲美麗的祖媞神，靈敏周致，而又明慧狡黠。她當然也同他親近，但卻不似小祖媞那般依賴他。猶記得前日她睡醒後，他問起她對體內西皇刃邪力有何打算，若是小祖媞，當然會立刻全無保留地告訴他所有。但她不會，也沒有。

彼時，她撐著腮，並不想深談此事似地看向了別處，「我要去找個人，不過這事不複雜，所以不勞煩小三郎你了，你在青鳥族也還有別的事。」

她不願說，再問也問不出什麼來。三殿下深諳說話之道，沒有問她更多，而是將話題轉到了自己身上，「哦？妳又知道了，我有什麼事？」

她撥弄著繡在引枕上的珍珠，「你和……」只說了兩個字，想了想，又道：「算了，我也只是隨意猜的，或許猜錯了。」

一句話，真正有效的信息不過就是「你和」這兩個字，言語未竟，卻大有深意。他素來敏銳，微一思索，想起了她剛回復正身時，曾負氣似地同他說過一句話。

她說小祖媞以為他因鄄邇之故不想管她了，很是生氣，所以才選擇了自己施術去幫助太子，然後她消失了，直到消失的那一刻，她還在生他的氣。

小祖媞和此時的祖媞的確有許多區別，但她們的情緒卻一直是共通的。彼時祖媞特意將此事說給他聽，除了想要引他愧疚外，她自己定然也是在意此事的。

他明白了那兩個字之後，她真正想要說的是什麼。她想說的是他和鄄邇。

但鄄邇之事有些複雜，他斟酌了一瞬，委婉地告訴她，「妳想說我和鄄邇？我和鄄邇並無什麼私事，妳若猜的是這個，那妳的確猜錯了。」

看不出來她是信還是沒信。她笑了笑，彷彿是信了。她說：「好，我知道了。」想了一會兒，卻又商量似地同他說：「那我不問你這件事，我去找什麼人，小三郎也別問了，可好？」又像是她根本沒信。

她輕吁了一口氣，「終歸待東華帝君出關，我還會去你們九重天。」彷彿有些煩悶，「如今一些事情我尚無頭緒，胡亂同人說，說不定將大家都引入歧途，且等等吧，可好？」

成年的祖媞神極為堅定自主。他只能說好。

那日，他倆的談話便是到此為止，因下一刻，空山老的藥童來報，說太子已醒，他便離開去見太子了。因大致明白了她的計畫，他才會對太子說，讓他護著她回姑嫆，若她有別的打算，也都依她。

關乎導出她體內西皇刃邪力這事，她不欲他插手，他便不插手，但還有別的事，他欲問她。

今日他帶來江米粉，邀她一同做糕，便是為降低她的戒心，容他從她口中問出想問之事。

將江米粉壓在模子裡，再在上面以果醬作畫，上甑後蒸出來的，便是好看的明鏡糕了。祖媞作好畫後，偏頭一看，瞧見連宋手裡的江米模子，驚訝道：「你怎麼和我畫了同一個圖案？」

祖媞畫的是一朵紅蓮，連宋畫的亦是一朵紅蓮。

「可能因我們有緣，所以總能想到一起去？」正以蜂蜜繪荷蕊的三殿下如此回道。「妳不是也說過我們有緣嗎？哦對了，」他勾完了最後一筆蓮蕊，抬頭看她，彷彿才想起這事，「妳的神使殷臨還說過，我們從前有一些格外特別的緣分。」

殷臨當日原話是：「你和她很有緣分，如果這是天意……」他卻如此轉述此語，並非是記不得當日殷臨的原話。他是故意的，詐她罷了。

祖媞手上的動作果然停住了，神色有些詫異，又像是迷茫似的，「格外特別的緣分？」

三殿下將已完成的米糕模子放進籠屜中，用一塊雪白的絲帕慢條斯理地擦手，「是啊，他是這麼說的。」他雲淡風輕，淡然答她，又道：「說起來，我也有些想知道，我們從前到底是有什麼格外特別的緣分，妳知道嗎？」

「我……」祖媞凝著眉，思索了片刻，「我怎麼記得，我們從前並無交集？哦……我明白了。」她恍然一笑，「殷臨他指的，應當是從前我一直期盼你降生，且為之心心念念的事吧。」

三殿下頓了一下。他將絲帕疊起來，放到一旁，然後看向她，「只是這樣嗎？」

「是呀。」

女子的眼中一派澄澈，並無隱瞞和遮掩。

她說的都是真的。

如此解釋殷臨的那句話，的確是說得通的，但這個答案，卻並非三殿下希望得到的回答。不過話說回來，他又希望得到什麼樣的回答呢？他其實也沒有具體想過。

或許真的是他想多了。他恍惚感到了一點失望之意，可也不知自己在失望什麼。畢竟，有什麼好失望的呢？

三殿下走神了一瞬。他也只是走神了一瞬罷了，祖媞卻彷彿感知到了。有時候，她真的很敏銳。那纖柔的身軀靠近了他些許。她微微仰頭，眼睛裡七分困惑三分擔憂，問他：「小三郎，你是在不高興嗎？你在不高興什麼？」

三殿下愣了一下。「我沒有不高興。」他很快收束好了心緒，回答她，為了使這個回答有足夠的說服力，他還補充了一句，「我只是在想，妳此前也說過很期待我降生，為何妳會期待我降生？」

她像是信了他果真只是在為這個問題困惑。「哦，這個嘛。」她伸手拿了個籠屜過來，學著他方才的做法，將畫好的米糕模子放進籠屜正中，「你降生得真的很晚。」她喃喃地，又問他：「是不是這樣放？」

「角度有點問題。」三殿下搭手替她將籠屜上甑，「然後呢？」他問她。

「然後？沒有然後。只是在二十多萬年前的舊神紀，五大自然神中，地母、風之主、光神、火神皆降生了，只有水神你沒有降生。」她抬頭看他，莞爾一笑，「唯一一個沒有降生的自然神，難道不值得人期待嗎？」

他回看她，「只是這樣嗎？」今日，他第二次使用這個疑問句。

而這一次，她的眼眸不再那麼澄澈無染了。她移開了目光，像在思索著什麼。半晌，她在幾步外化了一張玉桌和兩張玉凳出來，走過去矮身在一張玉凳上坐下道：「我有些累了，坐下來說吧。」

三殿下便也在她對面坐下了。

「你可知謝冥是如何降生的？」她問他。

今日確是好天，天朗氣清，惠風習習，宜煮茶對飲。天步極有眼色，一瞧見祖媞化出那玉桌，便奉了茶上來。三殿下接過那玄玉茶壺，給祖媞倒了一杯茶，也給自己倒了一杯，「史書載，南荒登備山的山頂有一方火池，火池中蓄養著世間最初的火種——原初之火。那火池由一尾兇猛玄蛇看守。自鴻蒙初開，原初之火便在火池中燃燒不熄。在盤古與父神創世的三十多萬年後，火池中孕育出了一顆明珠。桑田滄海，歲月流逝，終有一日，火池中的原初之火熄滅了。原初之火自然熄滅後，其間明珠碎裂，謝冥自那明珠之中降生，是為火神。」

祖媞微愣，「你們的史書是這樣記載的嗎？不是這樣的。」她輕聲糾正，「前面的部分，你說得不錯，但原初之火並非是自然熄滅的。」她陷入回憶中，聲音有些縹緲，「明珠出現在那火池中的第七個百年時，時年兩萬多歲，還是個孩子的風之主瑟珈前去了那火池，以命相搏，手刃了護池的兇猛玄蛇，取得了那明珠。因明珠離開了火池，火池中的原初之火才熄滅，而那明珠則碎裂在了瑟珈的懷中。謝冥自此降生。」

杯中茶盡，三殿下把玩著那玄玉杯，「竟是如此，看來我們神族的史書不太靠譜。」

「嗯，你們的史書的確不太靠譜。」她對他這句戲謔表示了贊同，又輕輕嘆，「我在預知夢中看到了那一切。按照自然法理，謝冥的確應如你們的史書所載那般降生。但，瑟珈打破了那自然法理，使她早產了。不過也不能怪瑟珈，他如此做，只是為了給自己找到一個可依伴的親人罷了。」

三殿下挑眉，「可依伴的親人？」

祖媞靜了片刻，半托住腮問他：「小三郎，你們神族的史書，又是如何記載瑟珈降生的？」

三殿下仍把玩著那玄玉杯，一笑，「感覺又回到了洪荒史課堂上被夫子抽問的時候。」調侃完這一句，他答她，「如今已消失的混沌海洋中，曾孕育過一株極特別的蓮，此蓮生一根，卻開二花，一花乃大白蓮花芬陀利迦，白澤充盈，神性澄澈；一花乃小白蓮花究牟地華，青澤濃重，魔性磅礴。一神一魔，竟為兄弟，合生於一樹，是空前絕後之事。那神便是西方梵境之主悉洛，而那魔便是風之主瑟珈。夫子，這次我們的史書可靠譜？記載得可對？」

她被他逗笑，「唔，關於悉洛和瑟珈的身世，你們總算沒載錯了。」

她接著講下去：「悉洛和瑟珈，兄弟二人相依為命，瑟珈幼時，很是孺慕依賴悉洛。然天道有晦，彼時已是五族之戰時期，神族和魔族勢不兩立，因此瑟珈一萬四千歲的時候，被神族驅逐了，而悉洛沒能保住他。彼時瑟珈的處境極艱難，神族驅逐他，魔族亦不接納他，天地之大，唯他孤獨。他恨神族，亦恨悉洛，但他害怕孤獨，渴慕親情，因此他發誓，要為自己尋找一個永不背叛自己的親人。最後他選定了火神。從玄蛇手中偷走了孕育著謝冥的那顆明珠。

「瑟珈那時候還是個孩子，拚盡全力殺掉了那護池的玄蛇，自己也奄奄一息，謝冥降生在他身旁，是裹著他的血出生的。我在預知夢中看到了這一切，請了檀樹老爹前去救他。他在少和淵養好傷後，第一件事，便是同還是個嬰兒的謝冥立下了噬骨真言。他二人雖沒有血緣關係，但瑟珈待謝冥，卻比待親妹妹還要好，還要親。」

講完瑟珈同謝冥的故事，她靜了半晌。半晌後，她抬眸看向連宋，問他：「我同你說這些，你是不是覺得很奇怪？」彷彿自嘲地笑了笑，「你可能在想，我為什麼要和你說這些。」

「我沒有這樣想，我也不覺得奇怪。」青年卻如此回答她。

他安靜地看著她。她不太懂他的目光中含著什麼，因為那漂亮的琥珀色眼睛，總像是一潭幽泉，讓人難以看懂；可此時，這神秘幽泉中卻溫柔地映照出了她的面容。她愣住。青年溫聲對她說：「那時候妳在姑嫞也是孤身一人，妳羨慕瑟珈有謝冥可與他為伴，所以也期待我降生，好與妳為伴，對嗎？」

這些話再次讓她一愣，「你怎麼……」她想問「你怎麼知道。我並沒有說得那麼明白，你是怎麼聽出來的。」但這問題尚未問出，她已明白了答案。答案只有一個，因他聰明、敏銳，觀察力、洞察力和推理力都是一流，她已見識過多次。

想到此，她只能一笑，只是臉上的笑有些勉強，「你猜對了，就是這樣。但也不能說我羨慕瑟珈，因那時候我並不懂七情。我只是……」她蹙眉想了一瞬，想出了一個說法，「我只是覺得，如果我也能像瑟珈那樣，找到一個謝冥同我作伴，那應該會很好，但是找不到，好像也就罷了，我並沒有瑟珈那樣執著，我沒有執著心。但沒有執著心的我，卻一直期待著你的降生……」這一次她真心地笑了，「這的確可算作你我有特別之緣了。」她換了一隻手托住腮，「聽殷臨說，我對你十分關注，不僅小時候關注你，成人後，我亦很關注你的消息，直到若木之門開啟前夕，我還在期盼你的降生。」

三殿下的眉目微微一動，「原來如此。」他靜了一瞬，然後輕笑了笑，問她：「為什麼是聽殷臨說，妳自己記不得一直惦記我的事了嗎？」

一開始說累是託詞，但說了這許久的話，她的確累了。她全身都倚靠住了那玉桌，語聲也不自覺地變得低，且輕，「我獻祭過一次，又去凡世輪迴過多次，這些經歷於神魂有礙，故而關於過去，好些記憶我都很模糊。」她回答他，又半撐著精神問他：「這糕還要蒸多久？」

他看了一眼玉桌旁的沙鐘，「還要半刻鐘。」

她「嗯」了一聲，想了會兒，「那我先去殿中休息片刻，待糕好了你叫我。」

她站起身來，卻跌了一下，他伸手扶住了她。這一次，他沒有再做出什麼逾越的、令她困惑的動作。他規矩地扶她，待她站穩後，又規矩地放開她，且任她獨自回殿，沒有如他此前那樣貼心周致，陪她回去。

他一個人留在了那無憂樹下。

無憂樹下，清風拂過，甑上的輕煙隨之搖曳，似一片飄飛欲走的紗。

在那輕煙薄紗之後，青年遠目伊人離去的背影，面色雖平靜如常，但心中如何，卻只有他自己知曉。

祖媞說，關於過去，她的記憶有些模糊。她那些模糊的記憶裡，是否……掩藏了什麼？當然也有可能又是他想多了。

罷了，這樁事還是等星令洞打開，他見到那四境獸，解決了他關於自己的疑惑後再去深究吧。青年揉了揉額角，如是想。

第十四章

太子同三殿下約定，在伏波殿中等白淺三日，三日之期到，無論等不等得到白淺，他都將陪祖媞離開。

第四日大早，太子親來扶瀾殿尋連宋，道他昨夜等來了白淺，已問過了自己想問的問題，適才也見了祖媞神，即刻便可同她一道啟程。但太子又道，他同祖媞神離開朝陽谷後，將前去青丘一趟，而非回九重天或是姑媱，因祖媞神要去青丘拜訪一個人。

中澤和青丘，相距十萬八千里，祖媞神同九尾狐族，彷彿也不該有什麼交情，兩者竟能扯到一塊兒去，讓天步感到魔幻。但三殿下聽聞太子此言，倒是很從容淡然，一邊蘸墨寫著字一邊問太子：「她要去青丘拜訪誰？白止帝君？」太子道祖媞神並未告訴他，故他亦不知。三殿下也沒有再問，停下了筆，道：「好，我送你們。」

巳時中，夜華和祖媞離宮。

太子離開青鳥族，當由女君率群臣恭送，此乃應有之儀，然太子不喜排場，故而青鳥族中，僅鄄邇、苔野、竹語幾個有分量的王族前來送行。

祖媞一直待在一頂青綢圍合的轎輦中。竹語踟躕著上前，隔著轎簾同她說了幾句道別話。

數日前，小祖媞曾同竹語求過親。竹語從蒙圈中回過神來後，覺得小祖媞是很好看的，美得雌雄莫辨，人又有趣，她同他待一輩子都是不會煩的。但，他們之間有個很嚴重的問題——她對小祖媞並無男女之思，一直把他當閨密。小祖媞雖然說過不介意她喜歡太子殿下，還主動提出了可以給她當備胎，可她自問自己再喪心病狂，也幹不出讓閨密給自己當備胎這種事。

她躲了小祖媞幾天，然後，就聽說小祖媞病了。她也顧不得再彆扭，即刻便去扶瀾殿探望了，可她進不了三殿下設在殿中的結界，最後只能託天步送了些藥材進去。

今日，算是小祖媞向她求親後，這麼多天來她倆首次照面。

幾句尋常道別語後，竹語終歸沒按捺住自己，「我還有一件事想同你說，」她猶豫著向轎簾後的祖媞，「就是，呃，小公子，那日你說的事，不成的。你、你還是去找其他好姑娘陪你共度一生吧，我不成的。」她鼓起勇氣，還誠摯地鼓勵了祖媞兩句，「你這麼好，一定會早日找到別的好姑娘的，我、我也會常向上蒼祈禱，祝你早日達成心願的。」

端坐在轎中的祖媞早已將她曾向竹語求過親這事忘到了天外。竹語這番話讓她反應了很久。反應過來後，她沉默了一陣，替年幼不懂事的自己背下了這口黑鍋，咳了一聲，壓著嗓子做出小祖媞的聲音回竹語：「好，我知道了。我，呃，我會試著去找其他姑娘的。」

竹語鬆了一口氣。

竹語同祖媞之間的對話幾近私語，其他人未必就聽到了。譬如鄄邇身旁的楠子便未聽到，但這不妨礙楠子心生厭惡。楠子只覺這小公子著實被三殿下寵壞了，一族公主上前向他道別，他居然還穩穩當當坐在轎輦中，連出來見個禮都不曾，何其可氣。

鄄邇其實也覺著那小公子不現身乃是恃寵生驕，不過她並未將之放在心上。終歸太子要將他帶走了。他要走了，但三殿下卻被自己留了下來，這便行了。

估摸著距朝陽谷已有百里，祖媞捨了轎輦，同太子他們一道駕雲。

迎面的風有些涼，涼風使人清醒，祖媞立於雲頭，想著方才離開朝陽谷時連宋同她說的那些話，有些失神。

彼時她同竹語道了別，竹語退下後，鄄邇代表青鳥王族又說了幾句恭送太子之語，他們便打算出發了。

不料連宋突然撩開了轎簾，探身入轎，坐在她對面，遞給了她一只長匣子。她不解地打開匣子，卻見匣中放著一捲光華耀目的暗紋綾布。

連宋以扇代指，在那綾布上點了點，同她說：「九尾狐族的白止帝君與帝后凝裳狐后伉儷情深。狐后愛織物，喜集綾羅，這匹重蓮綾八荒無二，送給白止帝君做見面禮，他必喜歡。」

這番話，他說得雲淡風輕，卻彷彿投了一顆小石子入祖媞心湖，著實令她吃了一驚，「你……知道我要尋的人是白止？」她問他。

他垂著眸，卻是一笑，不答反問：「阿玉，昨夜丑時，妳離開了扶瀾殿，對不對？」

她的瞳仁微微一縮。她本以為他不會知道的。照理說，他的確不應當知道，可他竟知道了。

「彼時我想，」他忽然靠近了她，白奇楠香似一張網，籠住了她，「妳應該是要去伏波殿。」他輕聲道。那聲音就響在她耳邊。她本能地屏住了呼吸，不動聲色地往後退了退，這使得她的背部緊緊貼住了轎壁，頭也微微仰起了。所幸，他的呼吸終於沒再拂在她耳畔了，兩人間勉強維持住了小半臂的距離。

他看著她，彷彿沒有察覺到她的退後，也沒有察覺到她微微僵硬的肢體動作，恍若無事地在離她那麼近的地方繼續方才的話題，「丑時，深夜，妳匆忙趕往伏波殿，不是為夜華，那自然……就是為見白淺了。但妳同白淺上仙又沒交情，總不至於是聽說她乃當今神族第一美人，不服氣，要前去同她比個高低吧。」說到這裡，語中含了一點戲謔，停了一下，「妳見她，自當有涉及他人的別事。而整個青丘，夠得上格令妳屈身打探的，也就一個狐帝和一個狐后了。不過，青丘一向是狐帝主事，所以我想，妳那日同我說妳要尋的人，應該是白止狐帝。」

她終於適應了兩人之間的距離，聽他揶揄自己時，抬眸輕瞪了他一眼，聽他抽絲剝繭，推論出她欲尋之人乃是白止時，她又想他真的難纏。她去一趟伏波殿，他便能推斷出她意在白止，這種明見萬里、落葉知秋的勁兒用在旁人身上，她只會喜歡他聰明，可用在自己身上，卻讓她有些惱，她不禁哼了一聲，「說不定我去伏波殿就是去尋白淺比美的，因輸給了她，所以打算去青丘找她單挑，與旁人無關。」

他沒有反駁她，只是看了她一眼，問她：「是嗎？」

她覺著他當然該知道她是在胡扯，可他問她「是嗎」時的神情又很認真。她也搞不清他是不是聰明一世糊塗一時信了她的胡說八道了，正想再接著胡說兩句，卻聽他道：「妳同白淺比美，竟比輸了，是因只邀了夜華做評判吧？下次再要同誰比，記得邀上我做評判，如此至少能和對方打個平手，無論如何也不至於輸給他們。」

她愣了好半天才反應過來他是什麼意思，「所以你是覺得……」

他顯然聽懂了她的意思，挑眉看她，「是啊，我當然覺得妳最美，不然呢？」

「……」

「怎麼不說話？」他問她。

「……」

他湊近看她，「不說話，那就該臉紅了，妳倒好，怎麼既不說話，也不臉紅？」

她為什麼沒臉紅，當然是因為她拚死命按捺住了自己，而她也差不多確定了，他就是想看她丟臉的樣子，一時間氣惱倒是多過羞赧了，不禁推了他一把，「正事也說完了，你怎麼還不走？」

但卻沒有推動他。他仍坐在她身邊，將玄扇搭在了她懷中的長匣上，笑了笑，「當然是因為正事還未囑咐完。」待她好奇地抬頭，他方繼續，「我知妳去找白止帝君，是為了體內西皇刃之力的事。我雖不知妳找他具體是要做什麼，當然，妳不想我問，我也不會問，我只希望妳此行順利，得償所願，另外，保重自己。」

是溫柔的、熨貼的、令人動容的言語，她不禁抬眸看向了他的眼。那雙眼無論看多少次，都是很好看的，像是最澄淨的琥珀，而此時，她的倒影被蓄意收納，關入其中，凝固、定格了。他們誰都沒有動，時間彷彿就在這一刻靜止。

然後他突然抬手碰了碰她的髮，她不自禁地顫了一下，他必然是感覺到了，唇角微微勾了勾，像是在笑話她。她本該後退的，但看到他那個笑，她忍住了。他就是想看她慌亂的、失態的模樣，她偏不讓。他的手指落在她的髮上，並沒有幹別的，彷彿是為她扶了一下簪子。

她感覺得沒錯，因為他也是這樣同她解釋的，「玉簪歪了。」

她舒了一口氣，想幸好她沒有躲，不然又該被他嘲笑了。天君家的小三郎，風流之名傳遍八荒，行事放縱些也能理解，大約這便是他同姑娘們的相處之道，起初她的確有些不大適應，不過現在看來也還好。

他靠她很近，仔細地為她重簪了簪子，又囑咐了一句讓她好好照顧自己，之後便撩開轎簾離開了。唯留她抱著那長匣坐在轎輦中。

他離開了有一會兒，她才意識到，匣子裡的重蓮綾必然不是他隨身攜帶的。他當然不可能隨身攜帶一捲綾布。那只能是他推出她要去青丘拜訪，昨晚回天宮或是回暉耀海特意為她取的。

無論是因噬骨真言還是什麼，他待她，真的是很好了。那還能怎麼辦呢？她嘆了口氣，心想，那即便他有時候壞心眼，行事無羈，但看在他待她這樣好的份上，也只能好好包容他了。

其實平心而論，這年輕水神的性子著實算不上多好，有時候溫煦，有時候又冷冷的，似水無常，且多變，許多時候還很隨心所欲。幸好他隨心所欲而行的，多半是不緊要的事。正事和大事上，倒一向是謹慎、周全，又細心的。

想到此，她突然就有些明白了為何他這樣一副性子，和「長袖善舞」四個字彷彿全不沾邊，卻反倒是八荒之中交遊最廣之神了。因人制宜，因時制宜，因事制宜，旁人無法區分其中的界限，水神卻似乎天生便有此天賦。況且，他真的很聰明。

她不知他的法力如何，但單看他對結界的掌握，也應是很不俗的。

說實話，即便此刻，行在這半空之中，雲端之上，被這醒神的涼風吹了這麼久，她也沒太想明白，連宋他為何會知曉自己昨夜去了伏波殿。

當日她為太子恢復記憶後，給太子留下了一張醒神符，正可以克制白淺的昏睡訣。一旦太子動用那符，她便會有所感應，這便是昨夜她能在白淺到來之際及時趕去伏波殿的原因。

要無聲無息穿過連宋的結界，對她來說不是難事。光神雖然攻擊力一般，估計是所有洪荒神中打架最廢的一個，但對療癒類及與時空相關的術法卻是信手拈來，世間無人可及她。因體質之故，光神可視大部分空間法陣為無物，來去自如，且難以為立陣者所察。連宋所立的這種拘束結界，亦是空間法陣的一種。所以祖媞不太能理解，為何連宋會知道她昨晚出了結界。

思來想去，彷彿也只能用他對自己所設之結界的掌控力，其實遠超於他的年歲這個理由來解釋了。

天君家的血脈真是不錯，得出這個結論後，祖媞不由感嘆，長孫是個術法天才，小兒子亦是，一家子出兩個天才，著實難得，令人羨慕。

越過一個草木郁茂的山頭，青丘白家的狐狸洞遙遙在望。

昨兒半夜回到狐狸洞後，迷轂顧不得休息，洞裡洞外布置了一番，今晨又去洞口翹首望了數次，以待祖媞神和天族太子大駕。

狐狸洞難得來一回客人，迷轂挺興奮，但他覺著，他家姑姑卻彷彿有些不得勁兒。

他試探著問坐在一旁半晌不語的白淺，「姑姑……是不喜祖媞神和太子殿下前來做客嗎？」

白淺抬起眼皮看了他一眼，「祖媞神我是很喜歡的，雖然昨夜相見她戴著面紗，看不清眉目，但從身段姿態上亦可辨出是個出眾的美人。出眾的美人，誰不喜歡呢？」

迷轂咀嚼著這話，聽出了這話後面的意思。祖媞來做客姑姑是很喜歡的，那言外之意就是……太子殿下來做客，姑姑她不喜歡了？迷轂咳了一聲，幫太子說了句好話，「姑姑，太子殿下他也是個出眾的美人。」

就見白淺沉默了。沉默片刻後，她問了一句：「說起來，夜華君堂堂一個天族太子，應該也很忙，那想來，將祖媞神護送過來後，他應該很快就會回九重天吧？」

聽白淺那一副希冀的語氣，迷轂就知道她想聽他回個什麼答案。但迷轂自忖自己不是個佞臣，乃是以誠懇的品質在青丘立足的，他就誠懇地潑了白淺一盆冷水，「那應該不會，姑姑，難道您忘了昨夜您同太子殿下說了什麼話，太子殿下又回了您什麼話嗎？」

被這麼一提醒，白淺立刻蔫巴了。半晌，她頹廢地抬手揉了揉額角，「哎，頭疼。」

昨夜，昨夜。

若早知有今日，昨夜她必不會再去青鳥族。白淺想。

她也不是對太子有什麼看法。這個年紀比她小九萬歲的少年太子，她救他是一回事，但迎他以未婚夫的名義來青丘做客，長時間同她相處，又是另一回事。她其實對兩人此前那種相互都知道有對方這麼個人，但雙方對彼此都不感興趣，也覺得沒必要熟起來的狀態非常滿意。

太子沒什麼不好，她只是沒辦法把他看作自己的未婚夫罷了，無他，他實在太小了。雖然看著老成，也是一頭威武的黑龍，但一想到他才剛成年不久，不過三萬歲，她就只能覺得他還是個崽崽。唉，還是個有點難纏的崽崽。

她昨晚不過是一片好心，想著最後再探一探他的情況，若他大安，她便可功成身退了，若還有不足，那將剩下的靈藥用給他，她也算盡了心。

這一次入麓台宮，比之往昔，她算是很謹慎了，不僅挑了丑時這個常人皆已熟睡的時辰，且昏睡訣也使得更重，搞得她自個兒都要被魘住了。

她先讓迷轂入了太子正殿。迷轂查了太子的呼吸，又瞧了他的脈，覺著他的確是睡熟了，才給她使了暗號，讓她進來。哪知她去到他的床邊，剛一上手搭上他的脈，本該睡得人事不知的太子，竟驀地握住了她的胳膊。接著房中也驟然亮起來。她當時就蒙了。

太子坐了起來，靠在床頭，那雙漆黑的眸子望住她，平靜地同她說話：「我還以為妳不來了。」

她就更蒙了。因為照理說太子的記憶已被她抹除了。一個失去記憶的太子，看到她，自然不該說這樣的話，他更應該問：「你們是誰？」

她的胳膊還被他握在手中。她看了一眼被他握住的自己的胳膊，又看了一眼他，不由皺眉，「不該啊。」

那年少的太子僅從這三個字就推出了她心中所想，眸子裡有笑意轉瞬即逝，他仍牢牢握住她的胳膊，「有人幫我恢復了記憶，我想起了所有，白淺上仙。」他看著她，「從妳在空桑山下救下我，到妳接連幾夜前來為我治傷，這些事，我全記起來了。」說完這些話，他方放開了她的手，但仍一瞬不瞬地看著她，注意著她的表情。

她終於從蒙圈中回過了神，心想，哦，那就是想起來了一切，故意在這兒等著我呢。她本就是隨遇而安、什麼都能接受、怎麼都可以的性子，雖然本心不大希望少年太子想起這一切，但想起來也有想起來的好處嘛。

她就從袖子裡把那本曾在山洞裡給太子看過的冊子又拿了出來，摸著書皮咳了一聲，「哦，想起來好，想起來是好事。」她把冊子遞過去幾寸，問他：「那這本冊子你看著眼熟不？」覷了太子一眼，「我在上面又添了幾味藥，都是你這幾天用的。」又覷了太子一眼，「這本冊子上的藥材和寶物，你此前答應過我，會將它們還我的，你應該也還記得吧？」

太子接過冊子，垂眸斂了目光，彷彿有些失望，「上仙只有這個想說嗎？」

她愣了一下，不說這個，還能說什麼，難不成他是想賴帳嗎？她就微微瞇了眼，「夜華君，你不是想賴帳吧？」

太子很淡地笑了一下，「自然不是，回天宮後，我便為上仙收集冊中所載，上仙不必擔心。」倒是一句俐落的爽快話。

太子應下了這事，讓她挺高興，因為來之前她根本沒寄望過還能有這種好事。太子這人還是不錯，她一邊這麼想，一邊從袖子裡掏出了幾個藥瓶遞給他，「那這些藥你也收著吧，看你彷彿是大安了，但這些藥有安神魂之用，即便大安了，再吃個半月、一月的也很好。」想了一下，又問他：「可有筆？我給你寫一下用法。」

她自覺說的是一句親切的、關懷他的好話，但太子卻沒有回答她。他微微垂著眸，看著手中的藥瓶，似在思索什麼，待她不解地再次催促他筆墨時，他才開口，說了一句讓她沒太聽懂的話。他說：「上仙妳……不像是煩厭我的樣子，妳從來沒有煩厭過我，對吧？」

她覺這問題奇怪，她當然不曾煩厭過他，若煩厭他，她為何救他，她吃飽了撐著的嗎？「我是不煩厭你，」她答他，實在好奇，「你覺得我煩厭你嗎？可我為何要煩厭你？」

太子將目光從藥瓶上移到了她臉上，「那我有個問題想要問妳。」

她頷首，「你問。」

太子深深地看著她，「妳既然不煩厭我，那為何總想與我退婚？」

她一時愣住了，「退婚？誰說我要退婚？」

太子也愣住了，半晌，有些不確定地道：「可你們東荒，不是都這樣傳嗎？」

對此事，她著實不知，不由回頭看了一眼靜立在她身後的迷轂。

迷轂卻彷彿陷入了什麼回憶，她咳了一聲，迷轂醒過神來，接收到她的眼神，立刻上前一步，俯身同她道：「我記起來了，姑姑，當年是隔壁山頭的小燭陰她哥因愛慕您，意圖挑撥您同太子殿下的婚事，故而放出了這流言。彼時您正在閉關，是以不曾聽聞此事，」說到這裡他撓了撓頭，「不過這事當日已被四叔處理過了呀，怎麼還會有流言傳到天族去……」迷轂口中的四叔，指的是她四哥白真。

她心中升起了一絲不好的預感，問迷轂：「我能不能問一下，四哥他當日是如何處理這事的？」

迷轂做出了一個徒手劈西瓜的姿勢，「四叔把小燭陰她哥給狠狠削了一頓。」

她問：「完了？」

迷穀答：「完了。」

她扶了一下額頭，再問：「那流言呢？你們沒有去制止嗎？」

迷穀道：「我當日也問四叔了，需不需要發個榜文澄清一下流言，但四叔說，流言嘛，流著流著就流產了，不用管它，就、就沒有管它。」

她沉默了一下，看向太子，「就是這麼回事。」又撇清自己，「我從頭到尾不知情，也沒有說過要和你退婚。」

這一次，太子立刻回了她，「嗯，我知道了，退婚是誤會。」他抿了抿唇，唇邊浮出了一個笑，她沒有太注意，看得不是很真切。此時她心裡想著別的事，沒餘暇關注旁的。

她在想，既然陰差陽錯說到了婚事這個話題，其實正是個好機會，將二人這樁烏龍姻緣說清楚。

拿定主意，她咳了一聲，開了口，「嗯，這的確是個誤會，你二叔當日退婚，害我淪為了笑柄，你爺爺為了幫我做面子，將你點給了我。雖是亂點鴛鴦譜吧，但的確替我解圍了。」她停了一下，看了一眼他的神色，發現他神情並無異樣，遂繼續道：「我呢，為了青丘的面子，不到萬不得已，是不會同你退婚的。但我自知你我並不般配，」說到「般配」二字，她難得地臉紅了，覺得自己這是在和一個崽崽說什麼呀，簡直為老不尊，但又不能不說，她就又咳了一聲，掩住了那陣不自在，硬著頭皮繼續說了下去，「你一個崽崽，呃不，你一個小孩……」

太子打斷了她，「我不是小孩。」太子的神情依然並無異樣，但聲音很冷。

她一想，她三萬歲剛成年時也討厭別人管自己叫小孩，就從善如流地改了口，「嗯，你一個……呃英姿少年，同我做配，這自然是委屈了你。」說到這裡，她嘆了口氣，誠心實意地講起了歪理，「照理說，你必不願早早同我成婚，但如今我對你有了救命之恩，為這救命之恩，你說不準便打算委屈自己了，這卻是我不欲的，是以此前你忘了一切，我反倒覺得不錯，至少不用把事體搞得如此複雜。」

鋪墊了許久，她覺得這時候引出她真正想說的，太子應該也能理解並且贊同了，她就清了清嗓子道：「我救你吧，不過隨手一救，其實並不覺著這是什麼大恩，所以你也不用放在心上，你把藥材還我，我們便算扯平了。既然不是什麼大事，那我覺著你也不用稟明天君，須知天君若知此事，你我的婚期估計就近在眼前了。這對你不太公平，我也……並不希望如此。我還是希望一切都如我沒救過你那般，自然順暢地進行，我們的婚事也至少拖……呃不，能至少到你被授太子印之後再舉行，這樣我才不會覺得虧欠你太多。再則，受了太子印，再成家，先立業再成家，意頭也很好，你說是不是這個道理？」

把這篇歪理翻譯過來，其實就是她不希望和太子牽扯太多，亦不希望和他早日成婚，唯願這事之後他們能各歸各位，一如從前。就這三個意思。她佩服自己能把這三個意思說得這麼婉轉漂亮，簡直要為自己喝采。

但太子不知道怎麼聽的。太子聽完後，靜了片刻，抬起眼簾，平靜地回她：「我明白了，上仙是希望在成婚之前我們能先好好培養感情。那待我回九重天面見天君，稟過天君後，便來青丘住一陣，好好與上仙培養感情。」

她當時就傻了，趕緊道：「我不是……」可話還沒說完，殿外卻傳來了腳步聲。很快，一位頭戴冪羅的窈窕麗人撩開了珠簾，出現在了內室門口。

麗人語聲清潤，含著笑，「何必還要再回九重天面稟天君？寫封信不就行了。你三叔不是讓你護我去我欲往之地？我欲往之地，便是青丘之國。」女子看向她，「白淺上仙，不知令尊這些日子，可在青丘？」

這便是昨夜所發生之事。

狐狸洞口的老樟樹下，白淺揉著額角，不禁又道了聲頭疼。

迷穀也覺得難辦，只好盡己所能地安慰了一下她，「是福不是禍，是禍躲不過。」

白淺看了他一陣，「……你忒會說話了。」

迷穀脾氣好，不以為意，還是好心好意勸他姑姑，「姑姑，為今之計，也只能您以後多注意一點兒，別仗著小聰明，在太子殿下面前亂說話了。」

姑姑：「……小聰明？」

姑姑將手裡的茶盅照他腦門兒扔了過去，迷穀趕緊往後躲。

天邊遠遠飄來幾朵祥雲，太子一行，已到了。

第十五章

青丘之國，乃狐帝白止所掌，轄東荒、東北荒、東南荒、西北荒、西南荒五荒。白止膝下有四子一女，子女們各領一荒受封，么女白淺被封為東荒之君，洞府在東荒深處。同為神族，九尾狐治下的青丘之國同金碧輝煌的九重天截然不同，其景自然諧趣，其民淳樸憨直。祖媞頗喜愛此處。

祖媞此行來東荒，是為尋白止帝君。而尋白止，是為借一件寶物。寶物名善德壺，乃父神所造。

說起父神造這寶物的緣由，那便遠了，足可追溯到七十萬年前。

七十萬年前，父神承繼盤古神的衣缽創世。父神創世後，這寰宇內原本只有八荒世界。八荒之外，皆是混沌。而後十多萬年間，天地以自身靈力化育出神族、魔族、鬼族、妖族、人族五族生靈。此五族生靈，皆棲於八荒，於此間共居為伴。

五族和平共居了二十多萬年後，隨著各族人口的增加，族群間逐漸有了爭奪資源和地盤的意識，五族之戰也就不可避免地拉開了帷幕。

父神為神固然強悍，但也無法以一己之力阻止這場八荒之戰，能做的，只是為人族多打算一些，使這力量弱小的族類，不至於在這場看不到盡頭的戰爭中遭遇滅族。

為了保住人族不被滅族，父神在八荒之外的混沌世界裡撒下了盤古寂滅後，以古神仙體為血食長出的缽頭摩花，即赤蓮花。此花的花瓣承繼了盤古的創世之力，被父神撒向混沌後，每一片赤蓮花瓣皆生成了一個世界，將蒼茫混沌分割成了數個小世界，便是三千大千世界十億凡世。

父神希望將人族遷往這些凡世，使他們能遠離戰火侵擾。然十億凡世乃赤蓮花所化，生而便攜著惡息。惡息在諸凡世中俱化為噬人的業火和焚風，業火不滅，焚風不止，人族便無法在諸凡世棲居。

故而，父神遴選了數位弟子，前往凡世歷練，同自己一道調伏這些惡息。父神挑選出的弟子，全是他座下高徒，修為皆不凡。然自缽頭摩花中生出的業火和焚風亦不是吃素的，弟子們即便修為高，長年待在凡世中，也難免為業火焚風所侵，皆嘗過風火噬體之苦。

為了護弟子們平安，減少他們的痛苦，父神閉關四十九日，以缽頭摩花之根佐以雷擊鐵木，煉造出了這善德壺。此壺不僅可助人導出侵入體內的業火和焚風，還可承接收納住風火惡息之力，在彼時當了極大之用。

父神在羽化前，將此壺傳給了接替他衣缽的少綰。

二十四萬年前，在墨淵上神於九天之巔舉行封神大典、重封八荒之神前夕，少綰探聽到墨淵打算命神族長老團中最為公允的九尾狐族首領白燊於封神大典後，領族人鎮守神界通往凡世的門戶——若木之門。她便去了一趟青丘，將此壺託給了白燊。

如今，二十多萬年過去，滄海桑田，變幻若斯，墨淵失蹤了，白燊羽化了，若木之門也不再由九尾狐族鎮守了，但那無法毀壞的善德壺，應還存於世間，多半便是在青丘白家手中。

祖媞在恢復正身後，再次細辨了體內的西皇刃之力。她第一次感覺體內的邪力或許同創世鉢頭摩花相關，是在她前往千絕境行宮前作的那個預知夢中。如今，與那邪力共生了兩月，她越發覺得，那力同創世鉢頭摩花遺留於凡世的業火焚風很是相似，只不過，慶姜刀上這力，比那些業火焚風，更加厲害千百倍罷了。

倘若她的感覺沒有錯，兩者果真系出同源，那將西皇刃之力從她身體裡導出後，要在這世間尋一容器承接，便只能寄望於父神的善德壺。

於是祖媞趕來了青丘。

不過白止夫婦去雲遊了。據白淺說，一月前這對夫婦曾寄信回來，說應該就是這幾日會回狐狸洞。

天步已陪著祖媞在青丘待了七日。

三殿下周全，擔心祖媞神做客青丘，沒個貼心的婢女服侍會有不便，故差了她跟隨侍奉。但貼身之事，祖媞並不喜人插手，其他些許雜事，有殷臨尊者在，也無天步用武之地。幸而當一行人臨近青丘時，殷臨接到了姑嫿的來信，祖媞便命他回姑嫿了，天步這才能近身侍奉祖媞，不至於懶怠了三殿下吩咐她的差事。

天步也曾伺候過小祖媞，自以為對尊上的性子也算瞭解，但侍奉了幾日祖媞神後，她才發現，成年的尊上和幼年的小祖媞，其實有許多不同。

小祖媞活潑好動，對世間萬物都充滿了好奇；她還天真爛漫，禮讚生命中的一切美好；

偶爾也會傲慢、任性、調皮。然如今她侍奉的這位女神，比起小祖媞，卻端靜了許多。那些活潑、天真、傲慢、任性，已不再外露，所有單純的、稚氣的、屬於孩子的心性，皆已隨著成長褪去了膚淺的外形，變得內斂了起來。

這位女神，她有著芳菲美麗的面容，柔婉端淑的姿儀，冰潔親和的品格，慧黠靈動的性情。

而這樣的祖媞神，彷彿甚合白淺上仙之意。這些天來，她們二人相處得極好。

說起來，白淺上仙也是個人物。八荒皆知青丘白淺乃當今神族第一美人，然八荒中卻鮮少有人見過這位第一美人——皆因上仙她長年避世，不入紅塵之故。

白淺一張桃花玉面，不笑時瞧著有些懶懶的，懶中帶一點冷，結合她行事的體度，容易讓人覺她清高自賞。

但在青丘混了幾日，天步卻知，上仙實則是位十分隨性灑脫的仙，她避世也非因她孤高，不過是不愛出門罷了。上仙她就愛待在青丘，逍遙著修煉，閒暇時喝個小酒看點兒話本。

這些日，上仙每日都邀祖媞神品酒，還將珍藏的話本分享給祖媞神看。祖媞神品著酒，看著那些話本，也像是很愜意。兩位女神成天待在一塊兒，今天在飯桌上，天步驚訝地發現，二人竟已捨了尊上、上仙的客套稱呼，彼此以閨名互稱了。

天步這些日也同迷穀混得熟了，從飯桌上下來後，她試探著問迷穀：「尊上同上仙這樣小淺、小媞地互稱，會不會不太好？」她給了迷穀這樣一個理由，「你看啊，尊上方才給上仙布菜，叫上仙小淺時，太子殿下吃驚得筷子都掉下來了，後來表情就一直沉沉的，看上去不太高興。」

青丘不同於宮室巍峨、仙婢環繞的九重天。狐狸洞中唯有迷轂服侍白淺，二人間不大以主僕相稱，規矩也淺，尋常時候都是一同上飯桌吃飯的。太子諸人來此，入鄉隨俗，所以如今是一大幫人一起圍著一張桌子吃飯。

迷轂咳了一聲，回她道：「姑姑在我們青丘，輩分很大，年紀……也不算小了，大家都尊她姑姑，她雖沒提說過，但未必很喜歡這個稱呼。如今，好不容易遇到祖媞神這麼個年齡同她差不離、輩分還比她高的女仙能親和地稱她小淺，我看姑姑她是很高興的。」

說完這話後，迷轂前後左右看了看，確定了四周無人，靠近一步，又悄悄同天步說：「不過，方才太子殿下的反應我也注意到了，著實有些奇怪。我有個感覺，」他壓低聲音，「我覺得你們太子殿下其實有些喜歡我們姑姑。然他來了這幾日，因祖媞神之故，卻並未找著什麼時機同我們姑姑獨處，原本就不太開心了，今日又聽到祖媞神親暱地稱我們姑姑小淺……妳想啊，他本該是同我們姑姑最親近的人，但他還沒叫上姑姑的小名，祖媞神卻已叫上了，這對他來說，肯定是暴擊了。」

天步佩服迷轂觀察入微。她隨侍在三殿下身邊，同太子接觸得多一些，因此知曉從前太子還不曾見過白淺上仙時，便對青丘抱持著好感。彼時，太子對白淺應該也不是有情，但年少慕艾，太子未必就沒有在心中描畫過這位神族第一美人的未婚妻。而今見到白淺，她對他竟還有相救之意，天步覺得不好說太子就此對白淺上仙生了多深的情，但她從旁看著，覺得說太子很喜愛白淺，應該是沒錯的。

如今，聽迷轂竟也這麼認為，她就更覺得自己的揣摩靠譜了。

不過，天步畢竟是個謹慎的仙娥，自不會將這等揣度分享給迷轂，她佯作驚訝道：「哇，我雖不知你說的是不是真的，但你分析得好像很有道理！」

老實人迷糓被她騙了過去，情真意切地點了點頭，「嗯，我也覺得我分析得很有道理。」

太子對白淺上仙有意，欲與上仙獨處。天步覺著自己若是不知此事也就罷了，既知曉了，那自然要幫一幫太子。故而，這日黃昏時分，當祖媞神打算去尋白淺飲酒賞日落之時，天步攔住了她，委婉地同祖媞提了句，說太子這些日子因找不著與白淺上仙相處的機會，略苦悶。

當祖媞還是小祖媞時，便聽聞過太子因誤會白淺欲向天族退婚而愁鬱不樂。她亦覺太子喜歡白淺，可她沒想過自己和白淺湊在一起解悶子，礙了太子的事，一時對天步所言感到不解，「我看他一日日淨埋頭在書房中批閱文書了，還想著他如此不解風情，小淺一個美人，無人陪伴甚為孤單，故而代他前去作陪，還為他說了不少好話。」奇道：「他若也想同小淺相處，來找她便是，他來了，我自會離開……他為何不來？」

天步笑道：「太子大約是面皮薄，看尊上在，便不好意思過去。」

畢竟是聰慧的女神，極會舉一反三，祖媞想了想，恍然，「哦，原是我不夠知情解意了。」覺著好笑的同時，又有些感喟，不禁輕聲而嘆，「我天生無欲，不懂七情。凡人是天地間情感最為豐富的生靈，為學會情是什麼，我曾於凡世轉世十七世，向凡人學習情為何物。十七世修行後，我自以為自己已通曉六欲，習得七情，是個懂得世情之神了，今日才知，若論知情解意，我怕是還有得學。」話罷又是一笑。

或許因為洪荒時代為神的那十萬年裡，祖媞不懂情，不懂情便能不動情，不動則不傷；

故而，她的眼中還能保有稚子的純淨，不像是一個歷經滄桑的尊神，更像是一個剛成年的小少女。

這樣的光神托腮倚坐於石桌旁，溫和含笑地說出這些話，令天步震驚。

她此前曾聽殷臨同連宋提起過祖媞神生來便無情之事。彼時殷臨說，是因天道憐憫祖媞神為人族獻祭，感動於她的功德，才使她復歸後有了七情。可如今，祖媞神卻說是因她去凡世轉世學習了十七世，方習得了六欲七情。祖媞神當然不至於騙她。

天步心中一片驚濤駭浪。因為照祖媞神的說法，那她在凡世，豈不是已經經歷過許多段人生了？天步的腦子裡瞬間閃過了祖媞神回歸正身那夜，沉睡在扶瀾殿中時，三殿下為她溫柔綰髮的一幕。

雖然這麼想大不敬，但天步依稀覺得，三殿下對祖媞神，是有些格外之意的。

若是祖媞神已在凡世中經歷過兒女之情，且至今還將那人留在心中，那三殿下豈不是……長計遠慮的天步想到此處，不由一凜。

她雖知問這個問題是僭越，但為了三殿下，還是鼓起勇氣發問道：「尊上您方才說自己曾去凡世轉世過十七世，那尊上……可曾在凡世習過兒女之情，凡世中，可還有人令尊上掛記？」

天步此言，令祖媞微微一愣，她的面上出現了追憶的表情。片刻後，她開口回答她，語聲裡卻似乎透出了一點不確定，「我記得在那些轉世裡，我曾擁有過昊天罔極的親情、相視莫逆的友情，也曾學習過喜愛是什麼、憎惡是什麼、哀傷是什麼、憤怒是什麼、恐懼是什麼、驚怖是什麼……但十六世裡，我好像……並沒有學習過兒女情愛。」

天步細緻，立刻聽出了這話中的怪異之處，「尊上方才說自己轉世了十七世，此時卻說十六世裡您未曾學習過兒女情愛，那第十七世……是發生什麼了嗎？」

祖媞又是一愣，那秀致的眉微微蹙起了，「是了，我方才說的是十七世。」她抬起手來，揉了揉額角，輕聲低喃：「可我只記得十六世的經歷，為何我方才會說十七世？」

便在此時，「吱呀」一聲，那古樸的以牡荊條裝飾的木門忽然被推開了，一個白衣青年站在門口處，溫和地接過了祖媞的話，「尊上您的確只轉世了十六世。」

天步從未見過這青年，正納悶他是誰，聽得祖媞輕喚了一聲：「雪意，你來了。」

她這才知曉青年乃是姑媱四神使中的帝女桑雪意。

這位神使同看上去端肅穩重的殷臨尊者不大一樣，臉長得溫雅清俊，神色也和煦多了。

雪意徐步入內，躬身向祖媞拜了一拜。祖媞笑道：「偏你最講這些虛禮。」

雪意亦是一笑，「禮不可廢。」而後向祖媞道：「不知尊上可還記得，二十四萬年前，當您決意以轉世入凡之法修習七情時，給自己計畫了多少世轉世？」

祖媞的眉頭又皺了起來，「彷彿是十七世，這一節，我記不大清了。」

雪意頷首，「是，原本尊上您是定了十七世轉世，以去凡世修行學習的，但經歷了十六世，您便習得人族七情，獲得了一個完整的人格，回歸正身了。您會覺得自己轉世了十七世，是因這是您原本的計畫，但其實您只轉世了十六世。」

祖媞微微驚訝，繼而恍然，輕道：「原來如此。」

雪意分辨著祖媞的神情，見她的驚訝和恍然皆發乎自然，繃著的神經才緩和下來，微微鬆了口氣。殷臨曾說，兩萬九千九百九十七年前，尊上復歸後預知到八荒有大劫時，為了令自己安於使命，不動搖獻祭之心，將生命中所有關於水神的記憶都剝除了；同時，還對自己施了強大的心理咒術，禁絕自己去懷疑和深究那些或模糊或遺失了的記憶。果然是如此。因若非心理咒術，以她周密的性子，此刻絕不至於相信自己這番說辭。

雪意有些嘆息。

其實這些天，他一直和殷臨待在朝陽谷中，關注著麓台宮的動靜。

當日殷臨在來青丘的路上半途離開，並非是接到了姑媱來信。這不過是個託詞。連宋不放心祖媞，因此指了天步隨侍在祖媞之側。祖媞亦不放心連宋，因此暗中吩咐了殷臨找時機折回青鳥族王城。所以殷臨半途折轉，其實是回了朝陽谷。且在殷臨回到朝陽谷的下午，接到殷臨傳信的他便也趕去了朝陽谷，同殷臨會合了。

彼時他才知曉他們家尊上竟陰差陽錯和水神再次結緣了，且二人還立下了噬骨真言的咒誓。

二人之緣，令人感嘆。其實，若沒有三年後注定的獻祭，若水神不曾忘記一切，他們作為神使，並不至於如此忌諱尊上提起過去、好奇過去。有情人難成眷屬，他們看著也覺心酸。但正如昭曦所言，當日尊上受盡苦楚剝除記憶，是為了不動搖獻祭之心，難道他們要讓尊上功虧一簣嗎？自然不能。

雪意在心中惆悵地嘆了一口氣，收回了飄散的思緒。還是正事要緊。他看向天步，微微一笑，「這位仙子可否暫且迴避，容我同我家尊上商量些許家事？」

雪意帶來了殷臨的親筆信，還有一只裂為兩半的精美面具。

祖媞抬手，於石桌上拾起那面具來，拇指自面具斷口處撫過。

這是二十多萬年前她慣戴的那只面具，青玉所製，萺蓉所贈。這只面具陪了她六萬餘年。直到她為人族獻祭的最後一刻，它仍遮蔽著她的面目，履行著她對萺蓉的允諾。

但她復歸甦醒後，卻再沒見過它。她曾問過殷臨這面具去了何處，但殷臨亦不知。以致復歸至今，除了此前所經歷的那段遺忘了對萺蓉允諾的孩提時代，其餘時候，她見外人皆是以不大好用的面紗和冪羅覆著面目，多有不便。

她沒想過這面具還能被找回來，也沒想過這以天水之精、青玉之魂鍛造出的面具竟還能有被毀壞的一天，有些疑惑，低聲道：「這是……」

雪意明白她的疑惑。「萺蓉已回到姑嫆了。」他解釋道：「霜和帶她回來後我們才知，二十多萬年前若木之門打開，尊上您獻祭化光而去後，這面具自混沌中跌落，被萺蓉收走了。」

祖媞微微驚訝，道：「這樣嗎。」聽聞萺蓉順利回到了姑嫆，高興居多，問雪意：「萺蓉她還好嗎？」

雪意點頭，「她很好，只是經歷了長眠，有些虛弱，霜和在照顧她。」說著他轉了話鋒，「不過，沉睡了二十多萬年的萺蓉，一朝醒來，竟不再像往日那般驕縱，卻是明理了不少。

「她讓我告訴您，當初隨您來姑嫆，乃她自願，誘您發誓以玉罩覆面，一生不得真顏示人，是她任性。您為她守諾了六萬四千年，已很足夠了。她還說，她很自責，這些年來，因著她的私心，五族生靈皆不識尊上真顏，便是您曾為五族承平做了極其壯偉之事，如今神族的史書中，卻連一幅您的真實繪像也尋不到。而八荒生靈，即便有心想要為您造像以祭祀紀念您，亦不可得，這都是她的錯。」

雪意的目光落在祖媞手中那裂開的面具上，繼續道：「她說，她曾親手打造了這面具，以拘藏您，但如今她深深為之愧悔，故此她親手毀了這面具，將您從這個可笑的誓言中解放出來。從此，您不用再遵循對她的允諾了。」

聽完雪意這番話，祖媞靜默了許久，而後，她輕輕嘆了口氣，「她為何要愧疚？這是邀她從嶓塚遷到姑媱，我應付出的代價，我對此從無怨言，」她笑了笑，「再則，我其實也並不想上神族的史冊，也無所謂有沒有人記得我或者祭祀我。不過不戴面具，的確要方便很多。」

指間生光，金光在那裂開的面具上停了一停，面具立刻變小了，像是一個小小的精緻的玉珮，她將它握在手中把玩了一個來回，垂眸輕道：「但它陪我許久，就此丟棄它，我也不捨，將它做成個玉珮隨身佩戴亦很不錯，想必蓇蓉也會高興。」

雪意頷首稱是。

其實有一件事，雪意沒有告訴祖媞。蓇蓉回到姑媱後，第一時間便問了他祖媞和水神之事。從長眠中甦醒不久的少女，藏起了寥落，打起精神詢問他水神是否已降生，尊上是否已達成心願，同水神共結了良緣。得知祖媞同水神在凡世的糾葛，以及三年後她注定再次獻祭的命運，蓇蓉痛哭了一場，而後便毀了那青玉面具。在說完將她從那誓言中解放出去的話後，蓇蓉還說了一句話，她說：「這一次，我想讓所有人都能記住，為了四海安定、八荒承平而再次獻祭掉自己的光神是長什麼樣，如此，將來他們祭祀、懷念她時，才不至於只是懷念一個虛無縹緲的名字。」

思緒到此，雪意的心生出了輕微的窒痛感。三年之後，祖媞將再次獻祭，這是注定之事。他不知她是如何看待這為了死亡而復歸的命運，只知這些日子以來，她一直表現得很平靜，彷彿對這命運習以為常。可有了七情的她，真的對此安之若素嗎？

他正入神地想著這事，祖媞的提問聲突然響起，聲音難得有些嚴肅，「所以小三郎他……已入了星令洞幾日？」

這讓雪意立刻回到了現實，他看到殷臨的那封信已在祖媞手中攤開，祖媞目光微垂，落在那信紙之上。

是了，這是另一件正事。

在祖媞和太子離開朝陽谷後，青鳥族的彌暇女君以邀貴客遊賞之名，打開了青鳥族的聖洞星令洞。女君口中的貴客，自然指的是天族三皇子。

當日女君率臣工百人，相陪三殿下遊洞，陣仗搞得極煊赫。然當女君以魂印打開聖洞後，那金光赫赫的洞門卻只納了女君和三殿下兩人入洞，諸臣工皆被關在了洞外。

臣工侍從們見此異狀，既訝且驚，不日便有流言於王城四起，說此乃聖洞顯聖。

流言說，上次聖洞顯聖，還是三萬年前，彼時上任王君在洞前禱告三日，求葬在聖洞盡頭王墓中的先祖為他擇一賢妻。而後百名世家女子列於洞前待選，唯有護族大將之女感蒙聖光，步入了聖洞。這位神女後來便成了上任君夫人，而這位夫人，也確是一代賢后。此回聖洞又如此顯聖，豈非說，如今天族的這位三殿下，正是同他們女君適配之人？

星令洞中，鄄邇同連宋如何了尚不可知，但朝陽谷王城中的流言經過幾日發酵，已傳得很不像樣了。萬年前鄄邇在天宮的舊事亦被翻了出來，城民們眾口一詞，說三殿下和鄄邇原本便有情，兩人本就是一對，此次鄄邇同三殿下入星令洞，也是因二人已定了終身，此去是到洞盡頭的王墓告稟先祖，待二人從星令洞出來，便會宣布婚事。傳得跟真的似的。

殷臨在信中寫的便是此事。

雪意回祖媞之問，答道：「三殿下已入洞四日。」解釋道：「未能第一時間傳信給尊上，是因三殿下同彌暇女君入洞後，我和殷臨亦想尋機跟進去，但在探究入洞之法時，不小心被困入了洞口的迷陣，耽擱了時日。」說到此處，他沉吟了一下，補充了一句，「不過看那彌暇女君像是對三殿下情根深種，應不至於算計他的安危，故而我們推測，三殿下在洞中應是安全的，尊上不必太擔心。」

祖媞垂眸，手指緩慢地翻弄著手中的信紙，臉上沒什麼表情。良久，她笑了一下，「若青鳥族的女君要對他用計，也是一套美人計，水神風流，習慣了萬花叢中過，或許倒很樂意中這計。罷了，不必管他。」

第十六章

青丘的夜，似古書中的一幅舊畫卷，神秘、靈性、悠遠，同姑媱有些相似。

這靜夜裡，祖媞躺在狐狸洞中的石床上，良久無法入睡。

她想著殷臨的那封信。

黃昏時分，乍看到那信時，她確有不豫。意識到自己不豫時她愣了愣，但很快，她給自己找了個理由——她將那不豫定義為被欺瞞後生出的不悅、不快。

這的確可氣，她想。明明幾日前，連宋還曾對她說，他同鄄邇之間並無私事。可若無私事，何至於青鳥族王城上下，關於他二人的桃色傳聞洋洋不止？

那些傳聞，幾分是假，幾分是真，連她亦很難區分。連宋他為何會和鄄邇去星令洞，是好奇那聖洞，單純想去遊玩一番，還是真如傳言所說，是同鄄邇去拜見她的先祖，以陳二人的私情？

當祖媞尚以小公子的身分在青鳥族中行走時，便知鄄邇對連宋有情，至於連宋是否亦有意於鄄邇，她不大清楚。不過連宋的確關心鄄邇。

一個青年男子，關心一個女子，可能會有很多原因，或許他是將她當作親人，譬如妹妹，或許他是將她當作……她此前以為是前者，可黃昏時看到殷臨那封信，又覺著……或許是後者。

如今，在這靜夜之中，神思冷靜下來後，她憶起了幾日前她在扶瀾殿中醒來時，連宋坐在玉床旁同她說話的那幕場景。青年微蹙著眉，直視著她的眼，對她說「我和鄄邇並無什麼私事」，彼時，他的神情難得地認真。

他應當沒有騙她。

年輕的水神，行事無羈，愛耍詐，又愛戲弄人，但她的確可以相信這種事上他不會騙她。因太過驕矜，故不屑為此。

思緒至此，自黃昏拿到那信以來，一直無法平靜的一顆心方安穩了下來。

不過如此說來，連宋和鄄邇同入星令洞的緣由，如流言所傳的可能性便應當很小了。可連宋亦不是輕易能被鄄邇算計的性子。若他不願去星令洞，區區一個青鳥族女君，又能拿他如何呢？所以，入星令洞，竟是連宋自願的嗎？那他入星令洞是為了什麼？星令洞中又有什麼？

疑問接踵而至，但如許疑問，憑她空想，也想不出什麼來。祖媞亦明白，便揉了揉額角，打算將其放在一旁，天亮後再傳書給殷臨，令他好好查一查此事罷了。

白家的狐狸洞口種了一株白蘭，初夏時節，滿樹花開，幽香隨風入洞，沁人心脾，祖媞在這白蘭香的浸潤中恍惚入睡，然後，她作了一個夢。

那是個很真實的夢，卻並非預知夢。夢中所見，乃是已發生之事。當她是小祖媞時，她曾作過這樣的夢，夢到自己在千絕行宮的安禪那殿中和連宋初遇。但彼時那夢是關乎她自己，可這一次的夢，卻同她無關。她夢到了鄄邇和她的侍女。

是個傍晚，清風牽引著她的意識，將她送到了朝陽谷舞旋湖的水閣外。沒有人可以看到她。她信步走進閣中，走了十七階樓梯，來到了二樓。微風徐來，室中有薄紗輕舞，她便站在那薄紗之後。

一身常服的鄄邇立在薄紗的另一側，正在同她的貼身侍女說話，聲音冷，且低，「若因四境獸之故，他和我……至少從明面上，他無法斷定是我對他用計，」她一手握著書卷，一手指了指那侍女所呈托盤上的瓷瓶，「可若是用這迷仙引，妳想過後果嗎？」

侍女惶恐請罪，「是奴婢愚駑了，可……」咬了咬唇，又再次進言，「可奴婢擔心，明日女君同三殿下進洞，若那愛欲之境對三殿下不起作用，那女君您的苦心與籌謀，豈不就白費了嗎？是以奴婢才備了迷仙引這藥給女君……」

鄄邇平靜道：「不會不起作用的。水神若水，無情無心，不知喜歡一個人、愛一個人是怎麼樣。但情和欲，原本便不是一回事。他是無情，但有欲。若是無欲，這數萬年來，他便不會流連花叢了。」她笑了笑，那笑淡而朦朧，有些虛茫，聲音裡卻透出一股切實的篤定之意，「只要他有欲，孤便不信，他能勘得破四境獸的愛欲之境。」

侍女恍然，這才將事情的邏輯理清楚，「若是用了迷仙引，察覺到了是女君之計，那即便和女君……三殿下也必不會迎女君入元極宮，但若是因四境獸，那女君亦是受害人，看在……」侍女頓了一下，分辨著鄄邇的神色，將中間之語含糊了過去，做出高興之色道：「總之，奴婢覺得，三殿下是定會迎娶女君的。」

鄄邇轉過了身，望向窗外，因而祖媞看不見她的神情，只能聽到她的聲音。她的聲音放低了，輕似喃喃，像是說給自己聽，「是啊，屆時流言四起，而孤為流言所迫，欲一死以全己身體面，看在孤仙去母親的份上，他又怎會讓孤走上絕路？必會迎孤入元極宮為妃，以息流言。」話到此處，她靜了片刻，「他現在，或許對我是沒有男女之意，但這不重要，」她輕笑了一聲，那輕笑涼淡而怪異，「一旦我成為他唯一的妃，那我們自會有長長久久的時間。」

閣中靜了一瞬，侍女由衷道：「女君這一局，著實渾然天成。」

鄄邇重新回頭看向那侍女，淡淡告誡，「所以妳不要去做多餘的事。」

侍女立刻跪下了，惶恐道：「女君也知曉奴婢了，奴婢有時候是、是愚鈍，但也只在女君面前犯蠢，還請女君寬宥奴婢！」

接下來，鄄邇同那侍女的言談已無什麼緊要。

祖媞的心，卻沉了下來。

從主僕二人言語中可知，這該是發生在四日前之事。雖然二人對話中隱有遮掩，但祖媞還是聽懂了她們的打算——星令洞中有四境獸，鄄邇欲引連宋去星令洞，借四境獸之手使其沉淪愛欲，與她共效鴛夢，而後她再將此事散播出去，屆時連宋迫於流言，便不得不迎她為妃。

事情到此，已相當清楚了，星令洞之行，的確是鄄邇對連宋的算計。而殷臨信中，此時朝陽谷裡四下流傳的關於連宋與鄄邇的逸聞，想必也是鄄邇的人在背地裡造勢。

關於青鳥族的這位女君，祖媞也知她登上高位不易，原以為她浴血拚殺至青鳥族的至尊之位，是為權為勢，如今看來，竟不盡如是。她的侍女讚她設給連宋的這一局渾然天成，祖媞卻覺這一局全無體面，甚至可說下作，但也不得不承認，它頗能切中要害。若小三郎一無所察致此局得成，的確，他最後至少得出手一個妃位，才能令此事平息。

祖媞感到頭痛，一時竟不知該惱恨小三郎風流無邊情債遍地好，還是惱恨鄄邇作為一族女君為情如此瘋魔好。

並且，那星令洞中竟還存著四境獸。這亦令祖媞感到驚訝。須知二十七萬年前，夢魔霄樽以四境獸所織的愛欲之境誘謝冥，為瑟珈所察，瑟珈暴怒，盛怒之下，不僅重傷了霄樽，更是將四境獸這一族邪獸盡數斬殺了。是以如今八荒中應不會再出現四境獸才是。可這青鳥族的聖洞之中，如何竟有了一條漏網之魚？

方才鄄邇評價連宋，說他無情卻有欲什麼的，她無法判斷鄄邇所評是否正確，唯一所知的是，人若有欲，的確很難對付四境獸。

雪意說連宋和鄄邇已入洞四日了，那麼小三郎……是否已遇見了四境獸，中了鄄邇之計？

祖媞心中猛跳了一下。

就在她凝緊了雙眉，以手按住驚跳的心口時，面前的輕紗與麗人忽地消失了，天地間唯餘一片蒼茫。

她環視了一下四周，在這漫無邊際的荒蕪與蒼茫之中閉上雙眼，心中默數了七下，再睜眼時，看到了一座靡麗華美的宮室。

宮室敞闊，光線卻暗，細看，全因照明之物乃紅燭所致。細若竹枝的紅燭置於懸空的琉璃燈碗中，燭影搖紅，昏光朦朧，室中一片似晦似明的曖昧。

晦明之間，絲竹之音靡靡自暗處生，數十舞姬隨樂起舞，舞姿妖嬈撩人。不遠處，連宋倚坐在華麗錦緞覆蓋的高座上，正撐腮欣賞著舞姬們的舞姿。他的膝旁倚了一個女子。女子面容秀美，一身薄紗輕衣，正是鄄邇。鄄邇的下巴擱在連宋的膝上，面色泛著潮紅，眼神迷離，嬌態依依。

祖媞不禁向前行了兩步，便見鄄邇抬起了手。水紅色的紗袖滑落，現出光裸雪白的手臂。那手臂柔若無骨，攀住了連宋的肩。連宋便低下了頭。鄄邇微微一笑，支起了上半身，手指沿著連宋的肩線遊走，落在了他的脖頸處，然後，她圈住了他的脖子。連宋先時沒有動作，過了會兒，他抬起手，握住了鄄邇單薄的肩。

如此靡麗之境，二十七萬年前，助瑟珈從夢魔手中救出謝冥之時，祖媞曾見過一次。這是四境獸所主宰的空間法陣的第一層，愛欲之境。

說起來，四境獸之所以名四境獸，便是因每一頭四境獸天生便會凝一種空間陣——四境陣。四境陣分四層，首層為愛欲之境，次層為憾恨之境，三層為相我之境，最後一層為空之境。

洪荒時代，四境獸大多是有主的。五族生靈若想成為四境獸的主人，需馴服牠，而後同牠簽立契約。四境獸的主人可自由來去四境獸造出的四境陣。但，若陷入四境陣的生靈並非四境獸的主人，便需經歷七情考驗，勘破七情方可出陣。實則，泰半生靈都無法經受住幻境的考驗，往往耽溺迷失於其中無法出陣，他們的靈力也就會被四境獸所吸食，而後為其主人所承。

彼時神魔們養四境獸，多為兩個用途——要嘛是為修行走捷徑；要嘛，便是如夢魔霄樽以愛欲之境囚困謝冥那般，誘害無辜女子。故而當日瑟珈發怒，除掉了四境獸閤族，連一向慈悲為懷的他哥哥悉洛也沒有對此多說什麼。

如今鄄邇所行之事，細思之下，其實同當年霄樽所行並無區別。鄄邇藝高人膽大，敢以四境獸算計連宋，必然是篤定最後他們能走出這陣。可見星令洞中這頭四境獸的主人，便是她了。

數步外，當連宋的手放在鄄邇肩上時，鄄邇側眸看了一眼他的手，而後輕輕笑了一下，身體柔軟如蛇，向連宋貼覆而去。

祖媞的心一緊，竟忘了此刻是在夢中，立刻便要上前，可剛邁出一步，便失重地跌入了一片黑暗之中。

再睜眼，已是回到了現實。她醒了。

雪意半夜接到祖媞召喚，衣服都來不及穿妥貼。到得祖媞房中，見她筆走龍蛇，正在燈下書信。

雪意等了半炷香，祖媞方停筆。她將剛寫成之信封好後遞給他，又從一旁的櫃中拿出了一只長木匣給他，道：「我欲向白止帝君借善德壺一用。帝君夫婦這幾日便會回東荒，屆時面見帝君，你將此信和此物給他，若善德壺在他手中，他看到此信後必不會為難你，應會將那壺予你，然後你便帶著那壺先回姑媱吧。」

雪意聽懂了她的話，微驚，「尊上不打算留在青丘了？尊上欲往何處？」

祖媞靜了一瞬，面色沉肅，邊向外走邊道：「小三郎……我得去看看他。」

雪意不知，為何睡了半宿，祖媞便改了主意，不由疑惑，「可尊上不是說，星令洞之行即便是計，那也是彌暇女君使出的一齣美人計，三皇子風流，當會樂意消受這美人計的……為何尊上突然又要去管這閒事了呢？」

祖媞已推開了門，聞言頓了頓，「我同小三郎立過噬骨真言，發誓將以誠心善意待彼此。若他對彌暇女君有意，那便罷了，但他……多半對彌暇無意。如此，既知彌暇是在算計他，我便不能眼睜睜看著他被算計。」說著，她抬手揉了揉額角，「雖不知此時去還能補救多少，但……」這句話她沒說完，皺了皺眉，臉上的神色冰冷了兩分，像是感到煩悶。

雪意明白了，「所以，尊上是要趕去朝陽谷，解三皇子於困局。」他心中微動：祖媞她如此著急，星夜兼程地趕去救三皇子，真的只是因為噬骨真言嗎？

可能因為半夜被叫醒，腦子有些發昏，一向謹慎的雪意竟犯了一個平時只有霜和才會犯的錯誤，他竟將心中之語說出口了，「尊上您是因噬骨真言，還是因……」

幸好話剛出口，他便反應了過來，趕緊頓住了話音。

可祖媞已聽到了，她站在門外，有些奇怪地回頭，「還是因……什麼？你想說什麼？」

雪意忙道：「沒什麼。」定了定神，緩聲解釋道：「我是想說，就算沒有噬骨真言，想來尊上也是會去助三皇子的。畢竟從前無情無欲時，尊上您便一貫心軟，如今懂得了七情，當更有慈悲憐憫心了。」

雪意胡謅得很是那麼回事，祖媞不疑有他，又聽這向來妥貼的神使在那解釋之後還說了兩句擔心她之語，她便安撫了他兩句，「我會讓殷臨陪我入洞，有他護我，你可安心。」

說著話，兩人已行到狐狸洞口，祖媞召來輕雲，很快離去。

雪意帶走那封信時，殷臨就想過了或許祖媞會來，但他沒想到她這樣快。昨日清晨雪意才離去，今日破曉祖媞便出現在了星令洞口。

星令洞的禁制亦是一種空間陣，以女君魂印方能打開，然這世間的空間陣法，沒有幾個能真正抵擋住光神，故而她帶著殷臨很輕鬆便穿過了洞門。

行過一段狹長山洞，豁然開朗處，是一片世外靈境。靈境浩大，欲尋一個已入洞近五日之人，似乎很難。但要尋四境獸，卻是輕鬆的。

四境獸靠吸食生靈們的生氣存世。

他們沒有掩藏自己的靈息仙澤，很快便引來了四境獸主動現身。在與那劍齒、灰鬃、獨角、虎形的龐大異獸對視時，二人順利落入了那異獸所主宰的四境陣中。

短暫的失重感後，他們站在了一座靡麗的宮室前。

祖媞雙眉緊蹙，揚手推開大殿之門，疾步向內而去。

殿中紅燭幢幢，可稱幽昧妖冶，只是空蕩蕩的，好像沒人。再往前去，可見昏暗的大殿深處置了張玉座，玉座下鋪著華麗厚實的氈毯，有一女子側身躺在那氈毯上。殷臨上前翻過那女子，發現女子昏過去了，卻是鄞瀰。

鄞瀰身為一族之君，從來都打扮得體面端莊，此時她卻穿著舞姬們才會穿的輕紗薄衫，妝容也很妖媚嬌豔。殷臨不知這是怎麼一回事。

祖媞掃了一眼鄞瀰身上雖輕薄但齊整的衣飾，面上神色放鬆了些，她蹲身探了探鄞瀰的額際，淡聲喃了句：「是被下了昏睡訣。」起身道：「看來小三郎已勘破這愛欲之境，去往下一境了。」

殷臨雖不曾入過四境陣，但他生於洪荒，對四境獸也算瞭解。四境獸的愛欲之境乃一種邪境，世間生靈墜入其間，但有愛欲，便會被數百倍放大，以致失智沉淪。可以說，這邪境堪比烈性媚藥。故而，乍聞一向風流的水神竟勘破了此境，殷臨略有詫異。

二人自那玉階上下來，祖媞突然叫住他，「殷臨。」

殷臨回頭。

祖媞看著他，道：「我要去下一境尋小三郎，下一境乃憾恨之境。仙途漫長，我不知這許多年來你是否也有了不能釋懷的憾恨。」她停了一下，「若是有，便不要同我去下一境了，你定會陷入其中。」

四境陣的第二層憾恨之境與第一層愛欲之境有所不同。憾恨之境乃幻境，是個迷心之境，此境能察知墜入其間的生靈心底最不能釋懷的憾痛，為其織造虛幻夢境。生靈在那幻境中，能圓滿生命中最慘烈的憾恨。

洪荒時代，許多墜入四境陣的神魔，皆是有大修為，並不會被愛欲束縛的大能，最終卻為四境獸所害，大抵是輸在這一境。不過祖媞並不懼這一境，可以說，四境獸的四境於她而言，都不算什麼，因為世間所有旨在對神魂施加控制和影響的術法，於光神而言盡皆無用。然，憾恨之境，卻是能傷到殷臨的。

一個青衣人影從殷臨腦海中閃過。他的心驀地一疼，一時無法言語。

看到他的表情，祖媞心已瞭然。她沒有再說話，安靜地等著他。

良久，殷臨方有些艱難地低聲道：「我的確有遺憾，去第二境，或許不但不能護佑尊上，反會拖尊上後腿，可無我護佑，尊上您的身體……」

祖媞抬了抬手，止住了他的話，輕聲回他：「無妨，我是不宜動用重法，但並非不能動用，真到了危急時刻，自保是沒問題的，四境獸傷不了我的根本。」

殷臨聽她如此說，心知無法阻止她前往下一境，靜了一瞬，妥協道：「既然尊上決意要去第二境，那我便在此……」

祖媞卻打斷了他，「其實，你若隨我同去，就算你陷入第二境，也不算拖我後腿。只是若小三郎不在憾恨之境，我便需再去第三境尋他，尋到小三郎後我才能或收服或殺掉這頭四境獸救你出來。那期間，你的靈力和生氣會為四境獸吸食。」

見殷臨愣住，彷彿不懂她此話何意，她笑了笑，道：「我想說的是，殷臨，若是我曾在過往仙生中留下了極大的遺憾，此番我是會樂意以幾息靈力和生氣作為交換，去憾恨之境中求一個圓滿的，哪怕只是虛幻的圓滿。」

殷臨一臉震驚，不可置信地看向她，「尊上的意思是……」

他沒有說完這句話，但她卻明白了他的意思。「是。」她點頭回他。

殷臨垂眸，「可那終歸只是虛幻。」

祖媞看了他一會兒，「但你看上去，卻像是很想要體驗那虛幻，即便它只是虛幻。」她輕輕嘆息了一聲，「一直以來，你都太克制自己了。殷臨，偶爾隨心放縱一下，其實不妨事。」

殷臨緊閉了一下眼。祖媞沒有再多說什麼，轉身走向了宮室盡頭一扇半月形的銀光幽幽的洞門。那是不被愛欲之境所迷的生靈方能看到的通往第二境憾恨之境的入口。

殷臨僵立了一瞬，最後他選擇跟上祖媞的步伐。

憾恨之境在祖媞踏入時還是一片空茫，可當殷臨踏入，白霧之後，卻出現了一條長河。長河廣闊，不知流向，自濃雲中來，又向濃雲中去，河畔立了一座百丈高的石碑，上書三個風流俊逸的大字——思不得。

這憾恨之境中竟幻化出了冥司的入口。

漫天銀芒中，一個長髮曳地的青衣女子從石碑後走了出來，蒼白纖細的手扶著那碑，淚眼盈盈，望著殷臨，嗓音微微顫抖，「你來了，我在這裡等了你好久。」

見到那女子，向來沉穩的殷臨竟在一瞬間紅了眼眶。「青鷂。」他啞聲。

女子聽到他的低喚，眼輕輕眨了一眨，一弧清淚墜地。殷臨疾步向她走去，走了幾步，彷彿嫌那步履不夠快，竟飛跑了起來，到得她面前，他一把將她攬入了懷中。

女子亦伸出手來，緊緊擁住了他。

祖媞眼見這一切，有些驚訝，但也不至太甚。

原來殷臨的遺憾是這個。

她真的沉睡了太久，不知殷臨在何時竟有了一段情，而這段情竟令一向理智的他抱憾至今。

她最後看了一眼思不得泉旁緊密相擁的一對有情人，壓下了心中的嘆惋，抬步向第三境的入口走去。

如她所料，連宋不在這憾恨境中，她想，那他大概率是在第三境了。

第三境，乃是四境獸的相我之境。

相我之境，同愛欲之境和憾恨之境又不一樣，並非邪境，要說的話，此境其實帶著佛性，是幫生靈們面對真實自我的一境。

相我之境中有一片湖，名懸殊湖，湖底有一面心鏡。生靈入懸殊湖，可在心鏡中看到自己的憶河。憶河的流淌連綿不絕，河中呈現的，是一個生靈一生的記憶。若河水哪一處出現了空白，便意味著那部分的記憶被抹除了。一個人的記憶若被抹除過，在他的回憶中是很難察覺的事，但在憶河中卻是一覽無餘。

因此，洪荒時代，一些意志力強大、可勘破愛欲之境和憾恨之境的神魔，常會利用四境獸的這一境來驗看自己的記憶。因那個時代裡，有段時間五族間矛盾甚深，殺得眼紅，大家唯勝是圖，道德感普遍比較低，一些禁術和背德之術常被濫用，而記憶術法便是被濫用的術法中的一種。

站在相我之境的入口處，想到這一境的特性，祖媞忽然有些明白連宋為何會來星令洞了。並非是中了鄄邇之計，而是他原本就要來此，而來此，或許便是為了相我之境。他是不是懷疑自己的記憶出了問題？

踏入第三境，看到境中景象，祖媞更是堅定了自己的判斷。

第三境中，懸殊湖被封凍了，其上還布了一層阻隔結界，正是連宋的手筆。看來他此刻應正置身於懸殊湖底。

穿過那阻隔結界於祖媞而言不是難事，然結界貼著冰湖而生，要進入水神以靈力冰封的懸殊湖，卻需花些時間和工夫。

連宋在此處設了兩重關卡，以阻外人靠近，必是在湖中使用心鏡。

祖媞仙體中納著西皇刃邪力，己身大半法力與那邪力對抗著，維繫著體內脆弱的平衡。此種境況下，她不宜調用重法，只能試探著一點一點聚力，去化開那以水神靈力冰封的凍湖。

正當她伸手結印，嘗試著聚力時，忽然察覺到一股凌厲的視線。那視線森冷，透著危險的氣息。她猛地抬頭。抬頭那一剎那，竟發現無數頭四境獸自四面向她撲來。

她驀地一凜，才明白過來為何連宋會冰封懸殊又設結界，他擋的，應當正是這些四境獸身外身的攻擊。

沒錯，身外身。第三境相我之境和第四境空之境中，四境獸的確會化出無數身外身傷人，她險些忘記這一茬。那些身外身除了不會凝陣，同四境獸正身也無甚區別，亦兇猛靈敏，能以爪牙重創他人。

這幾十頭身外身並非一般的阻隔結界可擋，可她不能隨心調用體內法力，那便無法在瞬息之間結起能有效阻擋這些身外身的結界。

一切決斷都是在剎那之間做出。祖媞飛身躲過數十頭身外身的攻擊，縱躍至高處，伸手一撈，召出一把巨弓，十箭連射。

祖媞手中之弓，古樸巨大，名為懷恕，是她在洪荒時代常用的一把弓，雖有一個慈悲的名字，卻是一把殺人之弓。與人對戰時，她會用到它，不過那時候她不怎麼出姑嫿，與人對戰的場合少之又少。

雖然羽箭去勢洶洶，百發百中，可她此時所用，皆是未含法力的普通箭支，即便箭箭皆命中那些身外身的要害處，也不過使中箭的身外身消失幾個瞬息罷了。瞬息之後，身外身復又凝結，長嘯咆哮，揚蹄而來。祖媞心下微沉。看來，不動用法力是不行了。

另一廂，懸殊湖下，白衣的水神站在心鏡中自己的憶河旁，並不知湖外的打鬥。他垂眸望著河中之水，眸光微沉。

三日前他便入了這四境陣。他原以為自己是無愛欲，亦無憾恨的，能輕鬆通過第一、二境的考驗。然在愛欲之境裡，他坐在那靡麗的宮室中，當鄞邇跪在他膝旁，刻意來誘他，手臂攀住他的肩，身體貼近他之時，那一瞬間，他卻的確產生了他懷中應有一個女子的幻覺。

應是怎樣的一個女子呢？彼時他像是被蠱惑了，神思亦是迷亂。在那迷亂的神思中，那女子是一個朦朧的影，彷彿，她應該有一頭如瀑的青絲，應該有纖長婀娜的體態，應該像是一株美麗迷人的藤蔓，牽引他，纏繞他，情姿裊裊，語聲嬌嬌，填滿他空無的心。

他不知女子具體應是長什麼樣，也不知這些感受是不是只是一種妄想，但他卻知，若他果真是被愛欲之境控制了，那他想要的，唯有這樣一個女子。

彼時，他在恍惚之間握住了鄞邇的肩。可能鄞邇以為她終於誘惑到了他，那一刻，素來無辜純善的眼眸中露出了一抹得意和狡黠。殊不知他只是為了推開她。他也的確推開了她，冰冷地、俐落地、不帶絲毫憐惜地。

就在他推開鄞邇之時，他的靈台復得了清明，看山是山，看水是水，當目光落到鄞邇臉上時，也清晰地看到了她眼中的不可置信之色。他感到一陣厭倦。

其實入洞之前，他便算到了鄄邇或許會如此算計他。但終歸是靈㛃師姐的血脈，又是在元極宮中養了許久的姑娘，他以長輩之心待她，在她成長的過程中，也算是盡了心。他並不願相信她真的會如此算計他，但她卻做了，令他失望；但也說不上多麼生氣，他只是感到有些無趣和乏味。

鄄邇很是機敏，也很會演戲，到這一步，還能鎮定地輕擰蛾眉，做出一副被這愛欲之境操控了的模樣，試著伸手拉他，「我好難受……」

他不想看她在他面前作態，施了昏睡訣令她昏倒了事，而後他便入了第二境。

憾恨之境中的體驗，和連宋想像的亦很不同。

他自覺自己此生並無什麼刻骨憾恨，漫漫仙生中，或許長依之事算是一個遺憾——他原本對她寄予厚望，希望她能向他證明這世間亦有非空，可轉世歸來的她卻著實不像樣。鄄邇之事，也算一個遺憾吧。但這些，皆算不上很深的遺憾。

在他的預計中，便是第二境不願輕鬆放過他，硬想編織一個幻境束縛他，那多半也是編織一個關於長依或者鄄邇的幻境。他不覺得自己會被這樣的幻境縛住，故而並不大將憾恨之境當回事。

然，他竟完全想錯了。進入第二境後，很長的一段時間，或許是半日，或許比半日還要多，他的面前什麼都沒有，只是一片虛空。可他也看不到進入第三境的境門。

就在他感到疑惑、微覺難辨、皺眉思索著應對之法時，忽然聽到虛空中傳來了一聲極輕的「連三哥哥」。縹緲的、柔軟的、輕婉的，是祖媞的聲音。卻不是小祖媞的聲音，而是成年祖媞的聲音。他愣住了。

在祖媞回歸正身後，她從沒有用過此等親暱依賴的聲音喚過他連三哥哥。出於惡趣味的心理，他的確很希望聽如今的祖媞喚他一聲連三哥哥。但她不曾這麼喚過自己，他也並不覺是什麼遺憾。

可為何這憾恨之境單單拎出了這個，為他造出這幻境？

他覺得有些可笑，果真輕輕笑了笑。

便在他唇角勾出那個淺淡笑意時，前方出現了第三境的境門。

看著那驀然出現的通往第三境的境門，他的笑止住了，只覺這幻境如同兒戲，勘破這幻境獲得境門的契機也如此莫名，透著古怪。伴著這種怪異感，他以術法探了探那境門，又思忖了片刻，方邁入其間。

境門是真的。邁過那境門，他便置身在了此來星令洞的目的地——相我之境中。

今日，已是連宋在相我之境的第三日。他用了一整日的時間，於心鏡的憶河旁，覽過了自己這七萬年來的記憶。在第一遍的查探中，他並未發現憶河的流淌有什麼明顯斷層。憶河流淌既無斷層，說明他的記憶應該沒什麼問題。換作他人，求得這個答案或許已心安了。但三殿下向來有懷疑精神。出於審慎之心，他施術放慢了憶河的流速，在接下來的兩日裡，又將他兩萬歲成年後的記憶認真過了一遍。

事實證明，他這麼做是對的。兩日嚴謹搜檢，他於這緩慢流淌的憶河之中，終搜檢出了一幀空白。是十分短暫的，若河水流速正常，絕無可能被發現的一幀空白，昭示了他的記憶的確存在問題。彼時，他的心中竟很平靜，只想：果然如此。

將那一小段憶河定住，他一幀一幀去翻看了那段河流所承載的回憶，發現竟是三萬年前他在北極天櫃山受刑的一段過去。三萬年前。很遙遠了。

彼時他很年輕，比如今更能妄作胡為。他記得，是因長依轉世為煙瀾，他下界守護，在凡世待煩了，恰巧轉世為公主的煙瀾被逼和親，不欲遠嫁，來哀求他，他便在凡世造了片大海出來，阻斷了煙瀾的和親路，也使自己能夠提前結束同天君的賭約，重回九重天。大海一造，他如願回了天庭，代價便是他得去北極天櫃山受七日冰瀑擊身之刑。

憶河之中所呈現的這一段回憶，同他自身的記憶無異。他看到那個年少的自己身縛仙鎖，被囚困於不息的流瀑之中，生受著流刃劈身之刑。整個天櫃第二峰，唯有受刑的他和兩個執刑天將，除此外難見活物。

他記得那七日刑罰，疼痛、無聊、乏善可陳。但這憶河中，一切卻並非那樣乏善可陳——在這段河流的末段，出現了一幀十分清晰，然他卻記不真切了的畫面：受刑的最後一日，當他被那冰瀑寒刃折騰得半暈過去時，覆著薄雪的幽謐山谷中，竟有一女子轉過山谷隘口，一路向他行來。

觀望河中影像，起先，他並沒有辨出那是個女子，他只看到了一個小點在慢慢向著寒潭靠近。過了片刻，那朦朧小點走近了寒潭，他才勉強看出那是個人影，又過了稍時，他才辨出那是個女子。

女子一身金色長裙，身姿纖細高眺，面目卻看不太清晰。眼看再近幾步，他便可辨出女子的面容，憶河中的畫面卻突然消失了。緊隨其後的，是一幀空白。正是他先前放慢河水流速後察覺到的那幀空白。而當河流中再次有顯影出現時，女子已消失不見，年少的他也不在寒潭冰瀑中了。他雙目緊閉，躺在了寒潭旁。

受刑的最後一日裡，他的確暈過去過，應該是在還剩兩次流刃之刑時，他沒能撐住，陷入了半昏迷中。那種精神難濟的昏沉時刻，的確可能什麼都記不住，或許那便是為何他的憶河裡有這樣一幀畫面，他自個兒卻感覺陌生的原因。

在那短暫的空白之後出現的影像，他倒是都熟悉，那些回憶他也都記得——之後，他自那寒潭旁醒來，執刑的兩位天將說，乃是因他在冰瀑中暈過去了，他們恐他出事，所以打開那束縛他的仙鎖將他放了下來，容他在潭旁休息了半日，又見他背上傷勢猙獰，就幫他包紮了一下。

今日之前，他對這段記憶沒有任何懷疑。可今日他始知，這段記憶中竟有一幀空白。那空白昭示著，自他半暈過去，到他在寒潭邊醒來之前，他可能清醒過一段短暫的時間，有過一段重要的經歷。然後，那段經歷被抹除了。

是什麼樣的經歷？為何會被抹除？又是被何人抹除的？

他結印靜止了承載著那女子影像的流水，認真辨識了許久。黑髮，金裙，天櫃山。他心中一頓。金裙雖不特別，但慣穿金色長裙的女子，他恰巧認得一個，且這個女子還同憶河中呈現出來的這個地點頗有聯繫。

祖媞神。他沒記錯的話，三萬年前祖媞歸位，也是在天櫃七峰，且正是在他受刑的第六日。三殿下握扇的手有些不穩。

當然，河中這面目不明的女子，也有可能是其他路過的穿金裙的仙魔，但向來並不感情用事的他，此時心中卻有強烈的感覺，傾向於這人便是彼時剛剛歸位的祖媞神。

如此，兩個多月前，來青鳥族的途中，雲船之上，殷臨談及他同祖媞時，那異樣的神情和半含半露之言，便都有了解釋。若他在祖媞剛剛歸位時，便在北極天櫃山見過她，那的確可說，他同祖媞有舊緣。

三殿下一瞬不瞬地凝視著水中那模糊的人影。可若此人果真是她，他們果真曾在這山谷中相遇，為何從前他試探她他們兩人是否有舊緣時，她卻像是什麼都不記得了？她的不記得不像是裝的。所以說，是他們兩人關於這一段的記憶都被抹除了？到底是什麼樣的記憶？又是誰抹除了這段記憶？是……殷臨嗎？

不，不對。剎那裡，他想起了在千絕行宮同祖媞的初見，想起了她體內的西皇刃之力，想起了從近三萬年的沉眠中醒來的祖媞對慶姜的追查，亦想起了她的預知之能。

這件事，有沒有可能還和魔族有所牽扯？或許……是彼時祖媞預知到了慶姜的復歸和魔族的崛起，但她因剛為這世間立下法咒、耗盡靈力，需入長眠，沒有更多精力前往九重天同神尊們商量此事，在天櫃山碰到了他，便告訴了他關於魔族的預知……但此事卻為魔族所察……

這的確是一個解釋，或許事實並非如此，但好歹是個方向。

三殿下蹙著眉，一個個分析腦中冒出的可能。

正自靜思，卻突然感到有一股力搖撼著他設下的結界。又是那四境獸的身外身？他厭煩地抿了抿唇，收回了施加在心鏡上的印。心鏡中的河流驀地消失，被封凍的湖水似一塊巨大的翡翠，綠光瑩瑩。他微一揚手，湖中水復又流動起來，隨著湖水流動，阻隔結界迸發出了懾人的銀光。

懸殊湖外，第三境中一時大亮，祖媞此時正對付著四境獸的身外身們。

在身外身們攻過來時，她有兩種選擇，或起結界，或鑄光箭。起結界乃防守，需調用重法；以法力化光箭射殺這些身外身，乃進攻，亦需調用重法。兩者皆會擾亂仙體平衡使她自傷，既如此，比起防守，她當然更願意進攻。

祖媞一手持弓，一手結印，半空中忽現出許多光鏡，而她變換的手印間亦生出金光來。金光瞬息化為長箭，長箭接觸到弓體，懷恕弓一震，爆發出金光相和，似極歡喜。的確，普通羽箭本不該同它作配，這種充滿力量的光箭才堪為它的靈魂夥伴。

若是四境獸正身，見此情景必會忌憚，然這些身外身們兇猛有餘聰明不足，並未發現異狀，以為牠們的利爪利齒能敵得過女神手中巨弓，一意孤行地向祖媞撲來，意欲將她撕成碎片。

祖媞沒有躲。她沉定地站在原地，忍著體內翻湧的氣血，張弓搭箭。光箭並未指向任何一頭身外身，反是以上傾的角度，射去了中空。

其實一切都發生在彈指間。但若將速度放慢百倍，便可見疾去的長箭射中了半空的一片光鏡，但那光鏡卻未破裂，反將箭頭納入了鏡中，接著有七彩之光自那光鏡中放射而出，接觸到排列在半空中那些類似頗黎的小光鏡後，折射反射出去，瞬間形成成百上千支光箭。

光箭如雨，在身外身們距離祖媞不過數尺之時，準確地扎入了牠們的軀體。光箭入體，金光瞬間充斥於身外身的全身，幾十頭身外身發出疼痛的怒吼，卻在怒吼尚未結束之時，便化為了再也無法凝結的塵灰。

連宋自懸殊湖啟陣而出時，所見便是這一幕。女子黑髮，金裙，手持巨弓，立在數十丈外。她有著蒼白美麗的臉，弱不勝衣的體態，可被幾十頭兇猛的身外身張牙舞爪環伺時，卻並無什麼慌張懼怕之色，神情那樣平靜，張弓引箭的姿勢那樣穩。那畫面有一種奇異的美，教人失神。但失神只是一剎那。剎那後，他的關注點本能地轉移到了她為何會出現在這裡，又如何能出現在這裡上。可即便是他，一時也不能得出正確解答。

就在那些身外身一一化灰時，祖媞微微偏了頭，看到了他。看到他時，她臉上未現出什麼驚訝之色，笑了笑，像是鬆了一口氣。然後她的手離開了那把巨弓，那弓立刻消失了。他以為她要向他走來，但她沒有。她重看向虛空，大概在三個彈指後，她突然合起雙手，結了個複雜的手印。

看到那手印，連宋神色一凜，身形似流光，急速向祖媞掠去。但仍未能阻攔住她。金色的似涵蓋了七種色彩的強光自她纖白的指間迸出，頃刻籠罩住了整個相我之境。

陣法已成，強光所到之處，皆為封鎖之地。整個相我之境，已全在光神的封鎖之下了。而布完這個強大的空間陣後，她有些力不能繼，暫時無法去壓制體內的西皇刃邪力。邪力失了束縛，爭先作亂，她一時無防備，驀地吐出一口鮮血。

眼看就要倒地，一雙手穩穩地托住了她。然後她聽到了他的聲音，像是訓斥，幾乎有些咬牙切齒，卻又含著無奈，「既然來了，在這裡起陣等著我便罷了，為何動用重法，如此胡鬧？」

封鎖整個空間，是既定的戰術。若是連宋不出現，在封鎖掉相我之境後，她會自個兒去將那四境獸正身給收拾了。雖然此時體內邪力亂行，讓她有些難受，但她自我評估，將這邪力壓半個時辰不成問題，她還是收拾得了那四境獸正身。但既然連宋出現了，那她倒也不必去冒險了，能省一點力還是省一點力好，就是不知以小三郎之能，是否可收服那頭四境獸。

在她想著這些時，連宋的手搭上了她的脈，她愣了愣，推開了他的手，抬指俐落自封了身體幾處大關。亂行的邪力被封住了，她抬眼看向連宋，雖然臉色蒼白，卻笑了笑，「小三郎，身外身是被我殺了，但四境獸的正身仍在，若容牠逃入空之境，我們便很難捉住牠了，故而我封鎖了這一境。」她同他打商量，「我現在不太舒服，不想動，你能不能幫我個忙，去將那四境獸正身收服了？」

青年是很會照顧人的，在她當小祖媞時，她早有領教。在她說到她不太舒服不想動時，他抬手化了張繡榻帶她坐下。在她慫恿他去收服四境獸正身時，他推著她的肩讓她倚在了繡榻的靠背上，又握住她的雙腿，將她雙足也放在了榻上。這使得她很懷疑他到底有沒有聽到她的慫恿，不禁抬手搭了下他的肩，「你……」她是想問他有沒有聽她說話，但只說出一個字，她就止了聲，表情頓住，微凜。

他看出了她的異樣，注意到了她目光的角度。她的眼風向右上掃了掃，剎那裡他便明白了她的暗示。他們是很有默契的，雖然誰也不知這默契從哪裡來。

青年不動聲色，佯作抬手為身前的女子擦拭唇邊血跡，另一隻手則隱蔽置於腰側。單手拈訣，略一翻覆，一把玄扇便出現在他手中。扇形溫潤，扇端卻有鋒利刀尖突出。

第三境一派靜寂，青年忽地揚手，鎮厄扇飛出，疾似流光，一聲虎嘯響起。

四境獸正身其實是很聰明的，其身外身為祖媞所滅後，牠心知在祖媞處討不了好，便要逃往第四境空之境。空之境無邊無垠、浩如寰宇，逃進去牠就安全了。但祖媞卻立刻封鎖了第三境，那封鎖陣法極其霸道，牠無法掙出，料想此境中兩個神仙不會放過自己，同他們正面對上牠勝算不大，因此牠決定偷襲。

牠對偷襲是很有把握的。牠熟稔幻術，能以幻術隱匿其身，第三境雖被那女仙給封鎖了，但歸根結底是牠所凝之境，牠覺著在此境隱匿身形，趁他二人不注意偷偷靠近，然後一口將他們吞食了，是一個很好的戰術。

卻不想躡手躡腳朝他們走了沒幾步，便被察覺了，還被一個厲害的法器打傷了前腿。牠不禁又怒又懼，幸好牠也很擅長逃命，趕緊逃竄躲藏了。可牠不能理解，牠明明沒有發出一點聲音，為何那樣快就被察覺了。

牠又怎知，因了牠隱匿身形的幻術，連宋的確無法瞧見牠，但世間一切幻術對光神都是沒用的，牠剛剛從半空的濃雲中露出臉來，祖媞便看見牠了。

相我之境中，天已入夜。

明月高懸，映照出境中風景。此地乃是一個山坳，有清泉湖澤，亦有草木山林，仰頭便能看到連綿山脈和混沌濃雲。

此乃空間陣，眼前一切皆為真實。

深山幽林中，若四境獸有心躲藏，即便是祖媞，也很難發現牠究竟躲在何處。因此在見到那四境獸流光一般逃入山林中瞬息不見後，祖媞微微皺了眉，「竟讓牠逃了，可惜。這一境雖不大，但地形如此，也頗難再尋到牠。」她看向青年，「之前我忘了你看不見牠，才說讓你單獨去收服牠，如今想來是有些難辦，還是我同你一道……」說著便要從繡榻上起來。

青年卻按住了她的肩，「妳就在這裡休息，不用跟來，我有辦法。」

她正要問「你有什麼辦法」，卻感到他推了她一把。那力道輕柔，但繡榻卻往後退了數丈。方才擊傷四境獸後又回到青年手中的鎮厄扇被他拋擲到了半空，扇體展開，玄光漫出，結出了一個極耀眼的雙鹿金輪。金輪鋪下驅厄的玄光，將她籠於其間，形成了一道堅不可摧的防護結界。

四境獸的身外身們皆被消滅了，四境獸的正身也不可能主動來尋她。青年卻為她做了一個牢不可破的防護結界，這是在防誰？她正自疑惑，忽聽遠處傳來轟響，抬眸遙望，竟見鯨濤鼉浪自四方而來，洶湧湍急，浩蕩澎湃，很快，便淹沒了目所能及的一切。

她愣了好一會兒，才明白此乃青年所為。

水神能掌控天下之水。

青年引來了四方之水，將第三境置入了一片汪洋中。

隔著結界望出去，前一刻，那些巨浪還似兇惡的獸，肆無忌憚地呼號咆哮，大口大口地吞食著境中所有，這一刻，所有浪濤卻都靜下來了，彷彿方才的肆虐耗盡了它們的力氣，以致此時它們不得不陷入昏睡中。

方才浪濤肆虐之時，是有些可怕的，但此時，這片汪洋卻可稱得上美。結界的玄光漫射在水中，像極高明的繡娘，用金線為這一方水域做了一片刺繡。不遠處，青年靜立在這片幽靜美麗的水域中，閉著眼，似在感受什麼。

小三郎的法力或許比她想像中更厲害。祖媞想。不過七萬餘歲，便能引水移海，將整個第三境化為汪洋，著實不可小覷。她這麼想著，目光便有些明滅：然小三郎為何要將第三境化作一片汪洋？他應當知道四境獸是不怕水的。

連宋的確知道四境獸不怕水，他施如此重法，也並非是為了淹死那獸。水神雖不似光神，能看破這世間幻影，但世間汪洋皆為水神王土，生靈凡置於水中，其一舉一動，水神皆能感知。這第三境中，照理只應當有他、祖媞，再加四境獸三個活物。以水流灌滿整個相我之境，四境獸躲藏在何處，他自能感知到。

祖媞雖不明白連宋靜立在彼處是在做什麼，但亦知不能打擾他。半炷香後，青年終於抬眸，注意到了她含著疑惑和擔憂的目光，他走近幾步，與她隔著一道輕薄卻堅韌的結界說話，「水流告訴了我牠在何處，我去去就回。」

她立刻明白了這引水移海的法術的功用，微微一愣，「看來不用我去當你的眼睛了。」

他點了點頭，卻沒有立刻離開，反是認真地看了會兒她的臉。

她不明白為何他還不走，剛要開口，便聽他問：「阿玉，妳可還能撐住？」

她笑了，「半個時辰是沒問題的，不要小看我。」

他「嗯」了一聲，「那妳在這裡等我。」

連宋離開一盞茶後，結界外原本靜謐的水流開始震動起來，昭示著他已尋到了那四境獸正身，正在與之打鬥。

祖媞有些好奇，但也沒有試圖走出連宋為她設下的結界前去觀戰。

大半個時辰後，她終於撐不住，撫住心口，連吐了好幾口血。邪力破關而出，以噴湧之勢席捲她的四肢百骸，她渾身是汗地昏倒在了繡榻上。意識消失前她還在想，她對自己，以及對這西皇刃邪力瞭解得還算準確。她原本便覺著她是能至少支撐半個時辰的，果然支撐了半個時辰。這不錯。

第十七章

舞旋湖水閣中，鄄邇神經質地咬著指甲，這是她幼時的壞習慣。她不是個軟弱的女君，多年王君生涯，練就了她的金剛鐵石心，令她無論面對何等困境，皆能冷酷從容。但今日，她卻無法從容了。她有不太好的預感。

七日前，她被帶出星令洞，回到了王宮。她在水閣之中醒來，楠子同她說，是宮內侍衛長將她送回來的。她召了侍衛長問話，侍衛長卻道是手下一個小侍衛將她送到了他手中。她想，那小侍衛多半是奉了連宋之命。連宋未親自送她回來，令她微有不快，但彼時她也未太在意，因以連宋的身分，的確不必親自送她回水閣。

召侍衛長問過話後，她回想著星令洞中都發生了什麼。

在她同連宋進入星令洞後，他們四處遊逛了一圈，連宋讚了靈境中景色不錯，還有興致繪了幅山水瀑布。他看上去的確只是對這聖洞的風景感興趣。她當然不能讓他逛完風景便離開這裡。在他畫完畫不久後，她設法引四境獸出現，使二人墜入了四境陣中。連宋並未發現異樣。

而後在愛欲之境中，她引誘了連宋。她本以為一切都該是水到渠成的，誰知連宋竟並未上鉤，幸而她機敏，立刻裝作她是被愛欲之境操控了才向他獻媚，她並不清醒。

她不知他是不是信了。她覺得他應該是信了。因彼時他向她施昏睡訣時，眼裡很平靜，沒有厭惡也沒有嘲諷。而他施昏睡訣令她昏睡，這也容易理解。畢竟在他看來，她被愛欲之境蠱惑了。既碰巧入了四境陣，以他的性子，自然要將四境都闖一闖方不虛此行，帶著她，終歸不便。

將這一切釐清後，那日，鄄邇在水閣中靜坐了好幾個時辰，思考下一步該如何做。

她是忍辱負重登上高位的王君，處理政事時，她心有七竅，審慎又能隱忍，極少犯錯。但如今她面對的並非一樁政事，而是她的執念，是她心底最深的私欲，在這份私欲面前，她連理智都無法時刻保有，更別提審慎、隱忍。

她不是不明白暫且收手更為穩妥，畢竟她同連宋未能在愛欲之境中有所進展，僅靠謠言就想謀到元極宮的妃位，屬實有些難。可她太想得到連宋了，而她也清楚，一旦錯過了這次機會，不知何時她才能擁有下一個機會，故而最後她決定鋌而走險，仍照原計畫行動。

是以當天下午，王城中關於天族三皇子與彌暇女君的逸聞便被推至了一個新高潮。城民們紛紛議論，說三皇子與女君孤男寡女在星令洞中一待就是幾日，定是遇到了四境獸，被絆住了。四境獸作為青鳥族的聖獸，在民間還是有一定的知名度，至少大家都知道四境獸能凝出愛欲之境和憾恨之境，也知道這兩境是怎麼回事。於是便有好事者言之鑿鑿，說極有可能女君與三皇子落入四境陣，因那陣法之故，已結成了夫妻。畢竟二人原本便情投意合，一對年輕的愛侶，又怎抵擋得了四境獸愛欲之境的誘惑。

流言喧喧嚷嚷，兩日後，幾乎整個王城都默認了三皇子與他們女君已結了喜緣，成了好事。

城民們沒有太大見識，皆認為此是好事。但朝堂上的臣子們卻並不都這麼以為。次日早朝，便有臣工糾結，向鄄邇發難。臣子們搬出祖典，道青鳥族素來忠貞，一妻只能許一夫，王族更是如此。便是王君，亦不應違祖宗之法。若王君失貞於婚外男子，便德不配位，不堪為君。

此事在當日便傳入了連宋耳中，但在次夜，鄄邇才將連宋請到水閣，向他訴苦楚，求幫助。

如今，鄄邇回想起見連宋那夜，依然不覺得他看出了她是這一切的謀劃者。一來，民間那些傳言並非她放出。她的人的確在暗中做了隱秘的推動，然流言內容皆是城民們自個兒想像出來的，即便連宋派人查探，也只能得出一個他們青鳥族城民想像力豐富的結論，怪不到她頭上。二來朝堂上那些臣子們朝她發難，也並非做戲。幾個老臣俱是硬骨頭，與死在奪位戰中的她的幾個兄姐皆有九曲十八彎的關係。雖然他們朝她發難離不了她的布局，可這幫老臣欲借此動搖她的聲望和在位的正當性，也是實打實的事實。

她很明白，戲要做得真，便要對自己狠。這戲不僅要看起來真，最好它就是真的，才騙得了聰明人。剛好她想騙的，正是一個聰明人。

她記得，當是時，連宋聽完她關於自己目下艱難處境的陳情，也的確沒有表現出什麼懷疑之色。他靜了片刻，那好看的眉微蹙，手中的玄扇以極慢的頻率敲擊桌沿，「他們如此迫妳，想來是聽信了流言，我可以配合妳澄清流言，相信此事很快就可以過去。」

她早料到他會如此說，潸然淚落，半是佯裝，但也有一半真心。她流著淚向他訴說自己的不易，道她雖為王君，卻一直背負良多，當初於政局風雨飄搖之際即位，世家掣肘，王權衰微，千年圖治，如今境況總算好了一些，但仍需時刻與豪族博弈。此番，實則是與她不對付的豪族欲借此由頭逼她下野，扶持更合他們利益的王君上位，所以即便他出面為此事澄清，拿不出關鍵證據，臣子和黎民們也絕不會相信他的說辭。他們只會以為他看不上她，才要同她撇清關係。

在她說完這一番話後，青年停下了敲扇的動作，像是有些驚訝，問她：「愛欲之境中我們並沒有發生什麼，妳既是清白之身，為何會拿不出證據？」

她靜了許久，「我已非清白之身，剛回青鳥族時，我遇到了……一些不好的事。」原以為在他面前說出這秘密會很難，但事到臨頭，發現其實也沒有想像中那麼難。

這的確是個秘密。她回到青鳥族不久，在一次圍獵中受了傷，被上一代君夫人的幼弟所救。那人挾恩圖報，強迫了她，失去清白的那夜，她幾欲尋死，可自毀元神的前一刻，她害怕了。她不甘心死，不願死，可不死就擺脫不了那人。後來她想，既然擺脫不了，為何不善加利用？再後來，她靠著委身於那人，得以被君夫人認養為嫡女，有了資格與幾個兄姐爭奪大位……

這件事是恥辱的，卻也是可利用的。因為面前的這位三殿下，雖有一個玩世不恭的浪子名號，彷彿萬事都不在心，但她知他從來良善，有一顆惜弱之心，從前長依可憐，他幫了長依，她可憐，他也幫了她。

她才發現，某些時刻，她的心真的可以硬到可怕，此時提起這恥辱往事，她竟已不再感到痛恨噁心，居然還能思考如何做，才能更好地博得青年的同情。

她凝起淚來，使那淚含在眼中，欲落不落，「我曾同殿下說過，我一直很後悔離開元極宮，因我此生最無憂的時光，都是在元極宮中度過，我沒有騙殿下，」淚滴滾落臉頰，但她沒有抽噎，她明白怎樣的哭泣才最惹人憐，「因為離開元極宮後，我過的日子……大多不堪，而我背負了那樣多的不堪，艱難地走到今日……我不想要失去這一切。」

青年一時沒有說話，良久，方道：「如此看來，要解妳的困局，最好的辦法，的確是使妳立刻成婚。」

他說這句話時，語聲很平穩，她聽不出那語聲裡含著怎樣的情緒；而這句話的語意，也有些模稜兩可。他是願意幫她，還是不願？她想，她需要再逼一逼他。

她任由清淚滑落臉頰，咬住唇，驀地伏地大拜，求青年看在她母親的面上，再救她一次，助她度過此難關。她話說得巧，一味地貶低自己，說她自知配不上他，她也不敢有此妄想，她絕不會占據他的妃位多久，一旦危機過去，她定找時機將這妃位奉還，而他待她的大恩，她將永生銘記。

她感受到青年的目光一直落在她的頭頂，然後她聽到他嘆了一口氣，喚了她的名字：「鄄邇。」停了一會兒，他道：「妳母親臨去時，求我護妳到妳成年，我做到了，所以對妳母親，我無愧。而妳也應該還記得當初妳母親對妳的寄望吧？」

她愣住了，「我……」

他平靜道：「妳母親希望妳正直、自立，在這八荒中做一個普通的仙，便足矣。」

正直、自立，這四個字刺中了她，她驀地抬頭，忍不住爭辯，「可命運已將我推到了這一步……一個全然正直的王君，殿下亦身在天家，難道不覺著這很可笑嗎？」話剛出口她便反應了過來。她要引他入她的局，便該忍耐，她不該是這樣的情緒。想到此她立刻落淚，「還請殿下原諒我方才的失態，我……我只是太壓抑了。」

她垂首拭淚，繼續示弱，「母親希望我自立，我沒有一日不記得，所以這萬年來，再苦再難我也……今日來求殿下，著實……著實是迫不得已。我不能失去王位，一個失位的王君會面臨什麼，我不能想。想要活下去，我就必須得保住這王位，無論付出什麼代價……」

「無論付出什麼代價。」青年打斷了她。她聽到青年重複了一遍她這句話，這一次，他的聲音裡含了情緒，顯出了幾分惻隱之意。她想，她是不是終於打動了他？

她不禁抬頭去看他，就在她抬頭時，她聽到他手中的玄扇在一旁的白玉桌上嗒地叩了一聲，他站了起來，因此她沒能看到他的表情，只聽他道：「靜等兩日吧，妳會聽到好消息。」

那夜送走連宋後，鄄邇很是激動，想到此事竟成了，興奮與喜悅交織，她一夜未睡。

等待連宋消息的這兩日，她也有些得意，只覺她能將此事辦得如此好，全得益於她對自己夠狠，以及她對連宋的瞭解。這一萬多年，她一直看著他，她比誰都更懂他。而示弱真是一件無往不利的好武器。她甚至覺得自己已摸索出了一條最適合他們兩人的相處之道，因此對未來也充滿了憧憬。

然昨晚，她卻突然有了一點不妙的預感，那預感突如其來，她說不上來是怎麼回事。但她記得，當年大皇子給她使絆子，令她觸怒王君差點被發配那次，頭天夜裡，她也有過這種不妙的預感。

這著慌的感覺一直持續到今日。她希望是自己想多了。

正當她把大拇指的指甲咬得不成樣子時，楠子匆匆跑了進來，神色焦慮道：「女君，不妙！」

她的手驀地一顫。

初夏的午後，湖面送來的風過早地含了暑氣，其實是有些熱的，但她只覺全身冰涼。或許有些事，早已超出了她的掌控，但她一直沒有察覺。她不安地想。

祖媞是從殷臨口中得知在她昏倒後，四境陣中所發生的諸事後續的。

她醒來後發現自己置身於麓台宮扶瀾殿她從前住的那間寢臥中，殷臨在她床前伺候。待她浴身進藥後，見她精神好些了，殷臨告訴她，她昏睡了七日。那日在星令洞中，連宋並未獵殺四境獸，他花了些時間收服了那獸，使牠重認了主，而後將他們一起帶出了四境陣。

殷臨端著個蜜餞盒子，挑了只糖漬紅果遞給倚在玉床上的祖媞，「彼時尊上您暈過去了，那彌暇女君也因昏睡訣的緣故昏迷不醒，三皇子便請我送女君回麓台宮，他帶您去療傷。我們當日便回了麓台宮，但四日前，三皇子才帶著尊上您離開星令洞，回到宮中。」

祖媞剝開糖漬紅果潤了潤口，看向殷臨，眼神中含了幾許探究，「小三郎說要帶我走，你便將我託給了他，殷臨，這卻不像你。」

殷臨微微失神，「彼時，」他苦笑，「彼時我被四境獸吸食了靈力和生氣，境況不大好，無法為您療傷，將您交給三皇子會更好。」

紅果染紅了祖媞的指尖，她將那果子放在身前的圓盤中，眼神變得有些擔憂，考慮了會兒，她才問：「殷臨，你在那憾恨之境中，可得到了你想要的圓滿？」

殷臨的眼眶驀地有些紅，他移開目光，看向室外，「是，那很圓滿。」他回道。頓了一下，他重看向祖媞，神色回復了正常，「但此時想來，我將尊上交給三皇子，或許的確有些……」

祖媞微微抬手，止住了他的話，笑了笑，「你將我交給他沒錯，他的確是能救我的人。」

殷臨眉峰一動，「尊上的意思是……」

祖媞卻沒有再細說的意思，只道：「沒什麼。」想起什麼似地蹙了蹙眉，問他，「小三郎此時在何處？」

殷臨剛要回她，外間便傳來了腳步聲，緊接著，玄扇撩開了隔斷內外室的珠簾，青年含笑而入，口中道：「剛醒來便尋我，著實讓我受寵若驚。」說著如此打趣的話，目光落在祖媞身上，卻有些深，似在觀察什麼，但當祖媞抬眼看他時，他放在她身上的目光重又變得泰然了。他很自然地在她床邊坐下，抬手搭了搭她的脈。

這一次，當連宋為她診脈，祖媞沒有再擋住他或者躲開，她看了殷臨一眼，殷臨知意，退去了外室。

連宋的手指只在她腕間搭了幾息便撤開了。

祖媞問他：「診出了什麼？」

三殿下很平靜，「脈象往來流利，如珠滾玉盤。」頓了頓，「恐是滑脈。」

祖媞點了點頭，「哦，喜脈。」提起肘下壓著的錦枕便朝他扔了過去，「拿我尋開心是不是！」

連宋笑著接住那錦枕，俯身將它放在原來的地方，「看妳一醒來就皺眉，想讓妳輕鬆輕鬆，和妳開個玩笑罷了。」

聽他說她皺眉，祖媞才想起她尋他的緣由，默了一默，道：「的確有一樁嚴肅之事。」

連宋放好了錦枕，看她，「是要告訴我，彼時妳為何會出現在那四境陣中？」

「當然不是。」祖媞否認，「我是要說……」

青年露出了失望的表情，「哦，不是嗎？」彷彿對她說的那樁嚴肅之事全無興趣，「不是也沒什麼。」他看了一眼她放在手邊小碟子裡的糖漬紅果，從殷臨留下的蜜餞盒子裡挑了一顆蜜棗遞給她，「糖漬紅果有些酸，妳喜歡吃甜的，嘗嘗這個。」又道：「可以邊吃邊告訴我妳為什麼會出現在那四境陣中。」

祖媞卡了一下。她不是很懂青年為何如此在意這個問題，不過這也的確是她打算同他談的事情之一。她接過那蜜棗，想了想，「這事，」她盡量簡潔地解釋，「有一晚我作了預知夢，夢到了酆邇對你的算計，擔心你出事，所以去了星令洞找你。」

連宋先是愣了一下，然後他笑了，「哦，擔心我。」他說。

祖媞覺得他說這話的語氣有幾分古怪，但要細究，也究不清古怪在哪兒。他們之間立過噬骨真言，關係自是旁人無法比的。她關心他，也擔心他，這有什麼可稀奇的呢。

「自然是擔心你。」她按捺下那種異樣感，坦誠地回答他。這時候她才有心情去嘗那蜜棗，順便問他，「酆邇之事，已處理妥了嗎？」

連宋隨意地點了點頭，「差不多吧。」給她挑了個糖漬無花果，「對了，妳方才想和我談，卻被我打斷了的另一樁嚴肅之事是指什麼？」

「哦。」祖媞應了一聲，用絲帕將手擦淨，又喝了茶漱口，才同連宋說起那樁正事，「此前在四境陣中，我調用重法，以致體內西皇刃邪力失控，在我最難受的時候，你注入了某種力量到我身體中，那力量竟壓制住了西皇刃邪力……我想知道，你渡給我的力量是什麼？」

連宋唇邊的笑意凝了一瞬，很短暫，在祖媞注意到之前，他偏過了身，自一旁的小几上取了茶壺和茶杯，邊給自己倒水邊問她：「那一晚，妳還記得？」聽上去很是淡然，仿若只是隨口一問，但若仔細看，就能看到三殿下倒茶的手其實不是那麼穩。

祖媞一心放在正事上，並沒有留意到這種細節，聽連宋不僅沒答她的問題，反而問她記不記得那夜之事，不禁苦笑，「不，我什麼都不記得。」她搖頭，「自我在相我之境中暈過去，到適才醒來，這期間的記憶我一概沒有。知道你如何救了我，是因從前我作過關於你施治我的預知夢，夢到了一些那夜的……」

這話沒能說完，被一陣咳嗽聲打斷，卻是青年被茶水給嗆住了。祖媞原本側靠著幾個堆疊的錦枕，半倚在玉床上，見他如此，不由坐正了，傾身靠近他，拍了拍他的背幫他順氣，「你沒事吧？」

三殿下止住了咳，沒有看她，將手中的杯子放回小几上，「那……妳都夢到了什麼？」他問她。

祖媞重新倚回錦枕，想了一會兒，笑了笑，「我不太像樣，」她如此開口，用手遮住了半張臉，像是覺得難堪或者丟臉，儘管如此，卻還是誠實地說了下去，「我記得，那不受控制在我身體裡遊走的邪力弄得我很疼，我被那疼痛逼得失了神志，想讓你救我，又問你我是不是要死了。你安慰了我，告訴我我不會死，很快就會好，讓我不要怕。再然後，你的手貼住了我的背心，接著，一些冰涼卻柔軟得像是水一樣的力量進入了我的身體，我的確舒服了很多。那夢到這裡便結束了。」

聽完祖媞對那夢的描述，三殿下波瀾不驚地回了幾個無意義的字，「哦，這樣。」一面上雖波瀾不驚，心底卻鬆了口氣。這個夢結束得很及時，他想。她不知道那之後又發生了什麼，這很好。

三殿下找回了鎮定，他不再執著於做一個看上去風輕雲淡，實則一步步皆是試探的發問者，也開始用長句子坦誠地回答祖媞的問題，「我的確給了妳一些力量，是我的元神之力。」他考慮了一下措辭，「我將水之力渡入了妳體內，以它誘出了妳的光之力，然後引導兩種元神之力在妳的靈府內合成了一力。合為一力的光與水之力強大，能安撫妳。我原本只是想用它鎮靜妳的靈府，助妳重聚法力與肆虐的西皇刃之力對抗，但沒想到妳我的元神之力相合後，竟主動漫出了妳的靈府，去壓制住了那西皇刃邪力。」

祖媞的眼緩緩睜大了，有些驚訝地抬手按壓住了心口。心海之下，那是靈府的位置。她微微垂眸，低聲道：「竟是我們的元神合力嗎……」

三殿下頷首道是，又給予了一些補充，「或許妳也感覺到了，它不僅壓制住了西皇刃邪力，還將那邪力消遏了一點，雖然不多，只是一點。」他繼續，「我其實也很好奇，為何妳我的元神合力竟能消解妳體內的西皇刃邪力。」話說到這裡，他停了下來，凝視著倚在床內仍垂著雙眸似在思考著什麼的女子，分辨著她的表情，「西皇刃邪力究竟是什麼，我雖然不知，但我想阿玉妳應該已經有了答案，對吧？」

聽得此語，祖媞愕然地抬了一下頭，迎上青年的目光，她無奈地笑了，「小三郎，你的敏銳著實無人能及，你說得沒錯，我是有了一個答案……其實，在來青鳥族之前，關於西皇刃邪力是什麼，我便有一些猜想，此前不願同你說，是因那只是我的猜想罷了。可這一次，在四境陣中，當那邪力在我體內肆虐時，我再次認真地感受了它。」她的神情變得凝重，「若沒有分辨錯，我想，那寄託在西皇刃上的邪力，應是缽頭摩花之力無疑。只是我沒有搞明白那西皇刃上的缽頭摩花之力是自何處而來，畢竟，所有的缽頭摩花都被父神用來創造凡世了。」

那邪力竟是缽頭摩花之力？三殿下微微愣住了。他和東華帝君探查此力許久，亦有過一些設想，但他們誰也沒想過此力會是創世缽頭摩花之力。

神族史典有載，昔年盤古神寂滅後，其仙屍上長出了赤蓮花，即缽頭摩花，此花承繼了盤古神的創世之力。後來父神為人族創造棲居之地時，將赤蓮花的花瓣撒向了混沌，每一片花瓣都生出了一個小世界，三千大千凡世便由此而來。缽頭摩花，以盤古神仙屍為食的花，僅一片花瓣便能生出一個世界，可見其所蘊之力有多強大。

三殿下的神色亦變得凝重起來，他看向祖媞，「關於西皇刃上的缽頭摩花之力是從何處來，或許我可以回答妳這個問題。」他頓了一下，「但這不是個好消息。」

祖媞將信將疑，「小三郎你竟知道？不妨說說看。」

三殿下難得嚴肅，「洪荒史中有寫過，昔年父神將缽頭摩花瓣撒向混沌時，有三片花瓣附在了他的袖口上，未被撒出去。後來這三片花瓣便被父神存放在了他的老家虛無之境。照理說，那三片赤蓮花瓣應該一直存放於虛無之境才是，但在新神紀封神大典前，墨淵上神重新整修虛無之境時，卻發現三片赤蓮花瓣不知所終了。」他總結，「我想，或許這三片赤蓮花瓣便是被慶姜得去了。」

祖媞靜了片刻，那一雙秀致的眉擰緊了，良久後，她開了口，聲音裡含著一點震驚後的啞，「父神的虛無之境中，竟還留存著缽頭摩花瓣嗎？你說的這些，我竟全都不知……」她揉了揉額角，「前一陣我也翻過你們的洪荒史，卻並沒有看到過此節……」

三殿下沉默了一瞬，「妳看的應該是折顏上神編寫的初版，墨淵上神創立崑崙墟後，出過一個修訂版，補充了許多只有他知曉的洪荒史事，妳應該看那個。」

祖媞也沉默了一瞬，「看來我要補的功課還有許多。」話落地，她的神色驀然一動，「我忽然憶起了一件事。」她不由自那堆疊的錦枕中坐直了，看向青年，「照你說，墨淵重整虛無之境是在新神紀封神大典前，那便是在二十四萬年前。也就是說，二十四萬年前，本應存於虛無之境的缽頭摩花瓣已不見了。巧的是，慶姜無故失蹤也是在二十四萬年前。而我才想起來，在二十四萬年前，父神他曾來過一次姑媱，向我求借一縷亙古不滅之光……」

三殿下立刻明白了她想要說什麼，敏銳地提問道：「那父神可曾說，他向妳借那縷光是用在何處？」

祖媞揉著眉回想了片刻，「他彷彿說過，借此光，是想將它加在他的陣法上，以鎮壓一個犯禁的宵小，別的他便沒再多提了，我也沒問。」

三殿下一時不知該如何評價她這個回答，半晌，嘆了口氣，問她：「他沒有說，妳便也不問，你們洪荒神都這樣沒有好奇心嗎？」

祖媞不太高興地抿了抿唇，「舊神紀時代，八荒極亂，稍有點名頭的仙神，一生不知要降多少妖伏多少魔，鎮壓妖魔就如同吃飯喝水一樣尋常。而父神向我借亙古之光，也不過就像是，」她打了個比方，「比如你吃餃子差點醋，向鄰居借瓶醋，鄰居借你醋的時候，自然也不會問你是要用它配什麼餡料的餃子……不過就是這樣的事情罷了。」

三殿下被她的比喻折服，失語了片刻。「好吧，借點醋。」最後他無意義地回了這麼五個字。

祖媞嗯了一聲，繼續推測，「我猜父神當初向我借這瓶醋，呃不，借那縷亙古不滅之光，便是要用它去對付慶姜。你應該知道慶姜乃暗之魔君，從某種意義上來說，我和慶姜天生相剋。」

這個推測是靠譜的，三殿下敲了敲手指，補充她的推論，「帝君曾說，慶姜極具野心，二十多萬年前，當他們還在水沼澤學宮中求學時，慶姜已是魔族二十七君之一，開始規劃著逐鹿天下、君臨四海、鎮服八荒了。所以極有可能，他是知道了還有三片創世缽頭摩花瓣存於虛無之境，想要獲取那強大的力量，以此統一魔族，再一一收服其他各族，故而秘密進犯了虛無之境，卻讓父神給發現了，最後便被鎮壓封印了。」他的手指頓住，「或許這就是當年慶姜突然失蹤的緣由。」

祖媞凝眉，「嗯，我也如此想。實際上，」她靜了一瞬，而後輕嘆了一口氣，彷彿下定了什麼決心，看著青年，「實際上，幾個月前我醒來之時，曾作了一個預知夢，夢到了三年之後八荒將迎來大劫，此劫的始作俑者便是慶姜，而西皇刃中的這種力量，便是他生造出此劫的關竅。」

她並沒有告訴連宋此劫需她獻祭，而在她獻祭之時，慶姜殺了她。若靠她獻祭混沌便能化解這次天地大劫，她不會如此積極地探究西皇刃。她探究西皇刃，便是想改變預知。她從沒有試過去改變預知，所以也不知它能否被改變，但若一切都照著她夢中所見發展——她終將被慶姜殺死，那麼她的死亡便全無意義。光神從不懼死亡，但她無法接受這種毫無意義的死亡。這令她有生以來第一次萌發出想要改變預知的欲望。

她繼續道：「三片缽頭摩花瓣的力量便是三個凡世的力量，這力量足以毀天滅地，的確能助慶姜達成他推翻神族、一統四族、使魔族奴役天下的私欲。他現在未有什麼動靜，我想，只能說明他還不知該如何最有效地使用這力，令它發揮最大效用，一舉推翻神族顛覆八荒罷了。」話到此處，她越發覺得自己推測得對，問連宋道：「你可知東華帝君何時能出關？是時候同他聊聊此事了。」

祖媞所言堪稱驚世，但三殿下卻沒有太意外。慶姜的野心他早有預料，亦知他早晚會在神族與魔族之間掀起一場戰爭。只不過，這場戰爭將發生的時間比他想像的早了點兒。

聽祖媞問他東華何時能出關，三殿下壓下了心中思緒，挑了挑眉，「聽妳之言，神族已在生死危亡的邊緣，等他出關太慢了。他要是在碧海蒼靈，可能我們拿他也沒什麼辦法。幸而他是在太晨宮中的仰書閣閉關。」三殿下雲淡風輕，「我們可以去把仰書閣拆了。」

祖媞茫然，「你認真的？」

三殿下很是平靜，「不然呢？」

祖媞敬佩地看了他片刻，然後望了一眼夜幕靄靄的天色，想了想，「也可以，那明日我們便啟程回九重天吧。」

三殿下點頭贊同。

這事便算說完了。

就在房中重歸寂靜，三殿下思考著是不是該走了時，祖媞卻突然問他：「對了，之前忙著說正事，忘了問你，那之後又發生了什麼？」

這句話沒頭沒尾，三殿下一時不解，「什麼？」

祖媞沒有看他，目光落在床頭那顆隨著室內光線暗淡而逐漸生光的明珠上，「我是說那個夢。」她低聲，「我只夢到你渡了你的元神之力給我，那之後又發生了什麼？」她調整了一下措辭，「不知道是不是我的錯覺，我覺得，方才在我說那個夢時，你好像很不希望我夢到之後發生了什麼。」

三殿下臉上的神色八風不動，「妳覺得之後會發生什麼？」

「我不知道才問你。」

三殿下屏息了一瞬，然後他垂眸笑了笑，掩藏尷尬似的，「救妳很費工夫，我也差點被帶得走岔路，我的確不願讓妳知道那些，不過是……不想讓妳看到我丟臉的樣子罷了，妳以為是什麼？」

祖媞疑信參半地看著他。青年神色自然，沒有一絲破綻，不知道是真的，還是裝的。

她心知再問也問不出什麼來，略失望地道了一聲：「哦，如此嗎？」

此時，連宋亦看著祖媞。夜色越發沉，室內也越發暗起來，明珠雖有光，光卻有些微弱，只能照亮一隅。那微弱的光籠在她的身上，為她鍍上了一層銀色的輝，看上去純潔、明淨、充滿神性，但他卻不合時宜地想起了那一夜。她方才所詢問的、他救她的那一夜。

那夜並非是他所說的那樣，他只是單純地救她，以及為了救她，他亦差點出了岔子什麼的。

完全不是那樣。

那夜雜沓，危險，很……迷亂。

是了，迷亂。

那夜，很迷亂。

星令洞中有一處斷崖，崖上立了座閣樓，閣樓四圍間植林木，側鄰著一面瀑布。在同鄄邇遊賞此洞時，那閣樓曾入過三殿下的畫。因星令洞內靈力充盈，是一個絕好的療傷之所，因此安排殷臨和鄄邇離開後，三殿下將昏迷的祖媞帶到了那閣樓中。

那夜無月，斷崖上很黑，幸而閣樓四角嵌了明珠，以致室中還能有一些幽魅的光。他試著向她體內注入靈力以喚醒她，如他之願，她醒了，可在西皇刃邪力的折磨下，她根本無法保持清醒，如同一尾失骨的靈蛇，無法支撐住自己，不受控制地朝他貼靠。

她痛成那樣，即使他們貼得著實很近，甚至近得過分了，他當然也不可能產生什麼綺念。

在為她施術的前半程，他們的確就像是最普通不過的病患與醫者。如她所說，她痛到了極點，有了許多幼稚的情態，不斷地向他訴苦。他安慰她，嘗試用安全的、他能夠掌控的方法去減少她的疼痛。很難說是因她運氣好還是託了他大膽假設的福，沒走太多彎路，他便試出了助她抗衡那邪力的方法。水神的元神之力與光神的元神之力相合，新生成的合力成功壓制住了她體內的西皇刃邪力，那邪力沒有辦法再控制她、折磨她。吐出好幾口瘀血後，她終於安靜了下來，有些昏沉地輕聲道想要喝水。他也終於能夠鬆一口氣，正要去為她倒水，此時，料想不到的意外卻發生了。

被他收服的四境獸亦跟來了這斷崖，一直蹲在閣樓外調理傷勢。異獸聞到了閣樓內的血腥氣，為其所引，邁著貓步跨上了台階，踱進了內室。那泛著金光的巨瞳如兩盞明燈，灼灼照向二人。

適才施治祖媞，理論上聽著很簡單，但其間每一步，皆需三殿下以元神之力耐心引導，其所需的細緻審慎，好比在針尖上雕花、果核上刻舟，極耗精神力，因此施術結束，便是他精力一向好，也難免疲憊。人一疲憊，便易失心防。祖媞更不必提。

很自然的是，兩人在毫無防備之時，乍然對上四境獸那一雙巨瞳，還沒反應過來，便雙雙墜入了四境陣中。而率先迎接他們的，便是欲陣之首——愛欲之境。

因三殿下已是這四境獸的主人，故而甫墜入此境，他便看到了可走出此地的境門，隨時可以離開。

但這並不妨礙他在此中時，這一境以愛欲迷他的神志。

祖媞不在他身邊。這是三殿下不選擇立刻離開的理由。

這一次，愛欲之境變換了模樣。三殿下的眼前已不再是此前那座燃滿了紅燭的幽魅宮室了，而是一座小樓，白晶為梁，白玉為牆，倒是更合他的審美。

做了四境獸的主人，他便也知曉了，四境中這些建築皆是四境獸珍藏，牠會隨心情改換四境陣中的景色風物，就如同一個愛扮家家酒的小崽。但這不是重點，重點是三殿下想，或許祖媞在這樓中。

境中是個月夜，月輪如冰盤，高懸於中空。小樓中無光透出，想來未點燈。但月光石的樓梯旁，卻懸了一盞以一只碩大夜明珠為光源的燈籠。三殿下便提著那燈，一階一階踏上了二樓。

藉著燈光與月光，他看清了二樓的格局。它的構造有些奇怪，僅以四根大柱撐起一個傘蓋似的頂，頂上懸下來許多白紗；白紗隨著夜風起舞，遮擋住人的視線；地上鋪著很厚的白毯。

飄舞的白紗中，似籠著一個人。他走近了兩步，白紗忽地被撩開，那人影撲進了他的懷中。或者說，跌進了他的懷中。燈籠墜地，明珠滾動，在那輕晃的柔光之中，他看清了懷中人的臉，蛾眉輕蹙，右眼的眉骨處貼了柔潤的金色光珠。祖媞。是她。

上一次三殿下同鄄邇在這境中時，他是覺得頭有些昏沉，或許腦中還出現了一些不合時宜的幻覺，但他並沒有感受到所謂此境能將人的愛欲放大一百倍的功效。然此時，辨清懷中這個人是誰的一刻，七情六欲竟於剎那湧上心間。見她美麗，他便喜歡；見她羸弱，他便憐惜；見她蹙眉，他便擔憂。

他震驚於此刻自己的感受，亦明白這不正常，想要稍微推開她，或者借說話轉移注意力，以使一切回歸正軌，因此他問了她一個他原本便知道答案的問題，「妳怎麼在這裡？」

可他的手剛要離開，她便無骨似地往下墜，他不得不重新抱住她，聽她閉著眼輕喃：「站著好暈，又很累，小三郎，我想躺著。」

她體內的西皇刃邪力才平復下去不久，精神力和身體應當都很虛弱。墜入此間後她還能維持清醒到此刻已屬不易，她的確應該覺得累了。

他心中憐惜更甚，著實無法拒絕她，躊躇了一瞬，他席地坐了下來，使她躺進了他懷中。她靠在他懷裡，枕在他膝上，因和他在一起而感到安穩似的，輕蹙的眉展開了，低聲同他傾訴原委。那聲音很輕又很弱，帶著疲倦和睏意，說一會兒，停一會兒，「我失重了片刻，睜開眼，四周都是白紗……我好像進入了一個迷宮，想要找到出口……打轉了一會兒，就看見了你的燈籠……」她閉著眼睛喃喃，然後慢慢地，那聲音聽不見了。她累極了，睏極了，所以說著說著，便那樣睡著了。

銀月，白樓，微風，輕紗，雪白的毯，滾落的燈籠，枕著他的腿安睡的美人。三殿下一陣恍惚。他心中有許多情緒，甚至覺得，拜這愛欲之境所賜，七萬年來，他最感性的時刻，恐怕便是此夜了。他能有這種想法，說明了他還保有著不願沉淪的清醒。

但要保有這種清醒是很磨人的，他必須不斷同體內的七情撕扯。而在這撕扯中，他忽然想起了那個影子——此前在愛欲之境中，酆灑來誘他時，他腦中一閃而過的那個影子，或者說幻覺。

在愛欲壓過理智占盡上風之時，那幻覺中有著如瀑青絲、婀娜體態、似一場霧一抹雲美，卻朦朧不真的影子，竟有了實體，飄飄蕩蕩，棲在了他的懷中，與枕著他的腿安睡的女神重合，那樣相契，彷彿她們就是一人，只是此前他不曾意識到。

而此刻，他終於意識到了。他的心神為之巨震。

在巨震的間隙，他不可抑制地想起了心鏡中他的憶河，河水中的那一幀空白，以及在那幀空白之前出現卻又突然消失的祖媞的身影。

他突然發現，或許他犯了一個很大的錯誤。他以為憶河中的那一幀空白是同魔族相關，以為他同祖媞在天欞山的舊緣是同這天地大事相關……但有沒有可能，所謂的他們之間存有舊緣，那緣，指的其實是男女情緣？

這本該是很無稽的一個猜測，可是夜、此刻，當他的情緒被數百倍放大時，他的判斷告訴他，他與祖媞曾有舊情的猜測，比此前他關於二人舊緣的任何一種推測都更為合理。如此，殷臨對他的奇怪態度便說得通了。而當初和小祖媞立下噬骨真言後，他第一次喚她「阿玉」時，心底莫名出現的心悸和熟悉感，也說得通了。同時，她和他吵架，她對他說連三哥哥你都七萬歲了，也還沒有遇到你的命定之人，沒有因為她介意過去你身邊美人如雲，不願和你好而發愁神傷……為何會令他心底一窒、疼痛非常，也就能找到答案了。

然問題在於，若他們只是在天欞山偶然相逢，在一起共度過一夜……他並不認為，只憑這一夜，他就能對她生出什麼情來，令他在潛意識裡憐她、惜她，甚至為她痛。所以很有可能，他的記憶並不只出了那一幀差錯，他們也並不只有那一夜。或許，他的記憶被人改動過，有人用一套細節翔實邏輯精準的假記憶，覆蓋了他真實的記憶。這很有可能。

得出這個結論，他本該感到震怒。但連他自己也覺奇怪，他竟沒有。

他彷彿在做一個拼圖遊戲，終於找到了遺失許久的一片拼圖，將手中珍愛的畫卷拼完整了。得到一幅完整畫卷的喜悅讓他不再在意最後一片拼圖讓他費了多少神，只是慶幸，終歸還是找到了它。他此刻便是這樣的心境。

他慶幸他終於還是搞明白了他的記憶究竟出了何種問題。這一片拼圖對他而言至關重要，雖然他還不知它長什麼樣，但用它去暫時堵上心底的那個窟窿，也已夠用了。

想到這裡，三殿下竭力壓下了心底的諸多情緒，和隨之伴生的欲。他打算立刻帶祖媞離開。雖然剛開始他還不太明白這愛欲之境對他的影響力，但在適才的這半刻鐘裡，他已很清楚它的厲害了。他不確定自己是否還能再堅持半刻鐘。

他伸手去抱她，欲起身前往境門。打橫抱住她時，她還是安靜的。若她一直安靜，這會是一樁還算容易的事。可當他正要起身時，她動了。彷彿他要站起來令她感到很不舒服，她抗議地哼了一聲，掙開了他環著她雙膝的手，朝他懷中躲去，雙手摟住了他的腰。他其實也可以不顧她舒適與否，強行將她帶走。但這一刻，他卻沒法動。

她沒有醒。

他必須先對她有欲，這愛欲之境才能放大他的欲念。無可否認，他對她是有欲的，且一想到他們很可能原本便有舊緣，更讓他難以克制。

他不自禁地抬手輕觸了觸她的臉。手指的碰觸可能令她不舒服了，她低哼了一聲，然後騰出一隻手來握住了他的手，將它固定在了腮邊，不知出於何種目的，固定好之後又蹭了蹭。不過這些動作皆是下意識的，她依然沒有醒。

他從前以為，她對他那些本能的親近皆源於他們曾立下噬骨真言，但此時此刻，另一種可能卻如一張緻密的蛛網，纏繞住他的神志狠命擠壓，將所有的冷靜與清醒都推擠出去，只留下放大百倍的他對她的諸多感性情緒，讓他的心如被烈火炙烤。

她的唇離他的掌心很近，他只需動一下便可以觸到。但他並不想用手去碰觸那花瓣一般的唇。迷亂的神思裡，他想了起來，或者不是想起來……更精準的表述，應該是他有一種感覺，她的唇是柔軟的，吻上去，會是溫暖的，當他貼緊她，她會輕微地顫動，而在那時候，她的眉骨和眼尾，是該有些泛紅的，現出胭脂化雪一般的色澤；眼應是水潤的，像是含著淚，但卻又沒有含淚……

他不再記得要帶她出去。

夜很靜，明月朗照此間，清風纏繞著白紗在不遠處跳一齣靜默的舞。三殿下鬼使神差地抬高了懷中女子的頭，在她不適地皺眉前，吻住了她的唇。果然是柔軟的，而又溫暖的觸感。他似乎聞到了花香，是百花的馨香，那也令他感到熟悉。血液在身體裡躁動，他想要好好珍惜她，輕柔地吻她，他也是這樣做的，但同時心底又生起了施虐欲，想要重重折磨她，將她吻醒，看看她的反應。他想像中，她是會害羞的，但又會有一種天真的大膽，她多半不會推開他，而是會摟住他的脖子，主動加深這個吻。純潔的，美麗的，脆弱的，堅定的，可憐的，卻又無畏的，對他……對他如何呢？

他的頭突然一疼。遠處忽然傳來一聲虎嘯。

四境獸的嘯聲驚醒了三殿下，使他覓得了片刻清醒，得以找回理智。趁著理智尚在，他趕緊抱著祖媞離開了四境陣。

他們回到了那斷崖上的小閣樓。

安置好祖媞後，他去閣樓旁邊的山瀑裡靜坐了一夜，以區分他在四境陣中關於他和祖媞有舊情的推測，哪些是理智的，哪些是純粹感性的。最後他依然覺得，所有的推測都符合邏輯，並非是他受愛欲之境所擾感情用事。而若他的記憶果真被修改過了，相我之境的心鏡對這事是不會再有什麼幫助的。他得抽空去十里桃林一趟，令折顏上神為他查看查看。雖然他極厭惡他人觸碰自己的記憶，但此番卻不得不如此。這是無奈之舉。

之後的兩日，四境獸養好了傷，他不用再看著這異獸了，而祖媞雖然還沒醒，但探她的靈府，也沒什麼大礙了，他便帶她回了麓台宮，依然暫居於扶瀾殿。

這就是星令洞中，他們之間發生的所有事。

祖媞醒來後，他來看她，同她說了這許久的話，其實許多時刻，他都在佯裝冷靜。他原本以為自己已經過關，沒想到談話最後，她卻還是問起了他們在星令洞中究竟發生了何事。他糊弄了她。他也知道她不是很相信。但他不願她知道那些事。因為他們之間到底是如何，現在還影影綽綽，如霧裡看花。

這是無從說起的一件事，他不知該如何同她解釋，但他也不想騙她。因此最後，他只是笑了笑，低聲道：「有一個關於我自己的謎題，我還沒有搞清楚，等搞清楚了，我會告訴妳。」

其實不是他一個人的問題。若他們果真有舊緣，他的記憶又被更改了，那是誰更改了他的記憶，為的是什麼？她為什麼也像是忘記了他們之間曾發生的事？這些都需要他去弄明白。

最後他站了起來，狀若無事道：「妳早些休息，明日我們便啟程離開。」

祖媞點了點頭，看向他的眼神裡有疑惑，也有一點探究，但她沒有再說什麼。

第十八章

褢甲仙侍乃元極宮十二文侍的頭兒，自暗之魔君慶姜復歸以來，褢甲仙侍便一直被派外差，領著底下兩個文侍和兩個武侍，一同盯著魔族。

褢甲仙侍有個諢名，叫作賽二高。二高指的是千里目高明和順風耳高覺這二位神君。他這個諢名正是這二位神君送他的，意指他善辨、能聞，他們兩位神君也很佩服。

褢甲要探某個神魔鬼妖的消息，一般跟著對方三、五月，就能把想探的消息都探明白，他也一直以此為傲。奈何卻在慶姜處踢了鐵板。盯了慶姜足有兩年，才挖出了他的隨身配刃西皇刃上存有異力這樁事。摸這條線又摸了兩年，也沒搞清楚那力到底是個什麼名堂。眼看再來半個月，他在探事不力這上頭就可以穩妥地破掉自己上次的紀錄了，褢甲仙侍簡直壓力山大。

好在蒼天不負，近日，褢甲仙侍他終於有了一點突破。這得多虧慶姜最近娶了老婆，並且，作為一個很傳統的魔，他在娶了老婆之後，沒有和老婆分床睡。

總的來說，事情是這樣的。因為慶姜為魔謹慎，時刻監視他肯定是行不通的，故而四年來，褢甲他們更多是監視慶姜的身邊人有沒有什麼異動。又因為高位的神啊魔啊什麼的睡覺時最是警醒，因此他們也不敢在慶姜入睡後跑到他附近晃悠。但慶姜的魔后醉幽公主不一樣，她每天晚上都和慶姜一起睡，因此很容易就發現了慶姜每天半夜都要離開個一時半刻。

醉幽公主第一反應是慶姜半夜不睡十有八九是在外頭有人了。其實她可以想一下，以慶姜這個身分，要是看上了別的姑娘，直接納來當魔妃就是，根本不需要每天躺在她床上半夜再背著她偷偷摸摸起來去和別的姑娘私會這麼迂迴。但醉幽公主是一個比較自我的人，她對自己的判斷深信不疑，因此非常生氣。

不管是男人還是女人，一旦嫉妒心起，那真是什麼事情都幹得出來，並且為了捉姦，二傻子都能無師自通變神探。何況醉幽也不是太傻。醉幽小心翼翼摸了半個月，摸通了慶姜原來在花園的石林裡開闢了一個小空間，而那小空間的啟開之法是慶姜的手印。

連襄甲事後都不得不驚嘆，一個人為了捉姦，竟然能生出如此大的勇氣和智慧，並且辦起事來也真的是很有效率。那段時間醉幽公主一人就幹完了他和他下屬們五個人才能幹完的活兒。

半個月裡，醉幽摸熟了慶姜離開和回來的時間節點、慣走的路線；摸清了石林裡被隱藏的小空間的門洞位置；還弄到了慶姜的手印並成功地將之復刻了出來。之後，她就鬥志昂揚地準備去捉姦了。

準備去捉姦的當天，醉幽公主才把這事告訴給自己的貼身侍女，讓侍女替她在花園把風。侍女沒有公主膽力壯，得知公主的計畫後很是害怕，惶惶不安了一下午，被盯著慶姜身邊人的襄丙給發現了，上報給了襄甲。

事情就很自然了，襄甲得知了醉幽的計畫，當夜，變成個蚊蟲，尾隨著醉幽去了花園石林，入了那小空間。進入那小空間後，襄甲看出來這空間不止一層，推測這應當是慶姜幹機密事的地方。當然，襄甲認為慶姜的機密事絕對不是來會姑娘。

襄甲其實很想往深裡走一走，他直覺慶姜的機密核心應當在這空間的最裡層，但無奈醉幽太菜了，在第一層便被慶姜發現了，他們沒法走得更深。

所幸慶姜出來時襄甲已躲開老遠，慶姜未能發現他，只見到了氣勢洶洶前來興師問罪的醉幽公主。慶姜的臉色不太好看，但也沒說什麼，只是很強硬地握住了醉幽的手，用力一提將她扛上了肩，向外帶去。因為他們所在的這層空間看起來像個煉丹房，一對男女在此曖昧的可能性著實很小，一心來捉姦的醉幽一時也有點蒙，難得沒有反抗，乖乖地任慶姜將她扛出去了。

小空間的門轟然落下，被打擾的煉丹房恢復了正常，丹士們開始正常做工。襄甲趴在一個爐子上觀察了半日，然後他驚訝地發現，這地方雖然長得和丹房挺像，卻並非丹房。那並排的七個爐子並非什麼煉丹的丹爐，卻是焚屍的熔爐；而他以為的丹士們也並非什麼修為高深的丹士，不過尋常爐工罷了。他們的活兒，是燒掉從第二層空間裡遞出來的一具具魔屍。

那些魔屍也有些怪，屍體並沒有什麼外傷，看不出是何種死因，但身死魂散了，屍體在焚燒之前，卻偶爾還會動一動，彷彿一個活人在睡夢中驚眠。

爐工們全都沒舌頭，不會說話，所以襄甲也未得到更多的信息。他本想再往第二層查探查探，但運屍通道只許出不許進，而第二層的界門只有慶姜來時才會打開，實在找不著合宜的機會摸進去。

隔個幾日，便有魔屍從第二層被傳遞出來，有時候多，有時候少，多的時候幾十具，少的時候一、兩具。襄甲在這兒待了半個月，覺得繼續待下去也查不到更多東西，只是徒增危險，因此在某日傳遞出來的魔屍比較多、爐工們的活兒比較重時，他冒險偷了一具魔屍藏在隨身的乾坤囊中，趁著是夜慶姜再來此地，尋機溜了出去。

元極宮議事的見心殿中，襄甲繪聲繪色地同連宋講述自己的所見，「那第一層空間中共有七座熔爐，每座熔爐由兩名爐工照看。一具魔屍遞出來，從第一座熔爐開燒，燒夠一個時辰換下一座熔爐，直燒到第六座熔爐，那魔屍便燒成了一個巴掌大的黑色晶塊，而後再將那晶塊放在最後一座熔爐中鍛燒六個時辰，晶塊便徹底化去了。值得一提的是，第七座熔爐中有一顆珠子，原本是顆澄澈的明珠，但待第七座熔爐化夠大概一百具魔屍，那珠子會變黑，就有魔使前來取那顆珠子，也不知拿回去做了什麼，一日後還回來，又是一顆澄澈明珠了。」

襄甲想得過於周到，為了方便三殿下理解，還提前畫了一幅精美的爐工燒屍圖，此時攤開，一幅圖活靈活現、細節突出，連他變成的小蚊蟲是附在哪座熔爐的哪個角落都畫得很清楚。

「這便是屬下了。」他指給連宋看，解釋道：「我先在這裡趴了三日，不敢亂飛，怕被發現。」他同時也非常嚴謹，「趴在這裡，從爐工的角度看，會以為我是一塊污漬。」

他進一步闡述了自己偽裝成污漬的動機，「燒屍的爐工不怎麼愛乾淨，看見有污漬也不會擦。」又指了指爐子上斑斑點點之處，「這些是真的污漬，我盡量使它們做到了還原。」

說著說著，他很感興趣地介紹起了這些污漬來，「這種是煙熏的污漬，比較淺一點，但是面積大；這種不知道是什麼，痕跡比較重。我用了不同的畫法，殿下看看，屬下是不是畫得還不錯？」

被祖媞支派過來旁聽的霜和聽裏甲說到這裡，覺得這個仙侍簡直有病，要不是他偷回來的魔屍就擺在見心殿正中央，他簡直要懷疑適才他以說書的語氣說出來的那篇驚心動魄的魔宮歷險記是他從哪個話本子上抄下來的，可能並沒有什麼可信度。還有，他們不是在說慶姜的事嗎？為什麼這個不靠譜的仙侍居然和他們討論起了什麼污漬的畫法……

更見鬼的是，三殿下好像並不覺得這有什麼問題，居然和他一起認真鑑賞了起來，還點評了兩句，「嗯，這水破墨的破墨法用得還可以。比你之前那幅魔后回宮圖畫得像樣。」

不過三殿下還是有分寸的，沒有讓話題被扯得太遠，下一句便將它正了回來，「如你所畫，這小空間的清潔雖做得不像樣，但一隻蚊蟲都沒有，你若貿然亂飛，被爐工們發現，說不得會惹他們懷疑。」

裏甲連連點頭，「正是如此。」他在圖上虛畫了一圈，「所以屬下在熟悉了這個熔屍房後，緩慢移動，在接下來的十來日裡，從這裡，移動到了這裡。」

三殿下思索了一陣，在圖上指了幾處，「那這裡，這裡，和這裡，應該是你不曾細緻觀察到的視野盲區。」

裏甲立刻道：「這幾處的確不曾仔細觀察，但也是看過的，確實沒有什麼地方值得懷疑。」

霜和聽他們分析了半天蚊蟲的視角，漸漸地有點想要睡覺。

這種議事會，姑媱也開過很多次，他作為神使，當然也需要參加，但他總是聽著聽著就睡著了。所以他此時想睡，並不是針對連宋和他的仙侍，實在是習慣了。他漫無邊際地想，如果祖媞知道連宋找她是這事，可能派蓇蓉來也不會派他過來。這是為大家好。

而為何他會突然提起蓇蓉呢？因為蓇蓉此時就在天上。

五日前，祖媞隨連宋離開朝陽谷後，並未回姑嫿，而是直接來了九重天。殷臨倒是在昨日回了姑嫿，從雪意那兒拿了善德壺，說要送去天上。蓇蓉掛念祖媞，央殷臨帶她同去，殷臨同意了。考慮到蓇蓉法力還未完全恢復，殷臨便將一向照看蓇蓉的霜和也給帶上了。

熙怡殿中，連宋派人來時，祖媞方同蓇蓉敘完話。蓇蓉情緒大起大落，有些累，被祖媞安排在裡間休息，她則在外間同殷臨談正事。聽說連宋有事找她，一見霜和一副閒人樣待在一旁，就指派他先過來看看是什麼事。

連宋見到霜和時，有點驚訝，但也沒多說什麼，只道既然祖媞神忙，那就勞煩他在旁邊聽一聽，回頭轉述給她。近身伺候的一個面善和氣的女仙立刻給他搬來了椅子，還上了茶。霜和覺得他們怪客氣。後來，又覺得女仙搬給他的椅子打起瞌睡來怪方便。

他打瞌睡一向有技巧，對他不熟悉的人，根本看不出他在打瞌睡。而且他也挺靈敏的，連宋剛同裹甲停止交談，他就清醒了過來。然後便聽見連宋問他：「尊使可都聽明白了？」

他鎮定地點了點頭，「嗯，大概。」

三殿下並無懷疑，「那勞煩尊使照此轉述給阿玉，並帶話給她，我先去太晨宮一趟，請她事畢來太晨宮找我。」說著便站了起來。

霜和一時間震驚非常，「你你你你你，你居然叫她阿玉，你是不是想……」他本來想問你是不是想起來什麼了？突然意識到這話並不能說，打了個激靈，趕緊改口，「你是不是想上天？」

三殿下看著他，很平靜地道：「我們現在就在天上。」

三殿下是個審慎的人，霜和方才這句話，讓三殿下感到他可能腦子不太好，斟酌了一瞬，舉一反三地問霜和：「方才我問你我和襄甲所議之事你是否聽明白了，你回答大概，不是在自謙，對嗎？」

霜和的確不是在自謙，他漲紅了臉，很不想承認，但又怕誤事，眼巴巴地點了點頭，「嗯，」又立刻補充，「但是我也聽懂了一半。」

三殿下沉默了一瞬，轉頭吩咐襄甲，「我一個人去太晨宮，你隨霜和神君一同去熙怡殿將方才之事稟給祖媞神，然後請她事畢來太晨宮與我碰頭。」

吩咐完這事後，三殿下想了會兒什麼，再次看向霜和，打量了他片刻，「我有一個問題想問尊使，還請尊使不吝賜教。」

霜和本來還在試著挽尊，「我剛才只是沒好好聽……」乍聽連宋如此說，有點茫然，「什麼問題？您說。」

三殿下問道：「祖媞神應該很喜歡尊使這張臉吧？」

襄甲看了連宋一眼，以他對他家殿下的瞭解，這話應當是在嘲諷霜和被點化為神使全靠一張臉長得好。真巧，他也是這麼覺著的。

但緊接著，三殿下卻問了霜和一個頗正經的問題，「說起來，祖媞神選神使，是她自己喜歡就可以，還是需要什麼別的機緣？」而不待霜和回答這個正經的問題，他又接著問了一句，「你們幾位神使，相貌風格都很不同，阿玉她……最喜歡你們誰的相貌？」這個問題卻又似乎不是那麼的正經。

這時候，就連襄甲都有點搞不清他家殿下這是在開嘲諷還是在真心求教了。

所幸霜和是個一根筋，不會想太多，他覺得連宋就是在很真心地同他請教祖媞是怎麼點化神使的。

「我們四個神使，都是上天給了尊上諭示，然後她才出山尋到我們，點化了我們的。她並不能隨自己的喜好點化神使。當然，我們她都是很喜歡的。」霜和這麼回答。「不過要說臉的話，」這件事他很是在意，不太甘心地道：「她最愛萺蓉的臉。這三十多萬年來，她最喜歡、最掛念的就是萺蓉。」他咬牙切齒地道。

三殿下聽聞此言，輕擰起了修長的眉，「那個萺蓉，長得很俊？」

霜和面無表情，「是還長得挺嬌媚的，眼睛水汪汪的，聲音也嬌滴滴的。」

三殿下難得有點控制不住表情，「她喜歡這樣的男子？」

霜和大驚，「您在想什麼？萺蓉她是個女的！」

但這彷彿也並不是個讓人開心的答案，三殿下靜了好一會兒，才重新問：「你是說，這三十多萬年來，她最掛念、最喜歡的人是一個女子？」

霜和道：「嗯。」看了身旁的青年一眼，想殷臨說過後來尊上最喜歡、最掛念的其實是水神。但是，他又沒見過尊上掛念水神的樣子，那他也不算說謊了。他補充了一句，「我看到的反正是這樣的。」

三殿下揉了揉額角。

霜和心虛地問了他一句：「您怎麼了？」

三殿下搖了搖頭，「沒事。」

嘴裡說著沒事，離開見心殿時，卻扶了一把門框。

祖媞根本不知道霜和在連宋跟前編派了自己什麼，此刻，她正坐在熙怡殿裡聽殷臨同她稟呈他們離開後，朝陽谷中青鳥族的情況。

當日連宋對她說，鄄邇之事他已處理得差不多了。彼時她雖未多問，但事後想想，仍有些擔心，故離開朝陽谷時，藉口需令殷臨回一趟姑媱，虛晃一槍，將他留下來探看鄄邇之事是否已處理得宜了。

殷臨接到這個任務時就覺得，他家尊上對天族這位三殿下的擔心是完全沒必要的，此時他心中更是如此作想。「三皇子是個走一步，能算一萬步的人。」殷臨評價。

祖媞身前的茶晶桌上擺了一盆乍看不太有精神的萻蓉花，那正是萻蓉的正身。祖媞一邊用自個兒的血養護那花，一邊隨口接道：「哦？怎麼說？」

殷臨道：「星令洞那晚，三皇子帶您去療傷時，令我送昏迷的彌暇女君出洞，彼時他給了我一張人皮面具，讓我戴上，用那張臉將彌暇女君抱出去，送到麓台宮宮內侍衛長處。而那人皮面具，是比照著麓台宮裡一個小侍衛的臉造的。」

祖媞終於從萻蓉的正身上抬起了頭，目光中流露出疑惑，「小三郎他這是……」

殷臨道：「所以說三皇子是個走一步算一萬步的人。」他話鋒一轉，提起了另一樁事，「尊上也知，朝陽谷裡關於三皇子和彌暇女君的流言原本便已鬧得沸沸揚揚了。彌暇女君醒來後，更是鋌而走險，進一步推動了流言。在她的推波助瀾下，幾乎所有城民都以為她和三皇子在星令洞中共度了一夜。而照青鳥族王族祖法，一妻只能許一夫，若王君失貞於婚外男子，便德不配位，不堪再為王君。彌暇女君的死對頭們抓住了她這個把柄，逼她讓位。」他頓了頓，臉上流露出一個意味不明的笑，「然後彌暇便去見了三皇子，哀求三皇子助她。」

祖媞秀眉微蹙，「她想小三郎如何助她？」

「許她妃位。」殷臨淡淡，「她向三皇子保證，說一旦她度過此難，便會將妃位還給三皇子。」說完這句話，殷臨簡短點評，「可一旦事成，她到底會不會還這妃位，便只有她知道了。」

祖媞沉了面色，「荒唐。」

殷臨也點了點頭，「的確是荒唐。」又說起前情，「據雪意所探，三皇子幼年時曾去斗姆元君處遊學過一陣，彼時元君派了大弟子靈姠聖女照顧三皇子，靈姠待三皇子極好。據說三皇子幼時極為高傲，目無下塵，但這樣的三殿下，雖只在彼處遊學，並未拜入元君門下，卻願叫靈姠聖女一聲師姐，可見二人情誼的確不錯。」

殷臨停了一停，「這靈姠聖女，正是彌暇女君的生母。靈姠聖女仙逝時，將彌暇託付給了三皇子，故而三皇子一直對彌暇頗為照顧。彌暇大概認準了看在她母親的份上，三皇子絕不會不救她，故而自導自演了這齣戲，將自己逼到了這個地步。」將彌暇的出發點分析完畢，殷臨也是很佩服，「她對自己真是夠狠。」

祖媞垂了雙眸，手指輕敲桌沿，「她的確對自己夠狠，若小三郎不幫她，她不僅名聲盡毀，還會失去王位。而聽說她為了將王權收回，此前曾大肆殘殺族中世家，樹了不少敵。若失去王權，那些世家對她的報復定將極為酷烈，而待她落到那一步，小三郎就算能保她一時，也無法保她一世。所以這一回，小三郎要嘛得幫她，要嘛就得看著她死……」話到此處，祖媞的唇線抿得很直，眉心緊蹙，是極為不悅的表情，「她這是在賭小三郎的惻隱之心，這個瘋子。」

殷臨贊同道，「尊上說得沒錯，她的確是在賭三皇子的惻隱之心，也是在逼三皇子。並且，這事看上去也像是沒有破局了，要嘛娶彌暇女君，要嘛任她墮入死路。但三皇子，向來也不是個能受制於他人的人。」

祖媞抬眼看他。

殷臨向來嚴肅的臉上浮出了一個淺淡的笑，「我剛才不是說了嗎，在我們離開星令洞後，三皇子給了我一個面具，令我扮作一個宮廷侍衛，用那侍衛的臉，將彌暇女君送了出去。」

祖媞想了片刻，眉目忽地一動，「莫非……」

殷臨頷首，「想必尊上已猜了出來。」

這事說起來，其實很簡單，難點在於要提前布局。而要提前布局，就必須得算準彌暇的一舉一動。所以說三皇子是個算心之人。

殷臨記得大部隊要離開朝陽谷那日，扶瀾殿的結界外，他偶然撞見的那幕。

彌暇不顧王君威儀，一路跌跌撞撞地跑來扶瀾殿，她那個不太聰明的貼身侍女落後幾步緊跟著，擔憂地規勸她，「女君，女君，不可如此……」

彌暇卻全未理會，上來便去拍扶瀾殿外的結界。沒拍兩下，連宋打開了那朱紅色的宮門。見到連宋，彌暇雙眼立刻紅了，半日才出聲，聲音極嘶啞，「你怎麼能這樣對我？」

殷臨剛從宮外回來，因此大約知道她說的是什麼。

前日王城中還流傳著王君同天族三皇子璧人成雙的佳話，今日一大早，已全演變成了王君同一個內宮侍衛如何如何了的傳聞。各種傳聞大體表達了這麼個意思，說當日三皇子和王君入星令洞後，一個內宮侍衛極擔憂王君，趕來洞口，竟也被聖洞放了進去。小侍衛在洞中兜兜轉轉，尋到了已同三皇子失散的王君，與王君在愛欲之境待了一夜，而後帶著昏迷的王君離開了聖洞。三皇子則在幾日之後才獨自離開聖洞。

所以現在的流言是，其實是那小侍衛同他們的王君在愛欲之境中做了一夜夫妻。

城民們當然覺得這落差很大，但一想，這小侍衛竟也能入聖洞，可見也是聖洞選出的人。大家的想像力也確實很豐富，他們自圓其說地給這件事編了一個來龍去脈，說，應該是聖洞覺得三皇子和那小侍衛都同他們王君有緣，都可以做他們王君的王夫，但王君只能嫁一位王夫，所以聖洞需要試試誰同他們王君的緣分更深，於是將兩人都納入了洞中。

這一試就試了出來，原來小侍衛同他們王君更有緣分。

大家都很相信這個編出來以訛傳訛的來龍去脈，並且紛紛覺得，這既然是聖洞的意思，那也沒什麼不可接受的。

不過一日加一夜，彌暇和小侍衛才是天命真緣的傳言便成了主流。

而這流言能打敗彌暇同三皇子的流言，還在於後者沒有證據，只靠城民們腦補和口口相傳；前者卻有一份令人心服口服的鐵證——隨著彌暇與小侍衛的流言一道在城民中流傳的，還有幾只存影鏡，鏡中清晰存錄了那內宮小侍衛抱著彌暇走出星令洞洞口的影像。

小侍衛長得也是很秀美，故而這一幕看上去還挺美好的，城民們看了，紛紛覺得非常經典。而這經典一幕，據說是幾個彼時正好在聖洞附近遊玩的少年男女存到的。

殷臨當然不相信自己將彌暇抱出來時，真的有幾個少年男女那麼碰巧在附近遊玩，無意存下了那一幕。那當然只能是連宋事先所安排的人特意存下的。

如此一來，這局自然便破了。此事不再同天族三皇子相關，而彌暇，只要順應民意，同那內宮小侍衛成婚，也自然能解她之困，保住王位。

但連宋的破局之法，對彌暇來說，卻無異於致命一擊，所以殷臨相當能理解，為何她會一大早不顧體面地鬧上門來，哭著質問連宋，何故如此對她。

彌暇哭得梨花帶雨，連宋的表情卻極是冷淡。水神風流蘊藉，遊戲人間，雖長著一張冷淡俊美的臉，氣質卻並不太冷峻，這是殷臨對連宋的看法，因此當看到連宋露出如此冰冷的表情時，他有些驚訝。

連宋表情雖冷，聲音倒是和緩，「我記得那時候妳告訴我，妳不能失去這王位，為了保住王位，付出什麼代價妳都可以。現在不過是付出婚姻。況且我也查過了，那小侍衛雖出身落魄世家，身世不顯，但品性如蘭，他還一直很喜歡妳，同妳成婚後定會待妳好，這樣，妳也不願意嗎？」

彌暇哽咽，「我知道，那侍衛，那存影鏡，還有那些流言，都是你安排的。」她忽然伸手捂住臉，啞著嗓子艱難地，「既然是你安排了這一切，那你就應當知道……」

連宋原本微垂著眼，此時卻抬眸打斷了她的話，冷淡地問她：「我應當知道什麼？知道妳一直在算計我？」

彌暇狠狠咬了一下唇，不能接受這種說法似的，聲音驀地尖厲，「那明明，明明是喜歡，你應當知道我一直喜歡……」

話未能說完，再次被連宋打斷了，「別再瘋下去了。」

彌暇愣住了，許久，嘴唇抖動，「我……我不會同他成親的，要嘛，你救我，要嘛，我變成那些世家的階下囚，被他們折磨而死……」她眼裡生出光來，那光熾烈而瘋狂，「你可以不救我，但我要你永遠也無法忘記，是你的見死不救，讓我……」

連宋突然笑了，「妳是不是覺得，我的心很軟？」涼淡的語聲裡微含嘲諷，「妳是不是覺得我當初救妳、看顧妳，除了因妳母親之故，還因妳可憐？所以妳將自己逼到絕境，妳覺得妳都這麼可憐了，我當然會再次心軟，對嗎？」

彌暇再次愣住了。

連宋搖了搖頭，「看來果然如此。」他輕輕一嘆，「小姑娘，妳對我有很大的誤解。」是很溫和的語調，但聽著卻讓人遍體生寒，「看顧妳，是妳母親當年對我的情誼，值得換取我對妳的盡心照看。但我是不是說過，我已經不欠妳母親了？所以接下來妳要如何選擇，又與我何干呢？」

彌暇僵住了，良久，她囁嚅道：「不該，不應該……」她癱軟在地，「我……」

連宋看了她許久，最終，執扇的手向下點了點。她的面前出現了一只玉瓶。

彌暇抬頭，一臉茫然。

青年仍是淡淡的，「這玉瓶裡裝了一粒丹藥，名叫一念消。妳母親當年對妳父親生念，一念執著，毀了一生。妳母親的師父——斗姆元君她老人家對此一直感到遺憾，故而在妳母親死後，她煉出了這一念消，用來消除一個人的執念。妳將這青鳥族治理得不錯，作為王君，是合格的，消了對我的一念，妳能走得更長遠。」

彌暇握住了那瓶子，垂頭時眼淚大滴大滴墜落在地，最後她似是十分痛苦，哭出了聲來，「殿下真是好狠的心。若是你往後愛上了一個人，她卻贈你一瓶一念消，你又當如何？會恨嗎？」她閉上眼，「我現在就很恨。」

青年卻只是平靜道：「妳也可以選擇不吃，繼續瘋下去。」說完這句話後，他沒有再看彌暇，轉身進入了結界，任憑彌暇在他身後哭得多麼淒慘，也不曾回頭。

殷臨並不知彌暇有沒有吃下一念消，卻聽說彌暇的幾位心腹臣子那之後也一直在勸說她同那小侍衛成婚，當他兩日前離開青鳥族時，彌暇已答應了。

殷臨這幾日，時不時便會想起彌暇當日問連宋，若他往後愛上了一個人，她卻遞給他一瓶一念消，他當如何，會恨嗎？

彼時連宋並沒有給出答案。

其實三萬年前，祖媞對連宋所做的，又豈止是贈他一瓶一念消呢？

殷臨也很想知道，若連宋知道了這一切，他會恨嗎？

正當他微微走神，殿外忽然傳來了一陣略微匆忙的腳步聲。

太晨宮中的八荒至極玉宸上聖濟世救厄東華紫府少陽帝君，雖生得一副俊美青年的模樣，實則已有三十八萬歲高齡了。活了三十多萬年的帝君，於這漫漫仙途中究竟已閉過多少次關，他本人屬實已記不大清。不過帝君還記得，自他兩萬歲成年後，就再也沒人敢在他閉關時前來打擾他，更不用提把他的閉關之所給強拆了逼迫他提前出關什麼的。這種魔幻的事他作夢都想不到會發生。所以當事情真的發生了，他有點蒙。

照重霖的說法，其實前幾天三皇子剛回九重天時，就想拆仰書閣逼他出關來著，他好說歹說才把人給勸住了。重霖幽幽道，當時他給的理由是帝君出關就在這幾日，不妨等等。三皇子當時也答應了，但沒想到他手底下二十四文武侍辦事效率忒高，沒兩天就在查探魔族的事情上有了重大突破，故而三皇子他幾日都等不得，還是把仰書閣給拆了。

帝君想起來，若干年前，天君偶爾也會同他抱怨幼子頑劣，不好管教，彼時他不以為然，總勸天君心寬……帝君覺得他今天也算是遭到了報應。

帝君回過神來後，其實很想將拆了他仰書閣的三皇子收拾一頓，但連宋新探得的關於魔族的重大線索也確實很重大。正當他舉棋不定是先揍連宋一頓再和他討論魔族之事還是先議完大事再揍他時，原以為要三年後才會甦醒的祖媞神居然也出現在了太晨宮門口。揍連宋的事只能不了了之。

祖媞是來同他商議三年後天地大劫之事的。關於那劫，她說得很細，包括她預知到慶姜乃始作俑者以及西皇刃邪力會是他顛覆八荒的關鍵之類。但她依然有所保留，比如關於她自己的命運——她並未提及她可能會為此劫而獻祭。帝君便也只作不知。

祖媞納了部分西皇刃之力在體內，需帝君助她導出。於帝君而言，他也是第一次真正接觸這邪力。即便是他，要一次性將祖媞體內的邪力全部導出，也不大現實；但每日導些許，導個半月、一月的，將這些邪力徹底分離出光神之體，他覺得應該還是沒有什麼問題。

見祖媞的當日，帝君便以善德壺為承受之器，助祖媞導出了些許西皇刃邪力。粗粗淬煉了這一小股邪力後，發現此力本質竟是風火水光土這五種元素，故帝君亦不得不贊同祖媞關於此力是來源於創世缽頭摩花的推論。帝君雖非創世之神，但創世的基本理論他還是懂一些，知道無論是盤古神還是父神，皆依託五元素之力創世，而五元素之力的源頭，便是創世缽頭摩花。

如此說來，二十四萬年前慶姜無故失蹤，的確有極大的可能是闖了父神的虛無之境盜花，被父神鎮壓了。

帝君與祖媞神關於西皇刃之力的深入交談，發生在次日。

原本以為這四年來只是他和連宋在看著魔族，既然祖媞同她的神使們也一直關注著慶姜，帝君覺得那的確是時候將眾人調查的信息匯總匯總，再一起來計畫一下下一步了。故而四無量殿中，除了他和祖媞、連宋外，姑媱的那四個神使也都來了。

帝君一看，姑媱那邊出席了五個人，自己加上連宋居然才兩個人，就讓連宋把襄甲和天步也給叫來了，同時他讓重霖也列席了，又把在藏書室守書一頭霧水什麼都不知道的粟及也叫了過來。

襄甲本來還在因霜和居然也能參與此會而頻頻皺眉，等到粟及一臉蒙圈地行禮入內後，襄甲感覺自己也沒有資格皺眉了，同時，他對這場會議最後將走向何方，產生了一點疑問和擔憂。

襄甲費了九牛二虎之力帶回天上的那具魔屍就擺在四無量殿正中。帝君坐在上首，餘者次第而坐。

坐在右側最下首的粟及仙者心潮澎湃。兩個多月前，他才和三殿下及太子殿下在慶姜的婚宴上八卦過祖媞，沒想到今日竟能見到活生生的祖媞神，還要和這位尊神一同探討對付慶姜之事，粟及激動之餘，不免感到魔幻。

大家在說什麼，粟及搞不大懂，也無法參與意見。他唯一懂得，並且微有疑慮的一件事是：照禮數，祖媞神和她的四位神使乃遠客，理當坐在帝君下首左側，三殿下則應該和他一塊兒坐右側才對；但為什麼三殿下和祖媞神坐在一塊兒，且兩人還共用了一張桌案，反倒是把祖媞神的兩個神使給擠得坐到了他這一邊？

粟及一邊想著這些有的沒的，一邊聽天書一樣聽帝君同三殿下說話。

帝君問了句什麼，粟及沒太注意，定神時只聽三殿下回帝君道：「在你為阿玉導西皇刃之力時，我已查探過了。」合著的扇子微微一抬，扇端指了指殿中的魔屍，「魔尊領十七軍，此乃慶姜麾下第十三軍中的一名低級將領。離奇的是，他的身體中亦盤旋著西皇刃之力。」他頓了頓，「一名普通魔將，體內竟也能蓄納西皇刃之力，卻不是件普通之事。不過畢竟不是光神之體，估摸是難以承受此力，故而神魂爆裂而亡了。」

這話落地，殿中諸人皆露出驚異之色。帝君還算平靜，只道：「你有什麼推測？說來聽聽。」

連宋看了祖媞一眼，「的確是有一個猜測。」手指輕叩了叩桌面，「阿玉說過，她在預知夢中曾看到過慶姜拔出那西皇刃，同身邊的魔使說，刀上之力與他體內之力同源，將是天地變換格局、魔族成為四族之首的關鍵。」

青年叩著手指，不疾不徐，「如今我們已知曉，那刀上之力乃是創世缽頭摩花之力，的確強大無匹。只是，我在想，即便慶姜身負三片缽頭摩花之力，然僅憑他一人便想要顛覆八荒坐上四族之主的位置，好像也很難。一人之力終歸有限。不過，若是有一支力量強大的魔軍供他驅使，那就大不一樣了。」手上的動作停了下來，「若我是慶姜，我可能會以缽頭摩花之力錘煉一支強大的魔軍，以此於八荒攪動風雲。而結合裏甲發現的那個小空間和這具魔屍，」他笑了笑，「我覺得，或許慶姜的確是和我想到一塊兒去了。」

這就是事情一棘手，帝君就愛將它甩給元極宮辦的原因。天族這位三殿下，穎悟過人，腦子轉得快，料事的角度又總是既大膽新穎又不失審慎靠譜，有他在，帝君自覺可以少費許多腦子。

三殿下說完自己的推測後，整個大殿都安靜了。除了兩位尊神外，眾人都震驚極了。

依然是帝君率先打破靜寂。「這的確是一個可能的方向。」他握著茶杯思量了片刻，補充道：「缽頭摩花生來便帶著惡息，其實只適合用來創世，以缽頭摩花修行，雖可獲得強大的力量，但心志也易被此花所帶的惡息污染。不過慶姜原本便有征服八荒之心，煉化缽頭摩花為己所用後，心志為惡息所染，進一步膨脹了征服八荒的野心也說得過去。在這種野心之下，生出以缽頭摩花之力武裝一支魔族軍隊的想法，倒也是很自然的一件事。」

在帝君說話時，祖媞給自己倒了杯茶，抿了一口，卻覺茶涼，無意識地皺了皺眉，將茶杯放了下去。放下的杯子在下一刻被身旁的青年取了去，白玉般的指握住那白玉杯身，頃刻間，瑪瑙般的茶湯便氤氳出了熱氣。三殿下的目光放在上首，一邊聽帝君說話，一邊將杯子重推回到祖媞面前。祖媞看了他一眼，唇很淺地勾了勾，握住那杯，一口一口地喝茶。在祖媞喝茶的工夫裡，三殿下又從自個兒面前的糕碟裡挑出了一塊棗糕，放在了祖媞身前的小盜碟中。一套動作彷彿不經意，但又透著仔細。

帝君坐得高，二人間的小動作沒有逃過他的眼睛。他雖不通風月，見此也知兩人關係應很是親近。帝君微愣了一瞬，而後目光落在了坐在祖媞對面的殷臨身上。殷臨察覺到帝君的目光，抬頭時見帝君看了對面的祖媞和連宋一眼，明白了帝君的意思，苦笑著搖了搖頭。帝君便清楚了，這兩人應該也沒有恢復記憶；沒有恢復記憶，卻還是湊到了一塊兒，又變得如此親近，帝君一時也是無言。

祖媞並沒有注意到帝君和殷臨的眉眼往來，她喝了半盞茶，聽帝君話落，很自然地接著補充了一些她覺得在座列位可能不大清楚的知識點，「缽頭摩花又被稱為不死之花，能與缽頭摩花伴生之人，是不能被殺死的。當日父神選擇鎮壓慶姜而非誅殺他，多半是因他吞下了那三瓣缽頭摩花，而陰差陽錯，他的體質是能承受住那花，並與之伴生的，故而父神只鎮壓了他，卻沒能誅殺他。」

她雙眉輕蹙，緩聲推測，「或許，在二十多萬年漫長的歲月裡，慶姜他終於煉化了那花，使其力量能為己所用了，所以最後他能衝破父神的鎮壓，逃出那鎮壓大陣。但如小三郎所言，即便慶姜法力無邊，僅憑他一人之力，要顛覆這八荒，也是很難的。」

她看向高座上的帝君，「就如同當年東華君你已是八荒至尊，但仍需以乾元陣練神族之軍，方能鎮壓叛亂的伏嬰神，以平息神族之亂。而後當魔族破解了乾元大陣後，你又需以少綰的芥子須彌陣練神族之軍，以對抗實力不俗的魔族。如今神族能屹立於四族之巔，亦是因有一支不敗鐵軍，有一個不可攻破的芥子須彌陣，不是嗎？」

帝君微微挑眉，「祖媞神才醒來幾個月，就將新神紀的舊史補得很不錯了。」說完這話後，他看了一眼放在下面的魔屍，「或許那三瓣缽頭摩花已完全被慶姜煉化，成為他的力量，可為他所用了，但顯然，他還未能嘗試出用這力量武裝出一整支軍隊的辦法。不過……」帝君皺了皺眉，沒將話說完，神色有了一絲凝重。

因這次議事會規格太高，霜和難得沒有睡過去，但就算一路認真聽過來，也跟聽天書似的半懂不懂。他也沒什麼禮儀規矩上的概念，只覺得不懂就要問，看帝君住了口，大家都一片靜默沉重，他幽幽地舉起了手，「我有個問題要問，帝君剛才說『不過』，『不過』什麼啊？」

在帝君有所反應前，祖媞先縱容地開了口，她溫和地同霜和解釋，「正常情況下，四族生靈，凡以己身納取缽頭摩花之力，應該都會如地上這魔將一般散魂而亡。但已知慶姜是可與缽頭摩花伴生之人，那一旦破解了他身體的秘密，找出缽頭摩花伴生的關鍵，那就可以改造出許多可同缽頭摩花伴生之體，再將西皇刃之力轉移到這些伴生之體上，那慶姜便能鍛造出一支不死的鐵軍了。」她停了停，「東華君的意思應當是，雖然照地上這具魔屍的狀態看，慶姜還沒有找到將西皇刃之力穩妥轉移到麾下魔將身上的方法，但……一旦容他辦成此事，讓他擁有一支不死之軍，那芥子須彌陣被破便是遲早的事，屆時，神族便很危險了。」

聽完祖媞的解釋，霜和的表情立刻變得和大家一樣沉重。

一片沉重的靜默中，連宋突然出聲，「那看來要阻止這場浩劫，最好的辦法，便是趕在慶姜找到成功轉移鉢頭摩花之力的法子前結果了他。」他話說得俐落，纖長的手指敲了敲鎮厄扇的扇端，「只是，慶姜是無法被殺死的，或許我們也只能效仿父神當年的做法，將其封印了。」

下首諸位皆是一愣。

祖媞跟上了他的思路，輕聲提醒他，「可如今的慶姜已不是當日的慶姜，他擁有三瓣鉢頭摩花瓣的力量，相當於三個凡世的力量，等閒的法陣並不能將他困住。」

三殿下卻沒有被為難住，含笑看了她一眼，「妳忘了妳我的元神合力能遏制消解部分西皇刃之力了？」他提出了一個假設，「照理說，西皇刃之力便是被慶姜淬煉後能為他所用的鉢頭摩花之力，而此力的本質乃五元素，只不過經他淬煉後惡息濃重。所以我想，妳我的元神合力能遏制消解一部分西皇刃之力，會不會是因為正的五元素之力可消遏惡的五元素之力？」

祖媞眉心一動，恍然道：「這……倒是很有道理。」她的腦子亦轉得快，而且不愧是個擅造空間法陣的大能，立刻有了思路，「對付慶姜，歸根結底是對付被淬煉過的創世鉢頭摩花之力，既然正的五元素之力可消解慶姜身負的鉢頭摩花之力，那麼，起一個空間法陣，再起一個鎮壓法陣，融合五位自然神的元神之力加持法陣，或許便可封印慶姜。」她抬頭看向高座上的帝君，「東華君以為呢？可還有什麼別的想法？」

帝君沒有別的想法，只覺得和聰明人議事著實很愉快，至少比在凌霄殿上陪著天君及天君下面那幫神仙議事愉快多了，這也是慶姜這事他暫時不欲拿去凌霄殿同天君討論的一個原因。

帝君倚在座中，輕鬆地回祖媞，「連宋的假設有道理，妳的法子也不錯。就是取地母和風之主的元神之力比較麻煩一點。不過女媧沉睡在西荒的豐沮玉門山，她的元神之力應當也在那處；至於風之主瑟珈，」他頓了頓，「傳說他也沉睡了，但無人知他沉睡在何處，不過瑟珈同妳關係好，或許妳知他在何處？尋到他拿到元神之力便可了。哦，」他似是突然想起來，「是不是還應該打造一個容器？善德壺是件好法器，但容量有限，要盛裝五位自然神的元神之力，還是不太夠用。在拿到五位自然神的五種元神之力前，或許應該先打造一個容器，屆時五種力量才有地方存放。」又想了想，最後補充了一句，「這些日妳需待在我這裡將體內的西皇刃之力導出來，那打容器這事讓連宋去辦就成了，容器打出來再說別的。」

帝君的提議，當然都是高議，帝君的安排，當然也都是高妙的安排，大家也沒有異議。一個時辰不到，這場涉及天地危亡、拿到凌霄殿上去十天半月也開不完的要緊會議就開完了，帝君很欣慰，開完會就走人了。

眾人也紛紛起身。

粟及注意到三殿下起身時伸手扶了扶祖媞神。那並不是扶一個行動不便之人的扶法。再則祖媞神雖看著有些蒼白，但同他們議事時精神卻很好，並不像病得行動不便的樣子。三殿下抬手扶她，更像是下意識的親近動作，而祖媞神也很配合地將手搭在了三殿下掌心，借力站了起來。兩人神色皆是尋常，彷彿這是一樁極自然之事。

粟及的嘴卻不由得張大了。

粟及也是個八卦之人，當然還記得幾個月前祖媞剛醒來，派雪意和霜和兩位神使造訪九重天這事在三殿下的擁躉中掀起的軒然大波。

原本三殿下那些擁躉只分「站三殿下一個人的」和「站三殿下與長依的」這兩個流派，那之後，她們之中竟然誕生了一個新的流派——站三殿下和祖媞神的。粟及剛聽說這個流派時，只覺得堂堂九重天已經裝不下這些小仙娥的妄想了。此時卻不由得吞了一口唾沫，想起了一句老話，人有多大膽，地有多大產……

望著三殿下和祖媞神相攜離開的背影，粟及很佩服那些小仙娥，同時，也很有點佩服三殿下。

第十九章

笛姬是個妖。

八荒的妖分兩種。一種妖族，一種妖物。

妖族乃八荒四族之一，除了比神族、魔族、鬼族力量弱一些，不太能自立，需附庸魔族而立外，沒有別的毛病，因此也並不很低人一等。譬如慶姜成婚，妖族太子瑩若徽也有資格來吃席，還可以同黑冥主謝孤栦坐一桌。

但妖物的問題就很大了。四族生靈若是墮落，便為妖物，此外，自邪惡中誕生作惡的生靈亦為妖物，譬如二十七天鎖妖塔裡鎮壓的妖就都是妖物。妖物沒有弱的，且天生反骨，極愛作惡，故而為四族不容。大家公認妖物是低等的，墮落的。即便是同樣有反骨的慶姜，也不喜歡妖物，要是有大妖物敢來吃他的婚宴，也是要被他打出去的。

所幸笛姬不是妖物，她孱弱、美麗，是個妖族。

天步看著跪在她面前高高呈起手中那張金箔柬帖的笛姬，目光從她微顫的肩上掠過，落在她誠惶誠恐的面容上，心想，不怪煙瀾會錯認她是三殿下新迎入元極宮的美人，這笛姬，著實是長得很不錯的。

不過，笛姬同三殿下並沒有什麼關係，她是祖媞神撿回來的。他們遇到笛姬，是在自朝陽谷回九重天的路上。彼時她正被幾個魔族欺負，祖媞神出手救了她。

據笛姬磕磕巴巴所言，她原是南荒某座無名山中的小妖，出生沒多久便沒了爹娘，靠同山一個好心的婆婆拉扯大。後來婆婆病了。為給婆婆治病，她將自己賣給了一個魔族貴族，去那人後院做了樂姬。她也是那時候才有了笛姬這個名字。

在那魔族的後院中，她過過一段太平日子，但後來那人娶了妻，後院有了女主人。她一日日長大，有了一張還算過得去的臉，為女主人所不喜，成日對她非打即罵。她實在受不了，便逃了出來。可婆婆已去了，她一個只會吹笛子的小妖，流浪在這八荒中，又能有什麼好日子，只能飽一頓飢一頓地勉強過活。這次挨打，便是因她餓得受不住，偷了那幾個魔族洞府門前的幾顆野果。

這的確是慘到不行的身世了，祖媞神憫弱，讓她跟在了身邊，將她一路帶回了元極宮。其實最開始天步是有些擔憂的。因祖媞神救下這笛姬，將她帶回元極宮，太像白淺上仙當年救下那小巴蛇少辛，將她帶回青丘狐狸洞了。少辛，天步是見過的，論長相，笛姬與她可說同出一脈，皆是我見猶憐的柔弱模樣。但後來便是那我見猶憐的柔弱小巴蛇搶走了白淺上仙的未婚夫桑籍，令青丘和九重天差點反目。故而，天步一直防備著笛姬會在三殿下和祖媞神之間搞出什麼么蛾子。

但這笛姬，似乎真的和少辛不同，至少這幾日天步觀察下來，覺得她很是本分老實。譬如煙瀾送給她這千金難求的千花盛典請帖，她第一反應竟是惶恐，戰戰兢兢地跪到了自己面前，要將這柬帖交給自己，請她轉交給她的主上。
她口中所稱的主上是祖媞神。
祖媞神蒞臨九重天，住進元極宮乃是機密之事，元極宮的仙侍仙僕，唯天步和襄甲二人知曉她的真實身分。笛姬自然也不知她是誰，只知她尊貴，故而用了從前對自己舊主人的稱呼，敬稱她主上。
元極宮後花園的廊簷下，笛姬已跪了有一會兒，見天步並不接自己手中的柬帖，越發惴惴，不安地解釋起來，「主上想聽《四象生》，這曲子奴婢不太熟，因此今晨一直在薔薇圃旁的如意樹下練習。奴婢練得有些投入了，因而一曲畢，才發現那位仙子就在奴婢近處。仙子身旁的侍女喚她花主。奴婢知九重天的花主身分貴重，因此她問奴婢話，奴婢不敢不答。她給奴婢這帖子，奴婢也不敢不接。」
天步這才從笛姬手中取過那帖子，打開來掃了一眼，似漫不經心，「哦，煙瀾仙子都問了妳些什麼呢？」
天步的語聲很是溫和，笛姬卻不敢放鬆，緊繃著身體，惶惶然回：「花主仙子問奴婢可是新近才入元極宮，奴婢答了她是。她又問奴婢是在何處遇到的三皇子殿下，奴婢答她是在南荒邊界。她就沒再問奴婢什麼了。只給了奴婢這帖子，說憐奴婢新近上天，沒處解悶，過兩日九重天上有六十年一度的千花盛典，讓奴婢拿著這帖子，去大典上散散心解解悶。」她舔了舔嘴唇，猶豫地補充道：「花主仙子，像是個很好心的仙子。」
天步知笛姬沒有騙她，因今晨她二人說話時，她就在附近一座假山後。她知曉她們說了什麼，卻仍讓笛姬複述，不過是她私心仍在考較笛姬是否老實罷了。

笛姬對煙瀾印象不錯，還讚煙瀾好心。

今晨煙瀾同笛姬說話時，笛姬一直垂著頭，沒有看到煙瀾的表情，會有這種錯覺不奇怪。但那時候，幾步之遙的天步卻看得很清楚，在笛姬回答煙瀾自己是在南荒碰見三殿下時，煙瀾沉了臉，後來煙瀾從袖中取出那張柬帖時，更是冷笑了一瞬，眸中覆了一層惡意。

彼時天步看到了煙瀾的表情，故而明白，她給出的那張柬帖來意不善。今年的千花盛典，元極宮並未插手幫忙，一應皆由煙瀾操持。做為花主，她原本應當很忙的，卻還能抽出時間來關注元極宮是否新入了美人，且還能騰出手來給新美人使絆子，可見對三殿下也是真的很執著。而如今的元極宮裡還住著姑媱一行，的確秘密頗多。天步倒是不怕煙瀾探出什麼來，畢竟她的道行還不夠。不過有個笛姬能拖住煙瀾，轉移她的注意力，那也是不錯的。

跪在下首的笛姬費力地吞嚥了一下，還在絮絮喃喃，「奴婢、奴婢出生南荒山野，做了笛姬，也是被養在後宅，沒見過什麼世面。那位花主仙子，生得美麗，人也好心，但奴婢卻不知那等盛典，是不是奴婢這等身分的人可去的，不知該拿這柬帖如何辦，故而……」

天步止住了笛姬那諾諾的語聲，將手中的柬帖還給了她，「這等小事，不用通傳主上。」她順勢利導地朝她笑了笑，「千花盛典的確值得見識，過兩日我安排兩個仙侍跟著妳，妳去盛典逛逛亦無妨。」

天族的御園普明秀巖苑位於第六天，其名來源於歷代天君修行之地普明秀巖山。千花盛典作為九重天最大的慶典之一，向來是辦在普明秀巖苑中的，因為這個林苑它真的夠大，同時容納十萬八千個神佛在裡頭瞎逛完全沒有問題。

煙瀾領著一長串花仙對整個林苑進行了大典開啟前的最後一次查驗，而後屏退眾仙，只留了貼身婢女莧兒在側。

見眾花仙皆已遠去，莧兒上前一步，壓低了聲音，「稟花主，來赴千花盛典的仙者們這幾日已紛紛抵達九重天。曾入過元極宮、在三殿下身邊待過的神女們來得也不少。關於那笛姬乃三殿下身邊新人，亦會赴此盛典的風聲已放到她們中間去了，許多神女都很不忿。」

煙瀾眉目微動，沒有說話。

莧兒聲音壓得更低，「從前能入元極宮、伴在三殿下身側的女子，無不有高貴的身分、美麗的容貌，且俱是神族。那笛姬，不過一介低賤妖族，竟也能入元極宮，這讓那些神女們如何嚥得下這口氣，尤其是邊春山和丹薰山那兩位神女，已放出話來了，說定要讓那笛姬好看，想必……」

煙瀾突然打斷了她的話，「從前，她們也是這麼對我的。」

莧兒一激靈，驀地想了起來，三萬年前煙瀾剛上天時，亦被那些神女們看不起，處處受刁難。

可莧兒不明白，教訓這笛姬明明是煙瀾的意思，是她親自吩咐的，為何此時她又說這樣的話。

莧兒摸不準煙瀾的意思，一時惶恐，撲通跪地，「花主，奴婢並不是說……」

煙瀾抬手止住了她，過了會兒，問她：「妳還記得，那笛姬生得什麼模樣嗎？」

莧兒不知如何作答才不會出錯，躊躇了片刻，道：「生得……生得彷彿有些柔弱。」

煙瀾就笑了，那笑看著很是冰冷，掛在冷峭的嘴角，顯得十分刻薄，「是，戰戰兢兢的，一副可憐相，彷彿稍說一點重話，她就會哭出來似的，但真是美麗。」

她偏頭看向莧兒，「和她說話時，妳知道我在想什麼嗎？我在想，她是怎麼用這樣一副面容向三殿下乞憐，讓三殿下心軟，然後被三殿下帶回元極宮的。想到這裡，我就……」

她沒有將這話說完，指甲嵌進掌心，眼裡的嫉恨有如實質。

莧兒終於弄明白了煙瀾的態度，她也立刻明白了自己該說什麼，「那笛姬的確是長了一張蠱惑人的柔弱臉龐，可要論美麗，卻是不及花主的，況且花主您如今是何等尊貴的身分，您又何必……」

煙瀾卻不太認可她這一番勸慰之言，「即便是長依轉世，卻是凡人成仙，又是什麼尊貴的身分？」過了一會兒，她自嘲一笑，輕聲喃道：「我難道不知，這樣對那笛姬，很不大度嗎？」說到這裡，她一雙眼驀地紅了，「可，同樣身分低微，憑什麼她就能被護在元極宮中，一點苦也不吃，那時候我……我卻要被那些神女仙娥們那樣欺負呢？這不公平，不是嗎？」

莧兒擔憂道：「花主……」

煙瀾沒有理會她，兀自沉浸入自己的世界，只道：「我如此做，不過是為求公平罷了，也是幫她認清這九重天並非什麼好來處，這是一樁功德。」彷彿要說服自己似的，她又重重重複了一遍，「這是一樁功德。」

而後再不看莧兒，向御園出口而去。

千花盛典首日，第六天仙音裊裊，天雨妙華，普明秀巖苑裡仙神們熙來攘往，大家三個一堆五個一群，一邊賞花一邊嘮嗑。因為真正有品味能看得懂這些奇花異草的神仙也沒幾個，所以大家主要是在嘮嗑。

瑩千夏倒是單純來看花的。

瑩，是妖族的王姓。所以瑩千夏是個妖，並且是妖族的王族中妖。不過瑩千夏並非正經的王族妖，她不是生來就姓「瑩」這個姓。她父君是當今妖君的義弟，曾救過妖君的命，「瑩」是瑩千夏滿一萬歲的時候，妖君對他們全家的賜姓。

瑩千夏望著隔壁亭子有一會兒了，她的棋友知鶴公主抬手叩了叩她面前的棋桌。瑩千夏不為所擾，沒有移回目光。知鶴瞥了隔壁亭子一眼，挑眉問瑩千夏，「怎麼，想去幫她？妳什麼時候這麼好心了？是因為同為妖族，看不過去了？」

倒也沒有。

她同知鶴逛園子逛到這桫欏湖附近，正好累了，見此地清幽，湖中相對的兩座小亭也無人，便占了其中一亭弈棋。

棋下到一半，隔壁亭來了人。幾個神女，一群侍婢，侍婢們簇擁……或者說，挾持了個容色頗出眾的女妖。

兩座亭相隔就十來步，瑩千夏又不聾，從眾女仙對那小女妖的奚落中，大概明白了事情的原委。

原來那小女妖便是元極宮連三殿下的新寵，而奚落她的神女們大多都曾在那位殿下身邊待過，看不慣她一介小妖也能入元極宮，所以故意來找她的碴兒。

元極宮的連三殿下，風流之名響徹八荒，瑩千夏早有耳聞，那位殿下少年時於細梁河前倚坐於雲座上接受魔族降書的畫，瑩千夏還有摹本，是和人鬥百草贏的。

瑩千夏記得，過去元極宮中迎美人，就如她家附近的南海迎四方之水，四時無歇。不過這幾千年，這位殿下身邊好像就沒再出現過什麼美人了。連瑩千夏她義兄妖族太子瑩若徽都提起過這事，說可能八荒美人三皇子殿下都見識全了，沒什麼好見識的了，故而對遊戲花叢失去了興趣。

就瑩千夏知道的，許多人私底下都在猜測，要是元極宮再迎美人，迎入的美人會是何等絕色。瑩千夏也好奇。

說實在的，她沒想過元極宮敞開宮門再次相迎的美人會是個妖。因為過去那位三殿下身邊，從來沒有出現過妖族。

瑩千夏大概能理解那些傾慕連三殿下的神女們對那小女妖的敵視和憤恨。

其實剛到亭中時，那幾個神女對那小女妖並不過分，只是言語擠對，後來看她不說話也不反抗，才漸漸過分起來，要那小妖伺候她們，為她們奉茶奏樂，供她們取樂。小妖性子軟弱，也不太聰明，似乎一點也想不到這些神女們辱她便是在辱元極宮，也沒想到她需維護元極宮的體面。她們叫她做什麼，她便做什麼，只垂著頭，戰戰兢兢的，便是生得婉麗，是個難得的絕色，低聲下氣的模樣卻讓人很看不上。

偏生她越是如此，幾個神女便越是生氣，藉口亭中人多氣悶，竟要她站在亭外的荷枝上為她們奏笛。她們束了那小妖周身法力，失了法力，小妖自然無法站到那荷枝上去，朦朧著一雙淚眼正待哀求，卻被身旁的橙衣婢女一推，撲通便掉進了池中。

小妖受驚，不住在池水中撲騰，亭中眾神女被她的狼狽取悅到，紛紛掩口而笑。

知鶴問瑩千夏是不是想幫那小女妖，又問她什麼時候這麼好心了，是不是因同為妖族，看不過去了，便是因知鶴瞥到了這一幕。

瑩千夏並不覺得自己是個好心人，她也沒有要去摻和這事兒的意圖，她的目光在那邊亭子停留得久了點兒，主要是因她想起了今晨她去太晨宮等知鶴時，無意間聽到的粟及仙者和重霖仙君的一段閒聊。

彼時粟及仙者有些神秘地問重霖仙君：「那日議事會你沒看到嗎？」靠近重霖仙君，壓低了聲音道：「我覺得，說不得三殿下此回是要動真心了，雖然……」這話他沒說完，笑笑道：「不過，容我說句不敬的話，他們看著，倒是的確很般配！」

重霖仙君沉默了下，「你一個出家人，這方面倒是很敏銳。」粟及就訕訕笑了下。

之後他們看到了她，雙雙一愣，住口了。

其實粟及說話聲沒多大，說到後來又刻意壓著，聲音就更低，若非瑩千夏素來耳聰，應當是聽不到他們說什麼的。因此她也只作什麼也沒聽見似的，微微欠身，同他們致了意，遙遙站在一旁。兩位仙君也點了點頭，算是回了她的禮，而後移開了目光，說了幾句別的，便離開了。

瑩千夏一直都很好奇若元極宮再迎美人，那美人會是什麼樣。此番聽聞粟及一席話，得知連三殿下竟真的看上了新人，而那新人在粟及和重霖看來，又是很配連三殿下的，詫異之餘更是好奇。故而在那幾個神女將那小妖帶進隔壁亭，又聽她們說那小妖便是連三殿下身邊的新人時，她立刻停下了走棋的手，偏過了頭。

知鶴抬手在她眼前晃了一晃，「悶葫蘆，怎麼不回我話？還真想去替那小妖解圍啊？」

瑩千夏這才將目光從池水中那不斷掙扎的小女妖身上收了回來，「瞧瞧熱鬧罷了。」

知鶴卻順著她收回的目光看向了池中，口中嘖嘖，「這小女妖狼狽掙扎的模樣，竟別有一番風味，倒是更美了，本公主雖是個女仙，見她這模樣，也很憐惜。」又道：「能將連宋君一個常在花中行走的神君迷住，倒也有幾把刷子，至少她將『惹人憐』三個字做到了極致，也是很厲害了。」

瑩千夏卻不再關注隔壁亭子的風波了，拈起白子，走了一步棋，只道：「連三殿下單了幾千年，新看上的竟是這樣柔弱的女子，卻讓人有些意外。」雖然沒明說，語聲裡多少含著不認同之意，頓了頓，無意義地淡笑了一聲，「或許男子與女子審美的確有許多不同吧，這樣菟絲花一般柔弱的女子，他們竟覺得兩人相配……」

知鶴亦尾隨那白子走了一步，道：「那小女妖的確惹人生憐，但我看連宋他多半也就是新鮮一陣罷了，又談什麼相配不相配呢？」

瑩千夏靜了一瞬，淡淡道：「的確，若果真他遊戲八荒幾萬年，最後真心愛上的卻是一個菟絲花一般靠著他人庇護才能活下去的女子，未免讓人失望。」

知鶴好笑道：「妳有什麼好失望的。」說完這話，回過味來，她愣了一下，抬頭看向瑩千夏，「妳該不是也對他……」

瑩千夏冷靜地走完棋，冷冷眄了她一眼，「下妳的棋吧，胡說什麼。」

知鶴原本還想說點什麼，轉念又想瑩千夏素來冷心冷情，只對研習安神鎮靈之術有興趣，應當不至於想不開，也想征服連宋這個浪子，也就止了欲言之語。

正當此時，一片玄影突然從她們眼前掠過。二人抬眼望去，卻見那玄影半入池中，仿若一隻大鳥，抓住那已經開始嗆水的小女妖，飛快地掠回了池中一塊大石上。

定睛細看，那玄影卻是一個玄衣仙君。仙君半攬住瞧著已十分虛弱的小女妖，望向亭中眾神女，眉心緊皺，責備道：「恃強凌弱，非淑人君子應為之事，更非諸位身分高貴的神女應為之事！」

知鶴拈著一粒黑子，目光被這玄衣仙君吸引過來，又聽他不知天高地厚地責備那些出身尊貴的神女們，神情變得玩味，乾脆將棋子扔回了棋罐中，向瑩千夏道：「還下什麼棋，」撐著腮看向隔壁，饒有興趣道：「有好戲不看，可就可惜了咱們這麼好的位置。」

戲好不好不好說，對於亭中的神女仙子們來說，夠意外就是了。

一個赤衣仙子率先反應過來，打量了一遍那玄衣仙君，冷笑了一聲，「我還當是誰，原來是虞英仙君，不過是個凡人升仙的小仙君，卻來幫這小妖出頭，也不問問自己有沒有這個資格和本事！」說著這話，一條紅綾驀地抖出，直向那玄衣仙君擊去。

那被稱作虞英的仙君攬住懷中的小女妖迅速躲開，紅綾擊在那大石上，大石裂為九瓣，驚擾池水，濺起白浪。那虞英仙君和小女妖立在了另一塊觀賞石上。虞英鬆開了被這驚變嚇得愣住的小女妖，右手朝空中一抓，手中便出現了一把長劍，人劍合一，倏地向那赤衣仙子攻去。

虞英動作之快，亭中眾人根本沒反應過來，眼看一樁血案就要發生，一個竹青色的身影驀地出現在半空。鐺，兵器撞擊之聲響起，半空濺起一片火星，虞英急來的攻勢被阻住，旋身飛回那觀賞石。

那竹青色的身影也飄然落下，停留在近處的一枝荷枝上，紫石斜紋刀橫在胸前，語聲納罕，「這是在做什麼？」卻是霜和。

透過方才那一擊，虞英已明白來人實力，心知不是對方對手，臉色難看道：「這位仙君，可是要助紂為虐嗎？」

霜和看了一眼虞英身後落湯雞一般的笛姬，又看了一眼亭中被這變故搞得很安靜的女仙們，以他的智慧並看不出來發生了什麼，很是頭大。

笛姬像是終於緩過了神，哆嗦著向前一步，眼中含淚，怯怯呼他，「神君大人……」

霜和彈指一揮，弄乾了她身上的衣裳，擰眉道：「笛姬，妳說說這是怎麼回事？」

卻不待笛姬開口，半空忽響起一個雀鳥般脆生生的聲音，伴著一聲譏笑，「小霜你也太笨了吧，還需要問什麼，這不明擺著就是這幫仙娥神女欺負我們家笛姬，被這位仙君搭救了嗎。你倒好，卻和這位仙君打起來了，糊塗啊糊塗！」隨著「糊塗」二字在空中散開，一個一身華美黑袍的穠麗女仙振了振黑紗衣袖，穩穩停落在另一枝荷枝上。

這豔麗逼人的女子正是靠著祖媞的血氣剛休養好不久的萶蓉君。

笛姬看到萶蓉，明顯放鬆了一些，沒有看到霜和時那麼怯，朝她的方向邁了一大步，顫聲道：「仙子！」眼看她就要因激動再次栽進湖水中，萶蓉抬手打了一道光柱過去，扶住了笛姬。

亭子裡，方才進攻虞英仙君的赤衣仙子最是沉不住氣，怒意形於外，氣沖沖向著霜和與菁蓉，「你們又是何人？可知我們是誰？奉勸你們一句，少管閒事！」

菁蓉看向那赤衣仙子，挑了挑眉，冷笑道：「我管妳們是誰，欺了我家笛姬，還敢怪我多管閒事？」

站在亭子最裡側，隱在一大堆婢女身後的煙瀾驀地抬眼，直直望向菁蓉。笛姬是元極宮新入的美人，這是毋庸置疑的，然這新出現的陌生仙子卻說笛姬是她家的，這又是怎麼回事？難道她也是元極宮的人？可為什麼自己從沒見過她？

煙瀾眸中明明滅滅，正待仔細打量那仙子，卻見她忽地側過了臉，望向湖畔的小徑。原本譏誚的側顏不知為何忽然放柔了，清脆卻冷冽的聲音也裹了一層蜜，撒嬌似地向著那小徑的方向道：「主上您終於來了，您看她們也忒不講道理了！」

煙瀾順著黑袍仙子的目光看去，見一位白衣仙君分花拂柳而來，在小徑出口的湖畔站定。青年生得溫雅如玉，含笑道：「也是奇了，這可是禮儀之邦的九重天，還能遇到比妳更不講道理的人？」

煙瀾原本以為這便是那黑袍仙子口中的主上，卻見那仙子白了那白衣仙君一眼，旋身飛起，身影掠過碧湖，也來到了湖畔。在她落地後，從那白衣仙君身後的無憂林中繞出了一位黃衣女仙。那黑袍仙子上前兩步，一把握住女仙的衣袖，聲音變得很嬌，告狀似地搖了搖那女仙的袖子，「主上，您看她們，竟這樣欺負咱們笛姬！」

而池中的笛姬也遙遙跪在了觀賞石上，鄭重相拜，口稱：「主上。」

煙瀾的瞳猛地一縮。

亭中眾神女聽聞黑袍女仙和笛姬對那分花拂柳緩緩行來的黃衣女仙口稱主上，神色皆變得驚疑不定，齊齊望向那女仙。這使得煙瀾的凝視倒不那麼突兀了。煙瀾略微定心地躲在眾人身後打量那被稱為主上的黃衣女子。

女子身量纖雅高眺，著一襲素淡的鵝黃長裙，未綰髻，只一頂簡單的金絲花冠壓在一頭烏髮上。眉細長，且黑，右眉眉骨處貼了金色的細小光珠，是很奇異的妝，卻極襯眉下那一雙杏子般的眼。

僅憑這一雙眼，便可推出女子是個美人了。說推出，是因她下半張臉被白紗覆住了。這使她顯得神秘。

煙瀾快速在腦子裡過了一遍，但關於這女仙可能會是誰，她沒有任何頭緒。眾神女打量著那女子，女子也在打量她們，但目光只如群雁隨意掠過天邊似的，並未在她們身上留痕。

女子淺淡隨意地將整個桫欏湖掃了一遍，然後給自己化了張白玉椅，彷彿有些累地坐了下來，單手放在扶臂上，輕輕敲了敲，眉心微蹙，但聲音沒什麼壓迫感，很清潤，彷彿很和氣似的，問道：「這是怎麼回事？」

整個桫欏湖一片寂靜，煙瀾稍微分心看了看亭中的神女們，見坐在石桌旁的邊春山大神女緊緊鎖著眉。這大神女乃亭中眾神女的頭兒。神女們面色緊張，紛紛看向她。適才率先攻向虞英仙君的赤衣仙子是這大神女的妹妹，乃邊春山的小神女，此時便站在大神女的身邊。赤衣小神女向來衝動，又無法無天慣了，見大家都不說話，眉心一擰，便要上前接話，動步之時，卻被大神女拽住了手。

煙瀾看明白了，就連這心機深沉的大神女都對那黃衣女子心存了忌憚。她自知今日之事不好收場，怕被連累，原本就站得很裡邊，此時不動聲色地又往後挪了挪。

懾人的靜寂中，倒是那黃衣女子身邊的白衣仙君開口說話了，「倒是奇了，既然操持這千花盛典的煙瀾仙子在此，為何還會出現我家笛姬被欺負得落水這種事？」

煙瀾一驚，顧不得疑惑這不曾謀過面的白衣仙君為何會認得她，見眾人都看向自己，艱難地攢起了一個笑，「神女們……只是聽聞三殿下新收入宮的笛姬吹笛一絕，頗為讚慕，因此請她奏了兩曲。至於笛姬為何會落水……我彼時沒太留意，彷彿是笛姬站在亭邊，亭中人多，或許是誰無意中推擠了一下，又或許是笛姬她自個兒一時不察，不留神落進了池中也未可知？」

煙瀾太極打得好，邊春山的小神女聽到這番解釋，立刻掙開了大神女的手，站上前來，揚聲附和，「便是如此，想必是她自個兒沒站穩罷了！」

笛姬動了動唇，想說什麼。她一直覺得是有人故意推她，但彼時混亂，她也未看清是誰推了她。此時被煙瀾這麼一說，她也不太確定那人是故意推她，還是不小心擠到她罷了。但結合她落水前所遭受的刁難，彷彿是有仙子故意推她的可能性更大。因此她很努力地鼓起了勇氣，怯怯爭辯道：「可、可是我覺得落水前是有人……」

可那赤衣的邊春小神女根本沒讓她把這話說完，急急打斷她道：「妳覺得什麼，難道妳是想冤枉我們故意推妳不成？那妳說說看，我們無冤無仇，為何要故意推妳？」

邊春小神女說這話，不過欺笛姬老實。而老實的笛姬也的確不知她們為何欺凌她，唯諾著說不出話。

小神女見狀，趾高氣揚地哼了一聲。

笛姬的臉變得雪白，難堪地退後了一步，倒是一旁的虞英仙君看不過去了，輕嗤了一聲，冷嘲道：「諸位仙子中有好幾位都曾是元極宮那位三殿下的紅顏知己，為何為難這笛姬，彷彿也不難解。」

亭中眾神女頓時變了臉色。

在眾神女辯駁前，萶蓉驚訝地輕嘆了一聲，「原來如此啊，所以妳們以為我家笛姬是三皇子的新寵？」墨黑的眼珠一轉，感到好笑似的，「這笛姬明明是我家主上撿回來的小樂姬。她的膽子這樣小，也沒見過什麼世面，怎受得起妳們連三殿下的隆恩？比起她來，難道不是我更像妳們連三殿下新迎入元極宮的美人嗎？」

她一口一個「妳們連三殿下」，這幾個字的譏嘲之意不要太明顯，偏偏口吻又好像挺真誠，讓人也辨不清她說的是真的還是只是在嘲諷。

邊春的小神女卻是被她糊弄住了，不可置信道：「妳說妳才是……」

萶蓉捉弄人似地瞥了她一眼，「對啊，是我，妳待如何呢？」覺得分外有趣似的，自顧自笑了兩聲，「勞心勞力了半天，卻欺負錯了人，是不是覺得自己還挺可笑的啊？這樣吧，既然妳們害笛姬落了水，那妳們也下水去走一遭，咱們也就算扯平了，如何？」

小神女完全被萶蓉的態度給激怒了，額頭青筋亂跳，咬牙道：「妳休想！」

一直沉默的邊春大神女在這時候開了口，「仙子是誤會了，笛姬落水確然只是意外，但的確是我們照顧笛姬不周，我代……」

可能連大神女都沒有想到，她那無法無天的妹妹會在自己試圖和對方講和時突然出手，祭出紅綾意圖傷人。當她發現時，正欲阻止，卻感到石亭一震，腳下一空。亭中一片尖叫，待大神女回過神來，才發現一亭子的人皆跌入了水中，而那石亭已化為一片齏粉。湖水雖不深，卻極幽涼，浸入衣中，體骨皆寒。她本能地便要施術從湖水中脫困，可捏訣時才發現周身術力皆被壓制束縛住了。再看其他仙子，眾人也都不能再施術用法，臉上一片驚悸之色。

亭子當然不可能無緣無故倒塌化灰，大神女猛地看向湖畔那黃衣女仙，見坐在那白玉椅上的女子很隨意地收回了手，正在有一搭沒一搭地整理衣袖。女子一句話也沒有說，倒是她身邊的白衣仙君目光微冷地看向了她妹妹，唇角噙了一個笑，「小仙子，動不動就動手，可不是個好習慣。」

瞬息之間便能將一座仙石壘成的石亭震為齏粉，還能同時輕輕鬆鬆壓制住十幾個人的法力，這等實力，令人敬畏。但身旁的妹妹卻像是對這種碾壓眾人的實力根本沒有概念，還在不忿地吵鬧，「你們敢如此對我，可知我父是誰？你們等著，讓我父君知道了，定要……」

大神女用力掐了一下她的手，「還不閉嘴！」

但對方已聽到了這愚蠢之言。

蓇蓉聽到赤衣小神女這話時，簡直覺得她蠢得有些可愛了，瞬間便沒有再同她計較下去的興致，只笑了一聲，「不過就是下界哪座山哪條河的神主吧，又算個什麼？」

抬頭時見祖媞已轉身離去，雪意又回頭喚她，「蓉蓉，還不走？」她也就趕緊跟了上去，還順便叫了仍站在池中有趣地看著眾神女在湖水裡撲騰的霜和，「小霜，你在那兒愣著做什麼，捎帶好笛姬跟上來呀！」

湖塘中，邊春的大神女緊緊拽住了小神女的手，以防她做出更不得體的事，待那黃衣女仙一行消失在視線盡頭，她才轉過頭來，看向皺著眉一邊梳理著濕透的長髮一邊向湖岸而去的煙瀾，「煙瀾仙子。」她出聲喚住她。

煙瀾回頭。

「仙子可知那一行人是誰？」

煙瀾尷尬地搖了搖頭。

大神女面露嘲諷，「仙子主理這千花盛典，卻連赴會仙者都來了些誰也不清楚嗎？」

煙瀾勉強回道：「赴此盛典的仙者眾多，有數萬之眾，我不認得他們又有什麼奇怪的？」

大神女淡淡一笑，「仙子不是自詡同元極宮關係密切？這一行人想來也是同元極宮有千絲萬縷關係的，仙子怎會不認得呢？」

煙瀾啞口無言。

小神女猶自憤憤，還想上岸去追人理論，被大神女束住，「還不明白嗎，是我們惹不起的人，妳少給我闖禍！」

小神女委屈道：「怎麼是我給姐姐惹禍，明明是他們……」

大神女揉著額頭，「妳也是被寵壞了。」再不看她，自個兒先從池中爬了起來。此時終於能施術了，她施了訣，弄乾了一身水漬，方回頭看向那小神女，緊緊皺眉，「還不上來！」

眾神女紛紛上岸離去，桫欏湖重回幽寂。一直在隔壁亭裝死的知鶴終於活泛了過來，拊掌道：「果是一齣好戲。鬧了半天，原來那小妖不是連宋的新相好。難不成果真那黑袍仙子才是元極宮新迎的美人？」又饒有興致地分析，「生得一副豔麗面容，又是火辣辣的性格。我倒是想起來，從前連宋身邊的美人，有好幾個都是這一款的。說不定連宋新看上的，還真是她。」

瑩千夏屈起手指叩了叩棋盤，示意知鶴看棋局，口中淡淡，「我並不覺得她比那小妖好多少，一概的庸脂俗粉罷了。」

知鶴重拈起一粒黑子，一邊落子一邊戲謔，「在妳眼裡，這天地八荒間的神妃仙子，又有幾個不是庸脂俗粉？」

瑩千夏不置可否，瞥了知鶴一眼，轉移話題道：「比起這個，妳難道不應該更好奇那一行人是什麼身分嗎？」

知鶴很無所謂地一笑，「千花盛典一開，八荒十萬神佛皆會赴會，那黃衣女仙有極大可能是八荒哪座仙山的山主。」她聳了聳肩，以示對這個問題的不感興趣，「十萬神佛，豈是我們能認得完的，出現一個陌生仙者便要好奇一番，那多累？」

瑩千夏靜了片刻，落下一粒白子，「我不過是覺得她有點意思。」頓了頓，「不知她長什麼樣，比那黑袍女仙又如何。」

知鶴不以為意，「氣質輕淺，氣勢卻強，又被稱為主上，若照我所推，她是哪座仙山的山主，那年紀應該挺大了。」話到此處，她有些回過味來，訝道：「妳是懷疑連宋喜歡的是她？」知鶴立刻否定，「那不可能，妳可以總結一下連宋過去的那些女人，就沒有一個比他年紀大的。」

瑩千夏拈起一粒白子，狀似無意，「哦？這麼說，妳總結過？那照妳的總結，他一向都會青睞什麼樣的女子？」

知鶴不假思索，「自然是萬裡挑一的美人了。」回答完這話，知鶴愣了愣，放下了手中的棋子，有些狐疑地看向瑩千夏，「妳今天不太對勁，怎麼總聊連宋？」

瑩千夏奇怪地看了她一眼，「遇到了有關他的事，就隨便聊聊，這很奇怪嗎？」

知鶴一想也是，不再多言，心思重新回到了棋局上。

回元極宮的路上，蕁蓉一路計算著，從帝君著手為她家尊上拔除體內的西皇刃之力開始，截至今天，已經過去了幾日。

哦，過去六日了。

蕁蓉覺得，每次從太晨宮回來，她家尊上都很疲憊，心情也像是不好。

帝君的意思是這很正常，他為祖媞施術，需將術力打入她體內。是個人，體內被灌入兩種和己身毫不相關的力，且此二力還以她的身體為戰場搏殺，那心情都不會太好。

帝君讓蕁蓉試想一下親戚家的熊孩子到她的地盤撒野，她還只能乾看著不能教訓，是一種什麼樣的感覺。蕁蓉試想了一下，發現果然再也開心不起來，就覺得帝君還滿有說服力。

今日千花盛典，帝君說他作為天族尊神，是不可或缺的九天吉祥物，非得出席一下不可，讓她家尊上暫且休息一日，明日再去太晨宮。

大家對這個安排也沒有什麼怨言，蒨蓉更是高興壞了。她早有領祖媞去千花盛典看看花花草草的計畫，趁著今日不用去太晨宮，便攛掇著大家一道往普明秀巖苑來了。

誰又能想到，會在紗權湖旁遇到連宋的紅顏知己們搞事呢？

平心而論，蒨蓉對連宋的印象其實不錯的。

或許二十多萬年前，她還對這位與祖媞有著命定仙緣的後輩神君懷有不堪的妒忌，但隨著祖媞獻祭，當她真切地品嘗到所謂失去是何等樣滋味後，所有那些可笑的嫉恨便都融在了難言難解的痛裡，隨風而逝，隨時光而逝了。

二十多萬年後，當她重新回到這世間，從雪意口中耳聞了三萬年前祖媞同連宋那段沒有善終的糾葛，知曉了連宋曾為祖媞做過什麼，她對他的最後一絲心結也解開了，只覺得天意如刀，又如此可笑，祖媞太苦，連宋君也苦得不相上下。

來到九重天後，雖然她也聽過一些有關元極宮連三殿下如何風流薄倖的傳聞，但就她在熙怡殿休養這幾日來看，並沒見元極宮有什麼身分不明的美人，因此那些傳言於她一直是很縹緲的，沒有什麼實感。

再則，她還見過這位三殿下兩面。一次是在六日前，連宋要離開天宮，前往暉耀海取世間第一泓水以打造可承載五位自然神元神之力的大鼎，來熙怡殿同祖媞話別。一次是在昨日，才從暉耀海回來沒幾天的這位忙碌的三殿下，彷彿又有什麼事，需去北海一趟，再次來熙怡殿同祖媞作別。兩次短暫的會面裡，這位年輕水神的禮儀和風度都很讓蒨蓉認可。她覺得他年紀雖然小了點兒，但好像是很配他們家尊上。然，經歷了桫欏湖這一遭，萼蓉對連宋的好印象卻一下子跌到了谷底。

祖媞看出萼蓉不開心，回到熙怡殿後問了她一句。

萼蓉試圖將腹中牢騷憋住，終歸沒有憋住，氣鼓鼓哼了出來，「哼，這三殿下，還當真是風流！那些神女仙子，為他爭風吃醋也就罷了，竟還胡作妄為，搞出如此大的陣仗來，簡直沒有體統！」

霜和當即就笑了，誇張道：「哇，蓉蓉，和妳生死相伴這麼多年，我還是頭一回從妳口中聽到『體統』二字，當真稀奇！」

萼蓉瞪了霜和一眼。

霜和摸摸鼻子，輕咳了一聲，「哦，她們確實沒有體統。」

萼蓉於是立刻又哼了一聲，「三皇子居然看得上她們，他的眼睛是不是有什麼毛病！」

祖媞在一張暖玉羅漢床上坐下，擺弄著腰後的靠墊，想靠得舒服一些，聞言若有所思，「雖說美人在骨不在皮，但亭中那些神女，個個皮相骨相皆為一流，小三郎的眼光，還是很不錯的，我覺得並沒有什麼毛病。」

萼蓉被噎住了。她啞了片刻，有些猶豫地問：「三皇子竟真的有過那麼多風流往事，尊上您難道不會感到……」

雪意看了她一眼，萼蓉立刻閉了嘴。

祖媞終於擺弄好了身後的靠墊，「我應該感到什麼？感到驚訝嗎？當然不會，小三郎玩世不恭，風流恣意，我也不是第一天知道。」見萺蓉一臉複雜，她恍然失笑，「哦，看來妳是被他那兩次來找我時裝出的雅正端莊給騙了。」

祖媞一番話雲淡風輕，萺蓉卻不知是該欣慰還是該如何。雖聽雪意說過，如今他二人皆忘了過去那段情緣，相處親近，或許是因陰差陽錯之下立下了噬骨真言。但萺蓉至情至性，向來以情論事，以情論人，她覺得二人親近倒不一定是因噬骨真言，萬一是發乎自然呢，那他倆離情火再生也就不遠了。如果真是這樣，她也可以成全。

不過她心中也有考量，覺得非得要連宋足夠完美，能夠配得上祖媞，這才是一樁她會樂於成全之事。

考察連宋考察了這幾天，她原本已打算成全他們了。可今日，在那桫欏湖畔，連宋的眾多紅顏知己卻給了她當頭一棒。

男女入了風月，會發生什麼，萺蓉是很懂的。一想到亭中那些神女都曾伴連宋左右，而連宋或許也曾對她們笑過，握過她們的手，擁抱過她們……她便覺怒火中燒。對祖媞說那些話，是對連宋不滿，也是提醒可能會再陷情網的祖媞，這條情路暗藏危險。

中間被雪意打了岔，她也不好再多說什麼，想了會兒，悶悶道：「我就是覺得，他要是沒有那麼風流就好了，風流是很不好的事，因為……」

殷臨和昭曦不在，只能雪意看住霜和同萺蓉這兩位祖宗的嘴，雪意怕萺蓉再說點什麼不好的，沏著茶打斷了她的話，「三殿下雖然花名在外，但我聽說他同那些神女們也沒什麼深交，不過欣賞她們的美麗姿容罷了。就譬如咱們尊上也愛收集花草，」看萺蓉倏地睜大眼睛，不動聲色道：「哦，當然，蓉蓉妳是不一樣的。」看萻蓉的眼睛重新變回原來的尺寸，才繼續，「尊上從來便只收藏各族最美的花木，花木們也常因尊上給誰修剪枝葉修得更好看而爭風吃醋吵吵鬧鬧，那些情形，同今天桫欏湖中這一場，是不是也有些像？」

坐在羅漢床左側的祖媞和蹭坐在床右側的霜和聽得頻頻點頭，祖媞還挺認真地點評了一句，「我覺得他們為我對誰更好而吵吵鬧鬧，這也是他們可愛的一種表現。」

萻蓉感到心很累，她可不能贊同這個類比，扠著腰憤憤，「那，咱們姑媱山的花木們，許多剛開靈智，不懂事也是有的。可九重天這些神女們，自詡知禮守節，成日為一個男人爭風吃醋，這算哪門子可愛？」說著就拍起了桌子，不平起來，「也不知神族是怎麼回事，我這些日所見的，皆是女仙們追著男仙跑，被男仙迷得暈頭轉向，難道就沒有一個女仙拔乎其萃，能引得一眾男仙追著跑嗎？不是說神族美麗的仙子也不少嗎？」

祖媞默默探身，將羅漢床前那張桌子上被萻蓉拍倒的一個花瓶扶了起來。

雪意消息靈通，是在場唯一一個能回答出萻蓉這個靈魂發問的人。「這妳就不知道了，八荒有個美人譜，」雪意徐徐道來，「美人譜上排頭名的是青丘之國的白淺上仙，可白淺是天君為太子夜華定下的太子妃，沒人敢和天族搶人，所以縱然她是個絕色，桃花也少。再說美人譜上排第二位的白冥主謝畫樓，她一睡起來便是以千年萬年計，便是清醒時也很少出冥司，桃花自然也少。不過魔族有位相雲公主，聽說其姿容與白淺、畫樓二絕色相比也差不了多少。這位公主可就厲害了，她身後的追求者比起三皇子身後的追求者，說不準還更多些，也算是為八荒的女子們爭了光吧。」

萻蓉乾巴巴地，「哦，那還可以。」她今天完美地扮演了一個槓精，靜默片刻後，又氣憤了，「但如今這世代，仙魔們是都沒正事幹嗎？成天只知情情愛愛，像什麼話！」

雪意沉默了一下，「大多數人還是有正事幹的，比如天君，聽說他昨天批摺子批了通宵，今天還準時上朝。」

霜和皺眉舉手，「這個故事好像沒有剛才那些故事好聽。」

雪意：「……」

菁蓉：「……」

他們這麼一大通辯下來，把祖媞給聽累了。她掩口打了個哈欠，為這場辯論做了個總結，「大家心繫兒女私情，說明天地承平。四海無大事，生活無憂，才能有此閒情。我倒是願他們一直有此閒情。好了，我累了，先去休息一會兒，你們繼續吧。」說著就向內殿去了。

她倒是飄飄然去了。但留下的那句話，卻令三人倍感沉重，皆想起了將會到來的那場大劫，一時啞然，再也無法有所言語。

第二十章

折顏上神撿到連宋，是在一個仲夏夜。

彼時明月高懸，夜涼如水，這位三殿下半龍化形，昏倒在北海的海岸邊。

折顏上神已有萬把年沒來過北海了，此番是和白真上神一起去東北荒，給白真他二哥的閨女白鳳九小神女做萬歲生辰。

生辰小宴上白真他三哥說起自個兒洞府裡冰見湖中的七寸雪已經長成，估摸這幾日便會開花，問他們要不要去採兩朵。折顏上神覺得不要白不要，可以去採七、八朵。

從東北荒去白真他三哥的封地西北荒，需橫穿北荒與北海。偏偏這麼巧，北海那麼大，折顏同白真將雲頭按下打算歇一歇，正好就落在了昏迷的連宋附近。

白真上神覺得這事很古怪。他們神族，只有剛出生不久方能化形的小娃娃，才會控制不住本相與化相，時不時鬧出半本相半化相的笑話；哦，或者某些重傷瀕死之神也有可能維持不了完美人相。可就他看來，此時天族的這位三皇子除了臉色白了點兒，脈亂了點兒，離瀕死還差老遠一大……唔，一百大截，怎麼就會控制不住化相，露出本相龍尾來呢？

折顏上神從連宋的神識裡退出來，解了白真上神的疑問，「他仙體上倒是沒什麼傷，但精神極不穩，神識裡居然燃著一片火海。神識失控……這可能就是他變成如此模樣的原因。」

折顏上神也挺納悶，「可他的神識為何會失控……哦，」他回憶起來了一樁事，「我想起來，前幾日，畢方鳥來了一封信，信中說連三派使者來了一趟桃林，問我的歸期，言說有事欲同我請教。我彼時還以為是祖媞又出了什麼事……」折顏看向白真，微微詫異，「難道不是祖媞神出了事，難道他想問我的，是他自個兒神識失控的事？」

白真心想見鬼了我怎麼知道，口中卻對折顏上神道：「嗯，你推測得有點道理。」

救人為大。連宋如此，兩人自然也不好再去白頎那兒取七寸雪了，一番拾掇，連夜帶著這位人事不知、化為半龍的三殿下回了十里桃林。

三日後，連宋醒了過來。

折顏上神坐在他對面，神色有些凝重地問他：「你可知曉你的記憶被人篡改過？」

三殿下披著件白袍，懶懶靠在竹榻上，微垂著眉目，右手把玩著一只喝空了的茶杯，淡淡道：「嗯，知道。」

折顏上神驚呆了，他雖有此一問，卻沒想過連宋居然是知道這事的。他只是覺得問句比陳述句更委婉一點也更好接受一點，不會太過刺激當事人，使對話進行不下去。他已經想好了，一旦連宋作震驚貌問「啊？怎麼會？」，或者「什麼？這是怎麼回事？」，他有哪些話可以發揮。畢竟他是一個高情商的上神，很懂得和人的說話之道，同人聊天從不冷場。

可劇本竟然走偏了，折顏上神一時不知該說什麼好。

三殿下看折顏上神啞口無言，笑了笑，那笑雖淡，卻的確是個笑，「就是因為知道了這事，一時道心不穩，靈台起孽火，沒控制住，教它燃遍了神識，我才會把自己搞得人事不知，暈倒在北海邊。幸好為上神搭救，多謝上神。」

這病因倒的確是如此。三殿下一席話間，折顏上神終於找回了言語，咳了咳，「嗯，你這一把火燒起來，也是很厲害，生人勿近，我費了好些工夫都沒法將它滅乾淨，最後還是讓真真來幫忙，以我們二人之力驅動你自個兒的元神之力，令它封凍了你的靈府，才慢慢熄滅了那些火，讓你能夠醒過來。」

說到這裡，折顏上神終於反應過來了他們這場對話的離奇之處，他一拍腦門，「不對啊，若我診得沒錯，你其實並未恢復當初的記憶。那我就有疑問了，既然你並未恢復記憶，又怎知自己被篡改了記憶？」

三殿下仍把玩著那只茶杯，「我的確未恢復記憶。」他認可了折顏上神的診斷，卻沒有回答他的問題，反而另向他提了一問，「上神，我被篡改的記憶，是不是兩萬九千九百九十七年前去往凡世的那一段？」

折顏正端過一只茶杯想喝兩口水，聞言差點摔了杯子，「這……這你都知道了？」他實在好奇得很，「你到底是怎麼知道的？」

三殿下再次忽略了他的問題，放下了那只東嶺玉的茶杯，「上神可否助我恢復這段記憶？」

折顏上神自詡是個知情識趣的上神，見連宋實在不想說他是如何發現自己記憶有差錯的，也就沒再問下去。不過……能否恢復連宋的記憶，這倒是個好問題。涉及自己的專業領域，折顏上神有很多話說，「要為一個人重織記憶，去覆蓋他原本的記憶，是很難的，好比在白絹上繪一幅工筆畫，極耗工夫。不過，畫畫雖難，要將一幅白絹上的工筆畫洗去，卻容易得多。畫一幅好畫，或許需要好幾日甚至好幾月，但要將那畫洗去，卻最多只需一刻鐘。」

聽聞折顏上神這話，一直服侍在一旁沒怎麼出聲的畢方鳥心想這果然是個從來不自己洗衣服的人才打得出來的比喻。他咳了一聲，糾正折顏上神，「上神，遇到不好洗的顏料，一刻鐘是根本洗不乾淨的，需加藥粉先浸泡半個到一個時辰，然後再用洗衣槌捶上個一兩刻鐘，才能洗乾淨。」

折顏上神卡住了，半晌後，他咳了一聲，「呃，反正就是那麼個意思嘛。」可能覺得丟了面子，擅長說話之道的折顏上神在接下來的談話中，特地用了本座這個自稱來挽尊。

「本座就是想說，」他看向連宋，「本座是可以助你恢復記憶，這也花費不了本座幾日工夫，煉丹的材料都是現成的。不過，覆蓋住你憶河的那層記憶做得太巧，已融入了靈識，以丹丸強硬去化，對你的神魂會有影響，三、五年內你或許會經常頭疼，將很難受……」

大家一起坐在這裡這麼久，在記憶錯亂這件大事上一直表現得好像很平靜甚至有點雲淡風輕的三殿下，終於講出了今日第一句帶著情緒的話，「再難受，我想也不會比我現在這樣更難受。」可他的表情看著卻是很淡然冷靜的，也看不出他哪裡難受。

折顏上神微微驚訝。驚訝過後，他琢磨了少頃，從連宋的這句話裡，他品出了他的意思，也品出了他的決心。折顏上神輕嘆了一聲，點了點頭，「好，那就這麼辦吧。」

臨去前，折顏囑咐連宋好好休息，又說自己回去就開爐，至多明日酉時便可將丹煉好。

連宋謝了他，沒多說什麼。

折顏同畢方鳥離開後，三殿下躺在竹榻上，一時無眠。

自他發現自己的記憶被人動了手腳後，他一直以為，出差錯的是他在八荒神界的記憶。或許那時發生了什麼重要之事，有人不欲他記得，故用了一些他在神族的日常去搪塞覆蓋了那段過去。他在神界確然很多時候都是無所事事、百無聊賴的，做的事也很千篇一律，用那些日常去搪塞欺騙他，的確比較容易。

若不是為取飛花連蝶，去了一趟北海海底的萬年冰域，他自問不太可能發現出問題的竟是他在凡世的那段記憶。

在凡世的那十幾年，發生的事實在太多、太雜，也太真了。可，居然那些才是虛假的記憶。要編織出那樣一套複雜瑣碎卻又縝密周致得連他也無法生出懷疑的記憶，得多難？四海八荒間，有幾人能做成此事？

沒有幾個人。

前往萬年冰域這事，他並未和帝君、祖媞商量過，完全是他一人之意。而萬年冰域那種懲罰墮仙的極惡之地，要不是為了拿到飛花連蝶，他本應一生都不會涉足才是。

當日太晨宮四無量殿中的那場議事會後，帝君單獨找過他一次，問他關於打造存放五位自然神元神之力的器物，他有什麼想法。他說了幾個方案，帝君都覺得差點意思，兩人又商議了一陣，最後覺得用世間第一抔土、第一縷風、第一團火、第一束光和第一泓水為材料，打造一只大鼎，或可完美實現承載五位自然神元神之力的目的。

和帝君談過後，他便回了一趟暉耀海，取了水種，又去了一趟若木之門，拿到了封印在門中的土種。帝君那邊的動作也不慢。他回到天宮時，帝君已派人去冥司拿到了風種和火種。而祖媞也令殷臨回了姑媱一趟，取回了存於長生海底的光種。

五種原料集齊後，他便開始閉關煉鼎了。煉這種大器，和煉那些小玩意兒也沒什麼不同，第一步皆是需將材料熔了。幸而此前從青鳥族得了一筐可熔萬物的星浮金石。他試著用星浮金石熔了點五種材料的邊角樣料，發現效果還可以，但有一個問題——熔後的材料要重新成型凝固，不太容易。他閉門三天，試了許多方法，皆無果，最後想起了萬年冰域的飛花連蝶。飛花連蝶也是種石頭，萬年寒冰凝成的石頭，傳聞其乃星浮金石的死對頭——星浮金石可熔萬物，飛花連蝶可凝萬物。

他打算將飛花連蝶找來，試試看它是不是真的可凝萬物，因此去了一趟太晨宮藏書室，取走了萬年冰域的地圖。本也打算同帝君說一聲，但重霖說帝君在午睡，他就沒打擾他，揣著地圖徑直去了北海。

萬年冰域不愧是懲罰惡仙之所，無垠的冰域猶如一個無人的巨型演武場，但有仙者踏足其間，便有冰刀冰箭四面來襲，片刻不歇。

有鎮厄扇護體，那些冰刀冰箭倒不至於給他添什麼麻煩。他循著地圖找了兩日，終於在一座雪瀑中尋到了巴掌大的飛花連蝶。得了飛花連蝶，他本要立刻離開，卻在接近界門之時，碰到了一個人——北海陵魚族的公主，小魚姬阿郁。

他對這小陵魚有點印象，是因三萬年前，他於凡世裂地造海，違了九天律例，被罰在北極天櫃山受冰瀑擊身之刑時，那小陵魚隨南灣之水沖進瀑布中，為他所救；她為報救命之恩，在他受刑時侍奉了他幾日，不過在刑罰結束時，他便讓天將將她送回了北海。

彼時那小魚姬尚是個美麗少女，然此番搖搖欲墜立在這萬年冰域中的小魚姬，卻滿身傷痕，病骨支離，瘦得不成樣。見到他時，那麻木的一雙眼中先是現出恐懼，恐懼之後，卻又透出了微弱的一線光，「殿下，您是三殿下！」她咚地跪地，細弱的聲音像是砂紙從金石上刮擦而過，極啞。

冰刀冰箭不間斷地朝她身上招呼，觸及那瘦弱的身軀，留下一片血痕，下一刻那血痕又消失不見，以待刀箭再次在她身上烙印。這便是這萬年冰域的酷刑。她像是已習慣了，只是仍控制不住發出痛哼之聲。

她咚咚向他磕頭，額上很快現出了一片紅，「我已在此受苦三萬年了，再也忍不下去了殿下！」她哭泣著哀告，「我知錯了，求殿下饒我，放我離開此地罷，求殿下了！」

聽她這話，她身處此地竟同他有關，但他完全不記得有這麼一回事。這是這麼多年來第一次，現實中出現了一個人，印證了他的記憶出了大問題。他不動聲色地打量跪在他腳邊的小魚姬。她說的一切他都不明白，但他想，這只是因為她說得不夠明白。

他站在那裡，沒有流露出分毫失憶模樣，語聲微沉，故意含了些許譏誚，「哦？知錯？妳有何錯？」九重天刑司無人掌管時，他代為掌管了好幾十年，審人自有一套。

小魚姬像是極怕他，叩首在地，額頭上的紅紫滲出血來，顫聲道：「我不該嫉恨三殿下您為那凡人裂地造海，不該看到她身上戴了您的逆鱗，知曉她做了您的妻子，便失去理智傷了她的魂魄令她無法醒來。」她微微抬頭，髒污的臉上流露出一點希冀，「三殿下降下雷霆之怒是應當的，可三萬年已過去，殿下一定找到救她之法了吧，若她已醒來，殿下既已與她鸞鳳和鳴，還請殿下放我一條生路！」她泣涕不已，「三萬年，真的夠了，求殿下憐憫！」

縱然已有所猜測，乍聞小魚姬之言，他卻還是難忍驚悸，腦中似有什麼炸開，一片轟鳴。他無法再偽裝淡然鎮定，張口幾次，方能出聲，問那小魚姬：「妳是說，三萬年前，我曾以逆鱗為聘，娶了一個凡人，還為她裂地生海，違反九天律例，而妳因嫉恨她，傷了她的魂魄，令她無法甦醒；我因妳傷了她，雷霆震怒，故而將妳關來了此處嚴懲，是嗎？」

小魚姬終於意識到了不對，抬頭驚惶無措地看向他，「殿、殿下，我是說、說錯什麼了嗎？」

他沒有說話，靜了許久，忽然又問：「那凡人叫什麼名字？」

小魚姬瑟縮著，「我、我不知，只知她是凡世的一個郡主。」她其實是很機靈的，方才懼怕，沒有反應過來，此時卻突然明白了過來，眼珠驀地一轉，忍著身上的疼，輕聲試探，「殿下像是、是忘了她？那……」

他沒有理會她對他的窺探，微一抬手，手中出現了一幅畫卷。畫卷攤開，畫中烏髮黃裙之人正是祖媞。他琥珀色的眸看向前一刻還在淒慘乞憐，此時已轉著眼珠欲謀劃什麼的小魚姬，「那妳總還記得她的樣子吧？」他沉聲問她，「畫中之人便是她，可對？」

待看清畫中人，小魚姬的瞳猛地一縮，「殿下是……還記得啊……」

他面上表情毫無變化，手卻不受控制地用力，畫卷的卷軸被他握壞了，他驀地將畫收了回去。

十里桃林，精舍之中，竹榻之上，三殿下揉按住額角，忍住因回憶而產生的神識翻湧之痛。那小魚姬的回答言猶在耳，「殿下是……還記得啊……她的髮型和眼妝不是這樣，但那張臉，便是長得如此，同畫中人一模一樣，別無二致。」

唇間有腥甜之味，被他嚥了回去。

那凡人，同祖媞長得一模一樣，別無二致。

這世間不可能有一個純粹的凡人，長得同天地造化所生的光神一模一樣，別無二致。

而聽天步說，為修得人族七情，祖媞曾前往凡世歷練了十六世。

這說明了什麼？

說明他在凡世結緣的那個凡人，十有八九，便是祖媞在人間的轉世。

說明他同祖媞，他們曾在凡世相遇，結了緣，做了夫妻。這便是他一直在探尋的，他們曾經的緣分，他們過去的關係。

而這緣，還有這關係，超出他此前對於他們過往的所有想像，讓人難以相信。

他竟曾在凡世娶妻。而她，居然便是他在凡世的妻，是他曾獻出逆鱗求娶的人。逆鱗對於一條龍有多重要，沒有人比他更清楚。這說明那時候他們之間一定有極深的感情。

可，既然是那樣深的情，為何他會忘，而她也忘了？

太想要知道，記憶中卻是一片空白，沒有一絲一毫她作為凡人出現在他命途中的影子。

這令他焦躁又痛苦。

神識止不住地翻騰，似乎又要有火燃起。他用力按住心口，壓抑住了神識中欲將再起的烈火。

欲要燎原的火被硬生生彈壓下去的那一刻，身體被這野蠻粗暴的禁錮激得疼痛無比，使他無法抑制地、痛苦地喘息了起來。

他已有許多年不曾如此狼狽了。

雪意發現最近萅蓉同煙瀾走得挺近。

萅蓉雖驕縱了些，但性子直爽俐落，從前在姑媱山時，便很得山上靈物們喜愛，這九重天的神女仙娥會主動結交她，雪意並不覺奇怪。但結交萅蓉的是煙瀾，雪意便不得不多留個心眼。他雖不像殷臨，同煙瀾有交情，對她的性子有所瞭解，但他向來消息靈通，煙瀾仙子是個什麼來歷、什麼性情，他還算清楚。於是某日趁霜和陪祖媞前去太晨宮拔毒，元極宮中只剩他們二人時，雪意叮囑了萅蓉幾句。

然四神使中，萅蓉只怕殷臨一人，深覺雪意囑咐得婆媽，「我也不是那等沒城府的人。」萅蓉輕哼，「笛姬之事後，她領著婢女來元極宮致歉，尊上去太晨宮了，我便同她說了兩句。」一雙眸子輕靈一轉，「她接近我嘛，自是為了摸清我們同元極宮的關係，可我也不是個傻子，什麼都同她說。任她接近，是因我也有我的私心。」

雪意就奇了，「妳能有什麼私心？」

萅蓉輕瞪他一眼，「還不是為了尊上。」她抿唇彆扭，「連宋君那些風流過往裡，最撲朔迷離的便是他和那位長依仙子之事，既然煙瀾是長依的轉世，想要弄清楚長依和他是怎麼一回事，自當從煙瀾身上著手，才最為容易。」

說到這裡，菁蓉皺眉，「對了，一刻鐘前我遇到天步了，見她行色匆匆，問她可是有事發生，她說三皇子未時初回宮了，吩咐下來要立刻閉關，她得去看看丹房中一應事體可準備得妥當否。」

她琢磨著問雪意，「連宋君這一去北海，足有七、八日，回來便要閉關，也不說等尊上從太晨宮回來見一見，也沒有關心尊上這幾日拔毒拔得如何了……你之前還同我說他們處得親近，這，叫處得親近？他是不是對我們尊上其實沒有那種曖昧的意思啊？」

雪意想起昨日殷臨同他說的那席話，窒了窒，一時不知該如何回答菁蓉的問題。

十幾日前同東華帝君的那場議事會後，祖媞留在九重天拔毒，只將他、霜和與菁蓉安排在了身旁隨侍，殷臨和昭曦則被她差遣去查明議事會上那些有關慶姜和魔族的揣摩是否屬實了。

每隔一段時間，殷臨會來一趟九重天，入元極宮同祖媞稟事。

昨日，便是在同祖媞說完話後，殷臨在前院叫住了他，同他說了那件有關連宋之事……其實想想，若他是連宋，在得知了那些之後，應該也會選擇回宮就閉關吧，太過了，著實沒有辦法面對……

菁蓉見雪意彷彿在走神，抬手在他面前晃了晃，「你怎麼了？」

雪意被拽回思緒，微微一愣，而後掩飾地咳了一聲，道沒什麼，給連宋閉關找了個理由，「想必三皇子是急著閉關煉鼎，煉鼎乃大事。再則，他同尊上不過分親近，不是正好嗎，」他開玩笑似地問菁蓉，「妳不是也嫌他風流太甚，配不上尊上？」

菁蓉就嘆了一聲，「哎，你不懂，我雖然是有點介懷……」她又嘆了一聲，「但，如果他們就這樣了，我又覺得，彷彿兩人有點可憐，又有點可惜。」這個話題沉重，她不欲再聊下去，「算了，不說這個了。」她撈出花瓶裡的一枝軟柳在指間纏了纏，換了個話題，「你們都有正事做，我也不想亂摻和你們的大事。這一日日怪閒的，若能從煙瀾身上撬出長依和連宋的過往之謎，彷彿也挺有趣。」說著古靈精怪地一笑，「你就別管我了，我心中自有數。」

見她如此，雪意考慮了片刻。殷臨提說過，煙瀾雖有些虛偽自私，且易因連宋生嗔恨嫉妒心，但本性並不算壞。如今蒨蓉既已對她有了防備，應該不會有什麼大問題。想到此，雪意沒再說什麼，只又囑咐了蒨蓉一句，讓她同煙瀾周旋時，務必審慎些。

只是雪意不知，或許三萬年前的凡人煙瀾的確如殷臨所言本性不壞，但於九重天上歷練磋磨了三萬年的仙子煙瀾，在嘗遍人情冷暖之後，其實早已左了性子。

所以七天之後，蒨蓉出了事。

元極宮分前後二宮，前宮幾殿充議事辦公用，西側配了個頗大的外花園；後宮則為寢歇之地，分東西兩排殿，一東一西各配一個內花園。三殿下品味好，園藝上造詣也高，元極宮三個花園各有妙處，乃十二天一絕。不過這三個花園也不是人人有幸可逛，外人只能在外花園中逛逛。

煙瀾的心腹婢女莧兒走在外花園中，立在作為園中聖景的大菩提樹下，仰望那如雲樹冠，鬆了一口氣。煙瀾交代的事，她算是辦好一半了，果如煙瀾所說，這事也不難。緊繃的神經暫時鬆懈，莧兒深深吸了口氣，方覺此處仙雲繚繞，微風拂來，極為宜人。

她們主僕同那被喚作蓉蓉的仙子周旋了十來日，為的便是今日。

那仙子倒是狡猾，同她打了這麼多天交道，她們也不曾探出對方的具體來歷，只知他們這一行皆是三殿下的朋友，受邀來參加千花盛典，做客元極宮。而這位蓉蓉仙子和那日那位黃衣女仙也不知是什麼關係，說她是那人的僕從，她又太驕縱；說二人是朋友，她對那人又表現得過於尊崇了。

不過這些都無所謂。

莧兒知道，比起他們的身分，她家花主更在意的是三殿下好像真的對他們很好。那黃衣女仙和這蓉蓉仙子住的是熙怡殿，那殿就挨著三殿下的寢殿息心殿，兩殿離得極近，此前從未有人住過。這必然是三殿下的安排。

她探得這消息，將之稟給她家花主後，她家花主備受刺激，砸了一屋子東西。上次她有這個反應，還是萬餘年前，有一回她同鄄邇起了衝突，三殿下偏袒了鄄邇。

那黃衣女仙不大在外走動，她們極難碰到，但那黑衣的蓉蓉仙子就好接近多了。當日渺糴湖畔她信口開河說自己才是三殿下的新歡，這事不知真假，但就她們與她相處這些日來看，她似乎真的很喜歡三殿下，對三殿下的一切都極上心，尤其是風流往事，醋性極大。

相識之初，那蓉蓉仙子還曾譏諷過她家花主。虧得她家花主忍辱含屈，解釋說她並不像長依，三殿下的確心有長依，卻並不怎麼看得上她，偶爾些許照拂，不過是看在長依的薄面上順手為之，方使那醋桶變的蓉蓉仙子降低了對她家花主的戒心，願意同她們相交。

一來二去，大家便走得近了，那心無城府的仙子也漸漸信任起她們來，故今日她們主僕能得手，順利將她引入二十七天的鎖妖塔中。

三萬年前長依闖鎖妖塔，塔頂縛魔石落，寶塔傾毀，而後百年間，九天真皇們合力重築了此塔，將原本僅有九層的寶塔加築到了十八層。十八層塔，每一層皆有數座牢，每座牢折騰人的法子都不一樣，塔中大妖們按月在不同牢獄中輾轉。

據她家仙子打探到的消息，這個月，挨著鎖妖塔入口的那座牢，入住的乃是那百年前方被收入鎖妖塔的臭名昭著的籐妖。

故而這些日，煙瀾故意在那蓉蓉仙子面前說了許多當年鎖妖塔倒、三殿下化龍形救長依的事，又暗示蓉蓉，外人皆以為她已恢復了關乎長依那世的全部記憶，但只有她知，她仍有許多事想不起來，想必是因鎖妖塔中尚有長依殘魂留存，未全然歸入她仙體之故。

天真的蓉蓉仙子信了她家花主的話，近來很是沉迷鎖妖塔。但她也很謹慎，雖對寶塔生出了無盡好奇，卻彷彿並不打算闖塔。

眼看再過幾日，籐妖便會被輪換到第二層塔牢去，她家花主終於坐不住，於今日午後動了手。

二人一道喝下午茶時，她在蓉蓉的茶中下了迷藥。

那藥有如烈酒，雖不醉人，卻能降低人的防備，刺激人的勇氣，放大人的欲望，煽動一個人去做任何她想做卻有疑慮或缺乏勇氣去做的事。

於蓉蓉而言，那件她潛意識裡想做卻又心懷疑慮的事，便是闖鎖妖塔，尋長依的殘魂，解有關連宋和長依的過往之謎。於是喝了那茶後，被迷藥所激，她獨自去闖了鎖妖塔。

想必，此時她已遇到籐妖了吧？蒀兒想。

鎖妖塔的籐妖之所以臭名昭著，蓋因此妖以強迫女子雙修、採女子元紅為修煉之道，萬年來不知禍害了多少神女仙娥。不過這籐妖雖是這等無恥下流的妖，卻也是個十七、八位仙伯方能降伏的大妖。

她家花主吩咐她辦的事，便是在蓉蓉入塔後，趕緊前去元極宮，報訊給那黃衣女仙，將她也引入塔中。最好二女皆不敵那籐妖，被他取了元紅修煉。

若此計成，吃了這樣的虧，二女定不願聲張，此事不會鬧得很大，最後倒霉的只會是那籐妖。且，此事後，她們也肯定不會繼續留在九重天這個傷心地了，必會主動離開。

因近幾日迎合蓉蓉之故，她們得以常出入元極宮，時而便能見到那黃衣女仙，亦知曉了她素來會在這個時辰來外花園中的這棵大菩提樹下靜息。

故而，片刻之前，莧兒蹣跚前來，準確地尋到了那女仙，又佯作驚慌，磕磕絆絆地向她稟報了蓉蓉擅闖鎖妖塔之事。

那黃衣女仙聽聞她的話，如玉之顏陡然失色，不待她反應，已消失在了她面前。

其實，莧兒私心裡也覺她家花主如此算計元極宮這二位女仙太過陰毒。她雖不敢將這種想法表露出來，但也怕此事敗露後落個淒涼下場，故而此前趁著煙瀾心情好，曾試探著問過煙瀾此計是否周全。

彼時煙瀾正在一隻剛修成人形不久的小鼠妖身上試那迷藥，聞言哂笑，「同蓉蓉相交這些時日，妳可見我主動向她提起過鎖妖塔和長依？哪一次不是引她先挑起這話，我再解她的疑？見她對鎖妖塔好奇，我是不是還曾勸阻過她寶塔危險，勿要擅闖？我們又有什麼可值得猜疑？」她掂了掂手中的藥瓶，「至於即將用在她身上的這迷藥，更是無色無味，她察覺不了什麼。便是最後如我們所願，她闖了塔，在塔中受了辱，回憶禍事由來，她也只能怪自己一時衝動罷了，又能怪我們什麼呢？」

蒖兒終究不如煙瀾心穩，仍有些擔憂，「可，若是派奴婢去元極宮稟報蓉蓉闖塔之事，會不會引起三殿下懷疑？上次您和那林川仙子起衝突的時候，天步便過來傳達過三殿下的意思了，讓花主您以後……」

她沒敢把話說完，因煙瀾的臉色突然變得很沉，纖白素手攥緊了那玉瓶。片刻之後，她冷笑了一聲，「這次，我們可沒有和蓉蓉起什麼衝突。她要闖塔，我苦攔不住，只能讓妳去尋她的同伴。妳一個腳程慢的婢女，跟不上她那位黃衣同伴，又因心焦慌張，在回程的路上不小心落入湖塘，耽擱了時間，這也很合理。我守在塔外，見兩位仙子入塔後久不出塔，心中焦急，卻又不敢擅自離開，好不容易盼得妳歸來，即便聽聞妳落水受驚了，還是立刻又派妳去元極宮，尋或許能解決此事的三殿下……他得知消息，匆忙趕來，但那時也晚了，入塔後會看到什麼……這又關我們什麼事呢？」說到這裡，煙瀾頗為愉悅地笑了一下，但那笑居然透出了一絲陰森，「這一次，他又有什麼理由懷疑我們呢？畢竟我們只是一對六神無主、想要救人的主僕來著啊。」

雖然彼時煙瀾那一晃而逝的陰森面容令蒖兒心驚，但這番安排確然天衣無縫，也定了她的心。

是了，事到如今，將後半程的戲演好，才最要緊。想到這兒，蒖兒定了定神，腳下疾走，不多時便來到了一座湖塘旁。

她佯作神色匆匆，不留神被一旁的木樁絆倒，撲通，落進了池水中。又裝作驚慌失措，在水中撲騰了半晌。琢磨著耽擱的時間差不多了，她攀住一根枯枝，狼狽地爬上了岸。卻就在她哆嗦著欲施一個訣將身上衣裳弄乾之時，眼底突然出現了一雙雲紋白靴。

順著那長靴往上看去，莧兒驀地僵在了這夏日的熏風裡。

「妳怎麼一人在這裡？」來人淡淡問她。

莧兒腦子一嗡，不知該如何回答。

太早了。

遇到他太早了。

怎麼辦？

第二十一章

三萬年前因桑籍、長依闖塔，致鎖妖塔傾毀，天君一直以此為辱，重建好鎖妖塔後，足增了一倍天將守塔，就是防著再有人不知天高地厚貿然闖塔，鬧出大亂子來。

也不知是天將們太不抵事還是如何，祖媞趕到鎖妖塔時，只見十來個銀甲天將全被削翻了，人事不知地昏睡了一地，煩惱海旁只還有個煙瀾清醒地守在塔邊，面色焦急，見到她時雙眼一亮。

不過祖媞沒工夫理會煙瀾，只略略掃了她一眼，便徑直入了塔。

她也是第一次進鎖妖塔。置身塔中，滿目漆黑，偶爾幾聲大妖嗥叫聲傳至耳邊，令人不適。

祖媞揚手，半空出現數顆明珠，照亮此間天地。

原是一條縱深廊道，廊道盡頭矗了座石門，廊中胡亂散落了一些箭支。

此地有法陣。

祖媞靜靜看了會兒地上的箭支，基本上明白了這長廊中被立下了怎樣的法陣。

對付人的法陣，自然需靠人引動。她猜測自己再往前走一步，鞋一沾地，便會觸發那法陣，因此收回了欲往前去的腳步，飛身躍起。她的身法極快，似一道光從廊道此端打到彼端，法陣尚未反應過來，來不及放出箭支，她已疾掠過長廊，站在了廊道盡頭的石門前。

石門甚為牢固，也不知是用什麼石頭製成。

當然也可以嘗試用法力去破開它，但想著把事情搞大了不好收場，還是不要破壞此塔內部結構為好，她就站那兒認真研究了下開門的機關。琢磨了一瞬，試著將門右側那個船舵似的玄鐵物件向內轉了半圈，轟，門開了。

祖媞邁步踏入，那門又轟地關上。許多牢門都是此種開門後走進去會立刻關上的設計，沒有什麼新奇，她也就沒太在意，只抬眸看向室內。

看清室內情境後，她的目光微沉。

這是座冰牢，牢內六面皆以堅冰築成，凜凜寒意撲面而來。萶蓉躺在不遠處不省人事，一紅衣男子半蹲在她面前，一隻手握住了她的下頜，應是被石門洞開之聲所擾，微微抬眼，朝門口望來。

男子便是籐妖。

便在男子望來之際，祖媞左袖一動，白色長綢自袖中飛出，疾似流光，纏住萶蓉的腰，瞬頃便將她捲了過來。籐妖面前一時空空，他一愣，站了起來，目光落在祖媞身上，挑眉一笑，「今天是什麼運氣，竟有兩個美人自投羅網。本座卻有些好奇，神族這些守衛究竟是如何守的這鎖妖塔，時不時便給本座投遞些修煉靈材進來，是生怕本座衝不破這鎖妖之陣嗎？」

因不想惹事，即便籐妖之言大為不敬，祖媞也很客氣，扶住萶蓉淡淡道：「我妹妹誤闖此地，驚了先生修行，並非本意，我這便帶她離開，還請先生勿要怪罪。」

簾妖卻很不領情，臉色陡沉，「既來了此地，入了本座的眼，還想走嗎？」

說話間右手一抓，掌中現出一條泛著紅光的長鞭。祖媞微微皺眉，鬆開了萕蓉，手中白綢在她鬆開萕蓉之際化作了一只光罩，牢牢護住重新躺臥在寒冰之上的萕蓉。

簾妖手中長鞭以迅雷不及掩耳之勢攻來，鞭子在空中甩出數道虛影，其聲響徹石塔，引得萬妖低吼，殊為可怖。祖媞的動作卻也很快，雖為躲鞭連連後退，但並不見狼狽。簾妖六鞭揮過，她便已掌握了他的節奏，躲得甚為從容。腳步騰挪之間，有金色光線隨步伐移動，若隱若現，每當她站定之時，那光線便消失不見。

簾妖沒太在意那些光線，雖然祖媞躲過了他十來鞭，讓他略感詫異，但見對方只躲不攻，他便以為她只是腿腳靈便些罷了。揮出第十四鞭時他趁勢靠近了祖媞，緊盯住她的眼睛，低聲一笑，「只有這點本事？」一邊如此低語，一邊施出了迷心之術。

那躺在地上的黑衣仙子，方才也對抗了他幾鞭，最後便是被他如此制伏的。

他確信他已看進了她的眼，在她的神魂中種下了那會令她臣服於他的邪術，然這色相殊勝的美麗女仙卻似乎絲毫不被他的術法所擾，眼神猶自清明。這絕不應該。

簾妖一凜，突然有些心驚。

而此時祖媞已躲過了簾妖揮來的第十七鞭，也踏出了最後一步。方才躲鞭時移動過的步履，在這一步之後，具形為數段光線，首尾相連，驀地升至半空，爆出刺眼金光。金光充斥整座冰牢，那一層刺目之意退去後，竟現出一個複雜的七星符咒。

也就是說，這女仙，她方才一邊躲避著他凌厲的鞭子，一邊竟用步法繪出了一個符咒。

籐妖意識到這一點，瞳孔猛地一縮。

此符咒他見所未見，不知是用來做何。出於對危險的警覺，他遽然退後，試圖離那符咒遠些，同時猛地一抖鞭子，手中鋼鞭倏地增長數倍。

照理說這樣長的鞭子，極難揮動，亦難迅速傳力至鞭尾予人痛擊，但籐妖使這長鞭，卻依然靈活。

趁祖媞側身之時，籐妖又來一鞭，角度刁鑽，祖媞下腰躲過，半身與地相平，那鋼鞭貼著她的腰身擦過，捲下她一片衣角，籐妖心喜，正要再補一鞭，竟見她以下腰的姿勢召出了一張巨弓，驀地拉弦，射出一箭。

籐妖略覺好笑，如此大的一張弓，怎可用來近攻，何況她這一箭還射偏了，竟射向了……不對，籐妖猛地抬頭，見羽箭似電，急穿過七星符咒，金光爆開，明明她射出的只有一箭，在那金光之中，卻有千百箭影出現。

籐妖心慌，趕緊收回攻勢，以防守之姿快速揮動手中鋼鞭，以期擊退來犯的羽箭。大部分的光箭都被他的鞭子擊落了，然七星符咒不破，那箭雨便歘歘不絕，不多時，便有兩支光箭尋著了破綻，穿過他因竭力揮鞭而生的護體罡氣，狠狠釘入了他的右肩。那箭衝力極大，帶他後退了數步，最後將他穩穩釘在了冰牢正中的一塊大黑石上。

籐妖驀地吐出一口血。雖受了重傷，他卻還想再戰，待要伸手拔箭，體中之箭卻化作了一把光絲，細密地纏裹住他，將他牢牢綁縛在了身後的黑石上。長鞭自他手中落下。

女子站在幾步開外，手持巨弓，冷冷地看著他。

這一戰誰勝誰負，已是明瞭。

籐妖看向祖媞的眼神猶自不信，又充滿憤恨，但目光掠過地上的萫蓉，他突然笑了。

一陣紅光之後，巨石上綁縛的已不再是那紅衣男子，卻是一棵通體赤紅的巨木。

被原初之光纏住，逃是不可能逃掉的，唯一的可能是這巨木乃籐妖的原身。但他化出原身是想做什麼？祖媞微微蹙眉。

室內忽然騰起一陣濃香，似蘭似梅，奪人心魂。濃香之源，正是綁縛在那巨大黑石上的赤紅巨木。

祖媞本能地覺著這香氣危險，退後一步，凝神結印。金色光印自指間飛出，打在那赤紅巨木上，綁縛巨木的光絲倏然纏緊樹幹，忽明忽暗。巨木忽然發出一聲彷彿瀕死的哀嘯，哀嘯聲止時，轟然倒地。牢中的濃香漸漸消散了。倒塌的巨木在頃刻間化為一蓬枯枝敗葉，只那樹樁尚未徹底萎死，邊角處殘留著一條鮮紅的小枝。

這籐妖性奸，一味挑釁，自尋死路，她也不算徹底結果了他，還給他留下了一線魂魄存在那小枝中，也算慈憫了。

收拾完籐妖，祖媞將原初之光的光絲重新納入體內。

卻就在她收回最後一縷光絲之時，闊大的冰牢中忽然響起了一聲痛吟。

她回頭看去。

原本昏迷在地的萫蓉不知何時醒了，那痛吟正是自她口中發出。

寒冰之上，萫蓉閉著眼，面上浮著不正常的紅，伴著那痛吟，手指無意識地在身體上抓撓，應是用了很大的力，一撓便是一條血痕。

如此模樣，要嘛是中了邪術，要嘛是中了毒。

祖媞心下一沉，疾走兩步，蹲身在菁蓉身邊，單手點在她額間，為她施下清洗靈台之術。術法剛施下時，菁蓉安靜了一瞬，但一瞬之後，卻又痛呼起來。看來並非是為邪術所困，而是中了毒。

祖媞伸手去探菁蓉的脈。可她並非醫者，只能探出菁蓉的血過熱了，精神力也動盪不穩，別的並探不出什麼來。而世間之毒，泰半都能引起這兩種症狀，想要從這兩種症狀裡辨出菁蓉到底中了什麼毒，無異於天方夜譚。

不幸籐妖方才被她收拾得太過徹底，也沒法醒過來回答她這個問題。

其實，若她知曉籐妖是靠什麼修煉，單憑菁蓉臉上的潮紅和體內的血熱，她便能猜出她是中了什麼毒。但她畢竟不知。這也怪那籐妖，明明是靠採補女子修煉的邪妖，卻生得一副謙謙君子面孔，氣質也疏冷，只那一身紅衣瞧著有些張狂，讓人完全無法將他和此種修煉之法聯繫起來，也讓人無法將他和情毒聯繫起來。

是了，情毒。

似籐妖這種邪妖，為了強迫女子心甘情願做他的靈材，供他修煉，會的魅惑之術自然也多。此前他便是靠著迷心術制伏了菁蓉，給菁蓉下了情毒。

此籐妖，正身乃是一株修煉數萬年的情人籐。情人籐原本便是製各種情藥的主材。修煉了萬年的情人籐，其香入血，便有催情之功。祖媞雖愛花，但姑嫆卻不曾種過情人籐，她對這種植物很不熟，因此不知這籐妖竟是一株情人籐。

此前這籐妖已在菁蓉身上種下情毒，方才他化出原身，釋放情香，那香氣喚醒了菁蓉身上的毒，這才使得她突然醒來，突然發作。

萼蓉彷彿越來越難受了，臉上、脖子上、手臂上，新添的血痕道道刺目。

祖媞試了好些法子，也無法緩解她的痛苦。牢門一時半會兒也打不開，祖媞凝眉了片刻，決定將萼蓉體內之毒移渡到自己身上。光神之體，可納世間萬毒，尋常之毒對她造不成什麼大妨害。她不忍看萼蓉繼續受苦。

然她不知萼蓉所中乃情毒，也不知情毒雖也是一種常見之毒，但這種毒因只催人欲，並不會對一位仙者的仙體或是靈府造成什麼損害，故而當她的身體接觸到它時，也不會覺得它是個什麼大問題而去主動淨化它，因此她並不能對這種毒免疫。

即是說，情人籐之毒入她的血，亦能迷她的心、催她的欲。此毒亦能在她身上奏效。但她卻半點防備也沒有。

冰室之中，萼蓉顫顫巍巍，盤腿趺坐於地。祖媞坐在萼蓉身後，一手扶住她，一手分離出一股術力，引導著那術力進入萼蓉的身體，耐心為她祛毒。

祖媞引毒引得小心，那毒隨術力回轉進入她的身體後，萼蓉的難受也一併轉移給了她。她感到熱，周身酥麻，且癢。她知這是毒入血中之故，趁著這難受的感覺還算微弱，她立刻調動體內靈力，欲以靈力驅使那毒從血中分離。

可就在靈力遊走全身之際，隨著靈力的漫遊，她忽然感到一股陌生的靈息融入了她的魂識。想要阻隔住那靈息已來不及，她只能盡量放鬆，接納住那靈息，同時調用靈力，小心繞過體內所剩不多的西皇刃邪力，將血中之毒壓成一顆小血丸，鎮在腹中。

她成功了。卻在成功的一剎那，腦海中忽然出現了一幀陌生的畫面。

是那陌生靈息。

她強自定神。

原本靜止的畫面在她定神之後，忽然活泛了起來。

她看清了。

那是一間幽靜的廂房。廂房中有許多燈架、花架。其中一個花架上搭了一條細繩，上面掛了許多四季花花箋，燈光照去，投下虛幻的影。燈架和花架上皆燃著燭，地上也燃著。一片高高低低的燭火中端坐著一個紅衣女子。女子低著頭，只能看到她鴉羽般的髮，看不清她的面目。

廂房外響起不緊不慢的腳步聲，然後一個高大的影投在了黑瑪瑙地板上。那女子抬起了頭，眉目似畫，櫻唇微啟，淺淺一笑，「三殿下。」

順著女子的目光，可見比現在稍微面嫩一點的連宋踏進了房中，他一邊翻弄著花箋，一邊抬頭看了女子一眼，「長依。」

那畫面便在這一刻定住，而後化為虛影，被另一幀畫面所取代，又在那幀畫面上延展出另一個場景。

接著，是一個又一個的場景。

那些場景，大多數只圍繞連宋與長依，偶爾也有別的人。但每一幅場景都不全。

類似的場景越來越多，在她腦海中閃現得越來越快，消逝得也越來越快，幾乎教她頭暈。最後，那些場景合起來，成了一盞走馬燈。

定住的神識隨著這盞走馬燈的旋轉而不受控制地躍動，終於，來到了最後一個場景。

最後一個場景，也是在此處，二十七天鎖妖塔。但那畫面中，鎖妖塔已倒，漫天血霧裡，長依被壓在一塊大石之下，而那大石，和立於此冰牢中的那塊玄石竟一模一樣。

長依的腿被壓碎了，赤紅的血自那大石下蜿蜒流出，染紅了不遠處的煩惱海。

連宋蹲在她面前，垂眸看著她。英俊的白衣神君，樣貌氣質已極似如今。

長依愣愣望著連宋，突然便哭了出來，眼角流出了一滴血，血滴滾落至連宋手心，凝成了一粒玉珠。長依痛苦不堪，泣不成聲，「若有來生，三殿下……」這句話卻沒有說完，她握住了連宋的手，低喃著重複，「若有來生……」

神識湧動。祖媞捂住了自己的胸口，驀地吐出了一口血。那被鎮壓在腹中的毒血丸亦隨著神識躁動忽地爆開了。但她已來不及管這個。

她認出了那陌生的靈息。那是長依。或者說，是一部分的長依。也是二十多萬年前，被她親手煉為魂魄，在她獻祭後化為了一顆紅蓮子的……她的最後一口氣息。

原來這便是長依的來歷，而走馬燈中的故事，便是長依和連宋的過去。

原來如此。

這真是，令人震驚。

天步是緊跟在連宋身後趕去鎖妖塔的，到地方時三殿下已入塔了，塔外天將倒了一地，唯一站著的人是煙瀾。煙瀾結結巴巴同她說了事情始末，那模樣倒像是有幾分真心憂急。她倆剛說完話，煙瀾那落水的侍女便慌裡慌張地跑了過來。興許是因她在場，煙瀾同她那侍女沒說什麼，但趁她不注意時，兩人打了幾個眉眼官司。天步看到了，但她假裝沒有看到。

沒多久，三殿下出來了，懷裡抱著昏迷的祖媞神，身後跟了個符篆化的偶侍，那偶侍背上背著無知無覺的蓇蓉。天步趕緊上前。三殿下沒有停步，邊向十二天去邊吩咐她立刻去尋藥君。

幸而藥君在府。夜幕降臨時，天步十萬火急趕到了藥君府，照著三殿下的吩咐稟報了藥君，說有人中了萬年情人籐的毒，三殿下知他有解藥，特派自己前來求藥。

藥君也是個見多識廣的老前輩，聞言詫異，「據老夫所知，這修煉了萬年的情人籐，只咱們九重天上有一株。不過那籐妖被好好關在鎖妖塔裡，妳說的有人中毒，總不會是中了他的毒吧？」

要仰仗藥君救人，瞎話是不好胡編的，天步無奈點頭，「嗯……我家殿下的友人，不小心闖了鎖妖塔……因那妖身上也無解藥，所以……」

藥君抓起藥箱便往府外跑，一邊跑一邊道：「那妖原本就是靠那毒引誘女子同他雙修，自不會有解藥！一般的情人籐之毒好解，但那棵情人籐，老夫得過去看看再說！」

天步聽藥君這話，再想到中這毒的是誰，瞬間哆嗦了，「不會解不了吧？」

藥君臉色也不好，「說不準，只能先去瞧瞧，配帖藥讓她服下試試看。」

天步一把拽住藥君的胳膊，提出了一個可怕的設想，「若是您老的藥不行，是不是只有找人雙修才能解此毒了？」

藥君神色複雜，「是。」

讓祖媞神找人雙修……天步的腿軟了，差點跪地，「雙、雙修，找誰雙修……」

藥君嘆了口氣，給了她一個頗為實際的建議，「找個好看的。」

天步覺得自己要暈過去了。

藥君府中為這事一派雞飛狗跳，元極宮中，此時卻甚是寧靜。

息心殿的內室裡，有一方採綠凍石而建的浴池。浴池極大，占了半間屋子。也造得極巧。天然雕飾的一方池，似一片淡綠的流雲，鑲嵌在白瑪瑙石地台裡。浴池一側臨窗，窗下有張窄榻，窗開得略高，顫巍巍探入幾枝夏櫻；浴池另一側則連綿了七道月光石山水屏風。

池子裡注滿了寒冰水。祖媞靠著池壁，泡在這池子裡頭。她右側的山水屏風前矗了兩座連枝燈，十二只燈碗裡皆盛了燭。燭光躍動，帶得被這暈黃暖光包裹住的她也微微晃動，彷彿她是醒著的。但連宋卻知，她並沒有醒，也沒有動。她分明安靜極了。

連宋亦坐在這池子裡，背靠著作為池景的一塊奇石，和祖媞之間隔了一段距離。

從煙瀾那婢女口中得知她為救萕蓉去了鎖妖塔後，他便立刻趕去了，無奈她的動作太快，他還是遲了一步。入塔時只見冰牢中一片狼藉，籐妖被打回了原形，只留下一條小枝，萕蓉無知無識，她也昏了過去。萕蓉未中毒，籐妖釋的情毒，盡在她一身。而照她和萕蓉昏倒的坐姿，不難猜出她是將所有情毒都引到了自己身體裡。

探她的脈，發現她體內亂作一團，神識顫動，靈力和法力皆不受控制，情毒引起的血熱使她的身體滾燙，已沒有多少的原本不成氣候的西皇刃之力亦趁勢作起亂來。可想而知她有多難受，以致暈過去。但好在，除了情毒他沒有辦法，對付她體內的那三種力，他的經驗很豐富。

回到元極宮後，他立刻引寒冰水入池，將她抱進了池中，以安撫她的血熱。同時他自己也入到池內，凝神靜息，試著去調伏她體內的失控之力。一回生二回熟，或許她的身體已很適應他的元神之力，故而當他的水之力剛潛入她的靈府，她體內失控的靈力和法力便馴順了下來。當他的元神之力在她體內運行了一個周天後，西皇刃之力也被強壓著安靜了下去。至此，便只剩下情毒未解了。

她的呼吸不再如適才那樣凌亂，可依然有些急促，想必是情毒的緣故。或許，當情毒加劇，這滿池的寒冰水亦無法安撫她時，她便會醒來。他希望在她醒來之前藥君能趕到。

而在她尚未醒來，藥君也並未趕到，沒有任何人能打擾他們的這一段短暫時光裡，他終於能好好地看看她了。

燭火並不分明，在這有些昏暗的燭光裡，她的嬌容卻如此清晰，眉若柳煙，唇似丹櫻；若她的眼睜開了，他想，他還會看到那杏子般的眼惹眼地亮，如同含了晨星。他曾那樣認真地描畫過這張臉。彼時他一心認為她是個凡人，以為自己不該也不能愛她，懷著失落與痛苦，為她繪過一幅栩栩如生的蹴鞠圖。那圖她很喜歡。那是三萬年前的事。

是的，早在十日前，在十里桃林中，服下折顏上神煉給他的丹丸後，那些東華帝君費了大工夫編織給他的記憶便全部被洗去了，狂沙揚盡，現出隱藏在背後的茂茂綠洲，讓他這個渴水的人，終於尋到了他於本能中脈脈尋覓的給養。

他記起了三萬年前，他和她在凡世發生的一切。

他想起了他們在凡世的一處渡口結緣，想起了他用一只牙雕仙子誆她喚了他一整年的連三哥哥，想起了他為她在平安城放了一場璀璨煙花，想起了他帶她去冥司解她心結。他亦想起了他因仙凡之別而疏遠她，想起了她心死遠嫁，而他悔之無及，為她裂地生海，終於在小桫欏境中，他以逆鱗為聘，求得她做了他的妻……

隨著記憶恢復，他彷彿重新經歷了一遍過往之事，而她的笑，她的淚，她的喜悅，她的傷悲，一一浮現於腦海，那麼真切又生動地牽動他的情緒。回來的不只是記憶，還有那些隨著記憶消失而被封印的洶湧愛意。

那些愛，他想起來了，一絲也不曾遺漏。

而那些痛，他也想起來了。

他所保有的關於她的最後記憶，是他給她寂塵，與她做好約定，受刑結束後他去凡世尋她。然最後，當他去到凡世，得到的卻是她被那陵魚所害，再難甦醒的噩聞。那噩聞予他之痛，刺骨椎心。他於盛怒之下降災北海，整個北海搖搖欲傾。可即便如此做了，似乎也並無意義，斸了那陵魚，也換不回她醒來。極致的痛苦與絕望摧毀了他，令他意冷心灰，便在他打算掛印而去之時，帝君出現了，將他帶回了碧海蒼靈。然後一覺醒來，他忘了她。

三萬年前，以悲劇收尾的他們的結局，令他嘗夠了無望的痛。彼時滿心以為她是凡人的自己，沉浸在痛苦與絕望之中，並不曾發現這結局有何不對，或者有何不妥。然當在十里桃林中，他回憶起一切，當所有的愛與痛盡數歸來，大喜大悲之後，隨著理智回籠，他終於能夠冷靜地思考一些事情，然後，他生出了疑惑。

明明當他在北極天櫃山受刑之時，她已復歸，既復歸為神，為何當他受刑結束，前往凡世見她時，躺在繡床上的她，擁有的依然是一具探不出絲毫仙澤的凡軀？且那北海的陵魚，又是何德何能，竟能傷害復歸的光神？再則，當日他降災北海後，欲掛印而去時，是帝君說他或許可使她甦醒，將他騙去了碧海蒼靈；帝君在重塑了他的記憶後，是否真的喚醒了她？若是喚醒了她，為何她又沉睡了三萬年？而帝君當時，又為何要改寫他的記憶？且如今她重新歸來，為何對他們的過往，竟半點都不記得了？

這所有的一切都透著古怪，古怪得好似，從三萬年前起，她身上就埋藏著巨大的不能為他所知的秘密。這秘密是好是壞，他不知，卻無端為此心慌。而這種心慌，就像是預示著什麼不祥。

他知道他需要盡快找到這些問題的答案，那很重要，而要解開這些疑問，不能去詢帝君。若不是有必須如此的理由，帝君不會隨意改寫他的記憶。若讓帝君知道他恢復了記憶，照他的做派，很可能會直接讓他再失一次憶。

因此次日，他離開十里桃林，趕去了姑媱，寄望於昭曦和殷臨為他釋惑答疑。

未雨綢繆是他的本能，因此在去姑媱的路上，他便想好了若這兩位神使不願解他的惑，他可以用什麼方法令他們開口。他也想好了即便他們給出的是極壞的消息，那也沒有太大所謂，連差一點就徹底失去她的事他都經歷過了，還有什麼能比那更壞？

他做好了準備，無論她身負的是什麼樣的秘密，他都接受，並且同她一起承擔。而在拜訪完姑媱後，他會立刻回九重天見她，他會讓她想起他們的過去，會向她履行那個對他們彼此來說都遲到了三萬年的、同她相守永世的約定。從今往後，他們不必再有任何顧慮，未來一切，都會變得很好。

那時候他那麼想著，也是真的那樣相信。

又怎麼能夠料到，或許這世上不會有事比失去她更壞，但可以有事，與這一樣的壞。

長生海畔的雨亭中，帝昭曦告訴他，成玉的確是祖媞的轉世。當年寂塵丟失了，沒能派上用場，成玉等了他幾年，不耐相思，託殷臨帶她入八荒尋他，不料半途巧遇機緣，凡軀化光，得以提前復歸。祖媞復歸後，他結束水刑前往凡世看到的那人，其實並非祖媞，而是祖媞在陷入新一輪沉睡前造給他的一個人偶。那人偶無法醒來，是因祖媞在替那人偶造凡魂之時，忘記了將那新魂喚醒。

「她將自己作為成玉的記憶自魂魄中剝離了出來，放入了那凡魂中，」昭曦淡淡，「按照她的計畫，那人偶會在魂珠與軀殼融合之際醒來，成為一個全新的成玉。那個成玉會記得你們的一切，會代替她同您相守。這個故事本該有一個皆大歡喜的結局。可她卻忘記了將那新魂喚醒，以致魂珠雖融入了那人偶的軀體，新的成玉卻無法醒來。但她希望您認為那人偶才是您想要的成玉，我們作為神使，又豈能忤逆神主的安排。殷臨無法，只好編出陵魚闖十花樓加害她的故事，並改了十花樓中所有人的記憶，好讓您相信。不過那陵魚也是罪有應得，並不無辜，您倒也不用為懲罰了她而感到有愧。

「哦，還有，三萬年前，在那凡世，您看不出阿玉便是尊上，也不怪您，彼時她所用的凡軀乃是謝冥所造。不要說您了，便是東華帝君和西方梵境的悉洛佛見著那時的阿玉，估計也認不出她是尊上的轉世，身體裡住著的是光神之魂。同樣的凡軀，當初謝冥神造了十八具以供尊上轉世使用，她留給您的那人偶是最後一具，所以您看不出那人偶有別於阿玉也是應當，她們原本便是一樣的。」

昭曦將一切解釋得明明白白。他靜了許久，直待亭中茶涼，他問了昭曦最後一問：「她將有關我的記憶剝給了那人偶，所以才忘了我，她為何要造一個人偶取代她自己？帝君又為何要改了我的記憶？」

這些日裡，他時常想，若他當時沒有問這個問題多好。他為何要問這個問題。

而目下，此刻，泡在這泉池中，光是回憶彼時昭曦的回答，靈台便又有孽火蔓生。

他記得很清楚，那時候，聽到他的問題，昭曦先是愣了一下，接著，神色間浮起了憐憫，「因為她覺得同您的那段凡塵情愛是污點啊。光神擁有無垢的神魂，去往凡世轉世修行，的確是為了明白愛惡欲癡是怎麼一回事。她護佑凡世，渴望更瞭解人族，因此做了這樣的決定。但這並不代表她想要體驗那些紅塵世情。您同她的那段癡纏，玷污了光神的無垢神魂，令她思來極憎。但您也是無辜的，所以她剝除了那些記憶，做了一個人偶留給您。祖媞是祖媞，成玉是成玉，如此你們也算兩清了。但方才也說了，這樁事失敗了。」昭曦輕嘆一聲，神色中憐憫更深，「當日認定那人偶是阿玉，誤以為她再也無法醒來的您是什麼樣，無需我再多言吧。東華帝君是覺得不能讓您再如此下去，故而改了您的記憶。」話說到這裡，昭曦的神色變得頗為複雜，「其實這三萬年，我看您過得也挺不錯，又何必強求因緣，非要再想起這一段來呢？」

昭曦的回答令他的腦中一片空白，他從沒有想過，復歸的她，竟是如此看待他們的感情。如今他已忘記了當時的大部分感受，只記得回過神來時，靈台中燒起的那把火，以一種近乎自毀的方式漫入了他的靈府，他的神識再次失控，比上一次更甚。

再睜眼時，是在十里桃林中。

這一次是殷臨坐在他面前。

昭曦或許會騙他，但殷臨一向唯祖媞是從，做事也沒有私心，是姑媱山最得力的神使。他想不出來殷臨有什麼理由騙他。但殷臨卻沒有否認昭曦的話。殷臨在他病榻前沉默了許久，最後沉肅道：「我只能告訴您，昭曦說的都是真的。」

他忍著心中的刺骨寒意回殷臨，「是嗎？」過了一會兒，又對殷臨說：「她復歸為神之後，曾來北極天櫃山見過我一面。」

帝君強加給他的那些記憶被洗去後，真實過往浮於憶河。關於祖媞出現在天櫃山的這一段，在他原本的記憶裡，其實也很朦朧。彷彿是他見到了祖媞，但她並未近前，那時候他甚至沒有看清她的面目。正受著流刃之刑的他，似乎也分過神想過這是誰，但這個問題並沒有困擾他太久，因為他不堪利刃斫身之痛，很快昏了過去。

昏過去後他好像作了個什麼夢，夢裡有誰為他治了傷，然後再醒來時，他發現自己躺在受刑的寒潭旁，一身傷痕盡皆無影。

兩個天將說那夜他們守在谷外，不大清楚谷內發生了什麼事，但他們推斷，應當是他受不住刑罰之痛，在昏過去的前刻沒控制好力道，將縛他的鎖鏈給掙斷了；至於他身上的傷——那幾日小陵魚阿郁四處奔波，找了好些治傷靈藥回來，或許是她幫忙處理好的。

彼時他接受了天將們的說法。可如今想來，固然他的確有能力可掙斷那縛他的鐵鏈，但，真的是他掙斷的嗎？他身上的傷，又真的是那陵魚治好的嗎？

他總是知道該如何與人交談方能最快套出對方口中真言，所以儘管他並不確定，還是表現得甚為篤定地問殷臨：「若她果真如你們所說那樣厭憎我，又為何會來見我？為何會為我治傷？」

殷臨表現出了驚訝，但也只驚訝了一瞬，「她同我說她抹掉了您的這段記憶，即便彼時力不從心，抹得不夠徹底，但您也只會以為那是個夢，沒想到您竟然還記得。」

殷臨沒有否認那時候來見他、來治他的是她，但接下來他說的那些話，卻也並不是他所期待的，「她並不厭憎您，她只是不願意……接受你們的過去。她去見您，為您治傷，因那時她還不曾將成玉的記憶剝離仙體。那些記憶令她痛苦，她不能接受對您的情，不可能同您相守一生，因此那些記憶也使她對您愧疚。去見您，令您少在流刃之刑下受苦，是出於對您的愧疚之心，她想要彌補您。不過她做這一切，只為自己心安罷了，因心安了，她便能心無旁騖地剝離掉成玉的記憶了。」

說完這些話後，殷臨輕聲一嘆，神色中隱含著規勸，也隱含著警告，「在尊上看來，她是她，成玉是成玉，她們並非一人。成玉已逝，而尊上，您不要再拿這事去打擾她了。」

這番解釋，何其傷人，可又的確很合邏輯。昭曦的話和殷臨的話其實都挑不出什麼毛病。他很想他們說的不是真的，可也實在想不出有什麼其他的理由，會使祖媞主動剝除關於他的記憶，且殘忍地決定留一個人偶給他作為她的代替。

他忘了該怎麼說話，靈台前燃著躁動的火，心底卻一片冰冷，待找回言語的能力後，他最後問了殷臨一個問題，「她說她們不是一個人？怎會不是一個人呢？」這問題如此無助，與其說他是在問殷臨，不如說他是在問他自己。

怎會不是一個人呢？

除了同她的那一世外，昔年他也去過人間，曾以仙魂進入東華帝君為他準備的凡軀，在凡世歷練過幾世。魂是他的魂，歷練的那幾世凡人，當然也是他無疑。他去凡世歷練，與祖媞去凡世修行，又有什麼不同呢？她卻非要將作為神的自己同那一世作為凡人的自己拆開，難道那一世阿玉的魂，不是她的魂嗎？她以己身之魂入凡世修煉，經歷了一世，卻偏要說那一世不是她，何其可笑。

復歸為神的她，不願接納同他的過去，或許也像是那些證道的凡人，在飛昇之後視從前的凡緣如芥塵。伊人仍是伊人，並沒有變化，只是所思所想不再如昨昔。就像是變了心的愛人，依然還是昨日的那個愛人，只是她變了心而已，而這才是最讓人絕望的事。

她變了心，改了想法，認為世間紅塵，不能再玷污她無垢的光神之魂。這是作為神的她的道心。在這樣的道心面前，他連爭取都不能再去爭取，因他的愛不值一提。不僅不值一提，還是令她憎惡的業障，是她拚命想要剝離剔除的東西。

他原本以為，恢復了往日記憶，摒除了仙凡之別，如今的他們，無論再遭遇什麼，都不至於再經歷如同三萬年前那樣的悲劇。卻殊不知，恢復了記憶，會是新的痛苦的開始。失去至愛和至愛變了心，到底哪種情形更壞，這真的也是說不清的一件事。

殷臨看了他許久，低聲嘆道：「折顏上神說您……生了心魔。」過了會兒，又說：「忘了尊上對您更好，您其實不該想起來。」

「哼……」

輕呼聲拽回了連宋的思緒。他抬起眼簾。是祖媞發出了哼聲。她就要醒了。

他揉了揉額角。

幾朵夏櫻在這時飄落進了池水，粉白的瓣點綴在池中，搖曳著晃出幾圈極小的漣漪。

他看向那落花。

他與她的這段情，豈不就如這夏櫻，是一枝為時令所限的花，只在應時的季節裡芬芳甜蜜，當時令過去，便只能苦澀地離枝下墜，儘管它依舊美麗如昔。他從不想讓它下墜，他想保有它，讓它永遠芬芳甜蜜，但主動權卻並不在他手裡。

主動權從不在他手裡。

因他的愛人變了心。為了保有無垢的光神之魂，她不會再愛任何人。

想到這裡，他琥珀色的瞳仁驀地變深。這種想法真的很能刺激他的神經。神識又開始劇烈地翻騰，靈台前孽火與硝煙並起，身體裡彷彿展開了一百場廝殺，心底剎那間充滿了各種黑暗的想法。他意識到了自己不對，立刻以鎮靈咒結印，封在右心口處。

鎮壓著心底那些肆虐惡意的同時，他想起了離開十里桃林時折顏對他說的話，「若知道去一趟姑媱山，會令你生出心魔，當初說什麼我也會阻攔住你。但事已至此。哎，心魔難除，我傳你的那套鎮靈咒，你記穩當些，但有復發，先解燃眉之急吧。」

他試著唸咒，試著調息。可內心的那些暴戾卻難以被安撫。他驀地起身，水花四濺。

便在四濺的水花中，一隻手握住了他的衣，那力並不大，他毫無防備，竟被拽倒在水裡。他的後背被那可供倚靠的奇石磕了一下，有些疼，但他來不及去感受那疼。一雙雪白的手臂抱了上來，一具柔軟的身體貼了上來，然後似蛇、似蔓，緊緊地纏住了他。

祖媞醒了。卻又沒有清醒。情毒發作。她不知自己在做什麼。她的身體火燒似的燙，以致周圍的寒冰水都變得溫熱起來，令她不適。因過於難受，她想要離開那一處水。而在鎮靈咒的影響下，偏偏連宋似一座冰山，就靜坐在離她幾尺遠的地方。因此她循著本能覓到了他，攀住了他，用似要燃燒起來的身體的每一寸，去貼住了這使她感到舒適的冰。

她是不清醒的，可他又是清醒的嗎？彼此彼此罷了。

連宋垂眸看著懷裡的人，她閉著眼，因此他看不到那星似的眸，只能看到她長長的睫毛似沾了水的小羽扇，可愛而又無力地輕輕顫動，雪白的肌底透出了一片妃色，沾染著幾滴水珠，盈盈生動，帶著一點媚。

他其實很熟悉她這樣的神色，在小杪欏境中，他不是沒有和她共浴過。

太危險了，他想。

腦子裡響著鎮靈咒的佛音，有一瞬間，他覺得他應該推開她。但她貼住了他，無師自通地坐在了他的腿上，雙手圈住了他的脖子，臉也緊緊貼住了他的心口，被情毒折磨得微微地喘。那喘息聲無邊放大，侵占了他腦海的每一個角落，鎮靈咒的佛音被排壓、被推擠，最終被絲毫不留地逐出了他的腦海。

壓抑的惡念與欲念在一瞬間一起湧了上來。

這是他變了心的，他原本再也無法得到的愛人。但有這樣的機會，他可以再得到她一次，哪怕只是她的身體，只是這一時半刻，他要不要把握這機會？

當然要把握，他為什麼不？

他猛地將她抱起。池邊有一張軟榻，他將她扔在了那榻上。而後俯下身去，將她整個罩住，釋放了心底的所有暴戾，手制住她的手，腿壓住她的腿，唇欺上，舌抵開她的齒，肆意地在她口中攪弄，弄得她喘不過氣來，欲掙扎卻無法掙開。

但她也沒有過分掙扎。她的反應很好。或許是因情毒之故，即使他弄得她難受，她也只是輕微地搖頭，試圖躲他。躲不掉也就罷了，她全盤接納他，容他在她身上放肆。但這卻更激起了他的施虐欲，他用力地揉她的肩膀、背脊和腰線，更兇地去咬她的唇。不過他放開了她的手和腿，作為對她順從的獎勵。

她的眼不知什麼時候睜開了，喘著氣，有些茫然地看著他。

他停了下來，伸手去勾描她的眉眼。

還說不是一個人嗎？

作為神的她，這眉，這眼，這鼻，這唇，和作為凡人的她，有什麼不同？

他低下頭去，繼續用力地吻她。

她馴順地抱緊他，任他糾纏她。只在他弄疼她時，手指用力地去揪他的衣。

兩人都是氣喘吁吁。

還說不是一個人嗎？

小桫欏境中，多少次同他纏綿之時，她不也是這樣的表情，這樣的肢體動作？就算忘記了一切，可本能是不會忘的，若不是同一個人，又如何會有相同的本能？

他抵住她的額頭，試圖平靜、緩和身體裡越演越烈的躁動時，如此想著。

只是如今，她對他，唯有欲的本能。而他對她，卻是愛的本能。

她是他的真愛。就如同長依所說，真愛是無論記得也好，忘記也好，生也好，死也好，再來多少次，一眼萬年的，只能是她。

愛，也如同注定，是玄而又玄的東西。在成玉之前，他的身邊究竟有過多少人，連他自己也說不清，但她化為了凡人，出現在了他的面前，他便只能看到她。

而後他忘了她，千百個女人自元極宮來去匆匆，他也未曾有過絲毫心動，但當她出現在安禪那殿，仰頭朝他一笑，那樣快地，她又再次入了他的心。

她有那樣多的身分，他不夠聰明，分辨不出，他的心卻能立刻分辨出。就彷彿他很糊塗，他的心卻絕佳的聰明，是她的所有物，只要是她，也只有她，能步入其中。

意識到這一點時，他頓住了。

他從沒有這樣欺負過她。他以為他想要這樣欺負她。她不願接納他，令他痛苦，令他絕望。他以為這是他想要給她的懲罰。可如此懲罰她，看她露出脆弱的姿態，他卻先她一步感到了疼。是了，他愛她，她再讓他痛、讓他絕望，他能如此懲罰她嗎？他不能。

直要漫入靈府的令他焦躁暴虐的潑天之火，矮了下去，小了下去，漸漸熄滅了。

他放開了對她的壓制，吻也變得不再全然是進攻。他開始安撫她。開始很輕地吻她。

他們安靜地吻了很久。

在她的手指循著本能探入他濕透的衣襟之時，他停住了。頓了一會兒，他拉開了她的手，對著神志不清的她苦笑了一聲，「妳不會想我繼續下去的。」

她懵懵懂懂地看他，去咬他的下巴。他又吻了她片刻，最後離開了她。在她想要繼續下去的時候，施了訣，使她暈了過去。

理智回來了。他又變回了一個好人。

他的手撫過她的脖頸、前胸、手臂、腰側，將他施加在她身上的印記消除。

他其實也應當將他們親密的這段記憶從她尚不清醒的腦子裡抹除掉的。待她清醒，想起他們曾如此，且還是她主動，她是不是會受不了？這算不算玷污了她的無垢之魂？

但指間抹除記憶的訣到底沒能施下去。他垂首附到了她的耳旁，只給她下了一個心理咒術，「妳會以為這只是個夢。」

他不想要她厭惡他，卻又想要她記得他。

頭一陣刺痛，痛得他幾欲暈倒。這是記憶恢復的後遺症，亦是心魔給他添的新病症。

天步在外低聲稟報：「殿下，藥君到了。」

他為她整理好衣裙，從榻上下來，淡淡道：「讓他進來。」

第二十二章

煙瀾一夜未眠。今晨大早又差莧兒趕去元極宮打探消息。

元極宮被天步治得銅牆鐵壁也似，莧兒又能打探得回什麼來，磨蹭著回到清芬宮，躊躇著直到巳時末了，還不敢入宮。結果就磨蹭到了太晨宮的重霖仙者前來。

重霖仙者認得她，問她：「你們花主可在宮中？」這是讓她帶路的意思。

莧兒不敢怠慢，立刻上前，恭敬地領重霖仙者入宮。

莧兒也在天上當差幾萬年了，是個機靈的小仙娥，慣來消息靈通，見無要事幾乎不出十三天的重霖仙者居然來了他們清芬宮，手裡還拿著一份諭書模樣的東西，心中就有些沉，覺得不妙。

莧兒預感得沒錯，重霖仙者今日來他們宮，的確有事，便是為發手中那道用了帝君印的諭書。

諭書這種東西，素來是用以貶謫仙者的。重霖手裡這份諭書也是派這個用場。

此諭書起得簡潔，沒什麼客套話，一上來就直奔主旨，一責煙瀾身居花主高位，多年來卻不思進取，近日所籌的千花盛典，大錯雖未犯，小錯卻不斷，歷練了三萬年，竟仍難勝任花主一職，令人失望。二責她所職之事做成這樣，不好好在宮反省不說，還越發散漫，不尊上位，不友同僚，行出許多出格之事，為仙失職又失德，令人痛心。故而帝君降諭，褫奪其花主之位，將其貶至北荒單狐山做逢水的守河仙，望其在新職上靜思己過，晨兢夕厲。

守河仙，乃是一地仙，且是一小仙，這個仙職甚至比不得九天之上伺候在各宮的小仙娥們的仙侍之職。

莧兒聽重霖讀完這道諭書，心涼了半截，看重霖一臉和氣，壓下懼怕，哆哆嗦嗦地問了重霖一句，「仙、仙君恕罪，奴婢有一事不明，求仙君解惑。花主既被貶謫，那、那我們這些清芬宮的仙侍該何去何從呢？」

重霖將諭書捲起來，倒是挺親和地回了她這個問題，「這是仙侍司之事，仙侍司的齊梁仙君很快會派人過來安置你們。」

說完這話，重霖便要將捲起來的諭書交給煙瀾，不料一直跪地垂頭看不清她表情的煙瀾竟一把打落了那諭書，猛地起身，陣風似地飛掠出了大殿。

重霖皺眉，瞟了一眼煙瀾向宮門疾去的背影，吩咐莧兒，「妳跟去看看，別讓她鬧出什麼亂子。」

莧兒領命，趕緊跟了上去。

莧兒最後在元極宮門口尋到了煙瀾。

煙瀾跪在高高的漢白玉台階下，三殿下站在台階上，天步為他撐著傘。

四個銀甲侍衛不再守在宮門處，而是守在宮門百丈外，阻止想要看熱鬧的小仙們靠近。

但他們將她放了進去。

昨日，照煙瀾的計畫去算計元極宮中那兩位嬌客時，蒖兒便時不時地生出不安不祥之感。儘管煙瀾的種種安排皆可說妥當，但她總覺得，用這計畫去欺瞞別的仙君或許尚可，可要想瞞過曾執掌刑司的三殿下，是不是還缺了點什麼？因此昨日整日，她一顆心一直陷在定與不定之間。

今日，懸於頭頂的利劍終於落了地。三殿下果然疑上了她家花主。

不然，帝君那道貶謫的諭書為何偏偏是今日降下？不然，她家花主得了那諭書來找三殿下，為何三殿下寧肯讓小仙們聚在外頭看元極宮的熱鬧，也不許她家花主踏入宮門？

元極宮這位殿下，向來對仙子們有風度，過去三萬年，她家花主闖了那麼多次禍，他都輕描淡寫地包容了她。今次，竟至於此。蒖兒不由心驚，動作間便含了惶恐。

她戰戰兢兢靠近，見煙瀾秀顏蒼白，正望著三殿下委屈地控訴，「我知那諭書是殿下的意思。其上種種責我之言，不過藉口罷了。殿下想要罰我，其實是因那兩位仙子昨日入塔遭了罪……可我不明白，殿下為何要將這些算在我頭上，怪罪於我？那蓉蓉仙子欲闖塔，我也曾勸阻過，勸不住容她闖了塔，我第一時間便派人去元極宮通傳了。殿下可以想想，昨日若非我派人前去報信，您能那樣及時地趕去搭救兩位仙子嗎？我不敢貪功，可殿下不僅不念我的好，卻反而遷怒於我……殿下待我，太不公了！」

雨並不大，如輕軟的絲線隨風飄散，因此煙瀾跪在這雨中並不見狼狽，只髮絲被細雨拂得濕了，貼在臉頰旁，微顯凌亂，但那無損她的美貌，反使她看上去嬌弱可憐。

蒖兒伺候了煙瀾三萬年，親眼看著她從一個雖有些清高自私、但城府不深也不屑惡毒算計人的仙，一步步變成今日模樣。她自詡瞭解煙瀾，知她此刻是在作態。但煙瀾演得太過逼真，令莧兒覺得，若她不曾親身參與算計蓉蓉之事，說不得也要被煙瀾騙過去了。

或許……她家花主真的還能翻盤？想到這裡，莧兒立刻上前，沉默地跪在了煙瀾身邊，為她撐起了一把傘，開始盡心盡力地扮演起一個不離不棄的忠僕來。

煙瀾那番話落地後，宮門前靜了片刻。一片寂靜中，是天步先開了口，「昨日兩位仙子闖鎖妖塔……仙子果真沒有起壞心，在這事裡動手腳嗎？這卻和仙子一向的行事不符。」

煙瀾聞言，一雙眼驀地紅了，像是冤枉極了，也屈辱極了，「難道便要因我過去曾想左了，做了一些糊塗事，便不許我如今改好了嗎？我如今是真的只想好好做好這個花主，並未想別的。殿下不也曾說過，只要我改好了，斷了對殿下的念想，便很願意在這九天之上扶助我嗎？」

天步一窒。她詫異煙瀾如今竟變得這般伶牙俐齒。三殿下誠然是因懷疑蓇蓉闖塔和煙瀾脫不了干係，才如此俐落地發落了她。但的確，這種懷疑並無證據，而殿下好像壓根兒就沒想過要去找證據便決意發落她了。彼時天步也沒覺著有什麼不對，可此時，面對煙瀾的眼淚，天步卻感到了理虧，一時不知該說什麼。

煙瀾察言觀色，見天步如此，明白是她方才那些話起了作用。道德上她已占了上風。她知這是再進一步的最好時機，抬手拭去淚痕，打算再說點什麼，頭上卻冷不丁傳來了一聲淡問，「對了，笛姬是怎麼回事？」是連宋在問她。

煙瀾抹淚的手一頓。笛姬落水一事已過去半月，當日無人追究，連宋回到天上後也不曾過問，她本以為此事已落聽，完全沒想過三殿下會在此時提起。

這一問超出了她的預料，她下意識地為自己辯駁，「笛姬……殿下是說千花盛典上笛姬不慎落水之事嗎？那、那是因邊春山的大小神女誤會了笛姬乃元極宮新人，故而誆了她去杪欏湖小亭……」

「借劍傷人，我小時候玩剩下的把戲。」連宋感到無聊似地打斷了她的話，唇角微勾了勾，是個不明顯的笑，彷彿覺得她很天真，「邊春的神女們從何處得知了笛姬的存在，對我來說，可能並不是一件難查的事，妳說呢？」

煙瀾僵住了，良久，她顫抖著嘴唇，發出了一點聲音，「我、我只是……」她無法再狡辯。而那一瞬，彷彿福至心靈般，她突然明白了，狡辯是無用的，也是無意義的，鎖妖塔之事連宋沒有證據，定不了她的罪，他是要用此事來定她的罪。

她不想離開九重天，不想下界做一個小小的守河仙。

煙瀾終於有些慌了，卻因慌張和懼怕，變得有些口不擇言起來，「便算是我戲弄那笛姬吧，可為了一個低賤的笛姬，殿下便要革我的職，這、這沒有道理……」

連宋唇邊又出現了那個類似譏嘲的笑，「身為九天之仙，心無善念，不思恤老憐貧，反倒欺凌弱小；德薄位尊，必惹禍事，既然如此，革除妳的花主之位，讓妳再去下界修修德行，是不是也不是那麼沒有道理？」

心無善念，德薄位尊。煙瀾無法接受這些評價，忍不住嘶聲，「你根本不是為了笛姬！」

連宋倒是沒有否認，反而承認得很爽快，「妳當然該知道我不是為了笛姬。」

煙瀾死死握住手，「可……那件事，只是你對我的偏見，你沒有證據！」

連宋垂眸看著她，「妳該慶幸我沒有去找證據。」但他也沒有對這句話解釋更多，只抬手揉了揉額角，像是應付了她這麼久，令他感到了煩躁，「諭書裡已說得很清楚，留給妳的時間不多了，回去收拾一番便啟程去單狐山吧，九重天就不留妳了。」說完這些話，沒等煙瀾反應，他已轉身向宮門而去，也沒讓天步撐傘。

天步也終於明白了為何三殿下根本沒下令讓她去尋煙瀾算計菁蓉的證據。

煙瀾過往犯了多少錯？全靠著元極宮的庇護方能在眾神的一次次彈劾中穩如泰山。而她過去所犯的那些錯，林林總總加起來，已夠她被貶謫十次、百次還有餘了。如今要革她的職，的確不需再尋她的新錯處。其實，倘煙瀾不去招惹祖媞神，未必會真的激怒殿下。思及此，天步只覺恍然，又覺煙瀾愚蠢。

她向來是溫善柔順的性子，此時竟也沒忍住，譏嘲了煙瀾一句，「還不懂殿下的意思嗎？殿下的意思是，他看在長依的份上，不會主動去尋妳謀害人的證據，因若有了證據，妳受的便不是這等輕鬆的處罰了。」嘆了一聲，「而妳此時能跪在這裡質問殿下為何如此發落妳，也是託了長依的福，仰仗著殿下的體恤，妳可懂？」

煙瀾臉上猶帶著淚，彷彿沒聽到她的話，只是兀自喃喃，「為了那兩人，他這樣對我，難道他這一次是……認真的？可如果他可以對人認真，為何不能對我認真？」

喃喃著這些話，眼底似有血漫上來，夾雜著恨意，泛出狠勁，她倏地站起身，追著連宋的背影跑上台階，可大約跪久了，腳步不穩，沒跑幾步便狼狽地摔倒在長階上，蒖兒趕緊爬上去扶她，卻被她一把甩開。

她一邊攀著台階向上爬，一邊瘋狂地朝著連宋的背影嘶喊，「連宋君，你欠了我！你虧欠我，卻還想趕我走！三萬年前，是我想讓你救我，使我轉世為人的嗎？是我想你來凡世尋我的嗎？是我讓你斬斷我的輪迴令我成仙的嗎？成了仙，做這花主，在這九重天上如履薄冰，步履維艱，過這樣難的日子，這些苦，都是你給我的！如今你卻還要徹底拋下我，趕我走！你說仙當仁善，當恤老憐弱，可你如此玩弄我的命運，你的仁善之心、憐弱之心又何在？」

詰問聲聲，飽含憤恨。

正要邁入宮門的連宋停下了腳步，回過身來，「妳是這樣想的？」他沉默了一瞬，「當初我不顧長依的意願，救了她，使她投生凡世，成了妳，或許她的確是不願的，所以妳身上沒有她的影子。」

他淡淡自嘲，「彼時我不該救妳，這是我的錯。使妳成仙，亦是我的錯。故而這三萬年，我給了妳足夠的庇護，亦為妳延師請學，使妳能做好一個神仙，勝任花主一職。做到如此地步，我自認對妳已仁至義盡。」

說到這裡，他輕嗤了一聲，「既然妳不開心，也不滿足，且成仙並不是妳想要的，那我可以送妳重回凡世，使妳再入輪迴。妳可以再考慮考慮，看到底是想入凡還是想去罼狐山，明日前答覆我即可，這一次，妳可以自己選擇。」話罷他不再看煙瀾，信步而去，身影很快消失在宮門後。

煙瀾完全愣住了，成仙真的不是她想要的嗎？她是真的更想做一個凡人嗎？不是的。

天步撐著傘，一步一步走上台階，來到煙瀾身邊，不由搖頭嘆息，「三萬年前，若非殿下救仙子，仙子早已殞命。殿下救了妳，助妳轉世為人，而後又助妳重返天庭，給了妳一個受萬人尊奉敬仰的仙職，妳竟還覺得殿下虧欠了妳嗎？仙子可知一個妖或一個凡人修仙有多難？」她看了眼煙瀾身旁戰戰兢兢為她撐著傘的莧兒，道：「妳的婢女莧兒便是杜鵑妖成仙，妳知她由妖成仙，共修了多少年？妳可又知，要從一個普通仙侍熬到妳這個花主之位，在能力和運氣都絕好的前提下，又需要熬多少年？」

天步語聲溫和，道出之言卻如一根根軟刺，刺疼了煙瀾，她清高地反擊，「可他救我，助我成仙，並不是為了我，不過是為了他自己，他是為了滿足他自己的私欲！」

天步無奈地笑了，「仙子可知有句話叫論跡不論心？為仙者，於修仙途中，自神佛處多得一絲無心的靈露，便是機緣。修仙之人不會因神佛只是無心之賜，便忘記神佛的恩情。當然，這只是我們修仙者信奉的道義。」她頓了頓，「若仙子果真不願為仙，清高得名副其實，如此責備殿下，其實也無不可。不過我看仙子彷彿也並不是不願為仙，不是嗎？」

煙瀾顫著嘴唇，她想辯駁，說自己的確不願為仙，但如此的話，天步一定會去稟報三殿下，那三殿下便會使她入凡。她想這是天步的心機，這人怎麼能如此壞。她恨得咬牙，卻無話可說。

天步輕嘆，「仙子，妳其實非常貪婪，妳是不是從不知啊？但即便妳如此貪婪，三殿下也還是願意看在長依的面上，容妳去一方仙山，當一個自在地仙，這已是過人的恩賜了，妳好好想想吧。」說完這些話，天步也不再理她，撐著傘向宮門而去。

天步的話如重錘敲在煙瀾心上，她一張臉青白交織。她從沒想過自己是貪婪的。這三萬年來，難道她不是在忍辱負重嗎？難道她不是被辜負的那個人嗎？連宋將她帶上了天，難道不該對她負責嗎？他給她一切，包括他的愛，不是應該的嗎？給不了，不就是辜負了自己嗎？難道這有什麼不對嗎？

午時正，煙瀾木塑般回到清芬宮，之後便一動不動靜坐在濃意殿內。莧兒陪在她身旁，偶爾給她倒一杯茶，但她沒有喝。夜一點一點深了，莧兒開始打起瞌睡來。煙瀾終於出了聲，聲音嘶啞，如從地底傳來，問打著瞌睡的莧兒，「妳說，我貪婪嗎？」

莧兒一驚，驀地清醒，聽清煙瀾的問題，卻沒立刻回答，靜默了片刻。

煙瀾目光沉沉，緊盯住莧兒，突然發怒，捏住手邊的茶杯，猛地向莧兒擲去，「說話！」

玉杯砸在莧兒額頭，莧兒的頭嗡了一下，她愣愣抬手，一摸，指尖染了赤色，是血。莧兒的眼睜大了，壓抑的憤恨上湧，她終於忍不住，倏地站起，「是，天步仙子說得句句是理，妳貪心不足！」

莧兒胡亂抹掉額頭的血，「妳剛上天時，仙侍司廣傳妳是個走後門升上來的仙，誰都不願來清芬宮服侍，但我聽聞過長依仙子的功績，因此即便被分來清芬宮，也沒有二話，只一心一意跟著妳。妳本來一手好牌，位居花主高位，且有三殿下蔭庇，但凡妳能自立，也不至走到今日這步。但妳卻不思進取，已三萬年了，一場千花盛典還辦得錯漏百出，為眾仙詬病。」

莧兒咬著牙，一口氣說了個痛快，「這天宮的確難待。我若背主，便無法再在這裡走下去，所以即便看不上妳，也只能跟著妳，揣摩妳的心思迎合妳，一日日以奴婢自稱，跟著妳辦一些蠢事，最後惹得三殿下厭棄……走到這一步，妳不僅貪心，且蠢笨如豬。」

大概是沒想到莧兒敢罵她，煙瀾一開始完全愣住了，待回過神來，既驚且怒，手一翻，一柄長鞭出現在她手中，她握住那鞭，便向莧兒抽去，「妳這賤婢，竟敢辱我！」

莧兒卻靈敏地躲開了那鞭子，飛也似地逃了出去，一邊逃一邊還不忘奚落煙瀾，「哼，我不過是看妳可憐，才陪妳這最後一夜，妳真以為還可對我隨意打罵嗎？從明日開始，妳便是個守河仙了，妳就試著從一個小仙開始，慢慢往上熬吧，看單憑妳的本事，要熬多久才能重新熬上這九重天！」

煙瀾今日滴水未進，體力也隨之不濟，追著莧兒還未到宮門，已見力不從心，又聞聽莧兒此言，更是積羞成怒，七竅生煙，心中汪著一團火，氣血鬱窒，竟驀地從空中掉了下來，引得莧兒大笑。煙瀾哇地吐出了一口血。她到這九重天三萬年，竟失敗至此嗎？想到此，不禁又恨又痛，心潮翻滾間，眼前一黑，煙瀾暈了過去。

藥君在元極宮待了兩日，直到回府，整個人都還有點蒙蒙的，只覺這一趟元極宮之行，很是奇妙。自他從他師父老藥君那兒出師以來，頭一回替人看診看得如此稀里糊塗——他從未診過似三殿下友人這般離奇的脈，似仙非仙，似魔非魔。彼時診脈，三殿下亦在他身旁，見他神色懵然，只讓他照一般解情毒的方子給他這位友人配藥即可。他心裡雖沒底，但三殿下都如此放話了，他就懵裡懵懂地配了藥。

依照藥君的經驗，既中了那萬年情人籐的毒，至少得七、八帖藥下去才能徹底解毒。但也不知這位病人是個什麼體質，不過兩帖藥下去，體內之毒便盡數化去，讓他有一瞬間都要誤以為自己的醫術天下第一了。

為防萬一，三殿下又多留了他半日，確定他那位朋友果真無虞了，才將他放回了藥君府。

祖媞在祛除體內情毒後，的確也沒有什麼不適，次日便去太晨宮導引尚殘存在她體內的西皇刃之力了。導了三日，當最後一絲西皇刃邪力亦被帝君引出，存進善德壺中後，她一身仙骨立刻輕鬆多了。

這三個多月來，她一直被西皇刃之力折磨，著實受了些內傷，帝君額外為她配了兩瓶丸子，讓她一邊吃著丸子，一邊每天活動活動筋骨，以做調養。不過帝君也語重心長地告誡了她，讓她也不要像闖鎖妖塔那樣活動得那麼劇烈，騎騎馬射射箭就差不多了。然後又同她說了幾句正事，大意是連宋此番有些出乎他意料，鼎煉得比他想像中迅速，這兩日已在收尾中，待那大鼎出爐，有了容器，他們就好分頭去取風火土這幾種元神之力了。

帝君提到連宋時，略頓了頓，留意了一下祖媞的表情，但祖媞好像沒有什麼特別的表情，帝君就別開了眼。

祖媞中情毒之事帝君是知曉的，但帝君並不好八卦，也懶得想她和連宋是不是發生了什麼，此時多看了她一眼，全因前日連宋前來尋他，告訴他自己已恢復記憶，想起了三萬年前的一切。

剛聽到這消息時帝君是驚訝的，不過只驚訝了一瞬他就淡定了，因當初為連宋修改記憶，著實是一項煩人的浩大工程，修到後來，他也曾失去過耐心，在某些地方有了疏漏，讓連宋在回溯過往時尋到了缺口，從而全盤推翻他的修正，這也是有可能的。但帝君不承認這是自己疏忽所致，他覺得這是命運，而既然命運如此不可抵擋，那他還費這個心去繼續干涉他倆……這不是有病嗎？他是這麼想的。

當日連宋同他的那番交談，發生得很平靜。連宋也沒說太多，只說他知曉了那時祖媞欲做一個人偶誆騙他，也知帝君修改他的記憶是為他好。當年他確實很不理智。不過事已過去三萬年，如今想來，往日種種皆如雲煙，已沒什麼好留戀。只不過，他想起了當年那人偶應是還在碧海蒼靈，她身上還佩著他的逆鱗。此番他來見帝君，道明這一切，便是想要回那人偶身上所佩的他的逆鱗。

在帝君看來，連宋這是終於想通了。反正兩個人也不會有什麼未來，連宋能這麼想，再好不過，他還挺欣慰。若帝君懂情，他就不會如此輕易相信連宋的話。既是刻骨銘心之愛，怎可能說想通就想通，說放下就放下？但帝君不懂情，而這世上也沒有九住心已達專注一趣之境的帝君無法放下的人和無法放下的事，因此帝君完全沒有懷疑。

此時，帝君見祖媞在他提起連宋時並無異樣，更是覺得此事就這樣是最好不過了。

這是因他不懂連宋之心，更不懂祖媞之心之故。

而這一刻，別說帝君，其實就連祖媞她自己，也不是很確定她自己的心。

次日，便是殷臨上九重天同祖媞稟事之日。

此番殷臨帶回的消息很難說是好是壞。

在推出慶姜意在芥子須彌陣後，殷臨與昭曦協同連宋手下的幾位文武侍沿著這條線相互配合查探，查到此前裹甲潛入過的那個小空間才建起來不久，也就是說，慶姜是在不久前才開始嘗試使用魔將煉製缽頭摩花伴生體的。

那之後他們又探到，過去四年慶姜的確一直在秘密研究芥子須彌陣。不過，或許是怕打草驚蛇，他從未派人去九重天盜取過芥子須彌陣的陣法圖，只固守在見識過芥子須彌陣的魔族名將留下的書典中一心鑽研。因這事慶姜搞得過於隱蔽了，連他身邊的魔使們都不太清楚，故而此前襄甲他們才未查到。

但近幾月，慶姜卻沒怎麼研究芥子須彌陣了，而是開始嘗試煉製缽頭摩花伴生體。殷臨推測，這多半是因慶姜已掌握了芥子須彌陣的關竅。這也說明了先時他們對慶姜野心的推論和預測的確是在朝著正確的方向走，沒有繞彎路。

祖媞聽他稟完這消息，倒也不太意外，點了點頭道：「如此。」又看殷臨風塵僕僕，吩咐他，「你休整片刻，待會兒去一趟太晨宮，將此消息照直稟給帝君吧。」

殷臨頷首。說完了正事，方有空問她私事。

殷臨先是關懷了下她的仙體，接著考慮了下言辭，才開口問道：「聽說煙瀾仙子被貶了。萶蓉覺著煙瀾被貶很可能與她闖鎖妖塔之事相關，但她回憶良久，卻覺三皇子此番或許的確冤枉了煙瀾。我不在天上，也不知當日究竟如何，所以想問問尊上，此事可有什麼內情？」

和殷臨談事前，祖媞在天河附近跑馬。此時，她那匹通體雪白的天馬正蹓躂著蹄子蹚在天河裡飲水，她和殷臨離馬不遠，站在附近的雲海中。不遠處，昴日星君的金車駛過東天，車上的童子東一筆西一筆，於金車所過處繪出七色朝霞。這是個頗為祥和寧靜的夏日清晨。

聽到殷臨的提問，祖媞將目光從不遠處的金車上移了回來，想了想，回道：「那煙瀾仙子的確被貶了，具體如何，我也不知，不過小三郎如此做，想必自有他的道理。」說完這話，她停了停，露出一種被提醒到的神色，也問了殷臨一個問題，「對了，此前忘了問你，那傳聞中的長依仙子，應該就是我當初留下的那顆紅蓮子吧？」沒等殷臨回答，她繼續道：「我在她的記憶裡看到了你，知道你照顧了她很久。不過，怎麼九重天這些神仙又說煙瀾仙子是長依仙子的轉世？我卻不知我造出的那魂居然還能轉世了？」

那雪白的天馬喝完水，優哉游哉地逛過來，挨到了祖媞身邊。她拍了拍牠的脖子，天馬親暱地在她手臂上蹭了蹭，又慢悠悠地逛走了。

直到那白馬離開，殷臨才回過神來。這事的確是他疏忽。他立刻向祖媞告了罪，三言兩語交代了自己同那紅蓮子的淵源。關於紅蓮子化形後的事，他則斟酌著挑著能說的說了一些，「……兜兜轉轉，三皇子助長依登上了花主之位，但長依卻因戀慕桑籍，為助桑籍救出心上人闖了鎖妖塔，最後落得魂殞身死。三皇子同長依乃好友，不忍見其魂斷魄消，故斂了她的氣息，請靈寶天尊為她補了魂。我知不能讓那所謂的魂轉世，因她畢竟並非一個真正的仙魂，只是靈息所成，因此我去凡世鎖了隻凡魂回來，潛入靈寶天尊宮邸，以那隻凡魂換出了長依的靈息，又將那靈息重放回了尊上您的仙體中。天庭並未發現『長依之魂』被換之事，他們將那凡魂當作長依，使其投生轉世，成了一個叫煙瀾的凡人。這便是煙瀾仙子的來歷，她和長依其實並沒有太大關係。」

說清此節後，他又再次告罪，「不曾及時同尊上釐清此事，著實是我之過。偷偷潛入靈寶天尊宮邸換魂之事，也做得不大體面，只是當日我著實擔心，若容那靈息轉世，不知她會成為個什麼，故只能行此下策。」

祖媞靜了許久。「想不到是這樣。」她道，有些嘆息，「長依做花主的那些年，為這新神紀貢獻良多，也算是全了少綰之念。」提起少綰，她沉默了片刻，最後看向遠天，神色間浮出悲憫來，輕聲道：「你做得沒錯，長依她的確不能轉世，她的靈智和情感，愛恨和癡纏，在當年她身殞魄消之時，隨著靈息飄散，絕大部分都遺落在了鎖妖塔中。小三郎當年斂住的她的那口氣息，純然只是我和少綰的部分氣息，以及長依的部分記憶罷了。以部分氣息和部分記憶做成一個新魂，即便使那魂投生，歸來的也不會再是長依。她無法再為仙，縱然破格提她上來，如此前他們對煙瀾仙子行方便那般，她也不可能再勝任花主之位。少綰和我為這新神紀留下的花主，只一個長依而已，她去了，便是去了。」

這話祖媞說得傷感，殷臨聽著也頗覺傷感，但他又很是敏銳，聽祖媞提到鎖妖塔，聞音知意，立刻問道：「尊上是說，鎖妖塔中，還遺留著長依的……意識？」

祖媞頷首，「嗯，它們寄託在一塊靈石上，或許那也是它們未被那些結魂的法器收走的原因。我無意中用原初之光纏住了那靈石，那些靈息便回到了我的身體中。」

殷臨震驚。

祖媞卻突然換了個話題，轉過身來看著他，「這九重天的仙者們似乎都認為長依喜歡二皇子桑籍，你方才也這麼說。」

殷臨早已習慣了祖媞說話時偶爾會天馬行空地跳話題，聞言立刻收拾好了情緒，回道：「這……有什麼不對嗎？」

祖媞搖了搖頭，「她並不喜歡桑籍。當那部分靈息回歸，我看到了她的記憶，還有她的情感。她喜歡的是小三郎。她對小三郎生情，是因第一次見他時便對他有熟悉之感，想要親近，那種感覺開啟了她的情智，在她心底埋下了喜愛他的種子。」

殷臨聽得一陣恍惚，「她怎麼會喜歡……」但話未說完，他心中一跳，突然明白了過來。這的確是可能的。二十多萬年前，臨獻祭的那段日子，祖媞是如何掛念水神的，他一直看在眼中。長依是祖媞的靈息，她的魂亦是祖媞所造，一直懷想著水神的祖媞，在造魂之時，無意中使那魂染上了自己對水神的牽念，這是完全說得通的。長依或許是帶著於七情懵懂的祖媞當初對連宋的牽念去愛上了連宋。這聽起來似乎很是玄妙，但此時殷臨卻無比強烈地這麼覺得。但他當然不能這樣回答祖媞。

祖媞探尋地看了殷臨一眼，見他話說到一半便沉默了，也沒有再繼續開口的意思，就垂眸自己分析了起來，「或許這麼說，有些自我。」她略微躊躇，「但我想了很久，還是覺得，長依她最初對小三郎生情，或許是因我曾十分期盼水神降生之故。你不是告訴過我，二十多萬年前，我曾對水神降世有許多執念嗎？所以這一切的因，或許……都在於我。而當最後一絲長依的靈息回歸至我的仙體，我能感受到她的遺憾和疼痛。」說到這裡，她看向殷臨，「你可知道，那些遺憾和疼痛，是如何平息的嗎？」

殷臨搖頭，他完全沒想到祖媞竟能分析到這一層。就聽祖媞平靜地繼續道：「它們是被我身體中小三郎種下的噬骨真言給撫平的。它們平息了，而後，那些若有若無的長依的意識也消散了。就像是她終於感到了安穩，也對這個世間釋然了。我不知這個結局對她來說是好還是不好。但她自己，好像是滿意的。」

殷臨啞了片刻，回想同長依相依相扶的過往，亦有些感嘆，聲音微澀道：「她能釋然，是最好了。」

祖媞嗯了一聲。兩人靜了會兒。祖媞問他：「對了，小三郎什麼時候出關？」她接著道：「長依既同他前緣頗深，那這些事的前因後果，也當讓他知曉才是。長依應該也不願意他一直將煙瀾仙子認作她的轉世，甚而因煙瀾而對她失望。」

殷臨苦笑，「是這個道理，但若三皇子怪罪我當初置換長依之魂，卻該如何應付呢？」

那白馬又蹓躂了過來，在祖媞跟前挨挨蹭蹭，祖媞撫著馬鬃，只道：「當日是無法，若他要怪罪，你我受著便罷了。」躊躇了下，又再次問殷臨，「他還要閉關多久？」

殷臨雖然剛上天，但他無愧於姑嫆大管家之名，這些細碎之事摸得比一直待在天上的祖媞清楚得多，「尊上您中了那籐妖之毒後，三皇子守了您一夜，而後雷霆手段發落了煙瀾，便繼續閉關煉鼎了，終歸……那鼎煉好就會出關吧。」

祖媞聞言，點了點頭，「嗯，我醒過來後，就一直沒見過他。」說完這話，她愣了會兒神。殷臨猜不出她在想什麼，正要開口，她突然翻身上了馬。白馬甩了甩蹄子，她跨坐在馬背上，垂眸吩咐殷臨，「你先回，我一個人再跑會兒馬。」聲音倒是平靜，也聽不出是什麼情緒。

晨曦流光溢彩，鋪灑整片雲海。白馬向著東天疾馳而去，風將祖媞金色的衣裙揚起。她著實宜動宜靜，馬上之姿雅且悅目。殷臨望著她的背影，仿若又看到了當年那個愛在春日裡縱馬飛馳的小郡主，心中一時五味雜陳。

祖媞說她醒過來這幾日，一直沒見過連宋。他也聽萺蓉說了。提起祖媞被她連累中了毒這事，萺蓉很是愧悔，可一說起連宋，就只剩惱怒了，「尊上中了毒，中了毒哎！可他倒好，只在尊上身邊守了半夜，天還沒亮，尊上還沒醒呢，他就又回去閉關煉那個破鼎去了！」言語間盡是不滿。

但殷臨卻知，這並非是連宋慢怠祖媞，對她漠不關心，而是……他不能面對她。而他為何不能面對祖媞，殷臨也很明白，是因自己和昭曦聯手騙了他。

殷臨並非故意欺騙連宋。因見證過他與祖媞在凡世的那段銘肌鏤骨之情，當祖媞自近三萬年的沉睡中甦醒之初，他也曾對他們二人心軟，想過若因緣難斷，即便忘記彼此，他們仍對對方動了意生了念，那他也不會阻止他們，會讓他們隨緣。

可那日，昭曦說得亦有道理。三萬年前，祖媞剝離了關於連宋的全部記憶，固然是因覺得自己同他沒有未來，欲用它們為他再造一個成玉；但如此做，未嘗不是因她愛他甚深，自知若記得他，自己便必定會為凡情所縛，動搖獻祭之心。她無法，也不能逃避自己的責任。在愛人和獻祭的命運面前，她只能忍痛含悲，選擇命運。

昭曦當日詰問句句在耳，「連宋想起來了，然後呢，讓尊上也想起來，然後讓尊上在選擇他還是選擇自己的使命中再掙扎一次？你覺得這是為尊上好？我卻覺得讓尊上永遠也別想起來才是對她好。那些記憶，本就是尊上要放棄的，這是她三萬年前就做出了的選擇。當初她做出這選擇時有多痛苦，我們都看在眼中。即便如今她早醒了三年，可最後的結局不會改變，難道我們要讓她再痛一次嗎？」

陰雲席捲而來，沉沉地壓在殷臨的心上。許久，他沉重地嘆了一口氣。就如此吧。他想。

——叁・完

國家圖書館出版品預行編目資料

三生三世步生蓮（叁）足下千劫／唐七 著.
--初版.--臺北市：平裝本. 2023.4
面；公分（平裝本叢書；第0546種）
（☆小說；16）
ISBN 978-626-96533-5-5（平裝）

857.7　　112003927

平裝本叢書第 0546 種
☆小說 16

三生三世步生蓮

（叁）足下千劫

作　　者—唐　七
發 行 人—平　雲
出版發行—平裝本出版有限公司
台北市敦化北路120巷50號
電話◎02-27168888
郵撥帳號◎18999606號
皇冠出版社(香港)有限公司
香港銅鑼灣道180號百樂商業中心
19字樓1903室
電話◎2529-1778　傳真◎2527-0904
總 編 輯—許婷婷
執行主編—平　靜
責任編輯—張懿祥
美術設計—單　宇
行銷企劃—鄭雅方
著作完成日期—2023年2月
初版一刷日期—2023年4月

讀者服務傳真專線◎02-27150507
電腦編號◎541016
ISBN◎978-626-96533-5-5
Printed in Taiwan
本書定價◎新台幣340元/港幣113元